OEUVRES COMPLÈTES

DE

P.-L. COURIER.

NOUVELLE ÉDITION,

AUGMENTÉE D'UN GRAND NOMBRE DE MORCEAUX INÉDITS,

PRÉCÉDÉE

D'UN ESSAI SUR LA VIE ET LES ÉCRITS DE L'AUTEUR,

PAR

ARMAND CARREL.

TOME QUATRIÈME.

PARIS,

PAULIN,   PERROTIN,

RUE DE SEINE-ST.-G., Nº 6,   RUE DES FILLES-S.-THOMAS, Nº 1,

EDITEURS.

M DCCC XXXIV.

CORRESPONDANCE,

MÉLANGES LITTÉRAIRES,

OEUVRES DIVERSES.

Nous avons, dans le précédent volume, conduit Courier jusqu'à son mariage, qui fut comme le dénouement de cette vie si inquiète et si remplie de mouvement. Les lettres qui vont suivre nous le montrent dans ce nouvel état, avec ses affections de famille, mais poursuivant toujours ses études et prenant part aux évènemens publics avec les mêmes inquiétudes d'esprit. Les deux premières mêlent au récit d'un voyage d'affaires une peinture rapide des désordres qui affligeaient la Touraine, le Maine et l'Anjou pendant les *cent jours*. On y voit que Courier prévoyait un mois d'avance la catastrophe de Waterloo.

CORRESPONDANCE.

A MADAME COURIER.

Luynes, le 14 juin 1815.

Je vins ici avant-hier; le bien de Bourgueil est vendu. On m'assure que c'eût été pour moi une mauvaise acquisition. Je le crois, et je me console; c'est le meilleur parti, et puis, *ils sont trop verts*. Je demande à tout le monde de l'argent; personne ne m'en veut donner. Bidaut¹ se moque de moi; quand je lui parle d'affaires, il me parle politique. C'est la scène de M. Dimanche. Je n'ose lui rompre en visière, parce que je suis dans ses griffes; mais je tâche de m'en tirer tout doucement. Quel malheur de ne rien entendre à ce chien de grimoire! Je voudrais, comme M. Jourdain, avoir le fouet devant tout le monde, et savoir non pas le latin, mais quelque peu de chicane, assez pour ma provision.

Je ne m'ennuie point; Plutarque m'est d'un grand secours pour passer le temps; je serais heureux si je t'avais; mais en bonne foi, je ne crois pas que tu puisses, dans un pays tel que celui-ci, être une semaine sans mourir. Il est vrai que tu t'occuperais. Enfin nous verrons

¹ Notaire de Tours.

quelque jour. Je me promène, je vais courir au haut et au loin, je revois les endroits où j'ai joué à la fossette et au cerf volant : ces souvenirs me font plaisir.

Je ne sais que te marquer encore : rien de ce que je vois ne t'est connu. Quand je te dirai que la petite Bourdon mourut il y a quelques mois, n'en seras-tu pas bien fâchée? C'était la fille du boulanger, jeune, fraîche et gentille, petite blonde d'environ dix-neuf ans, mariée à un homme de vingt-deux ; cela devait être heureux. Point du tout : au bout de cinq ou six mois de ménage il lui prend un chagrin. La voilà qui ne dit mot et maigrit à vue d'œil. Et mère de l'interroger, et voisines de la tourmenter pour savoir où le mal la tient. Qu'a-t-elle? rien. Que veut-elle? que lui manque-t-il? on ne sait. Elle languit et meurt. Le mari n'en a cure ; et c'est là, dit-on, ce qui l'a tuée. Il est le seul qui ne la regrette pas.

Mais M. de Ferrières regrette trop la sienne. C'est un gentilhomme que tu connais comme Jean de Werth. Elle était jeune, belle et bonne. Elle lui laisse deux enfans. Il l'a tant soignée, tant veillée dans sa dernière maladie, et tant pleurée depuis, qu'il s'en va mourir, le pauvre homme, à quarante-cinq ans. Ceci a l'air d'un conte inventé à la gloire des *quadragénaires* ; mais demande au petit Gasnault, quand tu le verras.

Veux-tu de la politique? Les chouans, les
Vendéens, les brigands, les insurgés, les royalistes, les bourbonistes sont à douze lieues d'ici,
au Lude. Quand ils y entrèrent, un parent de
M. Vaslin, qui demeure là, patriote, jacobin,
terroriste, républicain, bonapartiste, comme tu
voudras, fit feu sur eux, leur tua un homme. Ils
l'ont pris, lui, et ne l'ont pas tué; mais ils ont
pillé sa maison et quelques autres. Toute la gentilhommerie se sauve des campagnes, de peur
des paysans. M. de la Beraudière s'est retiré à
Tours avec sa famille; les petites en sont ravies,
parce qu'elles s'amusent. Ce sont des gens qui de
leur vie n'ont fait mal à qui que ce soit : ils font
bien d'être sur leurs gardes.

> Je ne sais, de tout temps, quelle injuste puissance
> Laisse le crime en paix et poursuit l'innocence.

C'est Racine qui dit cela, et il dit bien vrai.

Tours, le mercredi.

Voilà tes lettres de samedi, dimanche, lundi,
mardi, mercredi. Je les ai lues avec grand plaisir,
et beaucoup plus de raison que je n'eusse imaginé. Continue, je t'en prie, ce journal, le seul
qui me puisse intéresser. Je ne t'en écris pas davantage, parce que le temps me manque. Je ne
suis pas non plus si bien ici qu'à Luynes pour

causer avec toi. Une maudite auberge, des allans
et venans, un vacarme d'enfer. Et puis, de quoi
te parlerais-je? d'hypothèques, de contrat, de
principal, d'intérêts et de cent autres misères
auxquelles tu n'entends rien, et moi fort peu de
chose. Que n'ai-je cent mille livres de rentes!
J'en laisserais quatre-vingt-dix aux honnêtes gens
qui me viennent dire :

J'étais fort serviteur de monsieur votre père,

et je vivrais sans soins peut-être avec le reste.
Mais quoi! on me le volerait encore, et il faudrait livrer bataille pour garder un morceau de
pain. Je ne serais pas plus tranquille.

A MADAME COURIER.

Tours, le 17 juin.

Je reçois ta lettre de mercredi soir et jeudi,
bien bonne et bien longue. Que te dirai-je? il
faudrait t'adorer. Ta pauvre santé m'afflige bien.
Je suis sûr que la campagne te rétablira. Mais ne
songe point à venir ici, par cent raisons. D'abord
le pays n'est pas tranquille, et il y a *tel évènement
qui pourrait nous engouffrer dans une bagarre
effroyable*. Moi seul je m'échappe aisément. Et

puis tu me gênerais dans mes courses. Cette raison ne m'arrêterait pas si ta santé y devait gagner. Mais Luynes est un endroit malsain dans cette saison-ci; j'y reste le moins que je puis, de peur de la fièvre, et je me sauve sur les hauteurs, où l'air est plus pur, mais où je ne pourrais me loger avec toi. Sitôt que je serai de retour, nous irons, si tu veux, nous établir quelque part, à Sceaux, à Saint-Germain. Au reste, attends quelques jours. Si l'empereur gagne la partie, ce pays-ci sera bientôt calme.

Je retourne à Luynes, et j'y achèverai mes affaires. Je visiterai mes biens, et ferai du tapage aux gens qui me doivent. Malheureusement ils me connaissent, et ne s'effraient pas de mes menaces; ils finissent toujours par me payer quand ils veulent.

[Le fragment qui suit appartient à une lettre assez longue et de peu d'intérêt. C'est un de ces croquis charmans dans lesquels Courier excellait, comme le fait voir le *Livret de Paul-Louis.*]

A MADAME COURIER.

Tours, novembre 1815.

J'ai dîné chez M. de Chavaignes en grande campagnie, avec des chouans, des Vendéens, etc., plus extravagans royalistes que tout ce que tu as jamais vu, mais du reste bonnes gens. On a porté ta santé avec enthousiasme. Tu as une grande réputation. Il y avait là deux curés qui se sont enivrés tous les deux. Un d'eux avait ce jour-là un enterrement à faire; c'est la première chose qu'il a oubliée. A son retour il a trouvé, à dix heures du soir le mort et sa sequelle qui l'attendaient depuis midi. Il s'est mis à les enterrer. Il chantait à tue-tête, il sonnait ses cloches; c'était un vacarme d'enfer. L'autre curé, qui était le plus ivre des deux, voulait se battre avec moi. Ayant appris que j'avais une femme jeune et jolie, il fit là-dessus des commentaires à la housarde qui réjouirent fort la compagnie.

[Il est question dans les lettres qui suivent des affaires de Courier, *bûcheron et vigneron*, non comme il l'entendait devant M. le
procureur du roi, mais sérieusement propriétaire et cultivateur.
Véretz, Azay-sur-Cher, Montbazon, qui jouent un si grand rôle
dans quelques-uns des opuscules condamnés, viennent ici, mais
tout simplement pour leur part dans les intérêts domestiques de
Courier. Dans la suite de cette correspondance, on retrouvera
souvent ces noms, et toujours avec plaisir.]

A MADAME COURIER.

Paris, 25 à 28 décembre 1815.

Ayant reçu la lettre de M. Lamaze, tu auras
pensé, j'imagine, à envoyer les affiches au garde
pour la coupe que nous voulons vendre cette
année. Si tu ne l'as point fait, va voir Bidaut, et
dis-lui de faire parvenir ces affiches dans les vil-
lages d'Azay-sur-Cher, Montbazon, Saint-Avertin,
Véretz, et Larçai. Les trois premiers sont les plus
importans. Je ne puis te dire encore quand je
partirai; je voudrais que ce fût après-demain ou
au plus tard dimanche. Je dînai hier chez ta mère
qui me fit dire le matin par Édouard de venir
de bonne heure, parce qu'elle allait au spectacle,
tout cela comme si elle m'eût invité et que j'eusse

accepté ; dans le fait, il n'en avait pas été question. Je répondis qu'on ne m'attendît pas, et je
vins à quatre heures et demie. J'y trouvai Faye [1],
qui me paraît assez attentif auprès de Zaza. On
les mit côte à côte à table. Ta mère le choie ;
Zaza ne le néglige pas. Il comprend à merveille ce
que cela veut dire. On voit qu'ils pensent à quelque chose. Moi je n'y nuis pas non plus ; je les
fais causer ensemble tant que je puis. Je serais
enchanté que cela réussît, et toi aussi, je crois.
Zaza est bonne personne ; je trouve qu'elle gagne
beaucoup depuis quelque temps. Elle est bien
faite, quoique un peu forte : il y a de l'étoffe
pour faire une belle et bonne femme, et le drôle
ne serait pas malheureux. Il est aussi fort bon
enfant et plus uni à ce qu'il me semble que la
plupart des jeunes gens. Enfin, il en sera ce qui
est écrit au ciel.

A MADAME COURIER.

Vendredi, 29 décembre 1815.

J'ai dîné hier avec ***, chez un traiteur du Pa-
lais-Royal. J'y ai trouvé des gens de connaissance.
Nous avons politiqué à perte d'haleine. Je ne suis

---

[1] Devenu depuis beau-frère de Courier.

d'aucun parti; mais comme ils ont tous raison en un certain sens, je trouve toujours moyen de m'arranger avec eux. Cependant ils m'ont appelé royaliste, et m'ont assuré que je voyais mauvaise compagnie. Après dîné, nous sommes allés à je ne sais quel café, et puis nous nous sommes promenés. Ils ont voulu m'emmener au spectacle, mais je les ai plantés là, et je me suis sauvé chez Visconti.

Je compte aller voir demain Lucy. Ton père vient de m'apprendre la destitution de M. Daunou, qui ne s'attendait pas à perdre sa place, s'étant, dit-il, déclaré à la Convention pour le parti de Louis XVI.

Point de paume. Je tiens bon; je ne veux pas m'y remettre pour si peu de temps.

A MADAME COURIER.

Paris, le 3 janvier 1816.

On m'a dit hier à la poste que je pouvais avoir aujourd'hui une place pour Tours dans le courrier de Nantes. Si cela est, je pars avec ou sans passeport, et j'arriverai ce matin avec cette lettre. Je vais ce matin aux passeports, et j'espère en l'obtenir un; sinon, ma foi, j'y renonce. On ne m'en

demandera qu'à Blois, et là, je suis assez connu
depuis mon aventure pour qu'on me laisse aller
cette fois. Si le courrier ne peut me prendre, je
partirai par la diligence.

A 10 heures et demie.

Je ne puis partir aujourd'hui quoiqu'il y ait
une place au courrier; on me chicane sur mon
passeport; je croyais pouvoir partir sans cela,
ou du moins en me servant du vieux; mais il en
faut un neuf. Je suis allé au bureau, île du Palais,
où on en donne. Ils me renvoient à un commissaire de police qui demande des répondans. C'est
le diable! j'enrage. Mais que veux-tu?

La vente de notre coupe de bois doit se faire
samedi chez Bidaut. Je n'y serai pas, comme tu
vois.

———

[Courier, resté seul en Touraine, s'occupa plus de ses affaires
que de littérature, et, pour toute distraction, il écrivait à sa
femme. Parmi les détails qu'il lui donne, se trouve dans la lettre
du 26 au 27 janvier 1816 l'histoire du curé et du mort de Luynes,
et puis les défenses d'aller au cabaret le dimanche; premières petites persécutions mentionnées dans la *pétition aux chambres*. Il
revint à Paris, et là oublia Luynes et les autorités pour se remettre
à son grec, et continua la traduction de l'*Ane*.

Enfin, à la suite d'un second voyage, cette même année 1816,
la lettre du 7 novembre contient le récit de l'*infâme affaire*, ainsi

la qualifie Courier, qui, excitant si vivement son indignation et son horreur pour l'arbitraire, le jeta dans l'opposition. Sa carrière politique fut alors décidée par le succès inattendu de la pétition qu'il écrivit à son retour vraiment *ab irato*, et pénétré d'une seule pensée, la délivrance des malheureux, victimes de ces persécutions. Tous ceux mentionnés dans la pétition, et d'autres encore, étaient en prison, et avec la presque certitude de mourir sur l'échafaud. Aubert fut relâché; un nommé Milon, menuisier, et René Supplice, qui depuis a été garde des bois de M. Courier à Luynes, au lieu d'être fusillés, ce à quoi tous deux s'attendaient, furent condamnés seulement, le premier à six années de détention à Fontevrault, le second à six mois, et par là tous deux ruinés. Milon en est devenu fou.]

A MADAME COURIER.

Tours, le 29 janvier 1816.

J'ai passé hier la soirée chez madame de la Beraudière. Il y avait une douzaine de femmes et quelques hommes, la plupart jeunes gens dont je serais le père. Cela ne m'a pas empêché de faire beaucoup de folies avec eux. Deux tables de boston et un colin-maillard dans leur salon que tu connais, outre M. Raymond et une petite fille de son âge; tu peux t'imaginer comme on était à l'aise. Colin-maillard l'a emporté. Le boston a été culbuté, deux carreaux cassés dans le vacarme. M. d'Autichamp en était, sans uniforme et sans

aucune décoration. Il est vraiment aimable, tout
uni et fort à la main. Enfin, nous étions là huit
ou dix *jeunes gens* en train de nous divertir.
Je suis sorti à minuit ; personne ne songeait
encore à s'en aller. Ils ont joué vingt sortes de
petits jeux fort drôles, qui la plupart m'étaient
nouveaux. Cela n'était point ennuyeux comme
sont d'ordinaire les petits jeux. Les jeunes personnes sont élevées, on ne peut pas mieux, dans
le ton à peu près des petites de la Beraudière.
Celles-ci, ma foi, sont très-bien : décence parfaite,
sans nulle espèce de gêne. Point de politique,
tout le monde en bottes ; quel délice ! Ce qui m'a
le plus amusé, c'est l'histoire d'un bal donné ces
jours passés. Il y a eu des gens invités qui n'ont
pas voulu y venir, aimant mieux donner aux
pauvres l'argent que cela leur eût coûté. C'est
l'épigramme qu'ils ont faite et qui a porté coup.
On la leur garde bonne. D'autres, au contraire,
s'attendaient à être invités, et ne l'ont point été :
ceux-là ne sont pas les plus contens. Selon eux,
c'est un bal d'*épurés*. Tu entends ce que cela veut
dire. D'autres invités y sont venus, et s'en sont
allés parce qu'ils n'ont pas trouvé le bal assez
épuré. Toute la capacité du gouverneur et des
principaux magistrats a été employée à arranger
ce bal qui, définitivement, n'a contenté personne.
Si tu t'étais trouvée ici, aurais-tu été assez pure ?
Tu es de race un peu suspecte. On t'eût admise

à cause de moi, qui suis la pureté même ; car j'ai
été pur dans un temps où tout était embrené. C'est
une justice qu'on me rend. Madame de la Beraudière ne tarit point là-dessus. La conclusion que
j'ai tirée de tout cela, c'est que, quand nous serons nichés dans nos bois, sur les bords du Cher,
il faudra nous y tenir, et n'avoir de liaisons, d'a-
mis ni de connaissances qu'à Paris. Tu sais là-dessus mon système, dans lequel je me confirme par
tout ce que j'observe ici.

A MADAME COURIER.

Tours, le   1816.

Mes marchands de bois m'ont promis de m'apporter aujourd'hui les cinq mille francs, mais je
n'ai garde d'y compter ; il faudra en venir aux
coups, c'est-à-dire aux assignations. Ils seront
bien étonnés, car jamais je n'ai fait rien de pareil.
Mais je vais les étonner bien plus en leur demandant en justice des dommages et intérêts pour
l'exécrable massacre de mon pauvre bois. Je comprends maintenant pourquoi mon père avait toujours quelque procès ; c'était pour ne pas se laisser
manger la laine sur le dos. Moi je suis tombé
dans l'autre excès, et on me dévore depuis vingt-

cinq ans. Croirais-tu bien que d'une pièce de quatorze arpens de bois il ne m'en reste plus que six? les huit autres sont passés du côté de mes voisins. Il y a des morceaux plus petits qui ont disparu entièrement; on sait seulement par tradition que je dois avoir là quelque chose. J'ai fait toutes ces découvertes dans l'énorme fatras des papiers de mon père. On ne me croyait pas homme à mettre le nez là-dedans. J'ai fait bien d'autres découvertes. Par exemple, je croyais mes fermes au même prix que du temps de mon père; cela me donnait de l'humeur. Le fait est qu'elles sont beaucoup plus bas. Il en est résulté cependant une sorte de bien, en ce que les fermiers, se regardant comme chez eux, ont beaucoup amélioré le fonds. Un seul m'a défriché, sans en être prié, six arpens de terre qui autrefois étaient incultes et inutiles; un autre a rebâti une grange. Aussi me garderai-je bien de les dégoûter par des augmentations trop fortes. Je veux seulement les engager à me faire meilleure part de mon bien.

Voici la nouvelle de Luynes : le curé allait avec un mort, un homme venait avec son cheval. Le curé lui crie de s'arrêter; il n'en a souci, et passe outre sans ôter son chapeau, note bien. Le prêtre se plaint, six gendarmes s'emparent du paysan, l'emmènent lié et garotté entre deux voleurs de grand chemin. Il est au cachot depuis trois semaines, et depuis autant de temps sa famille se passe de pain.

Autre nouvelle du même pays. Le curé a défendu de boire pendant la messe; tous les cabarets à cette heure doivent être fermés. Le maire y tient la main. L'autre jour mon ami Bourdon, honnête cabaretier, s'avise de donner à déjeuner à son beau-frère : or c'était un dimanche, et on disait la messe; le maire arrive, les voit, et les met à l'amende, qu'ils ont très-bien payée. Mais voici bien pis. Le curé a défendu aux vignerons, qui voulaient célébrer la fête de saint Vincent leur patron, d'aller ce jour-là au cabaret. J'ai vu le curé, et je lui ai dit : Vous avez bien raison; c'est une chose horrible d'aller au cabaret, un jour de fête surtout; et vous faites très-bien, vous, monsieur le curé, de ne jamais vous griser qu'en bonne compagnie dans le courant de la semaine. Cependant raisonnons, s'il vous plaît; saint Vincent aime les vignerons, puisqu'il est leur patron. Aimant les vignerons, il doit aimer la vigne, et par conséquent le vin, et aussi le cabaret, car tout cela se suit. Comment donc trouve-t-il mauvais que le jour de sa fête on aille au cabaret? Il n'a su que me répondre.

Je te conte des balivernes; l'heure de la poste arrive; adieu.

A MADAME COURIER.

Tours, le 30 janvier 1816.

Tes lettres me ravissent. Tu as bien raison de dire qu'il ne faut point d'économie sur cet article. Le plaisir qu'elles me font ne peut se comparer aux dix sous qu'elles me coûtent.

J'ai vu I...... Sa maison est bien ce qu'il nous faudrait. Elle est plus simple que je ne l'aurais cru en la voyant de loin. Il dit qu'il ne veut point la vendre. Cependant il me l'a fait voir dans le plus grand détail, et il me la vantait du ton d'un homme qui veut faire valoir sa marchandise. Moi je l'ai fort approuvé de ne point vouloir s'en défaire, et j'ai refusé de voir les appartemens qu'il voulait aussi me montrer. C'est l'histoire de Vaslin. Il s'est mis en tête que je voulais avoir sa maison.

Demain je fais encore une course à Larçay, et puis une autre à Luynes pour mes marchands de bois, qui finalement se moquent de moi. Je m'en vais leur lâcher des huissiers, ce qui ne m'est jamais arrivé, sans compter un procès-verbal que je vais faire faire du dommage causé à mes bois. Je ne veux plus, ma foi, passer pour un benêt, et je vais leur montrer les dents. Je dis comme madame de Pimbêche : *Ces coquins viendront nous manger jusqu'à l'ame, et nous ne dirons mot!* ils vont me trouver bien changé. Ils t'attribueront ce changement; tu ne seras pas aimée *de tes vassaux.* Tu as pourtant une grande réputation dans le pays. Tu passes pour une beauté parfaite. Heureux ceux qui t'ont vue. A propos de beauté, un de nos fermiers a un fils qui passe avec raison pour le plus beau garçon du pays. Il est blond et a dix-huit ans. Ce ne sont point ces gros traits des Anglais et des Allemands. Sa tête est toute grecque. Il est loin de s'en douter, et cela lui donne une grace et un naturel que n'ont point vos messieurs de Paris. Avec sa blouse et ses sabots, il a tout-à-fait l'air d'Apollon chez Admète.

Quand je serai revenu de Luynes, il faudra retourner à Larçay pour mes impositions. Tu vois quelle vie. Je me donne au diable, mais j'espère que cela finira. Le pis est que je ne puis m'occuper d'aucune étude, et que j'ai beaucoup de momens où je ne sais que faire. Alors je meurs d'ennui. J'ai trop ou trop peu d'occupations.

Je t'entretiens de mes sottes affaires qui ne peuvent que t'ennuyer. Il vaut mieux répondre à tes lettres. Je suis bien aise que tu aies remarqué le monsieur en pantoufles. Rien n'est plus choquant, je t'assure.

Je veux croire qu'au fond il ne se passe rien ;
Mais enfin on en cause, et cela n'est pas bien.

Je t'assure que tu fais trop d'avances à ces gens qui n'y répondent pas. Il faut se garder d'être dupe en amitié, c'est-à-dire d'y mettre trop du sien. On joue un mauvais personnage.

Tu peins madame S. C'est une pauvre étude et un maigre sujet, mais cela vaut mieux que de ne rien faire. Je ne m'étonne pas que tu aies de la peine à te mettre au travail. J'éprouverais la même chose. Nous nous prêcherons l'un l'autre. J'ai des projets admirables, et je les exécuterai en dépit de la paume.

A MADAME COURIER.

Tours, le 1er février 1816.

J'espère qu'enfin tu auras reçu de mes lettres ; je t'ai écrit il y a eu hier huit jours, c'est-à-dire un mercredi, et je vois que le dimanche d'après tu n'avais encore rien reçu. Cela est étrange ; mais tu t'es trop désolée, tu devrais être accoutumée aux sottises de la poste. Tu avais raison de m'attendre, j'étais à tout moment sur le point de partir, et c'est ce qui m'empêchait de t'écrire.

Tes lettres me font toujours un plaisir infini.

Leur miel dans tous mes sens fait couler à longs traits
Une suavité qu'on ne goûta jamais.

C'est du Tartufe. Je suis bien aise que tu n'ailles pas chez les C.; pour que nous puissions former quelque liaison avec eux, il faudrait qu'ils fussent bonnes gens, et rien n'est si rare. Tous tes détails sont bien aimables et valent de l'or pour moi. Les la Beraudière ne sont pour rien dans l'usurpation dont je t'ai parlé; leur gentilhommerie à part, ce sont des gens fort estimables; encore sont-ils sur leur noblesse plus supportables que les autres. Je voudrais être auprès de toi pour te faire travailler, tu auras de la peine à t'y remettre; mais il faut tenir bon, c'est l'affaire de quelques jours; je te prêcherai d'exemple. Tu ne m'as pas encore vu travailler tout de bon; je veux finir mon Ane tout d'un trait.

Je gèle et cependant je continue à t'écrire. Il y a ici beaucoup de gens fort mécontens que j'aie osé acheter cette forêt; ce sont les gros du pays et B. à la tête. Il m'avait dit d'abord avant l'acquisition : Cela ne convient qu'aux gens riches de ce pays-ci. Un M. de Rhodes a eu là-dessus une querelle avec sa femme; c'est l'histoire de M. et madame de Sottenville. Sa femme lui disait : Comment avez-vous pu ne pas acheter cela? Il s'en justifie de son mieux; il dit que c'était trop cher. Moi je trouve qu'il aurait bien pu, lui ou quelque autre Sottenville, faire un petit sacrifice pour empêcher que cette forêt ne tombât en roture. Quel scandale, en effet, n'est-ce pas, qu'un si beau bien soit dans les mains de gens qui ne sont ni maires, ni préfets, ni généraux, ni marquis, ni négocians! cela crie vengeance!

A MADAME COURIER.

Tours, le 6 février 1816.

Je me lève matin pour t'écrire. Il me faut aujourd'hui voir les gens du domaine pour réclamer la maison du garde, qui réellement nous appartient comme ayant de tout temps fait partie de la forêt. C'est une raillerie de prétendre avoir vendu le pot et non l'anse. J'aurai encore une course à faire pour revoir cette maison à vendre, et puis je partirai pour Paris; je ne compte me reposer que dans la voiture.

Tu te rappelles ces gens qui ne veulent pas qu'un paysan mange, boive et porte une chemise. J'allai l'autre jour chez M. Précontais de la Renardière, qui est un de nos débiteurs; je le trouvai en famille. Il n'avait point d'argent, me dit-il; ce sont les paysans qui ont tout, et si cela continue, la noblesse mourra de faim ou sera obligée de faire quelque chose : qu'il se vende un quartier de pré, c'est un paysan qui l'achète ; chacun a maintenant *sa goulée de benace*. Ces gens-là mangent de la viande, boivent du vin, ont des souliers : cela se peut-il souffrir ? J'abondai dans son sens, et je le fis frémir en lui racontant une chose dont je venais d'être témoin. Croiriez-vous bien, lui dis-je, que Jean Coudray le vigneron...? Écoutez ceci, je vous prie. Je viens de chez Jean Coudray ; il me devait quelque argent qu'il m'a payé sur-le-champ. Sa femme m'a voulu donner à déjeuner. Mais elle, que pensez-vous qu'elle prenne à déjeuner? du café à la crème. Cela leur fit dresser les cheveux à la tête. Du café à la crème ! Tout le monde s'écria : Du café à la crème ! Nous convînmes tous que les choses ne pouvaient durer ainsi ; et je les quittai en faisant des vœux bien sincères pour le retour du bon temps ; car ils me paieront, j'imagine, quand les paysans mourront de faim et seront couverts de haillons.

Je voulais t'en dire plus long, mais Bidaud m'a envoyé chercher dès huit heures du matin. Je suis comme Petit-Jean, je n'aime pas qu'on m'interrompe. Adieu.

A MADAME COURIER.

Tours, le 7 novembre 1816.

Je ne poursuis point les marchands de bois, parce que Doré a un fils qui va, dit-on, faire un mariage fort avantageux, et mes poursuites contre le père empêcheraient, dit-on, ce mariage, qui pourra aider au paiement de ce qu'on me doit. Je n'en crois rien; mais pour ne pas empêcher ces gens de coucher ensemble, j'attends le lendemain de la noce pour lâcher contre eux les huissiers. J'ai la réputation d'un homme qu'on ne paie que quand on veut. Cela me fait donner au diable.

Je n'ai point vu les la Beraudière : la mère est malade. Ils se sont fort bien conduits dans une infame affaire qui a eu lieu dernièrement à Luynes. Dans ce village d'environ 1200 habitans, douze personnes ont été arrêtées pour propos séditieux ou conduite suspecte. C'étaient les ennemis du curé et du maire. Les uns sont restés en prison six mois, les autres y sont encore. Une jeune fille se meurt des suites de la peur qu'elle a eue en voyant arrêter son père. Or, dans cette affaire, il paraît que M. de la Beraudière s'est employé tant qu'il a pu en faveur de ces pauvres diables. Cela fait qu'on en dit beaucoup de bien dans le pays. Dans le fait, ce sont des gens fort estimables.

Un curé me disait à Luynes qu'il ne voulait pas me *flustrer* du plaisir..... Mets cela avec le *dénaturer* du médecin [1].

A MADAME COURIER.

Tours, le 10 novembre 1816.

Je cours toujours pour ma chienne de vente; j'ai eu ce matin de bons renseignemens : écouter tout le monde est ma règle. Je ne vendrai pas aujourd'hui, je crois. Il fait un temps affreux. Je vais être obligé de retourner demain à Luynes; c'est un rude métier que celui de ton intendant.

A deux heures et demie.

On a porté les enchères à 11,500 fr.; c'était un prix raisonnable; car le bois est diminué depuis l'an passé : je n'ai pas voulu vendre. L'adjudication est remise à quinzaine; mais je crois que je ferai affaire avant ce temps; ils viendront me

---

[1] Un médecin consulté par Courier lui répondit un jour gravement : Monsieur, ce symptôme me *dénature* votre maladie ; voulant dire *dénote*.

tourmenter comme l'an passé. On prétend cependant que j'ai mal fait de remettre la vente. J'entends monter l'escalier ; ce sont de mes gens qui sont sur mon dos. Ils me parlent pendant que j'écris : je fais semblant de ne pas les écouter. Ils m'offrent 11,600 fr., moitié comptant. Je ne sais qui diable leur a dit que je voulais 12,000 fr. Les voilà qui m'offrent 12,000 : je refuse : les voilà partis. Je vais dîner chez Bidaut.

A 10 heures du soir.

Ma foi c'est fait pour 12,250 fr., à Beaujean ou Bonjean, dont tu dois te souvenir. Les paroles sont données, sans témoins à la vérité ; mais foi de paysan vaut bien foi de gentilhomme : je ne crois pas avoir mal fait. Le marché s'est fait chez Desnœuds (qui par parenthèse est mort : c'est le gendre qui tient la maison) ; j'étais là à jouer aux échecs : mon homme entre et me prend à part. Nos débats commencèrent à sept heures, et vers les dix heures nous conclûmes. J'ai écouté pendant trois heures toujours la même antienne : *je suis connu, ce n'est pas pour dire, je vous paierai bien, demandez à M. un tel.* Enfin nous avons frappé dans la main ; si je suis attrapé, ma foi..., que veux-tu ? Les enchères n'ont été portées qu'à 11,500 fr. Tout le monde me conseillait d'adjuger à ce prix ; on prétendait que, l'assemblée une fois rompue, je ne retrouverais plus les mêmes offres. J'ai tenu bon, et j'ai gagné 750 fr. Ai-je bien fait, maître ?

Redemande un peu mon Longus à M. Méjean ; il faut absolument ravoir ce livre : l'exemplaire m'est précieux à cause des notes que j'y ai mises.

Tout est fini, on m'approuve fort. Il est certain que le bois a diminué d'un quart depuis deux ans. Enfin, tout le monde trouve mon affaire bien faite. L'opinion du public varie sur mon habileté : on me prend tantôt pour un nigaud, tantôt pour un fin matois.

Adieu : je vais mettre ceci à la poste, et pars pour Luynes.

A MADAME COURIER.

13 novembre 1816.

Je suis allé dimanche à Luynes ; j'ai dîné et couché chez les la Beraudière. Ils sont bien fâchés que tu ne sois pas venue. Il y avait chez eux deux émigrés rentrés, habitans du voisinage, qui sont bien ce qu'on peut voir de plus drôle au monde ; deux figures à mettre aux Variétés. Ce ne sont que des révérences, complimens, cérémonies ; tout tellement caricature, qu'il y a de quoi crever de rire. Nous en avons bien ri quand ils ont été partis. Bonnes gens au demeurant. De Luynes je suis venu avec Odoux chez ce monsieur qui marchande notre Filonière, et je crois l'achètera; mais c'est une affaire qui n'est pas prête à se conclure. Nous avons dîné chez lui. C'est une maison charmante, à Saint-Cyr, sur le chemin de Luynes; tu dois te rappeler cet endroit sur la colline à mi-côte. On voit Tours et toute la Loire. Tu verras cela quelque jour. Ils ont grande envie de te voir; tu as une réputation dans tout le pays.

Ton projet de venir passer ici l'hiver ne peut s'exécuter; d'ailleurs il faut que j'imprime mon Ane cet hiver. Ce n'est point une chose indifférente. Enfin tout s'arrangera. Figure-toi que les propriétaires de terres sont toujours gueux, mais jamais ruinés.

Ce monsieur qui épouse la vieille ne m'étonne point du tout. Il vient de mourir ici un homme appelé M. A.; il n'avait point d'autre état que d'épouser de vieilles femmes, et de les enterrer. Il est mort veuf de la troisième, et riche; car, comme il les traitait fort bien pendant leur vie, elles le récompensaient à leur mort. J'avais prédit qu'il finirait par une fille de dix-huit ans qui l'enterrerait; mais je me suis trompé.   .

[Courier, selon le projet dont il fait mention dans la lettre précédente, s'occupa, sitôt son retour à Paris, de l'impression de son
Ane. En même temps il écrivit la Pétition. Alors seulement il
connut son talent, ou plutôt la sympathie du public français avec
ce talent. On sait assez quel effet produisit ce petit écrit de dix
pages. Cependant il demeura fidèle à ses études grecques, et ne
fut arrêté dans la correction de son Ane que par un nouveau crachement de sang, qui le prit au mois de février 1817, et le tint
long-temps entre la vie et la mort. Obligé d'aller aux eaux pour
se rétablir, il ne put reprendre son travail qu'au mois de décembre
suivant. La mort de son beau-père, arrivée le 18 novembre de
cette année, l'affecta si vivement, qu'il ne continua qu'avec dé-
couragement et de loin à loin les études qui avaient été communes
entre eux pendant plusieurs années. Dans quelques lettres qui
n'ont pu entrer ici, il parle, avec la touchante simplicité qu'on
lui connaît, de sa douleur quand il rentra dans le cabinet de son
beau-père, qu'il toucha les livres tant de fois feuilletés avec lui,
revit sa place et son fauteuil vides. Ces regrets profonds et dura-
bles, comme toutes les impressions de l'ame de Courier, nous ont
privés de plusieurs travaux qui, sans cela, eussent été achevés, et
que le public ne connaîtra point : perte qu'on ne saurait trop vivement sentir.

En janvier 1818, Courier voulut, se voyant des forces, aller
seul en Touraine. Il fut repris de son crachement de sang, et ra-
mené mourant.

La lettre suivante est une de celles qu'il écrivit pendant sa con-
valescence à sa femme, qui terminait à Tours les affaires aban-
données par lui. Il marque là le peu de souci que lui donne
l'Institut, où se trouvaient alors trois places vacantes. On sait

l'histoire des nominations faites à ces places par l'Académie, après six mois employés à préparer ses choix. Les sollicitations de sa femme et de quelques amis avaient déterminé Courier, contre son gré et son caractère, à faire quelques démarches pour remplacer son beau-père. Il les fit, et s'en repentit, comme il l'a si plaisamment avoué, tout en se vengeant sur l'Académie du refus auquel il s'était exposé en prenant ses titres de savant pour des droits à une distinction de savant. La lettre qui vient ensuite est adressée à M. Raoul de Rochette, après le refus de l'Académie.]

A MADAME COURIER.

Le 9 février 1818.

Tu vois comme je t'écris. Je te parle de moi. C'est comme il faut que tu fasses. Tout ce que tu fais, ce que tu penses, tout ce qui te vient à l'esprit sans examen, il me le faut coucher par écrit. Visconti est mort; je viens de recevoir son billet d'enterrement. Voilà trois places à l'Institut. En aurai-je une? Je ne sais. S'ils me reçoivent, j'en serai bien aise; s'ils me refusent, j'en rirai : je ne vaudrai ni plus ni moins, et le public sera pour moi. Je crois que je serai reçu. Mon Ane va paraître, je crois, la semaine prochaine. Il semble que Bobée ait envie d'en finir.

Adieu. Je m'arrange avec Rosine on ne peut

mieux. Elle jouit du bonheur de voir son fils ne
rien faire du tout. J'ai voulu hier l'envoyer porter quelques livres chez ta mère. Rosine s'en est
emparée, et les a portés elle-même. Il ne faut pas
qu'un gentilhomme sache rien faire, dit Molière.
Adieu.

A M. RAOUL DE ROCHETTE.

Paris, le 15 avril 1818.

Monsieur, je n'aurai point l'honneur de dîner
demain avec vous, parce que je pars pour la campagne, à mon grand regret, je vous assure.

Ne croyez pas que je me plaigne de votre académie; je reconnais au contraire qu'elle a eu
toute sorte de raison de me refuser; que je n'é-
tais point fait pour être académicien, et que c'é-
tait à moi une insigne folie de me mettre sur les
rangs. Seulement, je ne veux pas qu'on me croie
plus sot encore que je ne suis; et comme bien des
gens s'imaginent que je me présente à chaque
élection pour essuyer un refus, je ne dois pas négliger, ce me semble, de les désabuser. C'est là
l'objet du petit mémoire que je vais publier, et
dans lequel je ne prétends point justifier, mais

atténuer ma sottise : je n'en ai guère fait en ma vie que par le conseil de mes amis. Ah , Visconti ! Visconti !

~~~~~~

[C'est au mois d'avril de cette année que Courier acheta sa maison de la Chavonnière. Il était à Paris pendant que sa femme sollicitait à Tours au sujet du procès contre Claude Bourgeau; procès perdu par Courier, et dont l'objet est connu par le *Mémoire contre Claude Bourgeau.* La lettre qui suit a trait à cette affaire.]

————

A. M. ÉTIENNE,

DE LA MINERVE.

Paris , le 14 juin 1818.

Monsieur , j'ai prié M. Bobée , mon imprimeur, de vous faire tenir une feuille qu'il vient d'imprimer sous ce titre : *Procès de Pierre Clavier Blondeau, etc.* Lisez cela, monsieur, si vous en avez le temps , et vous verrez ce que c'est pour nous, pauvres paysans, d'avoir affaire à un maire. Vous serez d'avis, comme moi, que ces faits sont bons à publier. Dites-en donc un mot, je vous prie, dans un de vos excellens articles, afin que Paris du moins sache comme on traite ceux qui

le nourrissent; car vous ne vous doutez de rien,
gens de Paris, dans vos salons; et comme vous
sifflez les ministres s'il leur échappe à la tribune
un mot improre ou malsonnant, vous croyez
que nous pouvons ici nous moquer d'un maire.
Défaites-vous de cette idée. *L'opposition* réussit
mal dans les départemens, et je puis vous en dire
des nouvelles. Mon exemple est une leçon pour
tous ceux qui seraient tentés de prendre, comme
j'ai fait, le parti des vilains, non-seulement contre
les nobles, mais contre les vilains qui pensent
noblement. Il m'en coûte mon repos et mon bien:
les juges veulent me ruiner, et ils y réussiront
avec l'aide de Dieu et de M. le procureur du roi.
Enfin, depuis quelque temps, ma vie est un combat, comme disait Beaumarchais. Il était ferrailleur
et souvent cherchait noise. Moi, je ne me défen-
drais même pas, tant je suis bonne créature, si
on me battait modérément.

Votre *Minerve* s'est déjà déclarée pour moi
d'une manière qui m'a fait beaucoup de plaisir et
d'honneur. Souffrez, monsieur, que je lui recommande à présent mon pauvre Blondeau, ainsi
qu'à votre *Renommée*, qui, je l'espère, ne jugera
pas de l'importance des faits par les noms des personnages. Une présentation à la cour ne lui fera
pas oublier les doléances de Blondeau et de vingt
millions de paysans opprimés, je veux dire *administrés* comme lui.

[La lettre suivante exprime sur l'état de nos théâtres une opinion qui n'étonnera point dans un homme tel que Courier; mais elle émet en même temps sur le talent et le système de déclamation de Talma un jugement très-extraordinaire. Courier ne l'eût point hasardé en public sans en donner les motifs, ce qu'il ne fait pas ici, et les lecteurs en seront fâchés comme nous. On peut concevoir qu'un homme nourri de l'antiquité, comme l'était Courier, ait pu être choqué de quelques inexactitudes dans cette imitation des costumes anciens, que Talma avait imposée à notre scène avec tant de peine. Mais que les intentions et le charme des beaux vers de Racine lui aient paru se perdre dans le débit si savant et si harmonieux de Talma; qu'il ait imaginé, pour faire arriver au cœur cette musique dont Racine est tout plein, d'autres inflexions, d'autres accens que ceux de la voix si profondément sympathique de Talma, cela est fait pour surprendre.]

A MADAME COURIER.

Saint-Germain, du 15 au 18 juillet 1818.

Je suis allé, comme je t'ai dit, aux Français avec ces jeunes gens; je croyais qu'ils allaient au parterre; point du tout, c'était aux galeries à quatre francs; j'y ai eu grand regret. On donnait *Andromaque.* Je n'ai rien vu au monde de si pitoyable.

Tout était révoltant : Andromaque avait dix-huit ans, et Oreste soixante. Tantôt il hurle, il beugle; tantôt il parle tout bas, et semble dire : *Nicole, apporte-moi mes pantoufles.* Tout cela est entre-mêlé de coups de poing et de gestes de laquais dans les endroits de la plus noble poésie. Je t'assure que celui de la Gaieté qu'on nomme le Talma des boulevards, vaut beaucoup mieux que son modèle. Talma était fagotté on ne peut pas plus mal; dés draperies si lourdes et si embarrassantes qu'il ne pouvait faire un pas : un gros ventre, un dos rond, une vieille figure ; c'était un amoureux à faire compassion. Tu sais que je n'ai point de prévention ; je ne demandais pas mieux que de m'amuser. Je crois d'ailleurs que le parterre, tout enthousiasmé qu'il était, ne s'amusait pas plus que moi. Le crispin, c'était Monrose, ne m'a pas paru merveilleux. Le fait est, comme je l'ai toujours dit, que le Théâtre-Français, et tous les vieux théâtres de Paris, à commencer par l'Opéra, sont excessivement ennuyeux.

A MADAME COURIER.

Paris, dimanche.

Je trouve ici tes deux premières lettres. Je vois que tu vas garder mon mémoire jusqu'à ce que la chose soit jugée, ou, ce qui est la même chose, jusqu'à la veille du jugement. Comment ne comprends-tu pas que cela est plutôt fait pour le public que pour les juges ? Tu ne me marques point quand on doit juger. Aussitôt ma lettre reçue, distribue tout ce que tu as, mais avec discernement. N'en donne qu'à ceux qui peuvent trompetter cela, et qui n'ont point d'intérêt à ce que la chose n'éclate pas.

———

[Avec l'établissement de Courier à la campagne commencèrent les vexations qu'il est au pouvoir d'un maire d'exercer contre ses *administrés*, et dont il est impossible de se faire une idée quand on n'a vécu qu'à Paris ou dans les grandes villes. Elles furent plus fâcheuses contre lui que contre tout autre, d'abord en raison de son nom et de sa réputation, ensuite parce que, révolté de ces persécutions, il y résistait, et luttait de toutes ses forces. Son garde Blondeau, mal avec le maire, fut accusé par celui-ci de l'avoir insulté, assigné ensuite pour produire un port-d'arme, qu'il n'avait point comme ne lui étant pas nécessaire, et enfin emprisonné par suite de l'animosité de ce maire. Lui-même, Courier, plaidait encore, et perdait un second procès. On lui refusait l'appui nécessaire pour poursuivre quelques mauvais sujets qui avaient coupé ses bois. Enfin son existence était intolérable, et la lettre du 5 juin 1819 peint faiblement toute l'exaspération qu'il éprouvait.

C'était en ce moment qu'il écrivait la lettre à l'Académie. Il se reprocha souvent, même en l'écrivant, de la faire trop âpre, trop virulente, et de laisser sentir trop fortement l'amertume d'un esprit aigri. Il n'en voulait point du tout aux gens de l'Institut de ne l'avoir point reçu, disait-il. Les plaisanter avec légèreté, voilà son intention, et non les assommer de ridicule. S'il l'a fait, c'est emporté hors de sa modération habituelle par le ressentiment des injustices auxquelles il était en butte.]

A MADAME COURIER.

Le 9 janvier 1819.

Je suis bien content de Félix et d'Émilie. Cela m'a fait grand plaisir. Voilà qui sera un joli ménage, bien assorti. C'est un petit roman que cette course en Amérique, et la souffrance de la belle ; je souhaite qu'elle soit heureuse. Je l'espère bien, et elle le mérite.

Ne te tourmente point, tout s'arrange avec le temps ; l'essentiel, c'est la santé.

Ce qu'Hyacinthe t'a dit de ma réputation doit te rassurer pour l'avenir. La réputation à Paris vaut mieux que l'argent, et procure l'argent. Nous ne devons pas craindre d'être jamais embarrassés.

A MADAME COURIER.

La Chavonnière, le 5 juin 1819.

Blondeau est assigné pour le port-d'arme ; il est comme un fou. Je crains que mon fagottage n'en souffre. Je prendrai patience pourvu que mon rhume guérisse. Mais viens bientôt, sans quoi je serais obligé de me sauver à Paris; ce pays-ci est un enfer. Mais enfin nous ne pouvons nous empêcher d'y demeurer au moins quelque temps. Ma vie est bien changée, j'ai perdu à la fois mon repos et ma santé.

J'ai été chez Delavergne[1]. Notre procès contre Isambert a été jugé; nous sommes condamnés à lui payer une indemnité, tous les frais, et deux cents francs par an pour se loger où il voudra. Tout le monde trouve cela ridicule, et tous les gens de loi en sont révoltés. Je m'en vais chez le procureur du roi, qui, à ce qu'on dit, est parent d'Isambert.

Je n'ai point trouvé chez lui le procureur du roi. Je m'en retourne à la Chavonnière, et laisse

[1] Avoué de Tours.

tout aller. Si on persécute Blondeau, adieu mes coupes. Tu vois ce que c'est que ce pays.

————

[La lettre à l'Académie terminée, Courier fit un voyage à Paris pour la faire imprimer. Il ne put, arrivé là, se taire à ses amis de tous les sujets de plaintes qu'il avait contre les autorités de son département. Quelques-uns de ces amis approchaient M. Decazes, tout puissant en ce moment. On conseilla donc avec empressement à Courier de se plaindre au ministre, au garde-des-sceaux, à tous, n'importe ; chacun serait trop heureux de lui faire droit et de lui procurer la paix. Courier, sans méfiance, les crut bonnement mus par l'amour de la justice et l'estime qu'on avait pour son mérite. Il alla donc où on le menait, et vit les salons ministériels d'alors. Pendant huit jours il fut en crédit. On écrivait au préfet de le laisser en repos. On allait destituer le maire, et même nommer Courier à sa place. Il ne fallait pour cela qu'une petite chose qu'il ne comprit pas. Il s'est souvent depuis creusé la tête, avec une naïveté rare, pour deviner par quelle raison, après tant de prévenances et d'accueil qu'il ne demandait point, il avait vu tout de suite les puissans refroidis à son égard. Il attribua cette disgrace à la lettre à l'Académie, trop forte et trop violente, selon lui ; il ne se trompait pas tout-à-fait.

Ce fut pendant ce séjour à Paris que Courier écrivit le placet aux ministres.]

A MADAME COURIER.

(Fin de mars 1819).

Ce qui nous aidera puissamment dans toutes nos affaires, c'est la lettre à l'Académie, dont le succès paraît certain. Il n'y a encore que trois ou quatre exemplaires de distribués, et déjà les têtes s'échauffent. Faye était prévenu peu favorablement sur ce que je lui en avais débité de mémoire; mais après l'avoir lue et fait lire à d'autres, il en est enchanté. Haxo en est presque content.

J'allai voir Hyacinthe avant-hier; je le trouvai au lit. On l'avait saigné; on lui avait mis les sangsues; il avait eu un coup de sang. C'est tout le tempérament. Je lui recommande la fatigue et les exercices violens, pendant qu'il en est temps encore; il ne suivra pas mon conseil; il paraît un peu indolent; du reste le meilleur garçon, et bien aimable. Il veut absolument être sous-préfet, et il le sera. Son père et sa mère iront vivre avec lui, sottise, selon moi. Il doit m'aboucher avec Villemain d'ici à quelques jours. Je crois que tout ira bien, et que nous aurons ici pleine satisfaction.

J'achèterai ici du sainfoin, qui est beaucoup

meilleur marché que là-bas; j'en ai vu des tas à
la halle, et je sais maintenant distinguer le bon
du mauvais.

Fais toujours couper du mauvais bois. Si je
n'arrivais pas le 2 ou 3 avril, fais vendre les
bourrées par Blondeau. Tu en fixeras le prix avec
lui; ce doit être de seize à vingt-deux ou vingt-
trois.

Je suis bien aise que tu plantes des châtaignes;
il faut les mettre loin du bois.

A MADAME COURIER.

Mars 1819.

J'ai vu hier M. Guizot. Il m'a promis solennellement la destitution que je ne lui demandais pas.
Je dois le revoir mercredi au soir; ainsi je ne puis
partir que jeudi. Je dois voir d'ici à ce temps le
ministre de la justice, dont j'espère beaucoup;
ainsi j'espère que nous aurons raison de nos per-
sécuteurs.

La lettre à l'Académie commence à faire sensation. B. m'a écrit une lettre d'une bêtise rare;
tout le monde est content du style, excepté...
M. Daunou, dont le suffrage n'est pas peu de
chose, m'en a fait mille complimens; Villemain,

Violet-le-Duc, il n'y a qu'une voix. Mais l'Académie est un peu sotte. Tout cela, je crois, me fera
honneur. Villemain est enthousiasmé de mon
Plutarque, et veut l'imprimer à tout prix.

Dis à Blondeau que ses affaires vont bien, que
cependant je ne puis encore lui rien promettre.

A MADAME COURIER.

1819.

J'ai dîné hier avec Hyacinthe et Jules Bonnet
chez Hardi. Jules est un peu pincé, mais du reste
il m'a paru aimable. Après le dîner ils se sont mis
à jouer au billard, et je suis rentré chez moi. Le
matin j'allai voir Lemontey ; je croyais qu'il pourrait par ses connaissances me faire parler au ministre de la justice. Je sais bien que ce ministre
me donnera une audience quand je la demande-
rai ; mais je suis pressé, je veux m'en retourner
là-bas. Au reste, Lemontey ne peut ou ne veut
rien faire.

Je dois voir Villemain aujourd'hui à deux
heures. Il me lira la lettre du ministre au préfet.
Je regarde la destitution de Debaune comme certaine. On m'a proposé de me faire maire à sa
place ; je n'ai pas voulu. Villemain a fort dans la

tête l'impression de mon Plutarque, comme une chose qui pourrait faire honneur au ministre actuel. Nous parlerons de cela aujourd'hui; si la chose se fait, je reviendrai ici dans cinq ou six semaines.

Je vois que mes premières lettres t'ont inquiétée, tu verras par les lettres suivantes que tout s'arrange. Quand on saura à Tours que nous avons à Paris des gens qui pensent à nous, on nous laissera tranquilles; et je crois que... regrettera plus d'une fois d'avoir pris parti contre nous. Si je puis rester ici seulement quelques jours, le procureur du roi aura aussi sa semonce; et enfin nous serons en repos. Je vois qu'on se fait ici un honneur et une gloire de me protéger. Cependant il y a encore une chose qui pourrait changer tout, c'est ma lettre à l'Académie que Villemain n'a point encore lue, et qui paraît à tout le monde trop âpre et trop violente. Il se pourrait que cette lecture le fît changer, non de sentimens, mais de conduite avec moi; ainsi ne comptons encore sur rien.

Regarde toujours le cachet de tes lettres.

————

⸲ Dans l'intervalle compris entre mars et décembre 1819, Courier écrivait d'abord le plaidoyer pour Pierre Clavier Blondeau, son garde, que peu après il défendit lui-même au tribunal de Blois (ce qui n'empêcha point que le pauvre homme ne perdît son procès); ensuite il écrivit pour le Censeur, tout cela en soignant ses sainfoins, ses bois, ses vignes. Ce fut sa femme qu'il envoya en décembre à Paris pour y terminer quelques affaires, dont il paraît, aux lettres qu'il lui adresse, bien moins occupé que de savoir l'opinion de ses amis sur ses articles du Censeur].

A MADAME COURIER.

Tours, le 24 décembre 1819.

Tu me marques que tu as versé, et qu'il t'en coûtera soixante francs : voilà tout. Il paraît que tu n'es point blessée; cependant ta tête est fêlée. Qu'est-ce que tout cela veut dire? et pourquoi ne t'expliques-tu pas?

Informe-toi doucement si l'on trouve que je fais bien d'écrire pour le Censeur. Haxo pourra te donner son avis là-dessus. Demande-le lui de ma part. Tu peux aussi interroger, mais moins directement, Duménil, si tu le vois. Il me semble que ce journal est bien peu répandu. Au reste, quand j'aurai mes livres, je pourrai m'occuper d'autres choses.

[Courier passe peu de mois sans aller à Paris, chacune de ses brochures étant imprimée sous ses yeux, à quelques exceptions près ; mais les lettres qu'il écrit à ces petits voyages n'ont de prix que pour sa famille, jusqu'au mois d'avril 1821.

De cette année 1820 sont datées :

Les deux dernières *Lettres au Censeur ;*

A MM. du conseil de préfecture à Tours ;

Les deux *Lettres particulières.*

Au commencement de 1821, comme on parlait de donner Chambord au duc de Bordeaux, Courier conçut *le Simple discours.* Le peu d'amis auxquels il en parla l'engageaient à se presser pour saisir l'à-propos ; mais il résista à leurs sollicitations, et l'écrivit lentement avec ce soin achevé qui fait de ses moindres pamphlets des modèles de style en même temps que des ouvrages si piquans.

Suivent après, dans les lettres postérieures, tous les détails de ses succès, sa mise en jugement, le procès, etc.]

A MADAME COURIER.

Paris, avril 1821.

Je suis arrivé hier à neuf heures du soir. On m'a logé, quoique avec peine, à l'hôtel de Vauban. Tout est plein à cause du baptême du duc de Bordeaux. J'ai vu hier *** ; j'y dîne aujourd'hui. J'ai vu Bobée : il va imprimer mon Chambord.

Cela viendra on ne peut pas plus à propos ; car on délibère actuellement si on poursuivra ce projet.

~~~~~~~~~~~~~~~~~~~~~~~~~~~~~~~~~~

A MADAME COURIER.

Paris, le 1er mai 1821.

J'ai vu le maréchal et sa femme. Grandes caresses et grandes amitiés. Mon Chambord a un grand succès ; il s'en vend beaucoup. M. d'Argenson en a fait acheter je ne sais combien d'exemplaires, outre ceux que je lui ai donnés. Bobée ne me dit pas tout, mais je sais que des libraires lui en ont demandé. Cela arrive bien à propos.

Tout Paris est en l'air pour le baptême. Je m'en vais à la campagne chez madame Viguier, qui fuit avec raison les fêtes et les embarras.

Demarçay m'a enseigné le moyen de défricher sans qu'on puisse m'en empêcher, et je crois que je ferai comme il me dit.

Je sèche ici, je meurs d'ennui. Mon impression étant finie, il me tarde d'être auprès de toi et de notre enfant.

A MADAME COURIER.

Paris, juin 1822.

Ma grande affaire du pamphlet marche ; mais je ne sais encore si je serai mis en jugement. Cela sera décidé demain. On m'a beaucoup pressé, et même importuné, pour voir les juges ; je m'y suis refusé, et je crois que je fais bien, et on finit par en convenir. Je suis sûr de n'avoir point de tort. J'ai le public pour moi, et c'est ce que je voulais. On m'approuve généralement, et ceux mêmes qui blâment la chose en elle-même conviennent de la beauté de l'exécution. Deux personnes qui n'ont entre elles aucun rapport, car c'est M. Dubost et Etienne, m'ont dit que cette pièce est ce qu'on a fait de mieux depuis la révolution. Ainsi j'ai atteint le but que je me proposais, qui était d'emporter le prix. Plus on me persécutera, plus j'aurai l'estime publique.

A MADAME COURIER.

Paris, 6 juin 1821.

Je ne puis absolument t'écrire. Je n'ai pas un moment à moi. Et d'ailleurs je crains que mes lettres ne soient décachetées. Rien encore de décidé sur l'affaire du pamphlet. Il y a encore beaucoup de formalités à remplir. Je ne puis m'expliquer là-dessus. Mais sois tranquille : j'ai pour moi tout le monde. Ton parent me sert bien, du moins par les informations qu'il me donne; car du reste il a une peur extrême de se compromettre. Je suis logé chez le philosophe dont tu as reçu la lettre après mon départ, et qui était d'avis que je ne bougeasse de là-bas. Je suis bien aise d'être venu, par plusieurs raisons que je ne puis te marquer. Je ne sors presque point de ma chambre, qui est un grenier ayant vue sur le Luxembourg. Je travaille du matin au soir à mon Longus et à d'autres choses. Les invitations me pleuvent de tous les côtés. Je n'en accepte aucune, et fuis les cliques de toute espèce, nonseulement par une aversion naturelle, mais aussi parce que je ne veux point perdre de temps. Je n'ai point encore vu le maréchal. Ils sont à la campagne. Je ne vois plus ni ta mère ni..... Je suis enterré pour tout le monde.

~~~~~~

A MADAME COURIER.

Paris, 10 juin 1821.

Il est décidé que je serai jugé par la cour d'assises. On te signifiera je ne sais quel grimoire qu'il faut me renvoyer. Ne t'inquiète point. On croit non-seulement possible, mais probable, que je m'en tirerai. Au reste, tu sais comme je pense. Mon but était de faire quelque chose qui fût bien, et il paraît que j'ai parfaitement réussi. Le reste s'arrangera.

J'ai vu aujourd'hui Hyacinthe, qui m'a reçu merveilleusement. Il a voulu absolument me mener chez son beau-frère. Autre réception, accueil, enthousiasme, etc. Sa mère se porte bien. Cassé était chez lui, qui est un peu maigri; assez spirituel. Ta mère et Amelin m'ont servi de toute leur puissance, et se sont mis en quatre.

Tu me renverras, poste restante, ce que tu recevras relatif aux assises.

J'ai pris un avocat que tu connais peut-être. Il se nomme Berville. Il venait chez ta mère autrefois. C'est un jeune homme de beaucoup d'esprit et fort aimable.

Adieu, chère femme; ménage surtout ta santé; garde-toi de te rendre malade, car nous serions perdus tous. Toute l'existence de la famille roule sur toi seule à présent.

———

[Entre la mise en accusation et l'époque du jugement pour le Simple Discours, Courier revint à la Chavonnière, et prépara sa défense, morceau admirable qu'il voulait prononcer lui-même, essayant ainsi de la tribune, et de l'effet qu'il pouvait produire sur une assemblée. Mais il ne se décida pas à parler, détourné un peu par son avocat, et beaucoup par une certaine indolence naturelle et la crainte de ne pas réussir à son gré [1].

Au mois d'août il retourne à Paris. Du commencement du mois est daté son pamphlet *Aux ames dévotes*. Il le fit, celui-là, à Paris, contre son usage assez constant; car ordinairement il travaillait à la campagne, ne venant à Paris que pour faire imprimer.]

---

[1] Il achevait en même temps sa traduction du fragment d'Hérodote, et sa préface de ce même fragment. On voit dans la lettre suivante qu'il songe à le faire imprimer. Ce fut par Bobée et sans en tirer profit, mais seulement en 1822.

A MADAME COURIER.

Paris, août 1821.

J'ai parlé à Cotelle, qui m'offre de l'argent; mais je ne puis me faire à l'idée de vendre ce que j'écris. C'est une sotte idée avec laquelle je suis né, et qui m'empêche de pouvoir faire un marché avec ces libraires, quoique je sente la duperie de donner et la nécessité de quitter cette méthode. Enfin je verrai. Je lui refuse mon fragment : il veut l'avoir absolument. Corréard aussi veut l'avoir. Au milieu de tout cela je ferai quelque sottise.

Je travaille tout le jour à mon Longus, et me prépare pour le 28. Tout le monde croit que je m'en tirerai.

J'occupe tout seul l'appartement de Cousin; sa conduite avec moi est fort aimable, et en le voyant je suis tenté de croire qu'il y a des caractères francs et généreux; mais que penser de ceux qui dès la jeunesse sont avares, fourbes et de mauvaise foi?

Adieu, cher ange.

A MADAME COURIER.

Paris, août 1821.

Je viens de voir dans les gazettes que l'affaire de Cauchois-Lemaire sera jugée avant la mienne. Je crois cela fâcheux pour moi; je ne me repens point néanmoins de n'être pas venu le mois passé.

J'espère comme toi que notre Paul sera bon; mais il faut qu'il vive avec nous, ou du moins avec toi. Ainsi, soigne ta santé, d'où dépend la vie de nous trois.

Je vais voir aujourd'hui Bobée et Berville : nos jurés doivent être nommés. Je suis tout occupé à méditer ma harangue, que peut-être à la fin je ne prononcerai pas. Tous les avocats sont d'avis que je ne dise mot : le public s'attend que je parlerai. Nous verrons.

A MADAME COURIER.

Paris, août 1821.

Mon jury est abominable, et il y a peu d'espérance.

Quel bonheur que j'aie pu avoir cet appartement de Cousin! Sans cela, je ne sais ce que je
serais devenu : la chaleur est affreuse et Paris
inhabitable. Tu es bien heureuse d'être à la Chavonnière.

Je dois demain aller voir Berville à la campagne,
chez son père, pour concerter ensemble toute
notre défense ; il faut que je me prépare.

Dimanche.

J'ai fait hier un dîner d'avocats où je me suis
assez diverti, chez Berville, à la campagne, aux
Carrières de Charenton. J'ai pensé mourir de
chaud en allant. On a beaucoup parlé de moi et
de mon affaire : je te conterai tout cela. On croit
généralement qu'ils n'oseront pas me condamner.
Il y a des circonstances favorables que je ne puis
t'écrire. On est fort curieux de savoir comment je me tirerai de ma harangue : les avocats
croient et espèrent que je ne réussirai pas. Je suis
à peu près sûr du succès, si je me décide à parler ; mais peut-être trouverai-je plus à propos de
me taire.

Quoi qu'il arrive, je vais sûrement te rejoindre
bientôt, car, quand même on me condamnerait,
j'aurais selon toute apparence du temps pour
mettre ordre à mes affaires. Je ne m'arrêterai ici
que pour faire imprimer le plaidoyer de Berville

et mon discours, ce qui sera bientôt expédié. Je meurs d'impatience de me revoir auprès de toi et de notre cher enfant ; sans vous deux je n'existe pas.

~~~~~~

A MADAME COURIER.

Paris, 29 août 1821.

Deux mois de prison et deux cents francs d'amende, voilà le résultat d'hier.

Je ne puis absolument t'écrire. Je vais travailler à publier ma défense, et les plaidoyers pour et contre ; je ne sais si on me donnera du temps.

Tes lettres me font un plaisir que tu ne peux imaginer, et c'est mon seul bien ici où tout m'ennuie et m'excède. On me recherche, on veut me voir ; mais, ma foi, je ne suis pas assez content de mes vieux amis pour en vouloir de nouveaux. Toute ma parentaille est venue à mon jugement. J'ai manqué tomber en syncope.

Je devrais être ivre de louanges et de complimens ; j'en ai reçu hier à foison de toute part. Je m'étonne moi-même du peu de plaisir que cela me fait.

Si tu veux lire un rapport à peu près exact sur

mon jugement de la cour d'assises, prends *le Courrier* d'aujourd'hui 29.

———

[Après son jugement, Courier resta quelque peu pour achever son *Procès de Paul-Louis Courier*. Mais tout empressé de revoir sa femme et son enfant, il revint en Touraine sans se donner le temps de le faire imprimer. Il mit ordre à ses affaires, et retourna à Paris en septembre; il n'était pas encore décidé à se mettre en prison; mais on verra, dans les lettres suivantes, les motifs qui le déterminèrent malgré sa répugnance.]

A MADAME COURIER.

Paris, septembre ou octobre 1821.

Toute réflexion faite, je crois que je ferai mieux de surveiller ici l'impression de mon Longus que l'on va commencer, et pour cela je me mettrai à Sainte-Pélagie. J'emploierai mon temps utilement, et ce temps passé, je serai quitte. Cependant je ne puis encore prendre aucune résolution. Mon Jean de Broë paraît demain. On y travaille le dimanche; je crois qu'il aura du succès, et achèvera de me mettre bien avec le public.

La censure a rayé dans *le Miroir* l'annonce de mon Jean de Broë; on ne sait si les autres feuilles pourront l'annoncer. C'est à présent le temps des élections.

Il faut que tu me copies deux passages de Brantôme; c'est dans le tome 3e, page 171 et page 333. Dans chacune de ces deux pages tu trouveras ces quatre mots : *quand tout est dit.* Copie, et envoie-moi les deux passages où se trouvent ces mots.

A MADAME COURIER.

Paris, jeudi matin, juin 1821.

Ma brochure a un succès fou; tu ne peux pas imaginer cela; c'est de l'admiration, de l'enthousiasme, etc. Quelques personnes voudraient que je fusse député, et y travaillent de tout leur pouvoir. Je serais fort fâché que cela réussît, par bien des raisons que tu devines. Je n'oserais refuser; mais je suis convaincu que ce serait pour moi un malheur. Cela ne me convient point du tout. Au reste, il y a peu d'apparence, car je crois que je ne conviens à aucun parti.

Tu trouveras quatre exemplaires de la brochure avec tes souliers qui doivent être partis aujourd'hui.

Vendredi.

Je n'ai point mis ma lettre, et j'ai mal fait, tu l'aurais reçue demain samedi. Tous les gens que je vois sont dans l'enthousiasme de ma brochure. On l'a lue avant-hier *au parquet* du procureur du roi; je ne sais ce que c'est que ce parquet. On la lisait tout haut, et il y avait foule. Tout cela ne peut manquer, je crois, de bien tourner pour nous. Tu m'entends.

A MADAME COURIER.

Paris, mardi matin, octobre 1821.

Je vais décidément me loger où tu sais aujourd'hui ou demain.

J'étais hier chez Delaunay le libraire. Je trouvai là un homme qui voulut me mener chez le père de l'enfant que je protège. Je m'y suis refusé, et j'ai bien fait; je ne veux me fourrer dans aucune cabale.

Cherche dans Bonaventure Desperriers, nouvelle 74, vers la fin; tu trouveras ces mots: *le plus du temps*, c'est-à-dire la plupart du temps. Copie cette phrase, et me l'envoie dans ta première lettre.

A MADAME COURIER.

Paris, jeudi matin, 11 octobre 1821.

Ce soir, je m'établis à Sainte-Pélagie, non sans beaucoup de répugnance. On y est fort bien; on ne manque de rien; on voit du monde; on reçoit des visites de dehors plus que je n'en voudrais. Cependant..... Tu sais ce que je pense sur la sottise de ceux qui se mettent en prison. Dieu veuille que je ne m'en repente pas.

Le mari de Z... est furieux contre moi à cause de ma dernière brochure. Il prétend que cela le compromet beaucoup. Tu vois ce que c'est qu'une place. Tout le monde est pour moi; je peux dire que je suis bien avec le public. L'homme qui fait de jolies chansons disait l'autre jour : A la place de M. Courier, je ne donnerais pas ces deux mois de prison pour cent mille francs. Ne me plains donc pas trop, chère femme, si ce n'est d'être séparé de toi.

Un vieux président que tu as vu chez ta tante a dit qu'il était fâcheux que cet arrêt ne pût être cassé; qu'il était ridicule. Il paraît que ce n'est pas seulement son opinion. Il ne parle jamais, dit-on, que d'après d'autres.

Ne réponds pas à tout ceci, et ne me mets rien dans tes lettres qui ne puisse être vu de tout le monde.

J'allai hier voir le local qu'on me destine : il me paraît bien disposé, au midi, sec, en bon air. Tous ces gens-là ont la mine de se bien porter; ils reçoivent des visites sans fin jusqu'à huit heures du soir. Il y avait là trois jeunes femmes ou filles très-jolies.

A MADAME COURIER.

Paris, dimanche, 14 octobre 1821.

Je suis entré ici le 11; c'était, je crois, jeudi dernier. Je suis étonné de n'avoir point de lettres de toi depuis ce temps. J'ai peur qu'il ne s'en soit perdu quelqu'une; j'en serais bien fâché. J'attends de toi des nouvelles importantes. Sois tranquille sur mon compte; je suis aussi bien qu'on peut être en prison : bien logé, bien nourri; du monde quand j'en veux, et des gens fort aimables; logement sain, air excellent. J'espère n'être point malade; c'était tout ce que je craignais.

Te rappelles-tu deux volumes que nous avait prêtés la Homo¹ sur *l'histoire de la peinture en*

¹ Libraire de Tours.

Italie? l'auteur[1] vient de me les envoyer avec cette adresse : hommage au peintre de Jean de Broë. Je reçois *le Constitutionnel* sans y être abonné. Je ne sais à qui je dois cette galanterie.

Je suis dans une chambre grande comme ta chambre jaune, exposée au midi; point de cheminée; en hiver on met un poële; couché sur un lit de sangle et un matelas de crin que j'ai apporté; une petite table pour écrire; une autre pour manger. Je mange chez moi; on m'apporte de chez un restaurateur assez passable, aux prix ordinaires. Ma chambre donne comme les autres sur un long corridor. On m'enferme, le soir à neuf heures, à double tour; cela me contrarie extrêmement, quoique je n'aie nulle envie de sortir. On m'ouvre le matin à la pointe du jour. Nous avons une promenade grande comme le quartier de terre d'Isambert : nous n'en jouissons qu'à certaines heures. Le reste du jour, elle appartient aux prisonniers pour dettes, qui sont séparés de nous. On vient nous voir de dehors; mais il faut aller demander à la police une permission qui ne se refuse pas; cependant c'est un ennui. Il y en a qui aiment mieux être ici qu'en pays étranger, et je crois qu'ils ont raison; cependant je maintiens toujours que c'est une grande sottise de se mettre en prison. Il y a ici un homme

---

[1] M. Beyle, connu sous le pseudonyme de *Stendal.*

qui l'a faite cette sottise-là, et s'en repent cruellement. Cauchois-Lemaire voit sa femme tous les jours, et beaucoup d'autres gens ; il me paraît tellement accoutumé à ceci qu'il n'y pense seulement pas. Pour moi, cinq jours, depuis que je suis enfermé, m'ont paru longs, et les cinquante-cinq qui me restent me paraissent aussi bien longs.

Adieu ! trésor. Embrasse le cher Paul.

A MADAME COURIER.

Sainte-Pélagie, mardi, octobre 1821.

J'ai eu des nouvelles d'Émilie par Béranger, avec qui j'ai dîné hier. Elle va partir pour l'Amérique avec son mari, qui la vient chercher. Béranger la dit fort aimable et très-spirituelle. Elle se vante de nous connaître, et d'être liée avec toi : c'est depuis qu'on parle de nous. On en parle beaucoup, et chaque jour j'ai des preuves du grand effet de ma drogue.

Vendredi.

J'ai encore dîné hier avec le chansonnier : il imprime le recueil de ses chansons, qui paraît aujourd'hui. C'est une grande affaire, et il pourrait bien avoir querelle avec maître Jean Broë.

Il y a de ces chansons qui sont vraiment bien faites : il me les donne.

Samedi.

Je rêve souvent de Paul et de toi, et sans dormir je m'imagine souvent que je vous tiens dans mes bras l'un et l'autre. Le temps me paraît long, quoique je sois fort occupé. Ce n'est pas vivre pour moi que d'être sans vous deux.

A MADAME COURIER.

Sainte-Pélagie, octobre.

Ta description de Paul à table m'enchante. Que ne suis-je avec vous deux ! Cependant mon absence aura cela de bon, que tu t'accoutumeras à te passer de moi pour toutes les affaires.

Je reçois des visites qui me font perdre un temps bien précieux. C'est à présent surtout que mes journées sont chères. Ta tante m'a fait demander si je tenais beaucoup à la voir.

Les chansons de Béranger, tirées à dix mille exemplaires, ont été vendues en huit jours. On en fait une autre édition. On lui a ôté sa place ; il s'en moque ; il en trouvera d'autres chez des banquiers ou négocians, ou dans des administrations particulières. Il était là simple copiste expéditionnaire. On ne sait s'il sera inquiété; je ne le crois pas. Il a pourtant chanté des choses qui ne se peuvent dire en prose.

Mes drogues se vendent aussi très-bien, et le marchand est venu m'annoncer ici que nous pourrions bientôt compter ensemble. Je crois que j'ai bien fait de m'en tenir au marché à moitié. On le dit honnête homme; et c'est pour commencer. Je le tiens par l'espérance.

A MADAME COURIER.

Le 3 ou 4 novembre 1821.

Violet-le-Duc m'est venu voir avec Bobée. Il veut avoir mes notes sur Boileau. Je serai obligé de leur donner quelque chose qui me fera perdre un temps infiniment précieux.

B. vient aussi me tourmenter : il m'a tenu trois heures aujourd'hui. La perte de ces heures est irréparable pour moi et pour mon Longus qui s'imprime. Il est probable que jamais je n'aurai le temps d'y retoucher après cette édition, qui n'est cependant pas telle que je la voudrais. J'ai heureusement donné quelques touches imperceptibles à ma lettre à Renouard, qui, sans y rien changer, raniment quelques endroits, mettent des liaisons qui manquaient. Je suis assez content de cela.

Je relis ton excellente lettre. Toute réflexion faite, je suis bien aise que tu sois jeune, pour moi et pour notre fils. Je lui parlais hier tout haut sans y penser. Tes détails me ravissent.

Il fait un bien beau temps. Que je serais heureux avec toi et notre cher Paul! Il faut lui garder toutes nos lettres, afin qu'il voie quelque jour combien il a été aimé. Je ne puis me consoler d'avoir perdu celles de mon père.

A MADAME COURIER.

Le 31 octobre 1821.

J'ai reçu tes divines lettres dont la dernière est du 26. J'en ai eu trois à la fois qui m'ont rendu bien heureux. Je t'avoue que l'endroit où tu me parles de tes talens enfouis, perdus, m'a fait pleurer. J'ai eu bien peur que quelqu'un n'entrât chez moi, car on n'aurait su ce que c'était. Pourquoi n'ai-je pas eu seulement ton portrait? Tu as bien fait de ne pas aller au déjeuner. Il est sûr que tu as bien fait, car ne voyant personne ordinairement, il eût été mal de voir du monde en mon absence. Cela aurait fait croire que je te tenais malgré toi dans la solitude. Je comprends à merveille comment tu as accepté sans le vouloir. Cela m'est arrivé mille fois.

La lettre que je t'envoie est du frère de Dupin le fameux avocat. Ce frère est lui-même fameux par de fort bons ouvrages sur l'Angleterre. Je t'envoie cela, parce que tu aimes à voir les succès de ton mari.

A MADAME COURIER.

Sainte-Pélagie, jeudi 8 novembre 1821.

On a donné ma dernière brochure à éplucher à un substitut, pour voir s'il n'y aurait pas moyen de me faire un second procès. On prétend qu'elle ne sera point attaquée, et je l'espère. Je ne conçois même pas qu'on y puisse rien attaquer. Tout se réduit à dire que de Broë est un sot. Ainsi je suis fort tranquille, et tu ne dois point t'inquiéter.

J'ai vu d'autres personnes que tu ne connais pas. Cousin est très-malade de la poitrine. Quoique je sois fort occupé, mon temps passe bien lentement. Je suis moins patient que ceux qui ont cinq ans à demeurer ici. Une prolongation ne me plairait nullement. Mais cela n'est pas à craindre.

~~~~~~

A MADAME COURIER.

Le 16 novembre 1821.

Me voici levé à quatre heures, et l'homme qui tousse toujours m'empêche de travailler. Je l'écoute, et il me semble que j'ai mal à la poitrine.

Je quitte à l'instant Béranger, qui va être jugé, et sans doute condamné. J'ai vu le député qui se nomme comme ton charretier de Saint-Avertin. C'est un brave homme; il est de mon âge, et il a une jeune femme. Mais cette femme n'est pas une Minette; elle aime la dépense et le plaisir.

Madame Shœnée est venue ici voir un prisonnier son parent. Elle a fait un éloge de toi qui a charmé toutes ces bonnes gens. Ils sont venus me le redire, et je suis convenu avec eux qu'il en était quelque chose.

Samedi.

J'ai reçu tout à l'heure un colonel fameux [1] dont je te dirai le nom. Je le crois homme de mérite, et je ne m'étonne pas qu'il ait l'ambition de se distinguer.

[1] Fabvier.

A MADAME COURIER.

Le 23 novembre 1821.

Hier un de nos camarades prisonniers s'est évadé fort adroitement. Tu verras cela dans les journaux.

Je n'ai eu personne hier, et ma journée s'est passée merveilleusement. Les visites m'ont fait un tort immense. Sans cela ma vie serait *très-supportable ici*. C'est une vie de moine, mais *sans nulle...* beaucoup *meilleure* que celle des moines. Il est vrai que je suis *bien chanceux d'avoir* cette chambre-ci. J'entends tousser ceux qui habitent du côté du nord. J'ai rayé.

Éloïse doit m'apporter ton portrait, que j'attends avec impatience. Il y a dans cela un peu de vanité. On verra l'ange dans la prison, ou du moins son image. Un de mes compagnons me disait l'autre jour : J'aime les hommes qui aiment leurs femmes.

[Courier, rendu à sa famille, se trouva si heureux de la tranquillité de ses champs et de la paix dont il jouissait, qu'il jura bien de ne plus se brouiller avec les procureurs du roi, et, pour cela faire, il composa peu, quoiqu'il demeurât plusieurs mois sans aller à Paris. A cette époque seulement, il termina complètement le fragment, premier publié, d'Hérodote, et corrigea son Daphnis et Chloé (dont alors il fixa le texte), pour la collection des romans grecs de Merlin; il revit aussi le Théagène et Chariclée de cette même collection.

Il assemblait des matériaux pour une édition des Cent Nouvelles nouvelles. Elle aurait été fort précieuse. Ce travail est tout informe, et rien malheureusement n'en peut être profitable au public.

Cependant, entraîné par son penchant, il ne put se tenir de fronder un *petit*, et il fit la Pétition pour les villageois qu'on empêche de danser. Il s'imaginait assurément n'être pas inquiété pour ce pamphlet-là, et continua en toute sécurité ses études habituelles. La chose n'alla point ainsi que Courier l'avait espéré. Pendant son absence momentanée, une saisie de cette pétition fut faite à la Chavonnière, et Courier lui-même, après une courte apparition en Touraine, reçut du juge d'instruction un mandat pour être interrogé à Paris. On connaît l'issue de ce procès : il fut acquitté, mais on garda l'ouvrage saisi.

Le jugement eût peut-être été plus sévère, si on eût su que, malgré les embarras où il était actuellement plongé, Courier, en se rendant à Paris pour cette nouvelle affaire, avait dans sa poche la Première Réponse aux Anonymes. Mais, devenu prudent à ses dépens, il cacha son nom, et la laissa imprimer au *premier venu*, revoyant néanmoins les épreuves avec un soin extrême.

Les deux premières lettres suivantes rendent compte de ses démarches.]

A MADAME COURIER.

Paris, mercredi 1822.

J'ai vu hier madame Arnoult ; je suis allé chez elle, comptant apprendre des choses qui auraient pu m'être utiles ; mais je n'ai rien appris. Je l'ai trouvée changée ; elle a été surprise, au contraire, de me voir si peu vieilli. Ils m'ont fait de grands complimens sur ma réputation. J'ai été étonné de la trouver si bien informée ; car ils sont à mille lieues de la littérature ; enfin je me suis amusé une heure.

Un M. Henin, chez la veuve, s'est vanté de te connaître. Le connais-tu ? Je ne t'en ai jamais entendu parler. Il est antiquaire, je l'ai vu jadis je ne sais où. Il parle très-bien l'italien ; il dit que tu es belle, que tu vaux un trésor. Cela prouve qu'il a du moins vu des gens qui te connaissaient.

On m'a envoyé gratis un cours d'agriculture-pratique en sept ou huit cahiers. Cela est trop scientifique.

Je trouve ici, en rentrant chez moi, un mandat du juge d'instruction pour être interrogé demain.

A MADAME COURIER.

Mardi, 1822.

Me voici dans mon nouveau logement, où je vois de mon lit la moitié de Paris et une belle campagne. La jardinière me fait mon manger. Je suis à peu près, pour vivre, comme à la Filonnière.

Je m'occupe de la Réponse aux Anonymes. On imprime l'Hérodote. Tu peux croire que je suis occupé, mais je serai ici à merveille pour tout.

Il faut que je te quitte; il est dix heures, je vais à mon jugement.

Jeudi.

Mon affaire est remise à mardi; je compte faire défaut. J'ai dîné hier chez Cauchois-Lemaire avec Manuel, Béranger et des femmes. Béranger me conte qu'Émilie est en Amérique. Elle est allée d'abord aux États-Unis, où elle s'ennuyait fort; puis la fièvre jaune étant venue, je ne sais où Émilie s'en est allée. Son mari va à Saint-Domingue sans elle.

Je lis un livre saisi, défendu, qui est fort curieux; ce sont les *Mémoires* nouvellement imprimés de Madame, duchesse d'Orléans, mère du duc d'Orléans régent. On voit bien là ce que c'est que la cour; il n'y est question que d'empoisonnement, de débauche de toute espèce, de prostitution. Ils vivaient vraiment pêle-mêle.

―――――

[Des lettres que Courier écrivit fort régulièrement à sa femme, pendant ses fréquens voyages cette année 1825, très-peu auraient de l'agrément pour le public. Entendu à demi-mot par son correspondant, il n'a besoin souvent que d'une ligne ou d'une phrase pour le tenir au courant de leurs affaires les plus intimes; n'employant d'ailleurs nulle circonlocution pour exprimer l'éloge ou le blâme des objets dont il est frappé. Il continua, selon sa coutume, de composer à la campagne, et retournait à Paris pour chaque nouvelle brochure, ne se fiant à personne du soin de les faire imprimer. Il y porta, au mois de février, la Seconde Réponse aux Anonymes. Selon toute apparence, cette lettre, ou pour mieux dire les recherches qu'elle nécessita sur des choses très-délicates et très-cachées, eurent pour Courier de graves conséquences.

Suivent, en ordre de date, *le Livret de Paul-Louis* ;

La Gazette de village, toute de faits véritables, et qui peut-être quelque jour sera annotée ;

Puis *la Pièce diplomatique*, laquelle fut composée à Paris;

Enfin *les petits articles*, publiés en leur temps dans plusieurs journaux, et auxquels deux ou trois lettres ci-jointes pourront former un utile complément.]

A MADAME LA COMTESSE D'ALBANY,

A FLORENCE.

Paris, le 12 novembre 1822.

Madame, puis-je espérer avoir de vos nouvelles par madame Clavier, ma belle-mère, qui vous remettra la présente? vous n'avez point oublié, je pense, un helléniste qui eut l'honneur de vous accompagner avec M. Fabre dans votre voyage de Naples, et se rappelle toujours avec un grand plaisir cette époque de sa vie. Vous ne savez pas, madame, que j'écrivis alors une relation de ce voyage et de toutes nos conversations, dans lesquelles nous n'avions point du tout l'air de nous ennuyer. J'ai tout cela en manuscrit, et quelque jour j'aurai l'honneur de vous le faire voir, si Dieu permet que je retourne dans ce beau pays où votre séjour est fixé. Un des motifs les plus puissants pour me ramener en Italie, ce serait, madame, l'espérance de vous y revoir et de jouir encore de votre conversation, aussi instructive qu'agréable. En attendant, permettez, je vous prie, que madame Clavier ait l'honneur de vous voir, et me puisse apprendre à son retour com-

ment vous vous portez. Cette occasion de me
rappeler à votre souvenir m'est trop précieuse
pour que je la laisse échapper, et j'en profite en
vous priant, madame, de me croire toute la
vie, etc.

A MADAME COURIER.

Lundi, novembre 1823.

Un libraire sort d'ici, qui a entendu parler de
toi chez madame Dumenis.

Ce libraire veut avoir mon portrait pour le
faire lithographier. Je l'ai envoyé promener. Il dit
qu'il l'aura malgré moi.

Langlois s'est fait agent de change. C'était bien
la peine d'épouser une marquise.

J'ai vu hier M. de La Fayette. Tu as pu voir
dans les journaux que le gouvernement des États-
Unis envoie un vaisseau pour le prendre et le
conduire là-bas. Il me propose de l'accompagner,
et j'en serais presque tenté. Il ne sera que huit ou
dix mois à aller et revenir.

~~~~~~

[Au mois de mars 1824, Courier retourna à Paris, emportant son *Pamphlet des Pamphlets* achevé. Occupé d'un grand projet pour lequel il jugeait le secret nécessaire, il lui parut favorable à son dessein de publier quelque chose où la politique n'entrât pour rien, et qui pût sembler inoffensif à Messieurs les procureurs du roi. La troisième des lettres suivantes contient son propre jugement sur le Pamphlet.]

A MADAME COURIER.

Mercredi des cendres 1824.

Si tu lisais les journaux, tu y verrais l'annonce de ma brochure, qui n'est pas encore imprimée, et déjà excite vivement la curiosité.

L***, ancien aide-de-camp de Bonaparte, vient de marier sa fille avec 500,000 fr. à M. de B***, qui n'a rien que son nom. A l'église le curé a fait un beau discours, où il n'a parlé que du marié, de sa noblesse et de son nom, et de son illustre famille, sans dire un mot de la mariée ni de ses parents. Il a deux ans de moins que sa femme. L'autre jour j'ai dîné chez madame C***, et je lui ai dit : Ne donnez point votre fille à un homme de cour. J'ai vu que cela ne lui plaisait pas. Ils feront comme L***. J'oubliais de te dire que toute la famille de M. de B*** est indignée de ce mariage.

A MADAME COURIER.

Jeudi matin, mars 1824.

On m'envoie ici *le Feuilleton*. Je ne sais pourquoi ni comment ils m'ont pu découvrir et savoir mon adresse. J'en suis fâché. Cette lecture aurait pu t'amuser là-bas.

J'ai dîné lundi chez Hersent, et de là on m'a mené chez madame Gay, auteur, où j'ai entendu la lecture d'une comédie. Il y avait là beaucoup de monde. Madame Regnault de Saint-Jean-d'Angely m'a fait de grandes amitiés; elle est encore belle. Lémontey y était; Elleviou, tellement vieilli que je ne l'ai pas reconnu; madame Dugazon, qui m'a parlé aussi, et d'autres; mademoiselle Delphine Gay, qui fait des vers assez beaux à dix-sept ans; mais je crois qu'elle en a bien vingt. Tout cela ne m'amuse point.

On imprime ma drogue, qui, je crois, ne sera point saisie. J'en ai débité quelques morceaux de mémoire. Ils font plaisir à tout le monde. On est furieusement prévenu en ma faveur.

Je dîne aujourd'hui chez Gasnault, demain chez madame ***. Tout cela m'ennuie. J'aime mieux Hersent et sa femme. Ils ont une maison agréable. Ils gagnent beaucoup tous deux, et ils maudissent le métier. Leur santé est mauvaise.

~~~~~~

A MADAME COURIER.

Mercredi.

J'ai reçu ta lettre dimanche. Mais voici du nouveau qui ne te déplaira pas. C'est madame Shœnée qui achète notre Filonnière. Mon homme barguignait un peu; elle ne savait point ce marché. Je craignais des difficultés. Sur quelques mots que je lui dis, elle me fit des offres. J'acceptai. Nous conclûmes, et nous avons signé hier une promesse de contrat. Ainsi l'affaire est faite. J'ai broché un sous-seing comme j'ai pu; il fallait bien signer quelque chose. Voici notre marché avec madame Shœnée : je lui vends le fonds 50,000 fr., les bois sur pied 21,875 ; en tout 71,875. Tu me demandes pourquoi ce compte biscornu : elle ne veut me payer que 70,000.

On imprime ma drogue [1], qui n'en vaut guère la peine, ce me semble.

––––––––

[Paul-Louis revint à la campagne en mai. Il ébaucha les deux

[1] Le Pamphlet des Pamphlets.

nouveaux fragments d'Hérodote qu'on publie, et qu'il n'acheva que plus tard, sans néanmoins y avoir mis la dernière main. Mais occupé d'affaires d'intérêt assez importantes, il suspendit momentanément ses études littéraires. Il fit quatre fois le voyage de Touraine en peu de mois, et passa à Paris janvier 1825 et la moitié de février. Rendu au repos, Paul-Louis retourna le 17 février à la Chavonnière, ayant, de concert avec sa femme qu'il laissait à Paris, formé le projet de revenir sous peu l'y retrouver, et peut-être pour n'en plus quitter. En achevant de couper son bois, il s'occupait à revoir le recueil des cent lettres, auquel il attachait beaucoup de prix; il se préparait en même temps à un travail de plus longue haleine que tout ce qu'il avait fait jusqu'alors, quand il fut assassiné, le 10 avril 1825.]

FIN DE LA C RRESPONDANCE.

PROCÈS,
MÉMOIRES.

À MESSIEURS LES JUGES

DU TRIBUNAL CIVIL,

A TOURS.

(1822.)

Messieurs;

Dans le procès que je soutiens contre Claude Bourgeau (malgré moi, car j'ai tout tenté pour en sortir à l'amiable), ma cause est si claire et si simple, que, sans le secours des gens de loi, je puis vous l'expliquer moi-même, quelque novice que je sois, comme bientôt vous l'allez voir, en toutes sortes d'affaires.

Je vends à Bourgeau deux coupes de ma forêt de Larçai. Cette forêt, de temps immémorial, est divisée en vingt-cinq coupes, une desquelles s'abat tous les ans; mais en 1816, j'en avais deux à vendre à cause que je n'avais point coupé l'année précédente. Bourgeau me les achète, et en exploitant la dernière, celle de 1816, il m'abat la moitié de la coupe suivante, que je ne lui avais point vendue, et qui ne devait l'être qu'en 1817. C'est de quoi je me plains, messieurs.

Bourgeau convient de tous ces faits qu'il n'est pas possible de nier; et notez, je vous prie, que de sa part il ne saurait y avoir eu d'erreur, les limites de chaque coupe étant marquées sur le terrain de manière à ne s'y pouvoir méprendre. Aussi n'est-ce pas ce qu'il allègue pour se justifier. Il dit qu'ayant acheté de moi ces deux coupes pour trente arpens, il s'y en est trouvé cinq de moins, lesquels cinq arpens il a pris dans la coupe suivante, afin de compléter sa mesure.

Moi je ne tombai pas d'accord sur ce défaut de mesure, et puis je ne me croyais pas tenu de lui faire ses trente arpens, s'il y eût manqué quelque chose. C'étaient là deux points à débattre. Mais, comme vous voyez, il tranche la question. Ayant à compter avec moi, il règle le compte lui tout seul; et me jugeant son débiteur d'une valeur de cinq arpens, il me condamne, de son autorité privée, à lui fournir cette valeur en nature, non en argent; car il eût pu tout aussi bien me faire cette retenue sur le prix de la vente, prix qu'il avait entre les mains; mais non; mon bois lui convient mieux; il décide en conséquence, et sa sentence portée, il l'exécute lui-même. Je connais peu les lois; mais je doute qu'il y en ait qui autorisent ce procédé.

A vrai dire, il fait bien de se payer ainsi, et de
me prendre du bois plutôt que de l'argent ; car
que m'aurait-il pu retenir sur le prix de la vente ?
A raison de 400 fr. l'arpent, comme il m'achetait
ces deux coupes, cela lui eût fait, pour cinq arpens, 2,000 fr. seulement ; au lieu qu'en prenant
cinq arpens de la coupe suivante, dont on m'offrait alors 750 fr. l'arpent, il se faisait 3,750 fr.,
à ne calculer qu'au prix qu'on me donnait de ce
bois, et sans doute il l'a mieux vendu. Vous voyez,
messieurs, qu'ayant le choix et disposant, comme
il faisait, de mon bien à sa fantaisie, il n'y avait
pas à balancer.

Cette différence de valeur, entre le bois qu'il
me prenait et celui que je lui ai vendu, serait facile à vérifier s'il était question de cela, mais ce
n'est pas de quoi il s'agit ; le point à discuter
entre nous n'est pas de savoir si je lui devais, ni
ce que je lui devais, ni s'il m'a pris plus ou moins.
Il me prend mon bien, voilà le fait, et puis il dit
que je lui dois. Il me prend mon bien en mon
absence, puis il entre en compte avec moi. Et où
en serais-je, je vous prie, si chacun de ceux à qui
je puis devoir s'en venait abattre mon bois, cueil-
lir, avant le temps, mes fruits ou ma vendange,
et couper mon blé en herbe ? Car ces cinq arpens n'avaient pas l'âge d'être exploités. Bourgeau coupe, en 1816, ce qui ne devait l'être qu'en
1817 ; il m'ôte d'avance mon revenu, me prive

d'avance de ma subsistance. Il me prend mon
bien, non-seulement sans aucun droit, sans aucun titre (car je ne lui vendis jamais la coupe de
1817), mais remarquez ceci, messieurs, il me
prend ce qu'il avait promis de ne pas prendre,
promis par écrit, et signé. C'est ce que vous pouvez voir, messieurs, dans l'acte même fait entre
nous, et dont voici les propres termes :

*L'adjudication sera faite avec toute garantie
de fait et de droit, mais sans perfection de mesure, en totalité ou par coupe, sans pouvoir anticiper sur la coupe de l'année prochaine, M. Courier n'entendant vendre que les deux coupes ci-
dessus désignées.*

Cette dernière clause vous paraîtra bizarre, et
elle l'est en effet. Je ne crois pas qu'on ait jamais
mis rien de pareil dans aucun acte. Qui jamais
s'est avisé de dire : Je vends tel pré, à condition
qu'on ne fauchera pas le pré voisin; ou bien tel
champ, à condition qu'on ne moissonnera pas
hors des limites de ce champ? Ayant désigné ce
que je vendais, tout le reste n'était-il pas réservé
de droit; et à quoi bon faire mention de ce que
je ne vendais pas? Vous reconnaîtrez là, messieurs,
mon peu de science en affaire. J'avais envie de
vendre mes deux coupes à Bourgeau, que je connaissais pour un des bons marchands du pays,
fort exact, payant bien; mais d'autre part je le
craignais, à cause de quelques procès qu'il avait

eus, tout récemment, pour délits par lui commis dans les bois qu'il exploitait ; et voyant près de ces deux coupes, que je mettais en vente, mes plus beaux et meilleurs taillis, j'avais peur que la tentation ne fût trop forte pour lui. Là-dessus donc j'imaginai, comme un expédient admirable, une sûre garantie, la clause que vous venez d'entendre, par laquelle Bourgeau s'engageait à ne toucher, sous aucun prétexte, à ma coupe de 1817 en abattant les deux autres.

Il le promit bien et signa ; et moi qui me fiais à cela, je m'en allai, je voyageai, me croyant à l'abri de toute usurpation de sa part, et persuadé qu'il n'oserait couper une seule hart au-delà de ce qui lui revenait, tant je pensais l'avoir bien lié par cette convention écrite, qui me paraissait inviolable ; mais à mon retour je trouvai qu'il n'en avait tenu compte, et qu'il avait abattu tout au travers de mes bois ce qui lui avait paru à sa bienséance, c'est-à-dire, dans ma meilleure coupe, tout le meilleur et le plus beau, à son choix, sans suivre aucune ligne, prenant ceci et laissant cela, selon qu'il lui convenait ou non. Car, en tel endroit, il s'enfonce de cinquante pas dans cette coupe, ailleurs il s'en tient aux limites. Il en use comme j'aurais pu faire, moi propriétaire, si j'eusse voulu me défaire du plus beau bois de ma forêt, sans égard à l'ordre des coupes, et gâter mon bien par plaisir.

Je n'ai jamais plaidé, quoique possesseur de terre, et ne sais guère ce que c'est qu'on appelle procès et chicane; mais j'ai ouï dire des merveilles de l'habileté des avocats à obscurcir ce qui est clair, et à donner au tort l'apparence du droit. Ici, messieurs, je vous l'avoue, je suis curieux de voir comment on s'y prendra pour montrer que Bourgeau a pu, avec justice, user et abuser de ma propriété, couper dans mes bois cinq arpens non vendus à lui, ni cédés en aucune façon, mais, au contraire, comme vous voyez, très-expressément réservés; et, de la sorte, enfreindre la principale clause du contrat fait entre nous. J'ai souvent cherché en moi-même ce qu'il pourrait alléguer pour se justifier là-dessus. D'erreur, il n'y en saurait avoir, comme je l'ai dit en commençant; chaque coupe formant un carré dont les quatre angles sont marqués par des fossés de brisées (c'est ainsi qu'on les appelle), dans toute l'étendue de la forêt. De dire que ses trente arpens, mesure exprimée dans l'acte, lui devaient être complétés, j'ai déjà répondu à cela. Voudra-t-il arguer de ce qu'on n'a point fait de brisées d'un angle à l'autre de chacune des coupes vendues, pour en achever le tracé et déterminer les côtés? Mais cela même est contre lui; car c'était à lui d'exiger que ces brisées fussent faites, d'autant plus que, s'étant engagé à ne point anticiper sur la coupe contiguë à celles qu'il exploitait, il

lui importait que cette coupe fût séparée des autres dans toute sa longueur par une ligne inva-
riable. Cette raison d'ailleurs se pourrait écouter,
s'il s'agissait entre nous de quelques arbres seulement, et d'une fausse direction dans la ligne
d'exploitation, qui, après tout, n'emporterait au
plus que quelques pieds; mais c'est précisément
aux angles de la dernière coupe, là où les limites
sont marquées par ces fossés de brisées, qu'il les a
passés, non de quelques pieds, mais de cinquante
pas. Tout cela est facile à voir sur le terrain.

Je ne puis donc imaginer ce qu'il dira pour
sa défense, et je ne conçois pas davantage comment une réserve si juste, et qui n'avait pas besoin d'être exprimée, une clause si solennelle de
l'acte de vente, est tellement nulle à ses yeux,
qu'il n'hésite pas à l'enfreindre. Que pensait-il?
comment a-t-il pu se flatter que cette usurpation,
pour ne pas dire le mot, n'aurait aucune suite, si
ce n'est qu'il me connaissait bon homme, ignorant les affaires, et craignant surtout les procès. Il
a cru, me prenant mon bien, ou que je n'en
verrais rien, ou que je ne m'en plaindrais pas,
ou que, me plaignant, je n'aurais pas la patience
de suivre l'affaire; et il était fondé à le croire.
Car, depuis vingt-cinq ans que je suis, après
mon père, propriétaire dans cette province, plusieurs m'ont fait tort dans mes biens en diverses
manières, quelques-uns même m'ont volé, tout

ouvertement, sans que jamais j'en aie fait aucune
poursuite, aimant mieux perdre du mien que de
gagner un procès. Voilà sur quoi il comptait, et
il ne se fût pas trompé dans son calcul. Je lui aurais tout abandonné plutôt que de plaider, si mes
amis ne m'eussent fait sentir que, me laissant
ainsi dépouiller, il me fallait renoncer à toute
propriété. En effet, si j'endure de la part de
Bourgeau un tort si manifeste, à qui désormais
pourrai-je vendre qui ne m'en fasse autant ou
pis? et quelles garanties pourront assurer mes
coupes annuelles contre de telles usurpations, si
les réserves les plus claires, les plus formellement
exprimées, n'y servent de rien?

Qu'importe, après tout, ce qu'il dira? Son dire
contre les faits ne peut rien. Il a promis de ne
point toucher à ma onzième coupe. C'est de quoi
l'acte fait foi. Il en a coupé cinq arpens. C'est ce
qu'on voit sur le terrain. Peut-il, par ses raisons,
faire qu'un fait ne soit pas fait, ou qu'il ait eu le
droit d'enfreindre les clauses d'un contrat? A proprement parler, il n'y a pas ici matière à discussion.
Si je lui eusse vendu trente arpens à choisir dans
mes bois à son gré, on pourrait, par un arpentage,
voir s'il a coupé plus ou moins. Ce point serait
bientôt éclairci. Mais je lui vends un espace désigné, limité, avec injonction de ma part et promesse de la sienne de ne point couper au-delà. Il
est contrevenu à cette clause; l'inspection du ter-

rain le prouve; lui-même il en tombe d'accord. Où
est la question? où est le doute qu'on puisse élever
là dessus?

C'est pour cela que plusieurs personnes qui
entendent ces sortes d'affaires, croyant qu'il s'a-
gissait d'un vol, me conseillaient de citer Bourgeau à la police correctionnelle. Moi, sans trop
savoir ce que c'était que cette police correctionnelle, je préférai l'action civile, non que j'en eusse
une idée plus claire; mais on m'avait persuadé que
par là je pourrais me ménager des voies à un accommodement dont je me flattais toujours. Je
m'imaginais que plus son tort était évident, et
plus il me serait facile, en relâchant de mon droit,
et lui laissant bonne part de ce qu'il m'avait pris,
d'entrer en quelque espèce d'arrangement avec lui.
Mais je ne le connaissais pas, ou plutôt il me connaissait. Car il est bon de vous dire, messieurs,
qu'ayant conçu le projet, chimérique peut-être,
d'avoir terre sans procès, je suivais pour cela un
plan qui me paraissait infaillible. C'était, quand je
me voyais volé (comme à un chacun il arrive d'a-
voir affaire à des fripons), prendre patience et ne
dire mot. Cela m'a réussi long-temps, et maintes
gens au pays en sauraient bien que dire. Mais un
homme s'est rencontré, qui, après m'avoir pris
mon bien, m'a demandé encore des dédommage-
mens. Le fait n'est pas croyable; il est vrai néanmoins. Tout le monde sait, chez nous, à Véretz,

à Larçai, que quand je proposai à Bourgeau, devant témoins, de lui laisser ce qu'il m'avait pris et de finir toute contestation, il balança d'abord, puis il me déclara qu'il voulait de moi 1200 francs de dommages et intérêts, comme n'ayant pas coupé assez de bois pour sa vente. Que voulait-il dire? Je ne sais. Je pense, messieurs, qu'il a regret de m'en avoir laissé. Il ne me croyait pas, sans doute, si accommodant. Toutefois, c'est ainsi qu'il a trouvé le secret de me faire plaider et renoncer à mon système de paix perpétuelle.

Je lui vends, aux termes de l'acte, la neuvième et la dixième coupe, sans autre désignation; et de fait, il n'en fallait point d'autre, chaque coupe de ma forêt étant par son seul numéro suffisamment indiquée. De ces deux coupes, mises d'abord aux enchères séparément : l'une, c'est la neuvième, supposée de neuf hectares, ne fut portée qu'à 3000 fr., ce qui fait un peu moins de 300 francs l'hectare; l'autre, de dix hectares, monta jusqu'à 9300 francs. C'est 900 francs l'hectare, et plus. De la coupe suivante, la onzième, on m'offrait 1100 francs l'hectare. Remarquez, messieurs, cette progression et la valeur croissante du bois depuis 300 francs jusqu'à 1100. Ceci vous explique le motif qui a déterminé Bourgeau à ne se pas contenter des deux coupes à lui vendues, motif ordinaire en tel cas, et prévu par les ordonnances. *L'outre-passe*, c'est le nom qu'on donne à cette espèce de délit, en termes d'eaux et forêts, *l'outre-passe est punie d'une amende du quadruple, à raison du prix de la vente, en supposant,* notez, je vous prie, *que le bois où elle est faite soit de même essence et qualité que celui de la vente. Cette sévérité,* disent les jurisconsultes, *a paru nécessaire pour empêcher les marchands de ne plus faire d'outre-passe, à quoi ils sont volontiers sujets quand ils voient quelque belle touffe d'arbres de grand prix attenant à leur vente.* C'est là précisément ce qui a tenté Bourgeau. Il voit près de sa vente de beaux arbres, il les abat, non une touffe, mais cinq arpens, non de même qualité que la vente, mais d'une valeur plus que triple, enfin le quart de ma plus belle coupe.

Mais, messieurs, le tort qu'il me fait ne se borne pas à cela, et pour en avoir une idée, il ne suffit pas d'évaluer le bois induement abattu. Le dommage est moins dans ce qu'il me prend que dans ce qu'il m'empêche de vendre. En effet, cette coupe dont il m'enlève le quart, cette même coupe dont on m'offrait jusqu'à 12000 francs, l'an passé, personne n'en veut maintenant, parce que Bourgeau en a, me dit-on, pris le plus beau et le meilleur. Ainsi elle reste sur pied, telle que Bourgeau l'a laissée, c'est-à-dire diminuée du quart en superficie, et de plus de moitié en valeur; et moi, qui me fais de mes bois un revenu annuel, ce revenu me manquant, j'emprunte d'un côté

pour vivre, je perds de l'autre une feuille sur
cette coupe non vendue, je perds le produit d'une
année, l'ordre de mes coupes est perverti; toute
l'économie de ma fortune est troublée. C'est à
quoi je vous supplie, messieurs, d'avoir égard
dans l'évaluation des dommages et intérêts qui
me sont dus en toute justice.

Si j'entrais dans la discussion du défaut de mesure qu'on m'objecte, et qui est le seul argument
de mon adversaire, je dirais que j'ai vendu de
bonne foi, comme il le sait bien, d'après d'anciennes mesures qui peuvent se trouver inexactes;
que s'il y manque quelque chose, c'est un ou deux
arpens, non cinq, chose facile à vérifier; que ces
deux arpens environ vaudraient, au prix de la
vente, 800 francs, tandis qu'on m'abat dans la
coupe réservée, pour 4,000 francs de bois; qu'enfin, je ne dois point tenir compte à Bourgeau de
ce qui peut manquer à la superficie, puisque je
vends *sans garantie ni perfection de mesure*, et
que la loi ne lui donne une action contre moi,
à raison du défaut de mesure, qu'autant qu'il n'y
a point dans l'acte de stipulation contraire; ainsi
parle le Code civil, à l'article 1619. Une stipulation contraire, n'est-ce pas cette clause *sans perfection de mesure*, qui est d'usage, et marque
assez que les parties renoncent réciproquement à
toute diminution ou supplément de prix à raison
de la mesure? Voilà ce que je pourrais répondre;

mais comme j'ai dit, ce n'est pas de quoi il s'agit.
Toute la question, s'il y en a, roule sur un simple
fait. Bourgeau a-t-il coupé dans ma onzième coupe,
dans la coupe réservée? Ce fait, un regard sur le
terrain suffit pour le vérifier.

PLACET

MONSEIGNEUR LE MINISTRE.

MONSEIGNEUR,

Les persécutions que j'éprouve dans le département d'Indre-et-Loire seraient longues à raconter. En voici les principaux traits.

Le 12 décembre dernier, on coupa et enleva, dans ma forêt de Larçai, quatre gros chênes baliveaux de quatre-vingts ans. Mon garde fit sa plainte légale, et requit le maire de Véretz de permettre, suivant la loi, la recherche des bois volés. On savait où ils étaient. Le maire s'y refusa malgré la lecture qu'on lui fit de la loi qui l'oblige, sous peine de destitution, d'accompagner lui-même le garde dans cette recherche. Tout est constaté par des procès-verbaux.

Quelque temps après, les mêmes gens coupèrent, dans la même forêt, dix-neuf chênes, les plus gros et les plus beaux de tous. Procès-verbal fut fait, plainte portée au maire et au procureur du roi, qui menaça *de sa surveillance*, non les voleurs, mais le garde et moi.

Dernièrement on a encore coupé, dans la même forêt, un seul gros baliveau de soixante et quinze ans. On a tenté de mettre le feu en différens endroits. Les auteurs de ces délits sont connus; et non - seulement nulle poursuite n'a été faite contre eux, mais on s'oppose constamment à la recherche légale des bois enlevés.

Le nommé Blondeau, l'un de mes gardes, est chargé par moi, cette année, de différentes exploitations que je fais faire par nettoiement. On l'a laissé abattre et façonner tout le bois, mais au moment de la vente, on le fait condamner, sous les plus absurdes prétextes, à un mois de prison, sans grace ni délai. Le voilà ruiné totalement, et moi, en partie. On l'accuse dans le procès-verbal fait contre lui, en apparence, mais réellement contre moi, d'avoir dit à M. le maire (dont il a une peur mortelle), *Allez vous faire f.....* C'est là le crime qu'on lui suppose, et pour lequel on va détruire toute l'existence et la fortune d'un père de famille de soixante ans, qui a toujours vécu sans reproche.

Je ne vous parle point, Monseigneur, des procès risibles qu'on me fait, dans lesquels je succombe toujours. Chaque fois que je suis volé, je paie des dommages et intérêts. Si on me battait, je paierais l'amende. On menace maintenant de me brûler. Si cela arrive, je serai condamné à la peine des incendiaires.

Ce n'est pas qu'on me haïsse dans le pays. Je vis seul et n'ai de rapports ni de démêlés avec personne. Tout cela se fait pour faire plaisir à M. le maire et à MM. les juges, à M. le procureur du roi et à M. le préfet, gens que je n'ai jamais vus et dont j'ignore les noms.

Enfin il est notoire dans le département qu'on peut me voler, me courir sus, et chaque jour on use de cette permission. Je suis hors de la loi pour avoir défendu avec succès des gens qu'on voulait faire périr, il y a deux ou trois ans. Voilà, disent quelques-uns, le vrai motif du mal qu'on me fait à présent.

Je supplie Votre Excellence d'ordonner que tous ceux qui me pillent, ou m'ont pillé, soient également poursuivis, et qu'on me laisse en repos à l'avenir. C'est malgré moi que j'ai recours à l'autorité quand les lois devraient me protéger. Mais la chose presse, et je crains que mes bois ne soient bientôt brûlés.

Je suis avec respect, Monseigneur,

de Votre Excellence,

Le très-humble et très-obéissant serviteur.

Paris, le 30 mars 1817.

PIERRE CLAVIER,

DIT BLONDEAU,

A MESSIEURS LES JUGES

DE POLICE CORRECTIONNELLE

A BLOIS.

MESSIEURS,

J'ai fait de grandes fautes; mais j'en suis trop
puni déjà par tout ce que j'ai souffert; et si vous
regardez ma conduite, vous verrez qu'il y a en
moi, pauvre et simple homme de village, plus de
bêtise que de méchanceté.

Ma première faute fut d'entrer au service de
M. de Beaune, le maire de notre commune. Je le
connaissais. M. de Beaune est un jeune homme
vif, emporté, violent dans ses vengeances. Je savais cela, j'aurais dû fuir M. de Beaune et prévoir ce qui m'arrive; mais quoi? il fallait vivre;

je n'avais point d'autre ressource, et il n'était pas
maire encore; il ne faisait point de procès-verbaux ; en le servant, on ne risquait que d'être
assommé. J'entrai chez lui, et me conduisis avec
tant de prudence, qu'au bout de deux ans, j'en
sortis sans contusion ni blessure. En cela, je ne
fus pas bête.

Mais, malheureusement, il était maire alors. En
me renvoyant, M. le maire ne me payait pas mes
gages de trois mois, cinquante francs qu'il me devait; je les lui demandai. Ce fut ma seconde faute,
pire que la première : pour moi, dans le besoin,
sans place, sans travail, cinquante francs, c'était
beaucoup ; ce n'était rien pour M. de Beaune. Et
que pensez-vous qu'il me dit, quand je lui demandai mon argent? *Tu me le paieras*, me dit-il,
et jamais, messieurs, je n'en pus tirer autre
chose.

Moi, messieurs, voyant cela, je le fis assigner.
Ah! faute irréparable! mon supérieur, mon maire,
le plus riche propriétaire de toute la commune,
l'attaquer en justice! moi pauvre paysan, domestique renvoyé, lui demander mon dû! Je fis cette
folie dont je me repens bien, et vous jure que
de ma vie, dussé-je mourir de faim, jamais plus
ne m'arrivera de faire assigner un maire. Aussi
bien que sert-il? M. de Beaune comparut devant
le juge de paix, fit serment, leva la main qu'il
ne me devait rien, et je perdis mes cinquante

francs, et toujours : *Tu me le paieras.* Il m'a tenu parole; je lui paie bien l'argent qu'il me devait.

Dès-lors on me conseilla de quitter le pays. Va-t'en, Blondeau, va-t'en, me dit un de nos voisins. Que veux-tu faire ici ayant fâché le maire? Le maire est plus maître ici que le roi à Paris. Procès, amende, prison, voilà ce qui t'attend. Plus de repos pour toi, plus de travail paisible. Tu ne mangeras plus morceau qui te profite, ayant fâché le maire. Va-t'en, pauvre Blondeau.

Il n'avait que trop de raison de me parler ainsi. Je devais le croire, partir, vendre mon quartier de terre, emmener ma famille. Mais environ ce temps, je trouvai à me placer fort avantageusement, à ce qu'il me semblait. M. Courier me prit pour garde de ses bois, et je me crus heureux d'entrer à son service. Je pensais qu'étant chez lui, qui passe pour bon homme, quoique peu de gens l'aient vu, et que personne ne le connaisse, je pourrais vivre tranquille. En cela, je me trompais, comme vous allez voir.

Je fus accusé, peu après, d'avoir dit à M. le maire, causant avec lui dans son parc : *Allez vous promener.* C'est la déposition de quelques-uns des témoins que vous avez entendus. D'autres disent que j'ai dit : *Allez vous faire f.....;* d'autres enfin prétendent que je n'ai rien dit du tout. L'affaire était sérieuse. J'avais tout à redouter, vu le nombre et le crédit de ceux qui m'attaquaient,

car chacun s'en mêlait. Le maire portait plainte,
le procureur du roi me poursuivait à outrance ;
le domaine me menaçait de m'ôter mon état de
garde particulier. Le préfet même daigna, et plus
d'une fois, écrire aux juges contre moi. Les puissances de Tours étaient coalisées pour écraser
Blondeau.

Et l'occasion de tout cela, c'est qu'en effet
j'avais parlé à M. le maire ; grande imprudence
assurément. Si j'eusse pu m'en dispenser ! Mais
le moyen ? On avait volé quatre gros arbres dans
nos bois, et ces arbres, pour les saisir chez les
voleurs assez connus, il me fallait non-seulement
l'autorisation de M. le maire, mais sa présence,
suivant la loi. Je fus le trouver et le requis, mon
procès-verbal à la main, de m'accompagner ; je
lui fis lecture de la loi, le tout en vain ; il refusa,
et fut cause que huit jours après on nous coupa
vingt autres arbres choisis dans toute la forêt,
les plus grands de tous, les plus beaux ; et avec
le même succès : et depuis, une autre fois encore....., mais ce n'est pas de quoi il s'agit. Il refusa de m'accompagner, sans autre raison que
son plaisir, et de là même prit prétexte de me
faire un procès, de se plaindre, disant que je
l'avais insulté. Quelle apparence ? je n'en fis que
rire. Mais me voyant tant d'ennemis, que tous
ceux qui pouvaient me nuire s'y employaient
avec chaleur, j'eus recours à M. Courier. Je lui

dis : aidez-moi; la chose vous regarde. Parlez;
faites agir vos amis. Mais il me répondit : Mes
amis sont à Rome, à Naples, à Paris, à Constantinople, à Moscou. Mes amis s'occupent beaucoup de ce que l'on faisait il y a deux mille ans,
peu de ce qu'on fait à présent. S'il est ainsi, lui
dis-je, qui me protégera, qui prendra ma défense? j'ai contre moi tout le monde.

Alors il me répond : Blondeau, que vous êtes
simple. Mettez le feu à mes bois, au lieu de les
garder, et vous ne manquerez pas de protecteurs.
Vous aurez pour appui tout ce qui pense bien
dans le département. L'homme le plus méprisé,
le plus vil, le plus abject de la province entière,
a trouvé des amis, des parens, même parmi les
magistrats de Tours, dès qu'il m'a voulu faire
quelque mal, et pour avoir chassé ma femme de
chez elle, il va recevoir de moi deux mille francs
à titre de dommages et intérêts. Le fripon qui me
vola, l'an passé, la moitié d'une coupe de bois,
obtient de l'équité des juges un léger encourage-
ment de huit cents francs, que je lui paie comme
indemnité. Ces gens-ci, aujourd'hui, sous la sauve-
garde de toutes les autorités, coupent mes plus
beaux arbres, les serrent paisiblement chez eux;
défense de les troubler. Demain ils me plaide-
ront sur le vol qu'ils m'ont fait, et gagneront assurément. Faites comme eux; vous serez favorisé
de même. Si, au lieu de me piller, vous défendez

mon bien, vous irez en prison; attendez-vous à cela.

Tout comme il l'avait dit, la chose est arrivée. Je fus jugé, ou, pour parler exactement, je fus condamné à un mois de prison, sans preuves, sans audition de témoins. Les témoins, vous le savez, n'ont été entendus que depuis, ici, devant vous, messieurs, après mon appel de la sentence rendue à Tours contre moi. A Tours, les juges n'ont pas voulu, sans doute de peur de scandale, examiner si j'avais dit : Allez vous promener, ou allez vous faire f.....; question délicate qui roulait sur la différence de *promener* à l'autre mot. Il fut décidé, sur le seul procès-verbal de M. le maire, que je l'avais outragé; en conséquence on me condamne à un mois de prison. Mes amis trouvent que j'en suis quitte à bon marché. Car il eût pu tout aussi bien mettre sur son procès-verbal que je l'avais volé ou tué, et vous voyez ce qui s'ensuivait, puisque sa parole fait foi, sans qu'il soit tenu de rien prouver.

Mais moi, je ne m'en crois pas quitte : ce qu'il n'a pas fait, il le fera. Déjà il répand le bruit que je l'ai menacé. Déjà il l'a écrit de sa main, sur le registre de la commune. Bien plus, il l'a fait publier au prône de la paroisse. Oui, messieurs, au prône, un dimanche, par la voix du curé en chaire, tout le monde a été informé que Blondeau menaçait M. le maire. Cela vous étonne,

messieurs. C'est que vous connaissez les lois : mais
moi, je connais M. le maire, et je sais qu'un mois
de prison, mes travaux d'une année perdus, ma
famille désolée, un procès qui me ruine, ce n'est
pas vengeance pour lui. Ce qui m'étonne, moi,
c'est de le voir agir avec tant de mesure, user de
prévoyance; et, même avant la fin de cette affaire-
ci, se ménager des preuves pour une accusation
plus grave, comme s'il n'avait pas toujours ses
procès-verbaux, qui sont parole d'évangile pour
messieurs les juges de Tours. Sitôt qu'il lui plaira
d'avoir été frappé ou même assassiné, qui le con-
tredira dans ses déclarations ? Craint-il qu'on ne
s'avise d'examiner les faits ? que le procureur du
roi, le préfet, ne lui manquent au besoin, et qu'un
jour ces messieurs, ne pensant plus aussi bien,
ne se fassent scrupule de perdre un malheureux,
parce qu'il sert M. Courier ! et puis, si l'on voulait des preuves, des témoins, n'a-t-il pas ses
fermiers, que vous l'avez vu, messieurs, amener
ici dans sa voiture; gens de bien comme lui, auxquels il coûte peu de lever la main, jurer devant les magistrats ? Enfin les signatures peuvent-
elles jamais manquer à l'auteur d'un écrit qu'on
va vous lire, messieurs ? C'est l'original même
de la publication faite en chaire contre moi par
M. le curé.

Par jugement rendu, le 5 mars dernier, au tri-
bunal de police correctionnelle de Tours, Clavier-

Blondeau, garde particulier, a été condamné à 3o francs d'amende, à la confiscation de son fusil à deux coups, et aux frais du procès, pour avoir porté des armes de chasse et chassé sans permis de port d'armes.

Plus à un mois d'emprisonnement, pour avoir menacé et injurié M. le maire de Véretz.

Pour extrait conforme au jugement,

Signé BOURRASSÉ, *commis greffier.*

Pour copie conforme,

DE BEAUNE, *maire.*

Je soussigné, certifie avoir publié au prône de ma messe paroissiale, le dimanche 21 mars de la présente année 1819, les copies du jugement de l'autre part, d'après l'invitation qui m'en a été faite par M. DE BEAUNE, *maire de cette commune.*

MARCHANDEAU, *curé desservant de Véretz.*

Voilà, messieurs, ce qu'a publié M. le curé, dans la chaire de vérité, ce qu'il a notifié comme un acte authentique aux habitans de la paroisse. Il n'y a de vrai néanmoins dans cette pièce écrite tout entière de la main de M. de Beaune, que sa seule signature. Le reste se peut dire imaginé par lui ou arrangé selon ses vues. Il n'est point du tout vrai que l'on m'ait condamné pour avoir

menacé et injurié le maire. Il n'est point vrai non
plus que ce soit là un extrait du jugement rendu
contre moi. Il est encore moins vrai que ce prétendu extrait ait été délivré par le commis-gref-
fier. Enfin il est faux que ce commis ait jamais
signé rien de pareil, et son nom mis là est une
pure invention de M. le maire. Le greffier n'a pu
délivrer un extrait qui n'est pas conforme au jugement, aussi s'en défend-il et le nie à tous ceux
qui lui en ont parlé. Le jugement ne dit point
que j'ai menacé ni injurié personne, je suis condamné pour avoir *outragé en paroles* M. le maire
de Véretz. Les juges ont trouvé un outrage dans
ces mots : *Allez vous faire f.....;* mais quelque
envie qu'ils eussent d'obliger M. le maire, ils n'y
pouvaient trouver de menaces, quand même
M. le préfet le leur eût enjoint par vingt lettres.
Si le maire voulait des menaces, s'il entrait dans
son plan d'avoir été menacé, il fallait qu'il le mît
dans son procès-verbal, et cela n'eût pas fait plus
de difficulté. Mais alors il n'y pensa pas. Pour réparer cette omission, il entreprit depuis de me
faire signer à moi-même et avouer ces menaces
en présence de témoins, employant pour cela
une ruse qui devait lui réussir si on ne m'eût
averti. C'est encore ici un des traits de l'esprit
inventif de M. le maire, et je vous prie d'y faire
attention, messieurs.

Au milieu du procès, dans la plus grande rage

de ses persécutions, quand son garde-champêtre,
ses cédules, ses huissiers ne me donnaient point
de relâche, tout d'un coup il feint de s'adoucir,
d'avoir pitié de moi, de vouloir me laisser vivre :
on m'apprend, de sa part, qu'il se contentera
d'une légère satisfaction ; que si je veux lui faire
quelques excuses, toute poursuite contre moi
cessera. Moi je me crus hors de l'enfer, au premier mot qui m'en fut dit ; je rendis graces à
Dieu, et promis de me trouver le dimanche suivant, après la messe, chez M. le maire, pour lui
faire toutes les excuses, toutes les soumissions
qu'il voudrait. Le dimanche venu, j'arrive à
l'heure dite ; je trouve à la mairie le conseil assemblé, beaucoup de gens et M. le maire, auquel je fis excuse (de quoi ? grand Dieu !) le plus
humblement que je sus, lui demandant pardon
de l'avoir offensé, sans dire où ni comment, de
peur de mentir, et promettant de ne le faire plus
à l'avenir. Il paraissait content, tout allait le
mieux du monde. Pour conclure, on ouvre devant moi le gros registre de la commune, on lit
un long narré où je ne compris mot ; on me dit
de signer ; j'allais signer, n'ayant soupçon de quoi
que ce fût, quand quelqu'un me retint : Prends
garde, me dit-il, tu vas signer que tu as insulté
M. le maire, que tu l'as menacé, violemment
menacé, tel jour, en tel lieu, à telle heure, tu
vas signer…. que sais-tu encore ? Ces mots me

donnèrent à penser ; je refusai ; demandai à me consulter, et là-dessus M. le maire : *Tu iras en prison.* Je n'entendis pas le reste, car on me fit sortir ; mes excuses ainsi sont restées sur le registre de la commune, et mes menaces et d'autres choses, non signées de moi, Dieu merci.

Voilà les finesses de M. de Beaune, dont je suis bien aise, messieurs, que vous soyez avertis, afin de vous en garder, car il est homme à vous faire dire tout ce qu'il voudra. Si votre sentence ne lui agrée, telle que vous l'aurez prononcée, il l'arrangera le lendemain, au prône de la paroisse ; et quant aux signatures, vous pensez bien, messieurs, qu'il ne s'en fera faute, non plus que de celle du commis greffier Bourrassé.

Au reste, de même qu'il sait accommoder à son plaisir les sentences des tribunaux, il sait s'en passer, les prévenir. Remarquez bien ceci, messieurs ; le jugement contre moi est du 5 ; j'en appelle le 10, et onze jours après, le 21, avant même que mon appel vous fût parvenu, M. de Beaune fait publier ma condamnation. Vous voilà bien surpris, messieurs ; vous pensiez que votre jugement pouvait faire quelque chose à l'affaire, mais songez-y, de grace ; M. de Beaune est maire, et M. de Beaune avait fait son procès-verbal. Or, jamais rien n'a résisté au procès-verbal de M. le maire, appuyé surtout comme il l'est d'une lettre du préfet. Votre sentence, après cela, n'est qu'une pure formalité, d'ailleurs assez indifférente, qu'il n'a pas cru devoir attendre, ou qu'il attendait, pour mieux dire, dans une parfaite assurance, n'ayant nul doute à cet égard.

Le cas que fait M. de Beaune de l'autorité judiciaire a mieux paru encore dans cette affaire-ci, quand les juges de Tours, pour quelque information, le firent appeler. La réponse fut simple : *Il n'avait pas le temps. M. le maire n'a pas le temps.* Voilà ce qu'il leur fit dire par son garde-champêtre, qui est l'homme du maire, comme le maire est l'homme du préfet. Quelle dignité dans ce peu de mots à un tribunal assemblé ! *M. le maire n'a pas le temps.* C'était comme s'il eût dit : M. le maire est à la chasse, ou M. le maire est maintenant dans l'antichambre du préfet; M. le maire fait sa cour : il n'a pas le loisir de comparaître devant les tribunaux. Qu'un maire est grand dans son village ! Tout s'empresse à lui plaire; tout tremble à sa parole. Il poursuit, il accable quiconque a le malheur d'attirer son courroux. Il le frappe de son procès-verbal; et si les juges lui demandent des explications, il répond *qu'il n'a pas le temps.* Après cela, messieurs, devez-vous être surpris que M. le maire de Véretz n'ait pas attendu votre arrêt pour me déclarer condamné ! Il y a plutôt de quoi s'étonner qu'il n'ait pas commencé par me mettre en prison.

J'eusse aimé mieux cela que de m'entendre lire

à l'église, au prône, ma sentence d'emprisonnement, flétrissure nouvelle et inouie, espèce de
carcan inventé pour moi seul, exprès par M. le
maire, qui, de sa propre autorité, ajoute cette
peine à la peine portée contre moi. J'eusse mieux
aimé qu'il doublât la durée de ma détention, et
me tînt, puisqu'il fait ainsi tout ce qu'il veut, six
mois en prison au lieu d'un. Père de famille de
soixante ans, me voir diffamé, moi présent, en
pleine assemblée, devant tous mes amis, mes
voisins, mes parens, tous les regards sur moi;
me voir noté par le doigt du pasteur, quel affront! quelle honte! J'eusse voulu être mort; et
quand je sus que cet affront n'était qu'un plaisir
de M. le maire, que les juges n'avaient pu l'ordonner, je ne vous dirai point, messieurs, ce qui
me vint à l'esprit. J'ai soutenu les cruelles épreuves où m'a mis la haine de M. de Beaune, sans
que, jusqu'à présent, graces à Dieu, la prudence
m'ait abandonné. Heureusement pour lui, les
années m'ont fait sage; il le sait, et compte là-
dessus : veuille le ciel qu'il ne se trompe pas, et que
ma patience dure autant que ses persécutions!

Tous les gens de loi consultés déclarent cet
acte du maire illégal et contraire, non-seulement
aux lois, mais aux plus communes notions de
police et d'administration, au bon sens. Voilà ce
qu'en pensent les gens de loi généralement. Leur
chef et le vôtre, messieurs, dont l'autorité serait

grande en cette matière, indépendamment de sa place, monseigneur le garde-des-sceaux, informé de ce fait, sur le simple récit, refusa de le croire, en disant : *Cela est impossible;* et depuis, convaincu par des preuves de la vérité de ce que d'abord il jugeait impossible, il a dit : *Cela est incroyable.* J'ose vous citer ces paroles et m'en prévaloir devant vous, parce que ces paroles sont mon bien, dans le malheur où je me trouve, et ont un grand poids, montrant mieux que je ne saurais faire, avec quelle audace M. de Beaune a foulé aux pieds toute justice, dans sa conduite à mon égard. Sa conduite, dans cette affaire, a été de tout point incroyable.

Passons sur le serment qui me coûte cinquante francs. Mais son refus d'autoriser la recherche des bois volés à M. Courier, que vous en semble, messieurs? Un maire, la seule autorité à laquelle on puisse, loin des villes, recourir contre les voleurs, se faire ouvertement leur protecteur, le fauteur, le receleur, en quelque sorte, d'un vol public et manifeste, d'une suite continuelle de vols, cela est-il croyable? y voyez-vous, messieurs, la moindre vraisemblance? Puis, cette fantaisie de se dire insulté, quand je vais malgré moi (je ne le voulais pas, on m'y força), lui faire une réquisition légale, nécessaire, sur un objet pressant : cela encore se peut-il croire? et cette rage ensuite, cette guerre acharnée, ce soin d'a-

meuter contre moi tout ce qui peut avoir ombre
d'autorité dans le département, ce piége préparé
d'une feinte douceur, pour me faire souscrire
des aveux propres à me perdre ; cette publication, cette amplification de jugement qui me
condamne, cette signature du greffier, cet extrait prétendu conforme, tout cela, non, messieurs, ne me paraît pas possible, et n'est croyable
que pour ceux qui en ont été les témoins, ou qui
habitent les campagnes et savent ce que c'est
qu'un maire.

Mais la plainte même, qui fait le fond de ce
procès, a-t-elle apparence de sens? et se peut-il
qu'un homme, je ne dis plus un maire, mais un
homme en âge de raison, hors des faiblesses de
l'enfance, se tienne offensé pour un mot (car
j'accorde, je veux que je l'aie dit ce mot), pour
un mot, tout au plus grossier, qui n'attaque ni
l'honneur ni la réputation, ni la probité ni les
mœurs de celui auquel il s'adresse, et ne peut
faire tort qu'à celui qui le pronouce? que, pour
ce mot, il veuille poursuivre, exterminer un pauvre domestique, qu'il fatigue les juges, entasse
des écritures, amène des témoins, remue des
gens en place, abuse des actes publics, afin d'obtenir, quoi? que ce malheureux, ruiné, malade,
diffamé, après six mois de chagrins, d'angoisses,
languisse un mois dans les prisons.

Un mois, messieurs! avant de confirmer cet arrêt, vous y penserez, je l'espère. Qu'un soldat l'eût dit à son chef, ce mot dont se plaint M. de Beaune, on eût mis peut-être ce soldat en prison deux jours; et pour le même mot, du paysan au maire, vous ordonnerez un mois, non de la même peine. Le soldat, deux jours en prison, y voit des soldats comme lui, en sort sans déshonneur, et n'a point de famille dont le sort l'inquiète. Moi, je serais un mois avec des malfaiteurs (on le croira du moins), laissant ma maison désolée et mes enfans à l'abandon; je les rejoindrais couvert de honte! Quelle différence, messieurs. Est-ce à vous, juges, d'établir cette différence en faveur de l'homme armé? La loi civile est-elle plus dure que la discipline des camps?

Mais non, messieurs, non, je n'ai point outragé M. le maire. Même, selon sa déclaration, je ne lui ai rien dit où l'on puisse trouver une injure. Qu'il amasse des preuves, qu'il produise, à l'appui de son procès-verbal, ses fermiers pour témoins, ses débiteurs, ses gens; je ne l'ai point outragé. Je l'eusse outragé en l'appelant menteur, faussaire, parjure, lâche persécuteur du faible; et j'outragerais qui que ce soit en lui reprochant la moitié de ce que m'a fait M. de Beaune. Mais le mot dont il m'accuse n'est un outrage pour personne. Avec lui, n'user que de ce mot, c'eût été le ménager, c'eût été de ma part une rare prudence, et pourtant, ce mot même, il est vrai que je ne l'ai pas dit.

Ne craignez point d'ailleurs, messieurs, si vous me renvoyez absous, que l'autorité de M. le maire en soit affaiblie, qu'on le respecte moins pour cela, qu'on ait moins peur de l'offenser. Il n'y a personne dans le pays que mon exemple n'épouvante, et qui ne tremble de gagner un pareil procès. Je n'ai eu, six mois durant, de repos ni jour ni nuit. Je paie des frais énormes, et perds mon travail d'un an. Une coupe de bois, dans laquelle j'ai quelque intérêt, à peine en ai-je pu faire le quart. N'en doutez point, quoi qu'il arrive, quelque arrêt que vous prononciez, je serai toujours assez puni d'avoir fâché M. de Beaune, et, de long-temps, ceux qui le servent ne lui demanderont en justice leur salaire, s'ils veulent habiter la commune de Véretz.

PAMPHLETS

LITTÉRAIRES.

AVERTISSEMENT

SUR LA LETTRE A M. RENOUARD.

——◦◦◦——

Pour l'intelligence de ce qui suit, il faut premièrement savoir que Paul-Louis, auteur de cette lettre, ayant
découvert à Florence, chez les moines du mont Cassin,
un manuscrit complet des Pastorales de Longus, jusque-
là mutilées dans tous les imprimés, se préparait à publier
le texte grec et une traduction de ce joli ouvrage, quand
il reçut la permission de dédier le tout à la princesse :
ainsi appelait-on en Toscane la sœur de Bonaparte,
Elisa. Cette permission, annoncée par le préfet même
de Florence, et devant beaucoup de gens, à Paul-Louis,
le surprit. Il ne s'attendait à rien moins, et refusa d'en
profiter, disant pour raison que le public se moquait
toujours de ces dédicaces ; mais l'excuse parut frivole :
le public, en ce temps-là, n'était rien, et Paul-Louis
passa pour un homme peu dévoué à la dynastie qui
devait remplir tous les trônes. Le voilà noté philosophe,
indépendant, ou pis encore, et mis hors de la protection du gouvernement. Aussitôt on l'attaque ; les gazettes le dénoncent comme philosophe d'abord, puis
comme voleur de grec. Un *signor Puccini*, chambellan
italien de l'auguste Elisa, *quelque peu clerc*, écrit en
France, en Allemagne ; cette vertueuse princesse elle-
même mande à Paris qu'un homme, ayant trouvé par
hasard, déterré un morceau de grec précieux, s'en

était emparé pour le vendre aux Anglais. Cela voulait dire qu'il fallait fusiller l'homme et confisquer son grec, s'il y eût eu moyen ; car déjà les savants étaient en possession du morceau déterré qui complétait Longus, de ce nouveau fragment en effet très-précieux , imprimé, distribué gratis avec la version de Paul-Louis.

Un autre Florentin , un professeur de grec appelé Furia, fort ignorant en grec et en toute langue , fâché de l'espèce de bruit que faisait cette découverte parmi les lettrés d'Italie , met la main à la plume , comme feu Janotus , et compose une brochure (1). Les brochures étaient rares sous le grand Napoléon : celle-ci fut lue de-là les monts, et même parvint à Paris. M. Renouard, libraire , accusé dans ce pamphlet de s'entendre avec Paul-Louis pour dérober du grec aux moines, répondit seul ; Paul-Louis pensait à autre chose.

Il parut aussi des estampes , dont une le représentait dans une bibliothèque , versant toute l'encre de son cornet sur un livre ouvert ; et ce livre, c'était le manuscrit de Longus. Car il y avait fait, en le copiant, comme il est expliqué dans l'écrit qu'on va lire , une tache , unique prétexte de la persécution et de tant de clameurs élevées contre lui. On criait qu'il avait voulu détruire le texte original , afin de posséder seul Longus. Une excellence à porte-feuille trouve ce raisonnement admirable, et, sans en demander davantage, ordonne de saisir le grec et le français publiés par Paul-Louis à Rome et à Florence ; et ce fut une chose plaisante ; car, de

<hr>

¹ Nous donnons une traduction de cette brochure à la fin de ce volume avec le *fac-simile* de la tache d'encre.

peur qu'il n'eût seul ce qu'il donnait à tout le monde,
le visir de la librairie, ne sachant ce que c'était que grec
ni manuscrits, connaissant aussi peu Longus que son
traducteur, d'abord avait écrit de suspendre la vente de
l'œuvre, quelle qu'elle fût; puis, apprenant qu'on ne
vendait pas, mais qu'on donnait ce grec et ce français
au petit nombre d'érudits amateurs de ces antiquités,
il fit séquestrer tout, pour empêcher Paul-Louis de se
l'approprier. Celui-ci ne s'en émut guère, et laissait sa
Chloé dans les mains de la police, fort résolu à ne jamais faire nulle démarche pour l'en tirer; mais à la fin,
il eut avis qu'on allait le saisir lui-même et l'arrêter.
Cela le rendit attentif, et il commençait à rêver aux
moyens de sortir d'affaire, quand il fut mandé chez le
préfet de Rome, où il était alors, pour donner des éclaircissemens sur sa conduite, ses liaisons, son état, son
bien, sa naissance et son pâté d'encre, le tout par ordre
supérieur. Il écrivit à ce préfet, non sans humeur; voici
sa lettre :

« Monsieur, j'ai négligé de répondre aux calomnies
« dirigées contre moi depuis environ un an, croyant
« que ces sottises feraient peu d'impression sur les es-
« prits sensés; mais puisque le ministre y met de l'im-
« portance, et qu'enfin il faut m'expliquer sur ce pi-
« toyable sujet, je vais donner au public, devant lequel
« on m'accuse, ma justification aussi claire et précise
« qu'il me sera possible. Vous recevrez, Monsieur, le
« premier exemplaire de ce mémoire très-succinct, où
« Son Excellence trouvera les renseignemens qu'elle
« désire. »

Le préfet répondit : « Monsieur, gardez-vous bien de

« rien publier sur l'affaire dont il est question ; vous
« vous exposeriez beaucoup, et l'imprimeur qui vous
« prêterait son ministère ne serait pas moins com-
« promis. »

Il s'agissait d'un pâté d'encre, et remarquez, car il y
a en toute histoire moralité, tout est matière d'instruction à qui veut réfléchir ; admirez en ceci la doctrine du
pouvoir : les calomnies s'impriment, mais la réponse,
non. Chacun peut bien dire au public, dans les pamphlets, dans les journaux, Paul-Louis est un voleur ;
mais il ne faut pas que celui-ci puisse parler au même
public et montrer qu'il est honnête homme. Le ministre évoque l'affaire à son cabinet, où lui seul en décidera, et fera Paul-Louis honnête homme ou fripon, selon qu'il croira convenir au service de sa majesté, selon le bon plaisir de son altesse impériale madame Bac-
ciocchi.

Paul-Louis, bien empêché, récrivit au préfet : « Mon-
« sieur, j'ignorais qu'il fallût votre permission pour im-
« primer mon petit mémoire justificatif ; mais puisqu'elle
« m'est nécessaire, je vous supplie de me l'envoyer. » Il
n'eut point de réponse, et l'avait bien prévu. Heureusement il se souvint d'un pauvre diable d'imprimeur
nommé Lino Contadini, qui demeurait près de la Sa-
pience, n'imprimait que des almanachs, et devait être
peu en règle avec la nouvelle censure. Il va le trouver,
et lui dit : *Or, sù, presto, sbrighiamola e si stampi questa
cosa per l'eccellentissimo signor prefetto di pulizia* ; c'est-
à-dire ; Vite, qu'on imprime ceci pour monseigneur ex-
cellentissime préfet de police (ou de propreté, car c'est
le même mot en italien). A quoi le bonhomme répondit :

Padron mio riverito , come farò ? Non capisco parola di francese; che vuol ella ch'io possa raccapezzar mai in questo benedetto straccio pieno di cossature ? Mon cher Monsieur, comment ferai-je? n'entendant pas un mot de français, que puis-je comprendre à ce chiffon tout plein de ratures? Eh bien ! repartit Paul-Louis , nous y travaillerons ensemble ; mais dépêchons, le préfet attend. Les voilà donc à la besogne , et Paul-Louis , compositeur, correcteur, imprimeur et le reste. Ce fut un merveilleux ouvrage que cette impression : il y avait dix fautes par ligne, mais à toute force on pouvait lire. La chose achevée, vient un scrupule à ce bonhomme d'imprimeur. Ne nous faudrait il pas, dit-il, pour faire ce que nous faisons, une permission, *un permesso?* Non , dit Paul-Louis. Si fait , dit l'autre. Et quoi! pour le préfet? Attendez , dit Lino ; je reviens tout-à-l'heure. Il s'en va chez le préfet, et cependant Paul-Louis fait un paquet d'une centaine d'exemplaires , qu'il emporte. Un quart-d'heure après, l'imprimerie était pleine de sbires. Ce sont les gendarmes du pays.

Ayant ce qu'il voulait à peu près, Paul-Louis écrivit encore au préfet une dernière lettre : « Monsieur, j'ai « trompé l'imprimeur Lino. Je lui ai fait accroire qu'il « travaillait pour vous ; je lui ai parlé en votre nom et « comme chargé de vos ordres. Je l'ai hâté en l'assurant « que vous attendiez impatiemment le résultat de son « travail ; enfin tous les moyens que j'ai pu imaginer, je « les ai mis en œuvre pour abuser cet homme, qui, pen- « sant vous servir, ignorait ce qu'il faisait. Après une « telle déclaration, je vous crois, Monsieur, trop raison- « nable pour vous en prendre à lui , et non pas à moi

« seul, de la publication de mon factum littéraire. Je ne
« vous prie plus que de vouloir bien l'adresser avec cette
« lettre au ministre, curieux de savoir à quoi je m'oc-
« cupe et qui je suis. »

Le pauvre Lino fut arrêté, interrogé, réprimandé et
renvoyé. Le préfet n'adressa au ministre ni lettre ni brochure; mais bientôt après, il reçut une verte semonce
de ses maîtres. Laisser imprimer, publier la plainte d'un
homme maltraité, quelle bévue pour un préfet! L'espèce de supercherie dont il avait été la dupe ne l'excu-
sait pas aux yeux d'un gouvernement fort. Il était res-
ponsable, la plainte avait paru; c'était sa faute à lui, gagé
précisément pour empêcher cela. Il en faillit perdre sa
place, et c'eût été dommage vraiment; il ne serait pas ce
qu'il est (conseiller-d'état) aujourd'hui, s'il eût cessé
alors de servir les dynasties.

Paul-Louis, depuis ce temps, vécut à Rome tranquille,
n'entendant plus parler de préfet ni de ministre. Sa
lettre fit du bruit, en Italie surtout. Les Lombards se
réjouirent de voir Florence moquée et traitée d'igno-
rante. Quelques écrits parurent en faveur de Paul-
Louis : on voulut y répondre, mais le gouvernement
l'empêcha, et imposa silence à tous. On redoutait alors
la moindre discussion dont le public eût été juge. Celle-
ci, d'abord sotte et ridicule seulement, eut des suites
sérieuses, fâcheuses, même tragiques. Furia en fut malade, Puccini en mourut; car étant à dîner un jour chez
la comtesse d'Albani, veuve du prétendant d'Angleterre, il se prit de querelle avec un des convives qui défendait Paul-Louis, et s'emporta au point que, de retour
chez lui le soir, il écrivit une lettre d'excuses à madame

d'Albani, se mit au lit, et mourut, regretté d'un chacun, car il était bon homme, à la colère près. Paul-Louis n'en fut pas cause, comme on le lui a reproché ; mais s'il eût pu prévoir cette catastrophe , la crainte de tuer un chambellan ne l'eût pas empêché apparemment d'écrire, quand il crut le devoir faire , pour sa propre défense.

Ce qui , dans cette brochure , déplut , ce fut un ton libre , un air de mécontentement fort extraordinaire alors, la façon peu respectueuse dont on parlait des employés du gouvernement ; mais plus que tout , ce fut qu'on y faisait connaître la haine de l'Italie pour ce gouvernement et pour le nom français. Bonaparte croyait être adoré partout, sa police le lui assurait chaque matin : une voix qui disait le contraire embarrassait fort la police , et pouvait attirer l'attention de Bonaparte , comme il arriva ; car un jour il en parla , voulut savoir ce que c'était qu'un officier retiré à Rome qui faisait imprimer du grec. Sur ce qu'on lui en dit, il le laissa en repos.

LETTRE

A M. RENOUARD, LIBRAIRE,

SUR

UNE TACHE FAITE A UN MANUSCRIT DE FLORENCE.

J'ai vu, monsieur, votre notice d'un fragment
de Longus nouvellement découvert, c'est-à-dire
votre apologie au sujet de cette découverte, dans
laquelle on vous accusait d'avoir trempé pour
quelque chose. Il me semble que vous voilà plei-
nement justifié, et je m'en réjouirais avec vous,
si je pouvais me réjouir. Mais cette affaire, dont
vous sortez si heureusement, prend pour moi
une autre tournure, et tandis que vous échappez
à nos communs ennemis, je ne sais en vérité ce
que je vais devenir.

On me mande de Florence que cette pauvre
traduction dont vous avez appris l'existence au
public vient d'être saisie chez le libraire, qu'on
cherche le traducteur, et qu'en attendant qu'il
se trouve, on lui fait toujours son procès. On

parle de poursuite, d'information, de témoins,
et l'on se tait du reste '.

Voyez, monsieur, la belle affaire où vous m'a-
vez engagé; car ce fut vous, s'il vous en souvient,
qui eûtes la première pensée de donner au public
ce malheureux fragment. Moi, qui le connaissais
depuis deux ans, quand je vous en parlais à Bologne, je n'avais pas songé seulement à le lire.

> Sans ce fragment fatal au repos de ma vie,
> Mes jours dans le loisir couleraient sans envie;

je n'aurais eu rien à démêler avec les savans Florentins, jamais on ne se serait douté qu'ils sussent si peu leur métier, et l'ignorance de ces
messieurs, ne paraissant que dans leurs ouvrages,
n'eût été connue de personne.

Car vous savez bien que c'est là tout le mal,
et que cette tache dont on fait tant de bruit,
personne ne s'en soucie. Vous n'avez pas voulu
le dire, parce que vous êtes sage. Vous vous ren-
fermez dans les bornes strictes de votre justification, et par une modération dont il y a peu
d'exemples, en répondant aux mensonges qu'on
a publiés contre vous, vous taisez les vérités qui
auraient pu faire quelque peine à vos calomnia-
teurs. A quoi vous servait en effet, assuré de vous

---

¹ Hémistiche de Corneille, allusion hardie à l'intervention de l'auguste princesse, au refus de la dédicace, et autres faits connus alors de
tout le monde à Florence, et peut-être même dans les faubourgs.

disculper, d'irriter des gens qui, tout méprisables qu'ils sont, ont une patente, des gages, une
livrée ; qui, sans être grand'chose, tiennent à
quelque chose, et dont la haine peut nuire? Et
puis, ce que vous taisiez, vous saviez bien que je
serais obligé de le dire, que vous seriez ainsi
vengé sans coup férir, et que le diable, comme
on dit, n'y perdrait rien.

Pour moi, tant que tout s'est borné à quelques
articles insérés dans les journaux italiens, à quelques libelles obscurs signés par des pédans, j'en
ai ri avec mes amis, sachant que, comme vous
le dites très-bien, peu de gens s'intéressent à ces
choses, et que ceux-là ne se méprendraient pas
aux motifs de tant de rage et de si grossières calomnies. Depuis huit mois que ces messieurs nous
honorent de leurs injures, vous savez en quels
termes je vous en ai écrit : *c'était*, vous disais-je,
une canaille[1] *qu'il fallait laisser aboyer.* J'avais raison de les mépriser; mais j'avais tort de ne pas les
craindre, et, à présent que je voudrais me mettre
en garde contre eux, il n'est peut-être plus temps.

Je fais cependant quelquefois une réflexion
qui me rassure un peu : Colomb découvrit l'A-
mérique, et on ne le mit qu'au cachot; Galilée
trouva le vrai système du monde, il en fut quitte
pour la prison. Moi, j'ai trouvé cinq ou six pages

---

[1] Canaille, des chambellans! Ceci parut un peu fort, et quelques
personnes voulaient que l'auteur le supprimât.

IV. 9

dans lesquelles il s'agit de savoir qui baisera
Chloé ; me fera-t-on pis qu'à eux? Je devrais être
tout au plus *blâmé par la cour*. Mais la peine n'est
pas toujours proportionnée au délit, et c'est là
ce qui m'inquiète.

Vous dites que les faits sont notoires; votre
récit et celui de M. Furia s'accordent peu néanmoins. Il y a dans le sien beaucoup de faussetés,
beaucoup d'omissions dans le vôtre. Vous ne dites
pas tout ce que vous savez, et peut-être aussi
ne savez-vous pas tout : moi, qui suis moins circonspect, mieux instruit et d'aussi bonne foi, je
vais suppléer à votre silence.

Passant à Florence, il y a environ trois ans,
j'allai avec un de mes amis, M. Akerblad, membre de l'Institut, voir la bibliothèque de l'abbaye
de cette ville. Là, entre autres manuscrits d'une
haute antiquité, on nous en montra un de Longus. Je le feuilletai quelque temps et le premier
livre, que tout le monde sait être mutilé dans
les éditions, me parut tout entier dans ce manuscrit. Je le rendis et n'y pensai plus. J'étais alors
occupé d'objets fort différens de ceux-là. Depuis,
ayant parcouru la France, l'Allemagne et la Suisse,
je revins en Italie, et avec vous à Florence, où,
me trouvant de loisir, je copiai de ce manuscrit
ce qui manquait dans les imprimés. Je me fis aider
dans ce travail par messieurs Furia et Bencini,
employés tous deux à la bibliothèque de Saint-

Laurent, où le manuscrit se trouvait alors. En travaillant avec eux, j'y fis, par étourderie, une tache d'encre qui couvrait une vingtaine de mots dans l'endroit inédit déjà transcrit par moi. Pour réparer en quelque sorte ce petit malheur, j'offris, sans qu'on me le demandât, ma co⬛, c'est à-dire celle que nous avions faite ens⬛le, moi, M. Furia et son aide, laquelle étant ⬛trois mois, faite sur l'original même, et revue par trois personnes avant l'accident, avait une exactitude et une authenticité qui eût manqué à toute autre. On la dédaigna d'abord, comme ne pouvant tenir lieu de l'original, et ensuite on l'exigea; mais alors j'avais des raisons pour la refuser. Je payai ces messieurs et m'en vins de Florence à Rome, où ayant trouvé, comme je l'espérais, d'autres manuscrits de Longus, je fis imprimer à mes frais le texte de cet auteur, avec les variantes de Rome et de Florence. Cette édition ne se vend point, je la donne à qui bon me semble; mais le fragment de Florence, imprimé séparément, se donne gratis à qui veut l'avoir.

Dans tout ceci, monsieur, je n'invoquerai point votre témoignage, dont heureusement je puis me passer. Je vois votre prudence; j'entre dans tous vos ménagemens, et ne veux point vous commettre avec les puissances en vous contraignant à vous expliquer sur d'aussi grands intérêts. Si on vous en parle, haussez les épaules, levez les yeux au ciel, faites un soupir ou un sourire, et dites que le temps est au beau.

Mais, avant d'aller plus loin, souffrez, monsieur, que je me plaigne de la manière dont vous me faites connaître au public. Vous m'annoncez comme auteur d'une traduction de Longus parfaitement inconnue, brochure anonyme dont il n'y a que très-peu d'exemplaires dans les mains de quelques amis; et, comme on ne me connaît pas plus que ma traduction, vous apprenez à vos lecteurs que je suis un *helléniste*, fort habile, dites-vous. On ne pouvait plus mal rencontrer. Si je suis habile, ce n'est pas dans cette occasion que j'en ai fait preuve. Ayant découvert cette bagatelle, qui complète un joli ouvrage mutilé depuis tant de siècles, vous voyez le parti que j'en ai su tirer. J'en fais cadeau au public, et je passe pour l'avoir non-seulement volée, mais anéantie. Vous-même, monsieur, vous en déplorez la perte. Les journaux italiens me dénoncent comme destructeur d'un des plus beaux monumens de l'antiquité; M. Furia en prend le deuil; sa cabale crie vengeance, et, tandis que ce supplément est, par mes soins et à mes frais, dans les mains de ceux qui peuvent le lire, on répand partout contre moi un libelle [1] avec ce titre : *Histoire de la*

---

[1] Voir cette pièce à la fin de ce volume, avec un *fac-simile* de la tache d'encre.

*découverte et de la perte subite d'un frag-
ment de Longus.* Voilà mon habileté. Où tout
autre aurait trouvé du moins quelque honneur,
j'en suis pour mon argent et ma réputation ; et
je me tiendrai heureux s'il ne m'arrive pas pis.
Croyez-moi, monsieur, les habiles en littérature
sont ceux qui, comme les jésuites de Pascal, *ne
lisent point, écrivent peu et intriguent beaucoup.*

Je ne suis point non plus *helléniste*, ou je ne
me connais guère. Si j'entends bien ce mot, qui,
je vous l'avoue, m'est nouveau, vous dites un *helléniste*, comme on dit un *dentiste*, un *droguiste*,
un *ébéniste* ; et, suivant cette analogie, un *helléniste* serait un homme qui étale du grec, qui en
vit, et qui en vend au public, aux libraires, au
gouvernement. Il y a loin de là à ce que je fais.
Vous n'ignorez pas, monsieur, que je m'occupe
de ces études uniquement par goût, ou pour
mieux dire, par boutades, et quand je n'ai point
d'autre fantaisie ; que je n'y attache nulle importance, et n'en tire nul profit ; que jamais on
n'a vu mon nom en tête d'aucun livre ; que je ne
veux aucune des places où l'on parvient par ce
moyen ; et que, sans les hasards qui m'ont engagé
à donner au public un texte de quelques pages,
jamais on n'aurait eu cette preuve de mon habileté ; qu'enfin même, après cela, si vous ne m'eussiez démasqué, contre toute bienséance et sans
nulle nécessité, cette habileté qu'il vous plaît de

me supposer, ou ne m'eût point été attribuée, ou serait encore un secret entre quelques personnes capables d'en juger.

Qu'est-ce, s'il vous plaît, monsieur, qu'une notice d'un livre qui ne se vend point, qu'on donne à peu de personnes, et que même on ne peut plus donner? et qu'importe à qui vous lit que ce livre soit bon ou mauvais, si on ne saurait l'avoir? Que vous vous défendiez du mal qu'on vous impute en nommant celui qui l'a fait, cela est tout simple; mais personne ne vous accusait d'avoir fait cette traduction. Je ne veux point trop vous pousser là-dessus, ni paraître plus fâché que je ne le suis en effet. Vous avez cru la chose de peu de conséquence, et pensé fort sagement qu'un tel ouvrage ne me pouvait faire ni grand honneur ni grand tort. Mais enfin vous eussiez pu vous dispenser de me nommer, du moins comme traducteur, et en y pensant mieux, vous n'eussiez pas dit que j'étais ni habile, ni helléniste.

Vous n'êtes pas plus exact en parlant de M. Furia. Sans autre explication, vous le désignez seulement comme bibliothécaire, gardien d'un dépôt littéraire célèbre dans toute l'Europe. Y pensez-vous, monsieur? Vous écrivez à Paris, vous parlez à des Français, qui, voyant dans ces emplois des gens d'un mérite reconnu, dont quelques-uns même sont Italiens [1], ne manque-

[1] Visconti, Marini et d'autres.

ront pas de croire que le seigneur Furia est un homme considérable par son savoir et par sa place. Je comprends que cette erreur peut vous être indifférente, et qu'ayant apparemment plus de raison de le ménager que de vous plaindre de lui, vous lui laissez volontiers la considération attachée à son titre dans le pays où vous êtes. Mais moi qu'il attaque, soutenu d'une cabale de pédans, il m'importe qu'on l'apprécie à sa juste valeur, et je ne puis souffrir non plus qu'on le confonde avec des gens dont l'érudition et le goût font honneur à l'Italie.

Si vous eussiez voulu, monsieur, donner une juste idée des personnages peu connus dont vous aviez à parler, après avoir dit que j'étais *ancien militaire, helléniste,* puisque vous le voulez, *fort habile,* il fallait ajouter : *M. Furia est un cuistre, ancien cordonnier comme son père, garde d'une bibliothèque qu'il devrait encore balayer, qui fait aujourd'hui de mauvais livres n'ayant pu faire de bons souliers, helléniste fort peu habile, à huit cents francs d'appointemens ; copiant du grec pour ceux qui le paient ; élève et successeur du seigneur Bandini, dont l'ignorance est célèbre.* Et il ne fallait pas dire seulement, comme vous faites, que cet homme *cherche des torts dans les accidens les plus simples,* mais qu'il est intéressé à en trouver, parce qu'il est cuistre en colère, dont la rage et la vanité cruellement blessée scr-

vent d'instrument à des haines [1] qui n'osent éclater d'une autre manière. Ce sont là de ces choses
sur lesquelles vous gardez un silence prudent.
Fontenelle, dit quelque part Voltaire, *était tout
plein de ces ménagemens. Il n'eût voulu pour
rien au monde dire seulement à l'oreille que F...
est un polisson.* Voltaire cachait moins sa pensée.
Mais il est plus sûr d'imiter Fontenelle. Malheureusement le choix n'est pas en mon pouvoir, et
je suis obligé de tout dire.

Pour commencer par les raisons que peut avoir
le seigneur Furia de n'être pas aussi désintéressé
qu'on le croirait dans cette affaire, il faut savoir
que la découverte du précieux fragment de Longus s'est faite dans un manuscrit sur lequel, lui
Furia, a travaillé longues années, et qu'il regardait en quelque sorte comme sa propriété ; qu'on
y a fait cette trouvaille au moment précisément
où le seigneur Furia venait de donner au public
une notice très-ample et *très-exacte*, selon lui,
de ce même manuscrit, dans laquelle est indiqué, page par page, et fort au long, tout ce que
le sieur Furia y a pu remarquer ; que son travail
sur ce petit volume, annoncé long-temps d'a-

---

[1] Les Français alors de là les monts étaient détestés comme le sont
maintenant les Allemands. Le gouvernement n'en savait rien et ne voulait en rien savoir. Ce passage et d'autres pareils ci-dessous, firent en
Italie une très vive sensation, et déplurent à *l'autorité*, qui redoute surtout qu'on imprime ce que chacun pense.

vance, a duré six ans, pendant lesquels il n'a cessé de le feuilleter et de le décrire avec une patience peu commune; qu'il en a même, à ce qu'il dit, extrait beaucoup de variantes des prétendues fables d'Ésope, par lui réimprimées à la fin de sa notice; car ces sottises de quelque moine, par où l'on commence au collége l'étude de la langue grecque, se trouvent dans ce manuscrit à la suite du roman de Longus, et le sieur Furia n'a pas manqué d'en faire son profit; qu'enfin, à peine achevé son ouvrage qu'il vendait lui-même, et où il pensait avoir épuisé tout ce qu'on pouvait dire du divin manuscrit, arrive par hasard quelqu'un qui, tout au premier coup d'œil, voit et désigne au public la seule chose qui fût vraiment intéressante dans ce manuscrit, et la seule aussi que le sieur Furia n'y eût pas aperçue.

On écrit aujourd'hui assez ordinairement sur les choses qu'on entend le moins. Il n'y a si petit écolier qui ne s'érige en docteur. A voir ce qui s'imprime tous les jours, on dirait que chacun se croit obligé de faire preuve d'ignorance. Mais des preuves de cette force ne sont pas communes, et le seigneur Bandini lui-même, maître et prédécesseur du seigneur Furia, fameux par des bévues de ce genre, n'a rien fait qui approche de cela.

Nous avons des relations de voyage dont les

auteurs sont soupçonnés de n'être jamais sortis de leur cabinet; et, dans un autre genre,

> Combien de gens ont fait des récits de batailles
> Dont ils s'étaient tenus loin?

mais une notice d'un livre par quelqu'un qui ne l'a point lu est une bouffonnerie toute neuve, et dont le public doit savoir gré au seigneur Furia.

Je ne prétends pas dire par là qu'il ne l'ait examiné avec beaucoup d'attention. J'admire au contraire qu'il ait pu entrer dans tous ces détails et en faire deux volumes. Son ouvrage, que je n'ai point lu (car j'en parle à peu près comme lui du manuscrit), sera quelque jour utile au relieur pour éviter toute erreur dans la position des feuillets. En un mot, dans le compte qu'il rend de ce livre, selon lui, si intéressant, qui l'a occupé six années, il a pensé à tout, excepté à le lire.

Il est fâcheux pour vous, monsieur, de n'avoir pas été témoin de l'effet que produisit sur lui la première vue de cette lacune dans le livre imprimé, et du morceau inédit qui la remplissait dans le manuscrit. Sa surprise fut extrême; et quand il eut reconnu que ce morceau n'était pas seulement de quelques lignes, mais de plusieurs pages, il me fit pitié, je vous assure. D'abord *il demeura stupide* : vous en auriez peut-être ri; mais bientôt vous auriez eu peur, car en un instant

il devint furieux. Je n'avais jamais vu un pédant
enragé; vous ne sauriez croire ce que c'est.

Le quadrupède écume et son œil étincelle.

Si des regards il eût pu mordre, j'aurais mal
passé mon temps.

Dès-lors le seigneur Furia se crut un homme
déshonoré. Vous savez que Vatel se tua parce que
le rôt manquait au souper de son maître. Il avait,
comme dit le roi quand on lui apprit cette mort,
de l'honneur à sa manière. M. Furia ne se tua
point, parce que bientôt après il conçut l'espérance de rétablir un peu sa réputation aux dépens de la mienne; car ce fut, je crois, le surlen-
demain que je fis au manuscrit cette tache, dont
il me sait, dans son ame, si bon gré, quoiqu'il
s'en plaigne si haut. Après avoir copié tout le
morceau inédit, j'achevai la collation du reste
avec ces messieurs. Pour marquer dans le volume
l'endroit du supplément, j'y mis une feuille de
papier, sans m'apercevoir qu'elle était barbouil-
lée d'encre en-dessous. Ce papier s'étant collé au
feuillet, y fit une tache qui couvrait quelques
mots de quelques lignes. M. Furia a écrit en prose
poétique l'histoire de cet évènement. C'est, à ce
qu'on dit, son meilleur ouvrage; c'est du moins
le seul qu'on ait lu. Il y a mis beaucoup du sien,
tant dans les choses que dans le style; mais le

fond en est pris de la Pharsale et des tragédies de Sénèque.

J'avoue que ce malheur me parut fort petit. Je ne savais pas que ce livre fût le Palladium de Florence, que le destin de cette ville fût attaché aux mots que je venais d'effacer : j'aurais dû cependant me douter que ces objets étaient sacrés pour les Florentins, car ils n'y touchent jamais. Mais enfin, je ne sentis point mon sang se glacer, ni mes cheveux se hérisser sur mon front ; je ne demeurai pas un instant sans voix, sans pouls et sans haleine. M. Furia prétend que tout cela lui arriva : mais moi je le regardai bien, et je ne vis en lui, je vous jure, aucun de ces signes alarmans d'une défaillance prochaine, si ce n'est quand je lui mis, comme on dit, le nez sur ce morceau de grec qu'il n'avait pu voir sans moi.

Les expressions de M. Furia pour peindre son saisissement à la vue de cette tache, qui couvrait, comme je vous ai dit, une vingtaine de mots, sont du plus haut style et d'un pathétique rare, même en Italie. Vous en avez été frappé, monsieur, et vous les avez citées, mais sans oser les traduire. Peut-être avez-vous pensé que la faiblesse de notre langue ne pourrait atteindre à cette hauteur : je suis plus hardi, et je crois, quoi qu'en dise Horace, qu'on peut essayer de traduire Pindare et M. Furia ; c'est tout un. Voici ma version littérale :

A un si horrible spectacle (il parle de ce pâté que je fis sur son bouquin), *mon sang se gela dans mes veines; et durant plusieurs instans, voulant crier, voulant parler, ma voix s'arrêta dans mon gosier : un frisson glacé s'empara de tous mes membres stupides.....* Voyez-vous, monsieur? ce pâté, c'est pour lui la tête de Méduse. Le voilà stupide; il l'assure, et c'est la seule assertion qui soit prouvée par son livre. Mais il y a dans cet aveu autant de malice que d'ingénuité; car il veut faire croire que c'est moi qui l'ai rendu tel, au grand détriment de la littérature. Moi je soutiens que long-temps avant que d'avoir vu cette affreuse tache, *dont le seul souvenir le remplit d'horreur et d'indignation,* il était déjà stupide, ou certes bien peu s'en fallait, puisqu'il a tenu, feuilleté, examiné, décrit et noté par le menu chaque page de ce petit volume, sans se douter seulement de ce qu'il contenait.

Lorsque son directeur, ou son conservateur, comme il l'appelle quelquefois, le seigneur Thomas Puzzini [1], *apprit cet étrange accident par la trompette sonore de la renommée, qui, toujours infatigable......, fit à son oreille......,* bref, quand

---

[1] Son vrai nom était *Puccini*. L'auteur, se voulant divertir, en a fait *Puzzini*, sobriquet italien qui signifie *putois, puant, puantini,* et s'appliquait au personnage; car, comme dit Regnier, *il sentait bien plus fort, mais non pas mieux que rose.* Le nom lui demeura. Il n'y a si mauvaise plaisanterie qui ne réussisse contre la cour, les chambellans, la garde-robe.

on lui conta l'aventure du pâté, *il fut saisi d'horreur; il frémit au récit d'une action si atroce.* En effet, il y a de plus grands crimes, mais il n'y en a point de plus noirs. Ailleurs, M. Furia représente *Florence désolée : toute une ville en pleurs, les citoyens consternés :* pour lui, dans ce deuil public, quand tout le monde pleurait, vous imaginez bien qu'il ne s'épargnait pas. Depuis que sa voix s'était *arrêtée dans son gosier,* il ne disait mot, et sans doute il n'en pensait pas davantage, car il était *devenu stupide.* Mais *la nuit, dans ses songes, cette image cruelle* (il n'a osé dire sanglante) *s'offrait à ses yeux.* Et il déclare dans son début que l'obligation où il est de raconter ce fait *lui pèse, est pour lui un fardeau excessivement à charge, parce qu'elle lui rappelle* (cette obligation) *la mémoire plus vive de l'acerbité d'un évènement qui, bien qu'aucun temps ne puisse pour lui le couvrir d'oubli, ce nonobstant il ne peut y repenser sans se sentir compris tout entier d'horreur.* Je traduis mot à mot. Ici c'est Virgile amplifié à proportion du sujet ; car ce que le poète avait dit du massacre de tout un peuple, a paru trop faible à M. Furia pour un pâté d'encre.

N'admirez-vous point, monsieur, qu'un homme écrivant de ce style, attache tant d'importance au texte de Longus, qui est la simplicité même ? c'est le zèle des bouquins qui enflamme M. Furia

et le fait parler comme un prophète. Au reste,
l'hyperbole lui est familière, et c'est où il réussit
le mieux. En voulez-vous un bel exemple? Quelqu'un de ses protecteurs (car il en a beaucoup,
tous brûlant du même zèle et acharnés contre
moi) se charge, au refus des libraires, de l'impression d'un de ses livres : aussitôt M. Furia le
proclame dans sa dédicace le premier homme du
siècle, et l'assure *qu'aucun âge à venir ne se
taira sur ses louanges.* Cicéron en disait autant
jadis aux conquérans du monde [1]. Or, si un
homme qui dépense cinquante écus pour imprimer les sottises du seigneur Furia mérite des autels, il est clair que celui qui fait, quoique involontairement, voir et palper à chacun l'ignorance
dudit seigneur, est digne de tous les supplices :
c'est la substance du libelle qu'il a publié contre
moi.

Nous sommes d'accord sur les faits, et les circonstances qu'il raconte, la plupart de son invention, sont indifférentes au fond. Qu'importe,
en effet, qu'il se soit le premier aperçu de cette
tache, ainsi qu'il le dit, ou que je la lui aie mon-
trée dès que je la vis moi-même, comme c'est la
vérité? que ce soit lui qui m'ait indiqué ce manuscrit de Longus, ou que je le connusse long-
temps auparavant, comme vous, monsieur, le

---

[1] *Nulla ætas de tuis laudibus conticescet.* (Cicéron.)

savez, et tant d'autres personnes à qui j'en avais
écrit et parlé? que j'aie copié, selon ce qu'il dit,
tout le supplément sous sa dictée, ou que je lui
aie déchiffré et expliqué les endroits qu'il n'avait
pu lire, faute d'entendre le sens, comme le prouve
cette copie même; tout cela ne fait rien à l'affaire.

J'ai fait la tache, *l'horrible tache*, et j'en ai
donné à M. Furia ma déclaration, sans qu'il songeât, quoi qu'il en dise, à me la demander. Après
lui avoir offert ma copie, qu'il me demandait
tout aussi peu, je la lui ai depuis refusée. Je suis
loin de m'en repentir, et vous allez voir pourquoi.

J'offris d'abord, comme je l'ai dit, de mon propre mouvement, cette copie à M. Furia, et il ac-
cepta mon offre sans paraître en faire beaucoup
de cas, observant très-judicieusement qu'aucune
copie ne pourrait réparer le mal fait au manuscrit.
Je continuai mon travail; vous arrivâtes deux
jours après, et vous vîtes *le désastre*, comme l'appelle M. Furia. Ce jour-là, autant qu'il m'en souvient, il pensait encore fort peu à la copie promise;
cependant je vois, par votre notice, qu'il en fut
question, et sans doute je la promis encore. Ce
ne fut que le lendemain, quand vous n'étiez plus
à Florence, que M. Furia me demanda cette copie avec beaucoup de vivacité. Je lui dis que le
temps me manquait pour en faire un double,

qui me devait rester, mais qu'aussitôt achevée la
collation du manuscrit, je songerais à le satisfaire. Ce même jour, regardant la tache dans le
manuscrit, elle me parut augmentée, et je con-
çus des soupçons. Le soir, au sortir de la bibliothèque, M. Furia me pressa fort de passer avec
lui chez moi, pour lui donner la copie. Il la voulait sur-le-champ, parce que, disait-il, chez moi
elle se pouvait perdre. Son empressement ajoutant aux défiances que j'avais déjà, je lui répondis que, toutes réflexions faites, je serais bien
aise de garder par devers moi cette copie qui,
étant écrite de trois mains, était la seule authentique et l'unique preuve que je pusse donner du
texte que je publierais, quant aux endroits effacés. Par cette raison même, me dit-il, c'était la
seule qui convînt à la bibliothèque, où, d'ailleurs, demeurant dans ses mains, elle ne courait
aucun risque. Je ne lui dis pas ce que j'en pensais, mais je le refusai nettement. Il se fâcha, je
m'emportai, et l'envoyai promener en termes qui
ne se peuvent décrire.

Ne vous prévins-je pas, monsieur, quand vous
voulûtes enlever ce papier collé au manuscrit ?
Ne vous criai-je pas : *Prenez garde, ne touchez
rien; vous ne savez pas à quelles gens vous avez
affaire.* J'employai peut-être d'autres mots que
l'occasion et le mépris que j'avais pour eux me
dictaient; mais, en gros, c'était là le sens, et vous

vous en souvenez. Ne craignez rien, monsieur,
ceci ne peut vous compromettre. Vous ne m'écou-
tâtes point ; vous portâtes la main sur la fatale
tache : mal vous en a pris ; mais enfin votre conduite prouva que vous pensez toujours bien des
gens en place, quelle que soit leur place. Vous
pouvez donc convenir, sans vous brouiller avec
personne, que je vous avertis de ce qui vous arriverait, et vous en conviendrez, car on aime la
vérité quand elle ne peut nous nuire.

Vous voyez, monsieur, que dès-lors j'avais de-
viné leur malin vouloir ; j'ignorais encore ce qu'ils
méditaient ; mais je le savais quand je refusai ma
copie à M. Furia.

Pour comprendre l'importance que nous y atta-
chions l'un et l'autre, il faut savoir comment cette
copie fut faite. Le caractère du manuscrit m'était
tout nouveau : MM. Furia et Bencini l'ayant
tenu assez long-temps pour en avoir quelque habitude, me dictaient d'abord, et j'écrivais ; et en
écrivant je laissais aux endroits qu'ils n'avaient
pu lire dans l'original, parce que les traits en
étaient ou effacés ou confus, des espaces en blanc.
Quand j'eus ainsi achevé d'écrire tout ce qui manquait dans l'imprimé, je pris à mon tour le manuscrit, et guidé par le sens, que j'entendais
mieux qu'eux, je lus ou devinai partout les mots
que ces messieurs n'avaient pu déchiffrer, et eux
qui tenaient alors la plume, écrivant ce que je

leur dictais, remplissaient dans ma copie les blancs
que j'avais laissés. De plus, dans ce que j'avais
écrit sous leur dictée, il se trouvait des fautes
que je leur fis corriger d'après le manuscrit; ce
qui produisit beaucoup de ratures. Ainsi, dans
chaque page, et presque à chaque ligne, parmi
les mots écrits de ma main, se trouvent des mots
écrits par l'un d'eux, et c'est là ce qui constate
l'authenticité du tout; aussi voyez-vous que
M. Furia, dans sa diatribe contre moi, atteste
l'exactitude de cette copie, qu'il ne pourrait nier
sans se faire tort à lui-même.

Plusieurs personnes à Florence, me parlant
alors de la tache faite au manuscrit, me parurent
persuadées que c'était de ma part une invention
pour pouvoir altérer le texte dans quelque passage obscur et en éluder ainsi les difficultés. Ces
bruits étaient semés par M. Furia, qui, à toute
force, voulait discréditer l'édition que vous
aviez annoncée, et sur laquelle il pensait que nous
fondions, vous et moi, une spéculation des plus
lucratives; car il ne pouvait ni croire ni comprendre que je fisse tout cela gratuitement; et
forcé de le croire à présent, il ne le comprend pas
davantage.

En ce temps-là même, vous avez pu lire dans
la *Gazette de Milan* un article fait par quelqu'un
de la cabale de M. Furia, où l'on avertissait le
public de *n'ajouter aucune foi à un supplément*

de Longus qui allait paraître à Paris, attendu la
destruction du manuscrit original, etc. Vous concevez, monsieur, que, dans cet état de choses,
M. Furia était le dernier à qui j'eusse confié le dépôt qu'il exigeait. Comment pouvais-je réparer le
mal fait au manuscrit, si ce n'est en donnant au
public le texte imprimé d'après une copie authentique? et cette preuve unique du texte que j'allais
publier, pouvais-je la remettre à l'homme qui
m'accusait de vouloir falsifier ce texte ?

Notez que cette pièce, à moi si nécessaire, est,
pour la bibliothèque, parfaitement inutile; elle
ne peut avoir, aux yeux des savans, l'autorité du
manuscrit, ni par conséquent en tenir lieu. S'il
y a quelque errreur dans mon édition, c'est que
j'ai mal lu l'original, et ma copie ne saurait servir
à la corriger. Elle est inutile à ceux qui pourraient
douter de la fidélité du texte imprimé, dont elle
n'est pas la source; mais elle m'est utile à moi
contre l'infidélité et la mauvaise foi du seigneur
Furia, qui, s'il l'avait dans les mains, en altérant
un seul mot, rendrait tout le reste suspect, au
lieu que sa propre écriture le contraint maintenant d'avouer l'authenticité de ce texte, qu'il
nierait assurément s'il y avait moyen.

Si M. Furia eût eu cette copie en son pouvoir,
il aurait d'abord publié de longues dissertations
sur les ratures dont elle est pleine. Sa conclusion
se devine assez, et la sottise de ses raisonnemens

n'eût été connue que des habiles, qui sont toujours en petit nombre et ne décident de rien ;
aussi, loin de la lui confier, j'ai refusé même de
la lui montrer ; car s'il eût pu seulement savoir
quels étaient les mots écrits de sa main, cela lui
aurait suffi pour remplir les gazettes de nouvelles
impertinences. En un mot, toute demande de sa
part devait être suspecte, et son empressement
fut le premier motif de mon refus.

Certes, la rage de ces messieurs se manifestait
trop publiquement pour que je pusse me méprendre sur leurs intentions. Peu de jours après
votre départ, les directeurs, inspecteurs, conser-
vateurs du sieur Furia s'assemblèrent avec lui
chez le sieur Puzzini, chambellan, garde du Musée : on y transporta en cérémonie le saint manuscrit, *suivi des quatre facultés.* Là, les chimistes,
convoqués pour opiner sur le pâté, déclarèrent
tout d'une voix qu'ils n'y connaissaient rien : que
cette tache était d'une encre tout extraordinaire,
dont la composition, imaginée par moi exprès
pour ce grand dessein, passait leur capacité, résistait à toute analyse, et ne se pouvait détruire
par aucun des moyens connus. Procès-verbal fut
fait du tout, et publié dans les journaux. M. Furia a écrit au long tout ce qui se passa dans cette
mémorable séance : c'est le plus bel épisode de
sa grande histoire du pâté d'encre, et une pièce
achevée dans le style de *Diafoirus* ou de *Chiam-*

pot-la-perruque. Pour moi, je ne puis m'empêcher de le dire, dussé-je m'attirer de nouveaux
ennemis : cela prouve seulement que les professeurs de Florence ne sont pas plus habiles en chi-
mie qu'en littérature, car le premier relieur de
Paris leur eût montré que c'était de l'encre *de la
petite vertu*, et l'eût enlevée à leurs yeux par les
procédés qu'on emploie, comme vous savez, tous
les jours.

Mais que vous semble, monsieur, de cette dévotion aux bouquins? A voir l'importance que
ces messieurs attachent à leurs manuscrits, ne
dirait-on pas qu'ils les lisent? Vous penserez
qu'étant payés pour diriger, inspecter, conserver à Florence les lettres et les arts, ils soignent,
sans trop savoir ce que c'est, le dépôt qui leur
est confié, et se font de leur soin un mérite, le
seul qu'ils puissent avoir. Mais ce zèle de la
maison du Seigneur est, je vous assure, bien
nouveau chez eux; il n'a jamais pu s'émouvoir
dans une occasion toute récente, et bien plus importante, comme vous allez voir.

L'abbaye de Florence, d'où vient dans l'origine
ce texte de Longus, était connue dans toute l'Europe comme contenant les manuscrits les plus
précieux qui existassent. Peu de gens les avaient
vus; car, pendant plusieurs siècles, cette bibliothèque resta inaccessible; il n'y pouvait entrer
que des moines, c'est-à-dire qu'il n'y entrait

personne. La collection qu'elle renfermait, d'autant plus intéressante qu'on la connaissait moins,
était une mine toute neuve à exploiter pour les
savans ; c'était là qu'on eût pu trouver, non pas
seulement un Longus, mais un Plutarque, un
Diodore, un Polybe plus complets que nous ne
les avons. J'y pénétrai enfin, comme je vous l'ai
dit, avec M. Akerblad, quand le gouvernement
français prit possession de la Toscane, et en une
heure nous y vîmes de quoi ravir en extase tous
les *hellénistes* du monde, pour me servir de vos
termes, quatre-vingts manuscrits des neuvième
et dixième siècles. Nous y remarquâmes surtout
ce Plutarque dont je vous ai si souvent parlé. Ce
que nous en pûmes lire parut appartenir à la vie
d'Épaminondas, qui manque dans les imprimés.
Quelques mois après, ce livre disparut, et avec
lui tout ce qu'il y avait de meilleur et de plus beau
dans la bibliothèque, excepté le Longus, trop
connu par la notice récente de M. Furia, pour
qu'on eût osé le vendre. Sur les plaintes que nous
fîmes, M. Akerblad et moi, la Junte donna des
ordres pour recouvrer ces manuscrits. On savait
où ils étaient, qui les avait vendus, qui les avait
achetés ; rien n'était plus facile que de les retrouver : c'était matière à exercer le zèle des conser-
vateurs, et nous pressâmes fort ces messieurs
d'agir pour cela ; mais *ils ne voulaient*, nous
dirent-ils, *faire de la peine à personne*. La chose

en demeura là. J'ai gardé la minute d'une lettre
que j'écrivis à ce sujet à M. Chaban, membre de la
Junte.

Livourne, le 30 septembre 1807.

« Monsieur ,

« Les ordres que j'ai reçus m'ont obligé de
« partir si précipitamment, que j'eus à peine le
« temps de porter chez vous ma carte à une
« heure où je pouvais espérer de vous parler;
« manière de prendre congé de vous bien con-
« traire à mes projets; car après les marques de
« bonté que vous m'avez données, monsieur,
« j'avais dessein de vous faire ma cour, et de
« profiter des dispositions favorables où je vous
« voyais pour rassembler et sauver ce qui se peut
« encore trouver de précieux dans vos bibliothè-
« ques de moines. Mais puisque mon service
« m'empêche de partager cette bonne œuvre, je
« veux au moins y contribuer par mes prières.
« Je vous conjure donc de vouloir bien ordonner
« que tous les manuscrits de l'abbaye soient
« transportés à la bibliothèque de Saint-Laurent,
« et qu'on cherche ceux qui manquent d'après
« le catalogue existant. J'ai reconnu dernière-
« ment que déjà quelques-uns des plus impor-
« tans ont disparu; mais il sera facile d'en trouver
« des traces, et d'empêcher que ces monumens
« ne passent à l'étranger, qui en est avide, ou

« même ne périssent dans les mains de ceux qui
« les recèlent, comme il est arrivé souvent, etc. »

On donna de nouveaux ordres pour la recherche des manuscrits. Je fus même nommé par la
Junte, avec M. Akerblad, commissaire à cet effet,
honneur que nous refusâmes, lui comme étranger, moi comme occupé ailleurs. Ce soin demeura
donc confié à MM. Puzzini et Furia, que rien ne
put engager à y penser le moins du monde ; *ils
ne voulaient* alors *faire de la peine à personne.*
Ceux qui avaient les manuscrits les gardèrent, et
les ont encore.

Or, ces gens, si indifférens à la perte d'une collection de tous les auteurs classiques, croirait-on
que ce sont eux qui aujourd'hui, pour quatre
mots d'une page d'un roman, quatre mots que,
sans moi, ils n'eussent jamais déchiffrés, quatre
mots qui sont imprimés, et qu'ils liraient s'ils
savaient lire, travaillent avec tant d'ardeur à
soulever contre moi le public et le gouvernement,
remplissent les gazettes d'injures et de calomnies
ridicules, et, par des circulaires, promettent à
la canaille littéraire d'Italie le plaisir de me voir
bientôt traité en criminel d'état. M. Puzzini en
répond, il sait sans doute ce qu'il dit, *et, ma
foi, je commence à le croire un petit*, comme dit
Sosie.

Ce qui vous surprendra, monsieur, c'est qu'aucun d'eux ne me connaît. Jamais aucun d'eux,

excepté le seigneur Furia, n'a eu avec moi ni
liaison ni querelle, ni rapport d'aucune espèce.
J'ai parlé un quart-d'heure à M. Pulcini [1], et ne
me rappelle pas même sa figure ; ainsi leur haine
contre moi ne peut être personnelle. Pour me
faire une guerre si cruelle, et sur si peu de
chose, eux qui *naturellement ne veulent faire de
mal à personne*, leur motif est tout autre qu'une
animosité, si cela se peut dire, individuelle.
L'offense que j'ai faite très-involontairement au
seigneur Furia lui est particulière ; la rage de
toute sa clique a une cause plus générale.

Vous vous rappelez le mot des Espagnols :
Non comme Français, mais comme hérétiques [2].
Ces messieurs disent bien ici quelque chose d'approchant ; mais je vous assure qu'ils déguisent
fort peu les vrais motifs de leur haine ; tout le
monde en est instruit. Mon premier crime a été
de découvrir leur ignorance, mais cela seul n'eût
été rien ; car s'ils persécutaient tous ceux qui en
savent plus qu'eux, *à qui pourraient-ils pardonner ?* le second, qui me rend indigne de toute

---

[1] C'est son nom encore estropié, mais d'une autre façon. *Pulcini* veut
dire poussin, petit poulet, en italien : on en a fait *Pulcinella*, polichi-
nelle chez nous. Ces *lazzi*, qui ne demandaient pas assurément beaucoup d'esprit, chagrinèrent plus que tout le reste le pauvre chambellan.

[2] Les Espagnols, dans la Floride, firent pendre et brûler les Français
protestans, avec cet écriteau : *Non comme Français, mais comme hérétiques ;* à quoi les flibustiers, depuis, répondirent en massacrant les Espagnols : *Non comme Espagnols, mais comme assassins.*

grace, c'est que je ne prononce pas comme eux le mot *ciceri* [1]. C'est là une sorte de péché originel que rien ne peut effacer.

Si j'avais le moindre crédit, le moindre petit emploi, quelque gain à leur promettre, quelques bribes à leur jeter, ils seraient tous à mes pieds et imagineraient autant de bassesses pour me faire la cour, qu'ils inventent aujourd'hui de calomnies pour me nuire. Soyez assuré, monsieur, qu'avant de se décider à *m'entreprendre*, comme on dit, ils se sont bien informés si je n'avais point quelque appui, et comme ils ont appris que je ne tenais à rien, que je vivais seul avec quelques amis aussi obscurs que moi, que je me tenais loin des grands, et qu'aucun homme en place ne s'intéressait à moi, ils m'ont déclaré la guerre. Avouez que ce sont d'habiles gens; car que ces bons Espagnols fissent un *auto-da-fé* des Français dans la Floride, c'était quelque chose assurément, il y avait là de quoi louer Dieu; mais si on pouvait faire brûler un Français par les Français mêmes, quel triomphe! quelle allégresse! Je vois ici des gens qui lisent cette triste rapsodie de Furia contre moi : *Son style est mauvais*, disent-ils, *son intention est bonne*.

La découverte que j'ai faite dans le manuscrit

[1] Ceci fait allusion aux Vêpres Siciliennes, où, pour connaître les Français, on les obligeait de dire ce mot. Ceux qui ne le prononçaient pas bien étaient massacrés.

n'est rien, au dire de ces messieurs ; c'est la plus petite chose qu'on pût jamais trouver ; mais le mal que j'ai fait est *immense*. Entendez bien ceci, monsieur : le fragment tout entier n'est rien ; mais quelques mots de ce fragment, effacés par malheur, font une perte immense, même alors que tout est imprimé. M. Furia a étendu cette perte le plus qu'il a pu, puisque la tache est aujourd'hui double au moins de celle que j'ai faite, si le dessin qu'en a publié M. Furia est exact. Il l'a augmentée à ce point, afin de pouvoir dire qu'elle était immense ; car il accommode non l'épithète à la chose, mais la chose à l'épithète qu'il veut employer. Avec tout cela, il s'en faut que le dommage soit immense, et quand j'aurais noyé dans l'encre tous ses vieux bouquins et lui, le mal serait encore petit.

Cependant cette découverte, toute méprisable qu'elle est, M. Furia entend qu'elle nous soit commune, ou, pour mieux dire, il y consent ; car on voit bien d'ailleurs qu'elle lui appartient toute, puisque c'est lui, dit-il, qui m'a fait connaître, montré, déchiffré ce manuscrit, que sans lui apparemment je n'aurais pu ni trouver ni lire. C'est là, au vrai, le but principal de son libelle, et à quoi tendent tous les détails par lui inventés, dont son récit est rempli. Sans y mettre beaucoup d'art, il a trouvé ses lecteurs disposés à le croire et à lui adjuger la moitié de cet honneur ; car tout pour un seul, ce serait trop.

Que de haines accompagnent la renommée !
qu'il est difficile d'échapper à l'oubli et à l'envie !
De tous les chemins qui mènent au temple de
Mémoire, j'ai suivi le plus obscur : huit pages de
grec font toute ma gloire, et voilà qu'on me les
dispute ! M. Furia en veut sa part; il crie dans les
gazettes, il arrange, il imprime un tissu de mensonges pour arriver à ce mot : *Notre commune
découverte.* Vous, monsieur, vous voyez la fourbe,
et bien loin de la découvrir, vous tâchez d'en
profiter pour vous glisser entre nous deux. Vous
semblez dire à chacun de nous : *Souffre qu'au
moins je sois ton ombre.* Furia y consentirait;
mais moi, je suis intraitable : je veux aller tout
seul à la postérité.

La gloire aujourd'hui est très-rare : on ne le
croirait jamais; dans ce siècle de lumières et de
triomphes, il n'y a pas deux hommes assurés de
laisser un nom. Quant à moi, si j'ai complété le
texte de Longus, tant qu'on lira du grec, il y
aura toujours quatre ou cinq *hellénistes* qui sau-
ront que j'ai existé. Dans mille ans d'ici, quelque
savant prouvera, par une dissertation, que je
m'appelais Paul-Louis, né en tel lieu, telle année,
mort tel jour de l'an de grace..... sans qu'on en
ait jamais rien su, et pour cette belle découverte il sera de l'académie. Tâchons donc de
montrer que je suis le vrai, le seul restaurateur

du livre mutilé de Longus : la chose en vaut la peine ; il n'y va de rien moins que de l'immortalité.

Vous savez, monsieur, ce qui en est, quoique vous n'en disiez rien, et M. Clavier le sait aussi, à qui j'écrivis de Milan ces propres paroles :

Milan, le 13 octobre 1809.

« Envoyez-moi vite, monsieur, vos commis« sions grecques ; je serai à Florence un mois, à « Rome tout l'hiver, et je vous rendrai bon compte « des manuscrits de Pausanias. Il n'y a bouquin « en Italie où je ne veuille perdre la vue pour l'a« mour de vous et du grec. Je fouillerai aussi pour « mon compte dans les manuscrits de l'abbaye de « Florence. Il y avait là du bon pour vous et pour « moi, dans une centaine de volumes du neuvième « et du dixième siècle ; il en reste ce qui n'a pas « été vendu par les moines : peut-être y trouve« rai-je votre affaire. Avec le Chariton de Dor« ville est un Longus que je crois entier ; du moins « n'y ai-je point vu de lacune quand je l'exami« nai ; mais, en vérité, il faut être sorcier pour le « lire. J'espère pourtant en venir à bout, *à grand* « *renfort de bésicles*, comme dit maître François. « C'est vraiment dommage que ce petit roman « d'une jolie invention, qui, traduit dans toutes « les langues, plaît à toutes les nations, soit dans « l'état où nous le voyons. Si je pouvais vous l'of-

« frit complet, je croirais mes courses bien em-
« ployées, et mon nom assez recommandé aux
« Grecs présens et futurs. Il me faut peu de
« gloire ; c'est assez pour moi qu'on sache quel-
« que jour que j'ai partagé vos études et votre
« amitié..... »

M. Lamberti lut cette lettre, où il était question
de lui, et me promit dès-lors de traduire le supplément, comme il pouvait faire mieux que personne. Il se rappelle très-bien toutes ces circonstances, et voici ce qu'il m'en écrit :

*Della speranza che avevate di scoprire nel
codice Fiorentino il frammento di Longo Sofista,
voi mi parlaste sino dai primi momenti del
vostro arrivo in Milano. Questa cosa fu in quel
tempo ancor detta ad alcuni amici, che non pos-
sono averne la rimenbranza. Si parlò ancora della
traduzione italiana che sarebbe stato bene di
farne, quando non fossero riuscite vane le spe-
ranze della scoperta ; ed io, per l'infinita amici-
zia che vi professo, mi vi obligai con solenne pro-
messa per un tale lavoro. A gran ragione adunque
mi dovettero sorprendere le ciancie del signor
Furia, che nel suo scritto si voleva far credere
come cooperatore e partecipe di quello scopri-
mento...*[1].

---

[1] C'est-à-dire en français : « L'espoir que vous aviez de trouver dans
« les manuscrits de Florence un texte complet de Longus, me fut an-
« noncé par vous dès les premiers momens de votre arrivée ici, et j'en

Enfin, voici une lettre de M. Akerblad, qui montre assez en quel temps je vis ce manuscrit pour la première fois :

« .....Je me rappelle effectivement qu'il y a trois « ans nous allâmes ensemble voir la bibliothèque « de l'abbaye de Florence, où, entre autres ma- « nuscrits, on nous montra celui qui contient le « roman de Longus, avec plusieurs autres éroti- « ques grecs. Je me souviens très-bien aussi que, « pendant que j'étais occupé à parcourir le cata- « logue de ces manuscrits, dont les plus beaux « ont disparu depuis, vous vous arrêtâtes assez « long-temps à feuilleter celui de Longus, le même « qui vous a fourni l'intéresssant fragment que vous « venez de publier. »

Ainsi bien avant que ce manuscrit passât dans la bibliothèque de Saint-Laurent de Florence, je l'avais vu à l'abbaye ; je savais qu'il était complet, je l'avais dit ou écrit à tous ceux que tout cela pouvait intéresser. Depuis, dans la bibliothèque, M. Furia me *montra* ce livre que je lui deman- dais, et que je connaissais mieux que lui, sans l'avoir tenu si long-temps, et moi je lui *montrai* dans ce livre ce qu'il n'avait pas vu en six ans

« parlai à quelques amis qui n'en peuvent avoir perdu le souvenir. « Nous parlâmes aussi de traduire le supplément en italien ; à quoi je « m'obligeai envers vous par une promesse fondée sur l'amitié qui nous « unit tous deux. Ainsi, ce ne fut pas sans beaucoup d'étonnement que « je vis depuis l'étrange folie et le bavardage de M. Furia, qui, dans sa « brochure, prétendait avoir part à cette découverte »

qu'il a passés à le décrire et en extraire des sottises. On voit par-là clairement que tout le récit
de M. Furia, et les petites circonstances dont il
l'a chargé pour montrer que le hasard nous fit
faire à tous deux ensemble cette découverte, qu'il
appelle *commune*, sont autant de faussetés. Or,
si, dans un fait si notoire, M. Furia en impose
avec cette effronterie, qu'on juge de sa bonne
foi dans les choses qu'il affirme comme unique
témoin ; car à ce mensonge, assez indifférent en
lui-même, il joint d'autres impostures, dont assurément la plus innocente mériterait cent coups
de bâton. C'était bien sur quoi il comptait pour
être *un peu à son aise*, comme l'huissier des Plai-
deurs. J'aurais pu donner dans ce piège il y a
vingt ans ; mais aujourd'hui je connais ces ruses,
et je lui conseille de s'adresser ailleurs. J'ai très-
bien pu, par distraction, faire choir sur le bouquin la bouteille à l'encre ; mais frappant sur le
pédant, je n'aurais pas la même excuse, et je sais
ce qu'il m'en coûterait.

Depuis l'article inséré dans la gazette de Florence, par lequel vous annonciez une édition du
supplément et de l'ouvrage entier, j'étais en pleine
possession de ma découverte, et plus intéressé
que personne à sa conservation. Tout le monde
savait que j'avais trouvé ce fragment de Longus,
que j'allais le traduire et l'imprimer ; ainsi mon
privilège, mon droit de découverte étaient assu-

rés : on ne saurait imaginer que j'aie fait exprès la tache au manuscrit, pour m'approprier ce morceau inédit qui était à moi. C'est néanmoins ce que prétend M. Furia : cette tache fut faite, dit-il, pour le priver de sa part à la petite trouvaille (vous voyez, par ce qui précède, à quoi cette part se réduit), et afin de l'empêcher, lui ou quelque autre aussi capable, d'en donner une édition. Cela est prouvé, selon lui, par le refus de la copie.

Ce discours ne peut trouver de créance qu'auprès de ceux qui n'ont nulle idée d'un pareil travail; car qui eût pu l'entreprendre à Florence, quand même votre annonce n'eût pas appris au public et la découverte et à qui elle appartenait? Ne m'en croyez pas, monsieur, consultez les savans de votre connaissance, et tous vous diront qu'il n'y avait personne à Florence en état de donner une édition supportable de ce texte d'après un seul manuscrit. Il faut pour cela une connaissance de la langue grecque, non pas fort extraordinaire, mais fort supérieure à ce qu'en savent les professeurs florentins.

En effet, concevez, monsieur, huit pages sans points ni virgules, partout des mots estropiés, transposés, omis, ajoutés, les gloses confondues avec le texte, des phrases entières altérées par l'ignorance, et plus souvent par les impertinentes corrections du copiste. Pour débrouiller ce chaos,

Schrevelius donne peu de lumière à qui ne connaît que les *Fables d'Esope*. Je ne puis me flatter d'y avoir complètement réussi, manquant de tous les secours nécessaires ; mais hors un ou deux endroits, que ceux qui ont des livres corrigeront aisément, j'ai mis le tout au point que M. Furia lui-même, avec ma traduction et son *Schrevelius*, suivrait maintenant sans peine le sens de l'auteur d'un bout à l'autre. Tout cela se pouvait faire par d'autres que moi, et mieux, à Venise ou à Milan, mais non à Florence.

Les Florentins ont de l'esprit, mais ils savent peu de grec : et je crois qu'ils ne s'en soucient guère : il y a parmi eux beaucoup de gens de mérite, fort instruits et fort aimables ; ils parlent admirablement la plus belle des langues vivantes : avec cela on se passe aisément du grec.

Quelle préface aurait pu, je vous prie, mettre à ce fragment M. Furia, s'il en eût été l'éditeur ? il aurait fallu qu'il dît : Dans le long travail que j'ai fait sur ce manuscrit, dont j'ai extrait des choses si peu intéressantes, j'ai oublié de dire que l'ouvrage de Longus s'y trouvait complet ; on vient de m'en faire apercevoir. Et là-dessus, il aurait cité votre article de la gazette. Vous voyez, monsieur, par combien de raisons j'avais peu à craindre que ni lui ni personne songeât à me troubler dans la possession du bienheureux fragment. J'en ai refusé à M. Furia, non une co-

pie quelconque, qui lui était utile comme bibliothécaire, mais une certaine copie dont il voulait
abuser comme mon ennemi déclaré ; et l'abus
qu'il en voulait faire n'était pas de la publier, car
il ne le pouvait en aucune façon ; mais de l'altérer, pour jeter du doute sur ce que j'allais publier. Tout cela est, je pense, assez clair.

Mais si l'on veut absolument que, contre mon
intérêt visible, j'aie mutilé ce morceau, que je
venais de déterrer et dont j'étais maître, pour consoler apparemment M. Furia du petit chagrin que
lui causait cette découverte, encore faudrait-il
avouer que les adorateurs de Longus me doivent
bien moins de reproches que de remerciemens.
Si ce texte est si sacré, pour l'avoir complété je
mérite des satues. La tache qui en détruit quelques mots dans le manuscrit ne saurait être un
crime d'état, que la restauration du tout dans
les imprimés ne soit un bienfait public : mais si
tout l'ouvrage, comme le pensent des gens bien
sensés, n'est en soi qu'une fadaise, qu'est-ce donc
que ce pâté dont on fait tant de bruit ? En bonne
foi, le procès de Figaro, qui roulait aussi sur
un pâté d'encre, et la cause de l'Intimé, sont, au
prix de ceci, des affaires graves.

> Et quand il serait vrai, que par pure folie
> J'aurais exprès gâté le tout ou bien partie
> Dudit fragment, qu'on mette en compensation
> Ce que nous avons fait depuis cette action,

et l'édition du supplément qui se distribue gratis; et celle du livre entier *donnée* aux savans, et enfin cette traduction dont vous rendez compte, qui certes éclaircit plus le texte que la tache ne l'obscurcit. On ne vous soupçonnera pas, monsieur, de partialité pour moi. Vous trouvez que j'ai complété la version d'Amyot *si habilement*, dites-vous, qu'on *n'aperçoit point trop de disparate* entre ce qui est de lui et ce que j'y ai ajouté, et vous avouez que *cette tâche était difficile*. Je ne suis pas ici en termes de pouvoir faire le modeste : un accusé sur la sellette, qui voit que son affaire va mal, se recommande par où il peut, et tire parti de tout. Cette traduction d'Amyot est généralement admirée, et passe pour un des plus beaux ouvrages qu'il y ait en notre langue. On ferait un volume des louanges qui lui ont été données seulement depuis trois ou quatre ans, tant dans les journaux que dans les différens livres. L'un la regarde comme *le chef-d'œuvre du genre naïf*; l'autre appelle Amyot *le créateur d'un style qui n'a pu être imité;* un troisième déclare aussi cette traduction *inimitable*, et va jusqu'à lui attribuer la grande réputation du roman de Longus. Or, ce chef-d'œuvre inimitable, ce modèle que personne n'a pu suivre dans le plus difficile de tous les genres, je l'ai non-seulement imité, selon vous, assez *habilement*, mais je l'ai corrigé partout, et vous n'osez dire, mon-

sieur, qu'il y ait rien de perdu. L'entreprise était
telle qu'avant l'exécution, tout le monde s'en serait moqué, parce qu'en effet il y avait très-peu
de personnes capables de l'exécuter. Les gens qui
savent le grec sont cinq ou six en Europe; ceux
qui savent le français sont en bien plus petit
nombre. Mais ce n'est pas seulement le grec et le
français qui m'ont servi à terminer cette belle
copie, après avoir si heureusement rétabli l'original; ce sont encore plus les bons auteurs italiens, d'où j'ai tiré plus que des nôtres, et qui
sont la vraie source des beautés d'Amyot; car il
fallait, pour retoucher et finir le travail d'Amyot,
la réunion assez rare des trois langues qu'il pos-
sédait et qui ont formé son style. Ainsi cette bagatelle, toute bagatelle qu'elle est, et des plus
petites assurément, peu de gens la pouvaient
faire.

Je comprends, monsieur, que votre jugement
n'est pas celui de tout le monde, et que ce qui
vous a plu semblera ridicule à d'autres; mais
l'ouvrage n'étant connu que par votre rapport,
la prévention du public doit, pour le moment,
m'être favorable; et si cette prévention en faveur
de ma traduction peut me faire absoudre du
crime de lèse-manuscrit, je me moque fort qu'a-
près cela on la trouve bonne ou mauvaise.

Qu'on examine donc si le mérite d'avoir complété, corrigé, perfectionné cette version que

tout le monde lit avec délices, et donné aux savans un texte qui sera bientôt traduit dans toutes
les langues, peut compenser le crime d'avoir
effacé involontairement quelques mots dans un
bouquin que personne avant moi n'a lu, et que
jamais personne ne lira. Si j'avais l'éloquence de
M. Furia, j'évoquerais ici l'ombre de Longus, et,
lui contant l'aventure, je gage qu'il en rirait, et
qu'il m'embrasserait pour avoir enfin *remis en lumière son œuvre amoureuse.* Vous pouvez penser
la mine qu'il ferait à M. Furia, qui le laissait manger aux vers dans le vénérable bouquin.

J'ai l'honneur d'être, monsieur, etc.

Tivoli, le 20 septembre 1810.

P. S. Est-ce la peine de vous dire, monsieur,
pourquoi je ne vous envoyai ni le texte, ni la traduction que je vous avais promise? Accusé de
spéculer avec vous sur ce fragment, dont je vous
faisais présent, comme vous en convenez, le seul
parti que j'eusse à prendre, n'était-ce pas de le
donner moi-même au public? Je vous avoue aussi
que votre ambition m'alarmait. Si, pour m'avoir
accompagné dans une bibliothèque, vous disiez
et vous imprimiez à Milan : *Nous avons trouvé,
et nous allons donner un Longus complet,* n'é-
tait-il pas clair qu'une fois maître et éditeur de
ce texte, vous auriez dit, comme Archimède : *Je
l'ai trouvé.* Vous et M. Furia vous alliez vous

parer de mes plus belles plumes, et je restais avec ma tache d'encre que personne ne me contestait. J'avais pensé faire deux parts; le profit pour vous, l'honneur pour moi : vous vouliez avoir l'un et l'autre, et ne me laisser que le pâté. Une pareille prétention rompait tous nos arrangemens.

LETTRE

A MESSIEURS

DE L'ACADÉMIE DES INSCRIPTIONS

ET BELLES-LETTRES.

MESSIEURS,

C'est avec grand chagrin, avec une douleur
extrême que je me vois exclu de votre Académie, puisque enfin vous ne voulez point de moi.
Je ne m'en plains pas toutefois. Vous pouvez
avoir, pour cela, d'aussi bonnes raisons que
pour refuser Coraï et d'autres qui me valent bien.
En me mettant avec eux, vous ne me faites nul
tort; mais d'un autre côté, on se moque de moi.
Un auteur de journal, heureusement peu lu, imprime : « Monsieur Courier s'est présenté, se
« présente et se présentera aux élections de l'A-
« cadémie des Inscriptions et Belles-Lettres, qui
« le rejette unanimement. Il faut, pour être ad-
« mis dans cet illustre corps, autre chose que du

« grec. On vient d'y recevoir le vicomte Prevost
« d'Irai, gentilhomme de la chambre, le sieur Jo-
« mard, le chevalier Dureau de La Malle, gens
« qui, à dire vrai, ne savent point de grec, mais
« dont les principes sont connus. »

Voilà les plaisanteries qu'il me faut essuyer. Je
saurais bien que répondre; mais ce qui me fâche
le plus, c'est que je vois s'accomplir cette prédiction que me fit autrefois mon père : *Tu ne seras
jamais rien.* Jusqu'à présent je doutais (comme
il y a toujours quelque chose d'obscur dans les
oracles), je pensais qu'il pouvait avoir dit : *Tu ne
feras jamais rien;* ce qui m'accommodait assez,
et me semblait même d'un bon augure pour mon
avancement dans le monde; car en ne faisant
rien, je pouvais parvenir à tout, et singulièrement à être de l'Académie; je m'abusais. Le bonhomme sans doute avait dit, et rarement il se
trompa : *Tu ne seras jamais rien,* c'est-à-dire,
tu ne seras ni gendarme, ni rat-de-cave, ni espion,
ni duc, ni laquais, ni académicien. Tu seras Paul-
Louis pour tout potage, *id est,* rien. Terrible
mot!

C'est folie de lutter contre sa destinée. Il y avait
trois places vacantes à l'Académie, quand je me
présentai pour en obtenir une. J'avais le mérite
requis; on me l'assurait, et je le croyais, je vous
l'avoue. Trois places vacantes, messieurs! et notez
ceci, je vous prie, personne pour les remplir.

Vous aviez rebuté tous ceux qui en eussent été capables. Coraï, Thurot, Haase, repoussés une fois, ne se présentaient plus. Le pauvre Chardon de la Rochette qui, toute sa vie, fut si simple de croire obtenir, par la science, une 'place de savant, à peine désabusé, mourut. J'étais donc sans rivaux que je dusse redouter. Les candidats manquant, vous paraissiez en peine, et aviez ajourné déjà deux élections *faute de sujets recevables*. Les uns vous semblaient trop habiles, les autres trop ignorans ; car sans doute vous n'avez pas cru qu'il n'y eût en France personne digne de s'asseoir auprès de Gail. Vous cherchiez cette médiocrité justement vantée par les sages. Que vous dirai-je enfin ? Tout me favorisait, tout m'appelait au fauteuil. Visconti me poussait, Millin m'encourageait, Letronne me tendait la main ; chacun semblait me dire : *Dignus es intrare*. Je n'avais qu'à me présenter ; je me présentai donc, et n'eus pas une voix.

Non, messieurs, non, je le sais, ce ne fut point votre faute. Vous me vouliez du bien, j'en suis sûr. Il y parut dans les visites que j'eus l'honneur de vous faire alors. Vous m'accueillîtes d'une façon qui ne pouvait être trompeuse ; car pourquoi m'auriez-vous flatté ? Vous me reconnûtes des droits. La plupart même d'entre vous se moquèrent un peu avec moi de mes nobles concurrens ; car, tout en les nommant de préférence à moi,

vous les savez bien apprécier, et n'êtes pas assez
peu instruits pour me confondre avec messieurs
de l'OEil-de-Bœuf. Enfin, vous me rendîtes justice,
en convenant que j'étais ce qu'il fallait pour une
des trois places à remplir dans l'Académie. Mais
quoi? mon sort est de n'être rien. Vous eûtes
beau vouloir faire de moi quelque chose, mon
étoile l'emporta toujours, et vos suffrages, dé-
tournés par cet ascendant, tombèrent, Dieu sans
doute le voulant, sur le gentilhomme ordinaire.

La noblesse, messieurs, *n'est pas une chimère*,
mais quelque chose de très-réel, très-solide, très-
bon, dont on sait tout le prix. Chacun en veut
tâter; et ceux qui autrefois firent les dégoûtés,
ont bien changé d'avis depuis un certain temps.
Il n'est vilain qui, pour se faire un peu décrasser,
n'aille du roi à l'usurpateur et de l'usurpateur au
roi, ou qui, faute de mieux, ne mette du moins
un *de* à son nom, avec grande raison vraiment.
Car voyez ce que c'est, et la différence qu'on
fait du gentilhomme au roturier, dans le pays
même de l'égalité, dans la république des lettres.
Chardon de la Rochette (vous l'avez tous connu),
paysan comme moi, malgré ce nom pompeux,
n'ayant que du savoir, de la probité, des mœurs,
enfin un homme de rien, abîmé dans l'étude,
dépense son patrimoine en livres, en voyages,
visite les monumens de la Grèce et de Rome, les
bibliothèques, les savans, et devenu lui-même

un des hommes les plus savans de l'Europe, connu pour tel par ses ouvrages, se présente à l'Académie, qui tout d'une voix le refuse. Non, c'est mal dire; on ne fit nulle attention à lui, on ne l'écouta pas. Il en mourut, grande sottise. Le vicomte Prevost passe sa vie dans ses terres, *où foulant le parfum de ses plantes fleuries*, il compose un couplet *afin d'entretenir ses douces rêveries*. L'Académie, qui apprend cela (non pas l'Académie française, où deux vers se comptent pour un ouvrage, mais la vôtre, messieurs, l'Académie en *us*, celle des Barthélemi, des Dacier, des Saumaise), offre timidement à M. le vicomte une place dans son sein; il fait signe qu'il acceptera, et le voilà nommé tout d'une voix. Rien n'est plus simple que cela : un gentilhomme de nom et d'armes, un homme comme M. le vicomte, est militaire sans faire la guerre, de l'Académie sans savoir lire. *La coutume de France ne veut pas*, dit Molière, *qu'un gentilhomme sache rien faire*, et la même coutume veut que toute place lui soit dévolue, même celle de l'Académie.

Napoléon, génie, dieu tutélaire des races antiques et nouvelles, restaurateur des titres, sauveur des parchemins; sans toi la France perdait l'étiquette et le blason, sans toi...... Oui, messieurs, ce grand homme aimait comme vous la noblesse, prenait des gentilshommes pour en faire ses soldats, ou bien de ses soldats faisait des gentils-

hommes. Sans lui, les vicomtes que seraient-ils?
pas même académiciens.

Vous voyez bien, messieurs, que je ne vous en
veux point. Je cause avec vous; et de fait, si j'a-
vais à me plaindre, ce serait de moi, non pas de
vous. Qui diantre me poussait à vouloir être de
l'Académie, et qu'avais-je besoin d'une patente
d'érudit, moi, qui *sachant du grec autant qu'homme
de France*, étais connu et célébré par tous les
doctes de l'Allemagne, sous les noms de *Correrius,
Courierus*, *Hemerodromus*, *Cursor*, avec les
épithètes de *vir ingeniosus, vir acutissimus, vir
præstantissimus,* c'est-à-dire *homme d'érudition,
homme de capacité*, comme le docteur Pancrace.
J'avais étudié pour savoir, et j'y étais parvenu,
au jugement des experts. Que me fallait-il davantage? Quelle bizarre fantaisie à moi, qui m'étais
moqué quarante ans des coteries littéraires, et
vivais en repos loin de toute cabale, de m'aller
jeter au milieu de ces méprisables intrigues?

A vous parler franchement, messieurs, c'est là
le point embarrassant de mon apologie; c'est là
*l'endroit que je sens faible et que je me voudrais
cacher*. De raisons, je n'en ai point pour plâtrer
cette sottise, ni même d'excuse valable. Alléguer
des exemples, ce n'est pas se laver, c'est montrer
les taches des autres. Assez de gens, pourrais-je
dire, plus sages que moi, plus habiles, plus philosophes (messieurs, ne vous effrayez pas), ont

fait la même faute et bronché en même chemin
aussi lourdement. Que prouve cela? quel avantage en puis-je tirer, sinon de donner à penser
que par là seulement je leur ressemble! Mais,
pourtant, Coraï, messieurs.... parmi ceux qui ont
pris pour objet de leur étude les monumens
écrits de l'antiquité grecque, Coraï tient le premier rang, nul ne s'est rendu plus célèbre; ses
ouvrages nombreux, sans être exempts de fautes,
font l'admiration de tous ceux qui sont capables
d'en juger; Coraï, heureux et tranquille à la tête
des hellénistes, patriarche, en un mot, de la
Grèce savante, et partout révéré de tout ce qui
sait lire *alpha* et *oméga*; Coraï une fois a voulu
être de l'Académie. Ne me dites point, mon cher
maître, ce que je sais comme tout le monde, que
vous l'avez bien peu voulu, et que jamais cette
pensée ne vous fût venue sans les instances de
quelques amis moins zélés pour vous, peut-être,
que pour l'Académie, et qui croyaient de son
honneur que votre nom parût sur la liste, que
vous cédâtes avec peine, et ne fûtes prompt qu'à
vous retirer. Tout cela est vrai et vous est commun avec moi, aussi bien que le succès. Vous
avez voulu comme moi, votre indigne disciple,
être de l'Académie. C'était sans contredit *aspirer
à descendre*. Il vous en a pris comme à moi. C'est-
à-dire qu'on se moque de nous deux. Et plus que
moi, vous avez, pour faire cette demande, écrit

à l'Académie qui a votre lettre, et la garde. Rendez-la lui, messieurs, de grace, ou ne la montrez pas du moins. Une coquette montre les billets de l'amant rebuté, mais elle ne va pas se prostituer à Jomard.

Jomard à la place de Visconti! M. Prevost d'Irai succédant à Clavier! voilà de furieux argumens contre le progrès des lumières, et les frères ignorantins, s'ils ne vous ont eux-mêmes dicté ces nominations, vous en doivent savoir bon gré.

Jomard dans le fauteuil de Visconti! je crois bien qu'à présent, messieurs, vous y êtes accoutumés; on se fait à tout, et les plus bizarres contrastes, avec le temps, cessent d'amuser. Mais avouez que la première fois cette bouffonnerie vous a réjouis. Ce fut une chose à voir, je m'imagine, que sa réception. Il n'y eût rien manqué de celle de Diafoirus, si le récipiendaire eût su autant de latin. Maintenant, essayez (*nature se plaît en diversité*)¹ de mettre à la place d'un âne un savant, un helléniste. A la première vacance, peut-être, vous en auriez le passe-temps, nommez un de ceux que vous avez refusés jusqu'à présent.

Mais ce M. Jomard, dessinateur, graveur, ou quelque chose d'approchant, que je ne connais point d'ailleurs, et que peu de gens, je crois, connaissent, pour se placer ainsi entre deux

---

¹ Mot de Louis XI.

gentilshommes, le chevalier et le vicomte, quel homme est-ce donc, je vous prie? Est-ce un gentilhomme qui déroge en faisant quelque chose, ou bien un artiste anobli comme le marquis de Canova? ou serait-ce seulement un vilain qui pense bien? les vilains bien pensans fréquentent la noblesse, ils ne parlent jamais de leur père, mais on leur en parle souvent.

M. Jomard, toutefois, sait quelque chose; il sait graver, diriger au moins des graveurs, et les planches d'un livre font foi qu'il est bon prote en taille-douce. Mais le vicomte, que sait-il? sa généalogie; et quels titres a-t-il? des titres de noblesse pour remplacer Clavier dans une Académie! Chose admirable que parmi quarante que vous étiez, messieurs, savans ou censés tels, assemblés pour nommer à une place de savant, d'érudit, d'helléniste, pas un ne s'avise de proposer un helléniste, un érudit, un savant; pas un seul ne songe à Coraï, nul ne pense à Thurot, à M. Haase, à moi, qui en valais un autre pour votre Académie; tous d'un commun accord, *parmi tant de héros, vont choisir Childebrand,* tous veulent le vicomte. Les compagnies, en général, on le sait, ne rougissent point, et les académies!..... ah! messieurs, s'il y avait une académie de danse, et que les grands en voulussent être, nous verrions quelque jour, à la place de Vestris, M. de Talleyrand, que l'Académie en corps complimenterait, louerait, et, dès le lendemain, raierait de sa liste pour peu qu'il parût se brouiller avec les puissances.

Vous faites de ces choses-là. M. Prevost d'Irai n'est pas si grand seigneur, mais il est propre à vos études comme l'autre à danser la gavotte. Et que de Childebrands, bons dieux! choisis par vous, et proclamés unanimement, à l'exclusion de toute espèce d'instruction : Prevost d'Irai, Jomard, Dureau de La Malle, Saint-Martin, non pas tous gentilshommes. Aux vicomtes, aux chevaliers vous mêlez de la roture. L'égalité académique n'en souffre point, pourvu que l'un ne soit pas plus savant que l'autre, et la noblesse n'est pas *de rigueur* pour entrer à l'Académie; l'ignorance, bien prouvée, suffit.

Cela est naturel, quoi qu'on en puisse dire. Dans une compagnie de gens faisant profession d'esprit ou de savoir, nul ne veut près de soi un plus habile que soi, mais bien un plus noble, un plus riche; et généralement, dans les corps à talent, nulle distinction ne fait ombrage, si ce n'est celle du talent. Un duc et pair honore l'Académie française qui ne veut point de Boileau, refuse La Bruyère, fait attendre Voltaire, mais reçoit tout d'abord Chapelain et Conrart. De même nous voyons à l'Académie grecque le vicomte invité, Coraï repoussé, lorsque Jomard y entre comme dans un moulin.

Mais ce qu'il y a de plus merveilleux, c'est cette prudence de l'Académie, qui, après la mort de Clavier et celle de Visconti arrivée presqu'en même temps, songe à réparer de telles pertes, et d'abord, afin de mieux choisir, diffère ses élections, prend du temps, remet le tout à six mois, précaution remarquable et infiniment sage. Ce n'était pas une chose à faire sans réflexion, que de nommer des successeurs à deux hommes aussi savans, aussi célèbres que ceux-là. Il y fallait regarder, élire entre les doctes, sans faire tort aux autres, les deux plus doctes; il fallait contenter le public, montrer aux étrangers que tout savoir n'est pas mort chez nous avec Clavier et Visconti, mais que le goût des arts antiques, l'étude de l'histoire et des langues, des monumens de l'esprit humain, vivent en France comme en Allemagne et en Angleterre. Tout cela demandait qu'on y pensât mûrement. Vous y pensâtes six mois, messieurs, et au bout de six mois, ayant suffisamment considéré, pesé le mérite, les droits de chacun des prétendans, à la fin vous nommez.... Si je le redisais, nulle gravité n'y tiendrait, et je n'écris pas pour faire rire. Vous savez bien qui vous nommâtes à la place de Visconti. Ce ne fut ni Coraï ni moi, ni aucun de ceux qu'on connaît pour avoir cultivé quelque genre de littérature. Ce fut un noble, un vicomte, un gentilhomme de la chambre. Celui-là pourra dire qui l'emporte en bassesse de la cour ou de l'Académie, étant de l'une et de l'autre, question curieuse qui a paru, dans ces derniers temps, décidée en votre faveur, messieurs, quand vous ne faisiez réellement que maintenir vos privilèges et conserver les avantages acquis par vos prédécesseurs. Les Académiciens sont en possession de tout temps de remporter le prix de toute sorte de bassesses, et jamais cour ne proscrivit un abbé de Saint-Pierre, pour avoir parlé sous Louis XV un peu librement de Louis XIV, ni ne s'avisa d'examiner laquelle des vertus du roi méritait les plus fades éloges.

Enfin voilà les hellénistes exclus de cette Académie dont ils ont fait toute la gloire, et où ils tenaient le premier rang; Coraï, La Rochette, moi, Haase, Thurot, nous voilà cinq, si je compte bien, qui ne laissions guère d'espoir à d'autres que des gens de cour ou suivant la cour. Ce n'est pas là, messieurs, ce que craignit votre fondateur, le ministre Colbert. Il n'attacha point de traitement aux places de votre Académie, *de peur*, disent les mémoires du temps, *que les courtisans n'y voulussent mettre leurs valets*. Hélas! ils font bien pis, ils s'y mettent eux-mêmes, et après eux y mettent encore leurs protégés, valets sans gages, de sorte que tout le monde bientôt sera de l'Académie, excepté les savans : comme on conte d'un grand d'autrefois, que tous les gens de sa maison avaient des bénéfices, excepté l'aumônier.

Mais avant de proscrire le grec, y avez-vous pensé, messieurs? Car enfin que ferez-vous sans grec? voulez-vous avec du chinois, une bible copte ou syriaque, vous passer d'Homère et de Platon? Quitterez-vous le Parthénon pour la pagode de Jagarnaut, la Vénus de Praxitèle pour les magots de Fo-hi-Can? et que deviendront vos mémoires, quand au lieu de l'histoire des arts chez ce peuple ingénieux, ils ne présenteront plus que les incarnations de Visnou, la légende des faquirs, le rituel du lamisme, ou l'ennuyeux *bulletin* des conquérans tartares? Non, je vois votre pensée; l'érudition, les recherches sur les mœurs et les lois des peuples, l'étude des chefs-d'œuvre antiques et de cette chaîne de monumens qui remontent aux premiers âges, tout cela vous détournait du but de votre institution. Colbert fonda l'Académie des Inscriptions et Belles-Lettres *pour faire des devises aux tapisseries du roi,* et en un besoin, je m'imagine, aux bonbons de la reine. C'est là votre destination à laquelle vous voulez revenir et vous consacrer uniquement; c'est pour cela que vous renoncez au grec; pour cela, il faut l'avouer, le vicomte vaut mieux que Coraï.

D'ailleurs, à le bien prendre, messieurs, vous ne faites point tant de tort aux savans. Les savans voudraient être seuls de l'Académie, et n'y souffrir que ceux qui entendent un peu *le latin d'A-Kempis.* Cela chagrine, inquiète d'honnêtes gens parmi vous, qui ne se piquent pas d'avoir su autrefois *leur rudiment par cœur*; que ceux-ci excluent ceux qui veulent les exclure, où est le mal, où sera l'injustice? Si on les écoutait, ils prétendraient encore à être seuls professeurs, sous prétexte qu'il faut savoir pour enseigner, proposition au moins téméraire, malsonnante, en ce qu'elle ôte au clergé l'éducation publique; et sait-on où cela s'arrêterait? Bientôt ceux qui prêchent l'Évangile seraient obligés de l'entendre. Enfin si les savans veulent être quelque chose, veulent avoir des places, qu'ils fassent comme on fait, c'est une marche réglée : les moyens pour cela sont connus et à la portée d'un chacun. Des visites, des révérences, un habit d'une certaine façon, des recommandations de quelques gens considérés. On sait, par exemple, que pour être de votre Académie, il ne faut que plaire à deux hommes, M. Sacy et M. Quatremère de Quincy, et, je crois, encore à un troisième dont le nom me reviendra; mais ordinairement le suffrage d'un des trois suffit, parce qu'ils s'accommodent entre eux. Pourvu qu'on soit ami d'un de ces trois messieurs, et cela est aisé, car ils sont bonnes gens, vous voilà dispensé de toute espèce de mérite, de science, de talens; y a-t-il rien de plus commode, et saurait-on en être quitte à meilleur marché? que serait-ce, au prix de cela, s'il fallait gagner tout le public, se faire un nom, une réputation? Puis, une fois de l'Académie, à votre aise vous pouvez marcher en suivant le même chemin, les places et les honneurs vous pleuvent. Tous vos devoirs sont renfermés dans deux préceptes d'une pratique également facile et sûre, que les moines, premiers auteurs de toute discipline réglementaire, exprimaient ainsi en leur latin : *Bene dicere de Priore*, *facere officium suum taliter qualiter*, le reste s'ensuit nécessairement : *Sincere mundum ire quomodo vadit.*

Oh ! l'heureuse pensée qu'eut le grand Napoléon, d'enrégimenter les beaux-arts, d'organiser les sciences, comme les droits réunis ; *pensée vraiment royale*, disait M. de Fontanes, de changer en appointemens ce que promettent les muses, *un nom et des lauriers.* Par-là, tout s'aplanit dans la littérature ; par-là, cette carrière autrefois si pénible est devenue facile et unie. Un jeune homme, dans les lettres, avance, fait son chemin comme dans les sels ou les tabacs. Avec de la conduite, un caractère doux, une mise décente, il est sûr de parvenir et d'avoir à son tour des places, des traitemens, des pensions, des logemens, pourvu qu'il n'aille pas faire autrement que tout le monde, se distinguer, étudier. Les jeunes gens quelquefois se passionnent pour l'étude ; c'est la perte assurée de quiconque aspire aux emplois de la littérature ; c'est la mort à tout avancement. L'étude rend paresseux : on s'enterre dans ses livres ; on devient rêveur, distrait, on oublie ses devoirs, visites, assemblées, repas, cérémonies; mais ce qu'il y a de pis, l'étude rend orgueilleux; celui qui étudie s'imagine bientôt en savoir plus qu'un autre, prétend à des succès, méprise ses égaux, manque à ses supérieurs, néglige ses protecteurs, et ne fera jamais rien *dans la partie des lettres*.

Si Gail eût étudié, s'il eût appris le grec, serait-il aujourd'hui professeur de la langue grecque, académicien de l'Académie grecque, enfin *le mieux renté de tous les érudits?* Haase a fait cette sottise. Il s'est rendu savant, et le voilà capable de remplir toutes les places destinées aux savans, mais non pas de les obtenir. Bien plus avisé fut M. Raoul Rochette, ce galant défenseur de l'Église, ce jeune champion du temps passé. Il pouvait, comme un autre, apprendre en étudiant, mais bien il vit que cela ne le menait à rien, et il aima mieux se produire que s'instruire, avoir dix emplois de savant, que d'être en état d'en remplir un qu'il n'eût pas eu s'il se fût mis dans l'esprit de le mériter, comme a fait ce pauvre Haase, homme, à mon jugement, docte mais non habile, qui s'en va pâlir sur les livres, perd son temps et son grec, ayant devant les yeux ce qui l'eût dû préserver d'une semblable faute, Gail, modèle de conduite, littérateur parfait. Gail ne sait aucune science, n'entend aucune langue :

Mais s'il est par la brigue un rang à disputer,
. Sur le plus savant homme on le voit l'emporter.

L'emploi de garde des manuscrits, d'habiles
gens le demandaient; on le donne à Gail qui ne
lit pas même *la lettre moulée.* Une chaire de grec
vient à vaquer, la seule qu'il y eût alors en France,
on y nomme Gail, dont l'ignorance en grec est
devenue proverbe [1]; un fauteuil à l'Académie des
Inscriptions et Belles-Lettres, on place Gail, qui
se trouve ainsi, sans se douter seulement du grec,
avoir remporté tous les prix de l'érudition grecque, réunir à lui seul toutes les récompenses
avant lui partagées aux plus excellens hommes
en ce genre. Haase n'oserait prétendre à rien de
tout cela, parce qu'il étudie le grec, parce qu'il
déchiffre, explique, imprime les manuscrits grecs,
parce qu'il fait des livres pour ceux qui lisent le
grec, parce qu'enfin il sait tout, hors ce qu'il
faut savoir pour être savant patenté du gouvernement. Oh! que Gail l'entend bien mieux! il ne
s'est jamais trompé, jamais fourvoyé de la sorte,
jamais n'eut la pensée d'apprendre ce qu'il est
chargé d'enseigner. Certes un homme comme
Gail doit rire dans sa barbe, quand il touche
cinq ou six traitemens de savans, et voit les savans se morfondre.

Messieurs, voilà ce que c'est que l'esprit de

[1] *Tu t'y entends comme Gail au grec,* proverbe d'écolier.

conduite. Aussi, avoir donné le fouet jadis à un duc et pair, il faut en convenir, cela aide bien un homme, cela vous pousse furieusement, et comme dit le poète,

Ce chemin aux honneurs a conduit de tout temps.

Le pédant de Charles-Quint devint pape, celui de Charles IX fut grand aumônier de France, mais tous deux savaient lire; au lieu que Gail ne sait rien, et même est connu de tout le monde pour ne rien savoir, d'autant plus admirable dans les succès qu'il a obtenus comme savant.

Vous n'ignorez pas combien sont désintéressés les éloges que je lui donne. Je n'ai nulle raison de le flatter, et suis tout-à-fait étranger à ce doux commerce de louanges que vous pratiquez entre vous. M. Gail ne m'est rien, ni ami, ni ennemi, ne me sera jamais rien, et ne peut de sa vie me servir ni me nuire. Ainsi *le pur amour du grec* m'engage à célébrer en lui le premier de nos hel-lénistes, j'entends le plus considérable par ses grades littéraires. Le public, je le sais, lui rend assez de justice; mais on ne le connaît pas en-core. Moi, je le juge sans prévention, *et je vois peu de gens qui soient de son mérite*, même parmi vous, messieurs. En Allemagne, où vous savez que tout genre d'érudition fleurit, je ne vois rien de pareil, rien même d'approchant. Là, les pla-ces académiques sont toutes données à des hom-

mes qui ont fait preuve de savoir. Là, Coraï serait président de l'Académie des Inscriptions,
Haase garde des manuscrits, quelque autre aurait
la chaire de grec, et Gail... qu'en ferait-on? Je ne
sais, tant l'industrie qui le distingue est peu pri-
sée en ce pays-là. Ces gens, à ce qu'il paraît, grossiers, ne reconnaissent qu'un droit aux emplois
littéraires, la capacité de les remplir, qui chez
nous est une exclusion.

Ce que j'en dis toutefois ne se rapporte qu'à
votre Académie, messieurs, celle des Inscriptions et Belles-Lettres. Les autres peuvent avoir
des maximes différentes. Et je n'ai garde d'assurer qu'à l'Académie des Sciences un candidat fût
refusé, uniquement parce qu'il serait bon naturaliste ou mathématicien profond. J'entends dire
qu'on y est peu sévère sur les billets de confes-
sion, et un de mes amis y fut reçu l'an passé,
sans même qu'on lui demandât s'il avait fait ses
Pâques, scandales qui n'ont point lieu chez vous.

Mais, messieurs, me voilà bien loin du sujet de
ma lettre. *J'oublie, en vous parlant, ce que je
viens vous dire*, et le plaisir de vous entretei
me détourne de mon objet. Je voulais répor re
aux méchantes plaisanteries de ce journal q dit
*que je me suis présenté, que je me présente ac-
tuellement, et que je me présenterai* encore pour
être reçu parmi vous. Dans ces trois assertions
il y a une vérité, c'est que je me suis présenté,

mais une fois sans plus, messieurs. Je n'ai fait, pour être des vôtres, que quarante visites seulement, et quatre-vingts révérences, à raison de deux par visite. Ce n'est rien pour un aspirant aux emplois académiques; mais c'est beaucoup pour moi, naturellement peu souple, et neuf à cet exercice. Je n'en suis pas encore bien remis. Mais je suis guéri de l'ambition, et je vous proteste, messieurs, que, même assuré de réussir, je ne recommencerais pas.

Quant à ce qu'il ajoute touchant les principes de ceux que vous avez élus, principes qu'il dit être connus, cette phrase tendant à insinuer que les miens ne sont pas connus, me cause de l'inquiétude. Si jamais vous réussissez à établir en France la Sainte-Inquisition, comme on dit que vous y pensez, je ne voudrais pas que l'on pût me reprocher quelque jour d'avoir laissé sans réponse un propos de cette nature. Sur cela donc j'ai à vous dire que mes principes sont connus de ceux qui me connaissent, et j'en pourrais demeurer là. Mais, afin qu'on ne m'en parle plus, sse vais les exposer en peu de mots.

Mes principes sont, *qu'entre deux points la ligne droite est la plus courte; que le tout est plus grand que sa partie; que deux quantités, égales chacune à une troisième, sont égales entre elles.*

Je tiens aussi *que deux et deux font quatre;* mais je n'en suis pas sûr.

Voilà mes principes, messieurs, dans lesquels j'ai été élevé, grace à Dieu, et dans lesquels je veux vivre et mourir. Si vous me demandez d'autres éclaircissemens (car on peut dire qu'il y a différens principes en différentes matières, comme principes de grammaire; il ne s'agit pas de ceux-là, ces messieurs ne sachant, dit-on, ni grec, ni latin; principes de religion, de morale, de politique), je vous satisferai là-dessus avec la même sincérité.

Mes principes religieux sont ceux de ma nourrice, morte chrétienne et catholique, sans aucun soupçon d'hérésie. La foi du centenier, la foi du charbonnier sont passées en proverbe. Je suis soldat et bûcheron, c'est comme charbonnier. Si quelqu'un me chicane sur mon orthodoxie, j'en appelle au futur concile.

Mes principes de morale sont tous renfermés dans cette règle : Ne point faire à autrui ce que je ne voudrais pas qui me fût fait.

Quant à mes principes politiques, c'est un symbole dont les articles sont sujets à controverse. Si j'entreprenais de les déduire, je pourrais mal m'en acquitter, et vous donner lieu de me confondre avec des gens qui ne sont pas dans mes sentimens. J'aime mieux vous dire en un mot ce qui me distingue, me sépare de tous les partis, et fait de moi un homme rare dans le siècle où nous sommes; c'est que je ne veux point être roi, et que j'évite soigneusement tout ce qui pourrait me mener là.

Ces explications sont tardives et peuvent pâraître superflues, puisque je renonce à l'honneur d'être admis parmi vous, messieurs, et que sans doute vous n'avez pas plus d'envie de me recevoir que je n'en ai d'être reçu dans aucun corps littéraire. Cependant je ne suis pas fâché de désabuser quelques personnes qui auraient pu croire, sur la foi de ce journaliste, que je m'obstinais, comme tant d'autres, à vouloir vaincre vos refus par mes importunités. Il n'en est rien, je vous assure. Je reconnais ingénument que Dieu ne m'a point fait pour être de l'Académie, et que je fus mal conseillé de m'y présenter une fois.

Paris, le 20 mars 1819.

DU COMMANDEMENT

DE LA CAVALERIE,

ET DE L'ÉQUITATION ;

DEUX LIVRES DE XÉNOPHON,

TRADUITS PAR UN OFFICIER D'ARTILLERIE A CHEVAL.

A MONSIEUR
DE SAINTE-CROIX.

Je vous présente ici, Monsieur, un travail dont vous avez approuvé l'idée. Je souhaite qu'il se trouve dans l'exécution quelque chose qui vous satisfasse et qui vous paraisse mériter l'attention des gens instruits. En traduisant, pour vous l'offrir, ce que Xénophon a écrit sur la cavalerie, j'ai suivi d'abord le dessein que j'eus toujours de vous plaire, et j'ai cru faire en même temps une chose agréable à tous ceux qui s'occupent ou s'amusent de ces antiquités.

Vous n'aviez pas besoin sans doute qu'on vous traduisît Xénophon; mais vous aviez besoin d'un texte plus correct que celui des livres imprimés, et c'est là vraiment le présent que je vous ai destiné. J'ai vu et comparé moi-même la plupart des manuscrits de France et d'Italie, où ayant trouvé beaucoup de vieilles leçons inconnues aux premiers éditeurs de Xénophon, j'ai remis à leur place dans le texte celles qui s'y sont pu ajuster exactement, sans aucune correction moderne, laissant aux critiques l'examen de toutes les autres, ou douteuses ou corrompues, que j'ai placées au bas des pages, et je pense ainsi vous donner ce texte aussi entier que nous saurions l'avoir aujourd'hui, c'est-à-dire fort mutilé, comme tous les monumens antiques, mais non refait, ni restauré, ou retouché le moins du monde, tel en un mot que nous l'ont transmis les siècles passés.

Ma traduction toutefois pourra être utile à ceux même qui liront ces livres en grec; car il y a dans de tels écrits beaucoup de choses qu'un soldat peut expliquer aux savans. J'ai cherché à la rendre exacte. J'aurais voulu qu'on y trouvât tout ce qui est dans Xénophon, et non moins le sens de ses paroles que le sentiment, s'il faut ainsi dire. Ne pouvant atteindre ce but, qui serait au vrai la perfection d'un pareil travail, j'en ai approché du moins autant qu'il était en moi, et même plus heureusement que je ne l'eusse imaginé en quelques endroits, où vous ne trouverez guère à dire qu'une certaine naïveté propre à cet auteur, charmante et d'un prix infini, mais difficile à conserver dans quelque version que ce soit. Sur ce point ceux qui l'ont voulu imiter en sa langue même, selon moi, y ont mal réussi. Je n'avais garde d'y prétendre; mais imputant à

bonne fortune tout ce que j'ai pu rencontrer
dans notre français d'expressions qui représen-
taient assez bien le grec de mon auteur, partout
où je me suis aperçu que le trait simple et gracieux du pinceau de Xénophon ne se laissait
point copier, j'y ai renoncé d'abord et me suis
borné à rendre de mon mieux, non sa phrase,
mais sa pensée.

J'aurais fort grossi mes remarques, si sur chaque passage j'eusse voulu noter toutes les erreurs
des critiques et des interprètes. Car il n'y a pas
une ligne de ces deux traités qui ne se trouve
quelque part mal écrite ou mal expliquée. Mais
on instruit bien peu, ce me semble, le lecteur,
en lui apprenant qu'un homme s'est trompé. Ces
fautes que j'ai connues, sans les marquer, m'ont
obligé de donner en beaucoup d'endroits les
preuves, autrement superflues, de mon interpré-
tation. C'est ce qui a produit les notes sur le
texte. Celles qui accompagnent la version sont le
fruit de quelques observations que le hasard m'a
mis à portée de faire. Vous trouverez dans tout
cela peu de lecture, nulle érudition, mais vous
n'en serez pas surpris, et vous n'attendez pas de
moi de ces recherches qui demandent du temps
et des livres.

Quant à l'utilité réelle de ces ouvrages de Xénophon relativement à l'art dont ils traitent, je
ne sais ce que vous en penserez. Bien des gens

croient qu'aucun art ne s'apprend dans les livres,
et les livres, à dire vrai, n'instruisent guère que
ceux qui savent déjà. Ceux-là, lorsqu'il s'en
trouve, pour qui l'art ne se borne pas à un exercice machinal des pratiques en usage, peuvent
tirer quelque fruit des observations recueillies en
temps et lieux différens; et les plus anciennes
parmi ces observations sont toujours précieuses,
soit qu'elles contrarient ou confirment les maximes reçues, étant pour ainsi dire le type des
premières idées dégagées de beaucoup de préjugés. Voilà par où ces livres-ci doivent intéresser.
Ce sont presque les premiers qu'on ait écrits sur
cette matière. Des préceptes qu'ils contiennent,
les uns subsistent aujourd'hui, d'autres sont con-
testés, d'autres oubliés, ou même condamnés
chez nous; mais il n'en est point qu'on ne voie
encore suivi quelque part, comme je l'ai marqué
dans mes notes; et je m'assure que si on voulait
comparer soigneusement à ce qui se lit dans Xénophon non-seulement nos usages actuels, mais
les pratiques connues des peuples les plus adon-
nés aux exercices de la cavalerie, on y trouverait
mille rapports dont je n'ai pu m'aviser, et tous
curieux à observer, ne fût-ce que comme matière
à réflexions.

Portici, le 1er décembre 1807.

DU COMMANDEMENT

DE LA CAVALERIE.

Avant tout [1] il faut sacrifier, et prier les dieux que tu puisses penser, parler, agir dans ton commandement, de manière à leur plaire, ayant pour but le bien et la gloire de l'état et de tes amis. Ce devoir rempli, tu songeras à recruter des cavaliers, afin de compléter le nombre fixé par la

---

[1] Ces sortes de débuts tronqués, ou *acéphales*, comme on les nommait, plaisent à Xénophon. Socrate, dans le *Phædrus*, les approuve; parlant d'un discours de Lysias : « Pour moi, dit-il, qui n'y entends pas « autrement finesse, je lui sais bon gré d'avoir écrit ce qui lui est venu « d'abord à l'esprit, sans tant de préparation. » Platon, qui feint de se « moquer de cette méthode, en use plus que nul autre, et à bon droit, « dans ces narrations familières, où il entreprend de raconter une con- « versation. » Mais l'ouvrage même le plus noble et le plus achevé de Xénophon, la Retraite des Dix Mille, commence ainsi : *De Darius et de Parysatis deux enfans naissent...*, comme s'il continuait un récit; ce que plusieurs ensuite imitèrent; car ce début était célèbre, aussi bien que celui du Banquet : *Mais quant à moi, il me semble...*

Dans ce discours-ci, Xénophon s'adresse à quelqu'un qui venait d'être nommé commandant de la cavalerie, et qui apparemment n'est autre que ce même jeune homme qu'il introduit ailleurs, s'entretenant avec Socrate des devoirs de cette charge. Voyez *Mémoires de Socrate*, 3, 3, 6.

loi, et de ne pas laisser diminuer le corps existant, ce qui arriverait nécessairement si l'on n'y
remédiait, les uns se trouvant, par leur âge, hors
d'état de servir, les autres, par quelque autre
cause. Le corps étant complet, il faudra s'occuper de la nourriture des chevaux, qui doit être
telle qu'il convient pour les mettre en état de
supporter de grands travaux; car s'ils ne sont
préparés à toutes sortes de fatigues, ils ne sauraient ni poursuivre ni s'échapper au besoin. Il
faudra faire en sorte aussi que les chevaux soient
sages et faciles à conduire : un cheval indocile
n'aide qu'à l'ennemi, et tous ceux qui ruent sous
l'homme ou donnent des coups de pied doivent
être renvoyés, rien n'étant plus embarrassant ni
plus dangereux à la guerre. On aura soin encore
de rendre leurs pieds tels, qu'ils marchent franchement sur le sol le plus âpre, attendu que là
où ils souffrent en trottant ou galoppant, leur
service est nul. Les chevaux étant ce qu'ils doivent être, il convient d'exercer les hommes, d'a-
bord à sauter sur leurs chevaux (ce qui en mainte
rencontre en a sauvé plus d'un), puis à se tenir
fermes, quel que soit le terrain, uni ou mon-
tueux; car la guerre se fait en tous lieux et toute
nature de pays [1]. Quand ils auront assez d'as-

---

[1] Xénophon blâme ici les manéges de son temps, qui étaient des al-
lées sablées, et veut qu'on aille s'exercer en pleine campagne, hors des
chemins battus, comme il dit ailleurs, sautant les haies, les fossés et

siette, on en instruira le plus qu'on pourra à lancer le dard à cheval, et à tout ce que doit savoir le cavalier. Après cela il faut armer hommes et chevaux de la manière qui, les exposant le moins, les mette le plus en état de frapper l'ennemi. Puis, on fera en sorte que la troupe soit obéissante, sans quoi il n'est ni bons chevaux, ni belles armes, ni fermeté d'assiette qui servent. Il conviendrait assez que le commandant lui-même veillât à tout cela, pour que chaque chose se fît dans l'ordre. Mais, puisque la république, jugeant difficile au commandant seul de tout surveiller, nomme des capitaines pour le seconder, et enjoint au sénat de s'occuper aussi de tout ce qui concerne la cavalerie, je pense qu'il sera bon de tâcher que les capitaines unissent leur zèle au tien pour la gloire et l'honneur du corps, et d'avoir dans le sénat même de bons orateurs qui tiennent tes hommes dans la crainte (car ils n'en vaudront que mieux), ou qui adoucissent le sénat s'il sévissait mal à propos. Ce sont là les points principaux où doit se porter ton attention. Par quels moyens tu pourras le mieux remplir chaque objet, c'est ce que je vais tâcher d'expliquer.

franchissant tous les obstacles. Dans les Mémoires de Socrate, ce philosophe parle ainsi à un jeune commandant de cavalerie : « Dis-moi, « quand il faudra combattre, feras-tu venir l'ennemi sur un sable bien « uni comme celui de vos manéges? ou plutôt ne vaudrait-il pas mieux « prendre pour s'exercer un terrain pareil à ceux sur lesquels on se bat.

Pour mettre le corps au complet, on prendra, selon la loi, les jeunes gens les plus riches et les mieux faits, qu'on enrôlera, soit par la voie de la justice en les citant au tribunal, soit par la persuasion. Il faut, je crois, traduire en justice ceux qu'on ne saurait ménager sans donner à penser qu'on y a quelque intérêt; et si tu commences par contraindre les jeunes gens des premières familles, les autres n'auront rien à dire. Il y en a, si je ne me trompe, qu'on engagerait aisément dans la cavalerie, en leur vantant les avantages et le brillant de ce service. On trouverait aussi moins de résistance de la part de ceux qui ont de l'autorité sur eux, si on leur faisait entendre que ces jeunes gens, à cause de leur fortune, seront forcés, tôt ou tard, si ce n'est par toi, par un autre, de satisfaire à la loi; mais que, s'ils servent sous toi, tu sauras les empêcher de donner dans les folies du luxe des chevaux, et auras soin de leur instruction, de manière à ce qu'ils deviennent promptement bons écuyers. Leur ayant fait cette promesse, il faudra tenir parole. Pour conserver les cavaliers existans, le sénat n'aurait qu'à décréter, ce me semble, que quiconque manquerait au service servirait le double de temps; et en décrétant que tout cheval hors d'état de suivre sera réformé, on les rendrait plus attentifs à bien nourrir et entretenir leurs chevaux. Il me paraît également à pro-

pos de déclarer que les chevaux trop fringans
seront réformés. Cette menace décidera ceux qui
en ont de tels à les vendre et à se monter plus
raisonnablement. Il est bon de déclarer encore
qu'on réformera pareillement les chevaux sujets
à ruer dans les exercices et à donner des coups
de pied; car il n'est pas possible de les mettre
dans le rang; mais de nécessité, ceux-là, quand
on marche à l'ennemi, vont seuls à la queue des
autres, et ainsi le vice du cheval rend l'homme
inutile. Pour faire au cheval un bon pied, si
quelqu'un sait un moyen et plus facile et plus
simple, qu'il s'en serve; sinon, d'après mon expérience, je dis qu'il faut ramasser des cailloux
du chemin, du poids d'une mine, plus ou moins,
les répandre et placer dessus le cheval[1], soit pour
l'étriller, soit quand on l'ôtera de la mangeoire,
en sorte que son pied ne cesse jamais de battre la
pierre lorsqu'on le panse ou qu'il se sent piqué
des mouches. Quiconque en aura fait l'épreuve
m'en croira sur cela et sur tout le reste, et verra
bientôt des pieds ronds à ses chevaux.

Les chevaux étant tels qu'il convient, je vais
dire maintenant comment on formera les hommes. Quant à sauter sur leurs chevaux, comme
doivent faire les jeunes gens, nous serions d'avis
qu'ils l'apprissent eux-mêmes; toutefois en leur

[1] Voyez De l'Équitation, IV, 4.

donnant un maître, tu ne pourras qu'être approuvé. Tu feras une chose utile et agréable aux
plus âgés, si tu établis l'usage que les autres les
aident à monter à la manière des Perses [1]. Pour
leur donner à tous l'assiette nécessaire dans quelque terrain que ce soit, leur faire souvent prendre les armes serait peut-être embarrassant ; il
faudra les assembler, les engager à s'exercer,
lorsqu'ils vont à la campagne ou ailleurs, en
quittant les routes battues, et trottant ou galoppant dans toute sorte de terrains : cela sert presque autant que de prendre les armes, et donne
moins d'embarras. Il ne sera pas mal non plus de
leur rappeler que la république dépense près de
quarante talens par an, pour avoir un corps de
cavalerie prêt au besoin. Cette réflexion doit les
exciter à s'appliquer aux exercices, pour ne pas
se trouver, en cas de guerre, novices, ne sachant
défendre ni la patrie ni eux-mêmes. Il est encore
bon de les prévenir que tu leur feras prendre les
armes, que tu les conduiras toi-même partout à
travers la campagne ; et pour les exercer aux charges simulées qui se font en parade aux fêtes, il
faudra les mener chaque fois en différens lieux
et terrains, chose utile également aux hommes et
aux chevaux. Pour avoir le plus qu'il se pourra
d'hommes qui sachent lancer le dard à cheval, le

[1] Voyez *De l'Équitation*, VI, 12.

mieux sera, je crois, de prévenir les capitaines
qu'aux manœuvres publiques où on lance le dard,
ils chargeront à la tête des *dardiers* de leur compagnie : ils se piqueront probablement d'en former
le plus qu'il leur sera possible. Quant à l'armement, il me semble que les capitaines contribueraient beaucoup à le rendre bel et bon, si
chacun d'eux pouvait se convaincre qu'il brillera
bien plus aux yeux de la république par la beauté
de sa compagnie que par son propre équipage.
Tout cela, sans doute, se peut dire et persuader
à des gens qui n'ont recherché de tels emplois
que pour la gloire et l'honneur. Ils ont d'ailleurs
les moyens d'armer leurs hommes au nombre et
de la manière prescrite par la loi, sans rien dé-
penser eux-mêmes, en les forçant de s'équiper
sur leur solde, suivant la loi.

Pour rendre une troupe obéissante, le premier
point, c'est de lui montrer par le raisonnement
le bien qui résulte de la discipline ; le second,
c'est de faire que ceux qui l'observent jouissent,
suivant la loi, de tous les avantages dont les autres seront privés. Un puissant motif pour les capitaines de paraître convenablement à la tête de
leur compagnie, ce serait de voir tes coureurs [1]
bien armés, bien équipés, obligés par toi de

---

[1] Sorte de compagnie d'élite composée d'archers à cheval, qui précé-
daient partout le commandant de la cavalerie, et formaient sa garde.

s'exercer à lancer le dard, et de te voir toi-même, en leur recommandant cet exercice, t'y montrer toujours à leur tête un des plus habiles. Si l'on pouvait proposer des prix [1] aux compagnies pour tous les exercices et toutes les manœuvres qui s'exécutent aux fêtes publiques, cela seul exciterait assez l'émulation des Athéniens. On en peut juger par ce qui se fait pour les chœurs, où des prix de peu de valeur engagent à des dépenses et des peines infinies; mais il faudrait nommer pour juges des personnes dont le suffrage rendît la victoire plus flatteuse et plus honorable aux vainqueurs.

Les hommes étant formés de la sorte, il faudra encore qu'ils sachent se ranger, soit pour manœuvrer, soit pour paraître dans le plus bel ordre aux pompes solennelles qui se font en l'honneur des dieux; pour combattre enfin, éviter la confusion dans les marches, ou passer un défilé. Voici, selon moi, l'ordre le meilleur à établir dans tous les cas. La république a divisé la cavalerie en compagnies : dans ces compagnies, je dis qu'il faut premièrement, en consultant les capitaines, nommer *dixainiers* [2] les hommes qui unis-

---

[1] « Agésilas ayant assemblé son armée à Éphèse, avant d'entrer en « campagne, voulut exercer ses troupes. Il proposa des prix aux diffé- « rens corps d'infanterie et de cavalerie : dès-lors on ne vit plus par- « tout, et dans les gymnases et dans l'hippodrome, que gens qui s'exer- « çaient aux manœuvres à pied et à cheval. » XÉNOPHON, *Hist.* 5, 4.

[2] On appelait *Décade* ou *Dixaine* la file, soit qu'elle fût composée de

sent à la vigueur de l'âge le plus d'émulation et d'envie de se distinguer; ceux-là seront chefs de file : puis on en prendra le même nombre parmi les plus sages et les plus anciens, pour être en serre-files derrière leur dixaine; car si l'on peut employer cette comparaison, le fer coupe le fer quand le fil de la tranche est d'un bon acier et le marteau suffisant [1]. Quant à ceux qui se trouvent dans la file, entre le premier et le dernier, lorsque les dixainiers auront nommé les hommes qui doivent être derrière eux au second rang, et que tous les autres à leur tour en auront fait de même, il est probable que chacun, connaissant celui qui le suit, marchera avec confiance [2]. Il faut absolument que le *chef serre-file* [3] qui com-

---

huit, dix ou douze chevaux, et *Dixainier* le chef de file. Ainsi, en employant ces mots, Xénophon ne détermine point la profondeur de l'escadron. Polybe la fixe à huit, au plus, et suppose que sous Alexandre la cavalerie se rangeait sur cette hauteur.

[1] En grec le même mot (*stoma*) signifie le tranchant d'un fer et le front de la phalange. Ici le premier rang qui entame l'ennemi est le *tranchant*; les serre-files sont le *marteau*.

[2] L'usage de mettre ensemble dans l'ordre de bataille des hommes choisis l'un par l'autre, date des temps héroïques, et fut suivi par les Romains : c'était ce qu'ils désignaient par ces mots qu'on trouve si souvent dans leurs historiens, *vir virum legit*. Cette confiance réciproque faisait la force morale des corps, et était avec raison regardée comme nécessaire, dans un temps où toutes les affaires se décidaient à l'arme blanche. Le bataillon sacré des Thébains était organisé sur le même principe.

[3] *Celui qui commande en serre-file.* C'est chez nous le capitaine en second. Voici comme Cyrus, dans la Cyropédie, parle à un de ces *chefs de*

mande la queue soit homme de capacité, pour
encourager et régler ceux qui sont devant lui
dans le combat : d'ailleurs, en cas de retraite,
il peut, par sa présence d'esprit et son habileté,
sauver toute la compagnie. Le nombre des dixai-
nes étant pair, se prêtera mieux aux divisions et
subdivisions que s'il était impair.

Cette formation me plaît en ce que tout le
premier rang est composé de chefs : or, un
homme qui doit commander se croit obligé de
se distinguer, et se conduit tout autrement qu'il
ne ferait sans cela; et puis, quoi que ce soit qu'il
faille exécuter, on aura bien plus tôt fait de commander à quelques chefs qu'à tous les soldats.
Après cette disposition, comme le commandant
aura désigné à chaque capitaine la place qu'il
doit occuper en bataille avec sa compagnie, de
même le capitaine marquera à chaque dixainier
sa place dans le rang, et le lieu où il doit marcher avec sa file. Tout cela étant réglé d'avance,
il en résultera un ordre infiniment meilleur que
s'ils marchaient chacun à la place où il se trouve,
se poussant l'un l'autre, comme une foule qui

serre-files : « Toi, dit-il, qui commandes la queue de ta compagnie, ayant
« sous toi tous les serre-files du dernier rang, recommande leur d'avoir
« l'œil chacun sur ses gens, d'encourager ceux qui font bien, et de tancer
« fortement les autres, et si quelque lâche tourne le dos, de le tuer sur-
« le-champ : car le devoir des chefs de files est d'entraîner par leur
« exemple ceux qui sont derrière eux; le vôtre à vous, serre-files, c'est
« de vous faire craindre plus que l'ennemi.

sort du théâtre¹. D'ailleurs on se bat plus volontiers, les premiers en avant, s'il y a quelque rencontre, sachant qu'ils sont à leur poste, et les
derniers, en cas d'attaque par derrière, ne voulant pas non plus se déshonorer en quittant le
leur; au lieu que, marchant sans ordre, ils se gê-
nent les uns les autres dans les chemins étroits
et dans les défilés; et si l'ennemi paraît, personne
de soi-même ne prend le poste où il faut combattre.

Voilà à quoi les cavaliers doivent s'être habitués d'avance pour pouvoir seconder en tout leur
commandant; et quant au commandant, voici
quels seront ses soins : satisfaire d'abord à ce
qu'exige le culte des dieux, en sacrifiant au nom
du corps de la cavalerie; ensuite tout disposer
afin de contribuer le plus possible à la magnificence des fêtes : puis, dans les autres occasions
où la cavalerie doit paraître sous les armes, à l'A-
cadémie, au lycée, à Phalère, ou dans l'hippodrome, la préparer de manière à offrir à la république le plus beau spectacle et le coup d'œil
le plus imposant : tout cela exige d'autres consi-
dérations. Je vais donc expliquer maintenant

---

¹ On cherchait alors un ordre de bataille pour la cavalerie. D'abord
on la rangea comme l'infanterie, sur huit, dix et douze de hauteur, dans
la pensée que cette profondeur donnait plus de force à l'escadron pour
le choc; mais on reconnut bientôt la fausseté de cette idée, et après
quelques variations, les Romains mirent leur cavalerie sur quatre de
hauteur.

comment on exécutera le mieux chacune de ces choses.

Quant aux pompes (*ou processions*), je crois que les plus belles, les plus agréables aux dieux et aux spectateurs, seraient celles où l'on ferait le tour de la place du marché, à partir des Hermès, honorant les dieux à toutes les chapelles et statues qui sont sur cette place. (Aux fêtes de Bacchus, par exemple, les chœurs honorent par des danses et les douze dieux et les autres.) Le tour de la place [1] terminé, se retrouvant aux Hermès,

---

[1] La topographie d'Athènes n'a pas été fort éclaircie par ce qu'en ont écrit les savans. Quant à ce quartier dont parle ici Xénophon, voici à peu près l'idée qu'on s'en peut former, en comparant les textes où il en est question.

Le *Céramique* était une espèce de faubourg, traversé par une vaste rue que divisait en deux parties la porte appelée *Dipylum*, autrement *Portes Céramiques*. La partie en dedans de la ville s'appelait le Céramique dans les murs, ou proprement le Céramique. La partie hors de la ville était le Céramique hors les murs, beaucoup plus étendu que l'autre. C'est en ce sens qu'on a pu dire qu'il y avait deux Céramiques. L'Académie et le marché (*Agora*) étaient l'un et l'autre dans le Céramique, l'Académie hors les murs, l'*Agora* dans la ville ; ou pour mieux dire, la partie de cette vaste rue, située dans la ville, était l'*Agora* dont parle Xénophon. Tout cela est prouvé par une infinité de passages qu'il serait long de rapporter.

Des deux côtés de l'*Agora* il y avait des portiques ; devant ces portiques, des statues qu'on appelait les *Hermès*, et sous l'un de ces portiques étaient les autels ou chapelles des Dieux. Il y avait là aussi le gymnase d'Hermès. C'était à raison de ces chapelles qu'on appelait ce marché le marché des Dieux, *Theón Agora*. On le nommait aussi simplement *Agora*, le marché, ou la place, dont certaines parties formaient des marchés séparés, et diversement nommées, selon l'espèce de denrée qu'on y vendait. Vers le milieu de l'*Agora* était l'*Eleusinium*, plus éloigné pourtant de la porte Dipyle que de l'autre extrémité.

partir de là au galop jusqu'à l'Éleusinium, ferait, ce me semble, un bel effet. Je ne crois pas inutile non plus d'avertir qu'il faut éviter, autant que possible, de croiser les piques : chacun aura soin de tenir la sienne entre les oreilles de son cheval, pour qu'elles paraissent ainsi plus distinctes, plus nombreuses et plus terribles en même temps. Cette galopade au travers de la place finissant à l'Éleusinium, on achèvera de traverser le reste au pas jusqu'aux chapelles, comme auparavant : de cette manière on montrera aux dieux et aux hommes ce qu'il y a de plus beau dans l'équitation. Je sais bien que la cavalerie n'a point coutume de faire tout cela; mais ce que je propose serait bon et beau, et plairait aux spectateurs. J'entends dire d'ailleurs que la cavalerie a fait d'autres manœuvres aussi peu usitées, lorsqu'elle a eu des chefs qui ont su faire adopter et exécuter leurs idées.

Lorsque avant de lancer le trait on traversera le Lycée, il sera bon que les deux divisions de cinq compagnies chacune chargent de front, ayant à leur tête le commandant et les capitaines, de manière à occuper toute la largeur du cours ; et quand on aura passé le coin du théâtre en face, je pense qu'il serait utile de montrer là que tes cavaliers, rangés sur un front convenable, peuvent galoper en descendant. S'ils y sont exercés, ils ne demanderont pas mieux que de le faire voir; sinon, c'est une instruction que l'ennemi quelque jour leur donnera durement.

J'ai dít ¹ dans quel ordre il faudrait défiler aux *docimasies*, pour la beauté du coup d'œil. Maintenant, si le chef (supposé qu'il ait un cheval assez fort) va continuellement en cercle dans la file de dehors, lui seul sera toujours au galop; ceux qui se trouveront avec lui en dehors galoperont à leur tour; et ainsi le sénat ne verra la troupe qu'au galop, sans que pour cela les chevaux se fatiguent trop, puisqu'ils se reposeront tour à tour. Mais quand *la parade* se fait dans l'Hippodrome, il est bon de se ranger d'abord sur un front tel, qu'occupant la largeur de la place, on en puisse chasser le monde et ne laisser personne au milieu; puis, dans la charge simulée de cinq compagnies contre cinq, où les deux escadrons, commandés par les chefs, poursuivent

---

¹ Il manque quelque chose avant ceci : car dans ce qui précède il n'a point parlé des docimasies, ni de la manœuvre qu'il indique ici, et qu'il dit avoir expliquée; mais on voit assez ce que c'est. La troupe étant en bataille, à côté du sénat et sur la même ligne, le premier peloton se détache de la droite (par exemple), et, passant devant le sénat par un mouvement circulaire, vient se ranger à la gauche, tandis que le second peloton part de la droite, et ainsi des autres successivement. Voilà, non ce qui se faisait, mais ce que Xénophon proposait.

Il y avait plusieurs *docimasies*, ou cens, auxquelles étaient soumis tous les citoyens, selon leur âge, leurs emplois ou le service qu'ils devaient à l'Etat. La docimasie des cavaliers était une revue d'inscription semblable à celle que les censeurs à Rome faisaient des chevaliers romains; mais à Athènes c'était le sénat lui-même qui passait en revue la cavalerie, et enrôlait ou réformait hommes et chevaux.

et fuient tour à tour, que les compagnies se croi-
sent, passant les unes entre les autres ; il en résultera un spectacle terrible d'abord, quand on
les verra se charger front contre front ; imposant,
lorsque après s'être croisées, elles feront volte-
face pour se charger encore : ensuite, au signal
de la trompette, repartir au galop, ferait un bel
effet ; enfin, après s'être arrêté, charger une troisième fois, au signal de la trompette, et pour
terminer, se croisant encore, se remettre tous en
bataille (comme vous faites ordinairement) pour
une dernière charge, au galop vers le sénat, tout
cela aurait un air nouveau et plus militaire, si
je ne me trompe. Prendre une allure plus lente
que celle des capitaines, en faisant les mêmes
mouvemens qu'eux, pour un chef, c'est se faire
peu d'honneur. Lorsqu'on manœuvrera dans l'a-
cadémie, sur le terrain battu, le conseil que j'ai
à donner, c'est, pour ne point tomber de cheval
en chargeant, de pencher le corps fort en arrière, et, pour éviter que le cheval ne s'abatte, de
soutenir la main dans les voltes. Dès que le cheval est droit, il faut galoper. On donnera ainsi,
sans risques, un plus beau spectacle au sénat.

Dans les marches, il faut que le commandant
pense, tantôt à soulager le dos des chevaux, en
faisant marcher à pied les cavaliers, tantôt à reposer les jambes de ceux-ci, en les faisant remon-
ter à cheval. L'un et l'autre a sa mesure facile à

trouver; car, en se consultant soi-même, on connaîtra quand les autres auront besoin de repos.
Si vous marchez dans le doute de rencontrer l'ennemi, que les compagnies alors mettent pied à
terre tour-à-tour; car il ne faudrait pas que l'ennemi [1] trouvât tout ton monde à pied. Là où les
chemins sont étroits, on commandera en colonne
par le passe-parole; où ils s'élargissent, on fera
étendre le front de chaque compagnie, toujours
au moyen du passe-parole; puis, arrivés dans la
plaine, en bataille toutes les compagnies. Tout
cela est bon en route, ne fût-ce que pour s'exercer, et l'on trouve d'ailleurs une distraction à varier ainsi la marche par différentes manœuvres,
selon les accidens du terrain qu'on parcourt.

Quand vous marcherez hors des routes, dans
un pays difficile, soit ami ou ennemi, il sera fort
à propos d'envoyer des ordonnances [2] en avant
de chaque compagnie, lesquelles ayant reconnu
les gorges impraticables et celles qui n'ont point

---

[1] Xénophon a ici en vue un fait qu'il raconte ailleurs. « Agésilas rava-
« geait le territoire des Thébains; ceux-ci, retranchés sous leur ville,
« n'osaient tenir la campagne. Un jour cependant qu'il se retirait sur le
« soir à son camp, leur cavalerie, qui jusque là n'avait point paru, sortit
« tout-à-coup par des ouvertures pratiquées dans le retranchement, et
« trouvant son infanterie qui se préparait à souper, sa cavalerie pied à
« terre ou montant à cheval, ils tuèrent de l'une et de l'autre quelques
« hommes, et des bannis d'Athènes, qui n'eurent pas le temps de sauter
« sur leurs chevaux. Après quoi, etc. » (Hist. gr., l. 4.)

[2] *Hyperetes* dans le grec. C'étaient des espèces de *trabans* attachés aux
officiers.

d'issue, chercheront les vrais passages et les indiqueront aux troupes; sans quoi il pourrait arriver que des divisions entières s'égarassent. Même, s'il y a quelque péril, il est de la prudence d'un chef de détacher d'autres guides en avant des premiers; car du plus loin qu'on peut connaître où se trouve l'ennemi, c'est le mieux, soit pour attaquer, soit pour se garder. Au passage des défilés faire halte, afin que les derniers puissent joindre la file sans fatiguer leurs chevaux : ce sont là des choses que tout le monde sait, mais que peu s'appliquent à faire observer.

Il conviendrait qu'un commandant de cavalerie eût acquis pendant la paix la connaissance du pays, tant ami qu'ennemi; mais cela lui manquant, il doit prendre avec lui, dans chaque canton, ceux (*de ses propres gens*) qui l'ont le plus fréquenté : car, à la tête d'une colonne, le meilleur est celui qui sait le mieux le chemin ; et pour les surprises, l'avantage est tout à celui qui connaît les lieux.

Il faut s'être procuré avant la guerre des espions, qui doivent être, autant que possible, habitans des villes neutres, et marchands; car ces sortes de gens sont bien reçus partout et n'inspirent aucune défiance. On peut aussi quelquefois se servir utilement des faux transfuges. Il ne faut cependant jamais, sur la foi des espions, négliger de se garder, mais se tenir toujours préparé, comme si on devait être attaqué : car, en les supposant même fidèles, il est difficile que leurs avis parviennent toujours à temps, les obstacles à la guerre étant innombrables.

Pour faire prendre les armes, il vaudra mieux, afin d'être moins entendu de l'ennemi, donner l'ordre par le passe-parole ou par écrit, que par le hérault. C'est à cela aussi que servent les dizainiers, et sous eux les brigadiers (*chefs de cinq hommes*), chacun, au moyen de ces grades, passant l'ordre à peu de personnes ; outre que de la sorte on peut sans confusion étendre le front de bataille, les brigadiers se portant en avant sur la ligne au moment où il le faut [1].

Pour une garde avancée, je préfère les sentinelles et les postes cachés, parce que de cette manière, en même temps qu'on se garde, on peut surprendre l'ennemi ; puis, tes gens n'étant point vus, en sont eux-mêmes plus difficilement surpris, et inquiètent davantage l'ennemi : car de savoir que vous avez des postes avancés, sans savoir où, ni de quelle force, le rend timide dans sa marche, et fait que tout lui est suspect. Rien n'empêche non plus qu'en avant des postes cachés, on n'en puisse placer quelques-uns plus faibles à découvert, pour essayer d'attirer l'en-

---

[1] En lisant ceci et ce qui précède, il ne faut pas oublier que dans l'ordre de bataille on laissait entre les escadrons une distance égale à leur front. Polybe le dit expressément.

nemi dans cette embuscade ; et un autre piége à
lui tendre, c'est de mettre au contraire les grand-
gardes à découvert, en arrière de tes gens em-
busqués, apparence qui trompe également l'ennemi : au reste jamais chef habile et instruit de
son devoir n'engagera une action, si l'occasion
ne se présente de remporter quelque avantage.
Faire ce que veut l'ennemi, tient de la trahison
plus que de la bravoure. Porte ton attaque sur
ses endroits faibles, quand même ce seraient les
plus éloignés ; car il n'est fatigue qui ne vaille
mieux que d'avoir affaire à plus fort que soi.

Si quelquefois l'ennemi s'engage au milieu de
tes cantonnemens, fût-il de beaucoup le plus
fort, tu feras bien de l'attaquer du côté ou tu
pourras cacher ton approche, mieux encore de
deux côtés à la fois ; car tandis que les uns cèdent,
les autres le chargeant du côté opposé, ne peuvent manquer de le mettre en désordre et de l'o-
bliger à laisser là les premiers. Tâcher, au moyen
des espions, d'être informé le plus exactement
possible de toutes les démarches de l'ennemi,
c'est ce qu'on a déjà recommandé. Mais ce qu'il
y a de mieux à faire, selon moi, c'est de chercher
un lieu d'où l'on puisse en sûreté l'observer soi-
même, et voir s'il commet quelque faute. Ce qui
se pourra dérober¹, on le lui dérobera, en y en-

¹ *Dérober* veut dire ici *enlever par surprise* un poste, un détachement
ou une position. Voyez *les notes sur le texte.*

voyant des gens lestes choisis pour cela; ce qui
paraîtra susceptible d'être enlevé de vive force,
on le fera enlever. Si l'ennemi, marchant vers un
point, laisse quelque corps mal soutenu, peu capable de résistance, que cela ne t'échappe point;
mais sois toujours aux aguets pour envelopper et
prendre le faible au moyen du fort. Et, à dire
vrai, qui voudra y faire attention, les animaux,
plus bornés que l'homme quant à l'entendement,
en ceci toutefois nous instruisent. Le milan, du
haut de l'air, s'il voit quoi que ce soit mal gardé,
fond dessus, l'enlève, et s'éloigne de peur d'être
pris : les loups vont de tous côtés épiant où la
garde est en défaut, pour faire leur coup sans
être vus, et quelque chien survenant, plus faible
qu'eux, ils l'attaquent; plus fort, ils l'évitent et
se retirent, emportant ce qu'ils peuvent: mais
tous ensemble, s'ils se sentent en état de livrer
l'assaut, ils marchent en bataille, les uns repous-
sent la garde, tandis que les autres pillent et
emportent le butin; et c'est ainsi qu'ils subsistent
aux dépens de l'ennemi. Or, des animaux, aidés
de leur seul instinct, sachant si bien faire cette
guerre, pourquoi ne la ferions-nous pas encore
mieux qu'eux, nous qui les surprenons eux-mêmes et les vainquons par la ruse?

Quiconque sert dans la cavalerie doit savoir
juger à quelle distance le cavalier courant sur le
fantassin peut l'atteindre, et de quelle avance

ont besoin des chevaux moins vites, pour échapper à de plus légers; mais c'est au commandant de connaître en quels lieux l'infanterie est plus forte que la cavalerie, et où celle-ci a l'avantage. Il faut avoir des ruses pour paraître nombreux quand on sera peu de monde, ou faibles quelquefois quand vous serez nombreux, et en un besoin pour que l'on vous croie présens où vous n'êtes pas, absens de l'endroit où vous êtes; il te faut éblouir l'ennemi, comme un joueur de gobelets, escamoter devant lui et ses gens et les tiens, et tomber sur lui au moment où il s'y attend le moins. C'est encore un bon moyen, s'il peut réussir, pour n'être point attaqué lorsqu'on est faible, d'épouvanter l'ennemi; et au contraire, de le rendre hardi lorsqu'on est fort, afin qu'il entreprenne quelque chose: ainsi, évitant de te compromettre, tu pourras le prendre en défaut; et de peur qu'on n'imagine que je donne ici des préceptes inexécutables, je vais montrer comment ceux qui paraissent les plus difficiles peuvent se mettre en pratique.

Pour ne rien faire au hasard, et calculer juste lorsqu'il s'agit d'atteindre ou d'éviter l'ennemi, il faut connaître de quoi tels ou tels chevaux sont capables. Or, cette connaissance, comment s'acquiert-elle? en observant ce qui se passe dans les escarmouches, les courses, les charges simulées qu'on fait en temps de paix.

Veut-on faire paraître une troupe plus nombreuse qu'elle n'est? d'abord il faut, autant qu'on
peut, n'essayer cela qu'à une certaine distance
de l'ennemi; il y aura moins de risque et de difficulté : puis il est à remarquer que les chevaux
rassemblés paraissent plus nombreux (par la
grosseur de l'animal); dispersés, on les compte,
et on s'y trompe moins. Outre cela, un corps de
cavalerie paraîtra plus fort qu'il n'est, si, parmi
les cavaliers, on entremèle les palefreniers [1], ayant
des piques s'il se peut, ou sinon, quelque chose
qui ressemble à des piques; et cet artifice peut
servir, soit qu'on se montre immobile, soit qu'on
manœuvre pour se former en bataille. Par là
on grossit à l'œil la masse d'un escadron, qui
semblera en même temps plus étendu et plus
serré [2] Voulant montrer à l'ennemi moins de

---

[1] Chaque cavalier avait un valet qui pansait le cheval, et dans les
marches portait les armes de son maître. (V. Cyrop. 5, 2. Hell. 2, 4, 6.)
Les Mamelucks en ont de pareils qui les accompagnent jusque sur le
champ de bataille. (Voyez *Denon, Voyage d'Égypte*.) A Rome, Caton
passant en revue les chevaliers, demande à l'un d'eux : « Pourquoi es-tu
« si gras et ton cheval si maigre? C'est, dit-il, que mon cheval est soigné
« par mon valet, au lieu que je me soigne moi-même. »

[2] Les Tartares font des figures d'hommes qu'ils attachent sur des
« chevaux, afin que de loin on les croie en plus grand nombre qu'ils ne
« sont. Au premier choc de la cavalerie ils opposent un front de prison-
« niers et autres étrangers qui sont parmi eux, et il y a quelquefois des
« Tartares qui s'y mêlent; mais leurs plus vaillans hommes et chevaux se
« placent à droite et à gauche, afin que les ennemis ne les voient pas et
« qu'ils les puissent ainsi environner de tous côtés; si bien que quelque
« petit nombre qu'ils soient, il semble aux ennemis qu'il y en ait bien

troupes qu'on n'en a, il n'y aura nulle difficulté,
si le terrain permet d'en cacher une partie;
mais si le pays est tout découvert, il faut,
en faisant filer les dizaines [1], se former à files
ouvertes, et dans chaque dizaine, faire porter la pique haute aux cavaliers qui se trouvent en face de l'ennemi et la pique basse aux
autres.

Pour épouvanter l'ennemi, on peut employer
les fausses embuscades, les faux renforts, les
fausses nouvelles; au contraire, il prendra de
l'audace, si on lui rapporte que vous êtes dans
l'embarras. Je n'en dis pas davantage; mais il faut
de soi-même, selon les circonstances, imaginer
sans cesse de nouvelles tromperies : car tromper
est tout à la guerre. Nous voyons que les enfans,
lorsqu'ils jouent entre eux au roi, s'ils ont beaucoup en main, font paraître qu'ils ont peu; et au
contraire ayant peu, savent si bien faire, en tendant la main, que l'adversaire croit qu'ils ont
beaucoup. Des hommes ne sauraient-ils donc
apprendre à tromper par les apparences aussi
bien que les enfans? Pour peu qu'on fasse attention aux évènemens de la guerre, on reconnaîtra
bientôt que les plus grands avantages y sont dus

« davantage. » (*Relation des Cordeliers envoyés en Tartarie par le Pape Innocent IV.*)

[1] C'est-à-dire, selon la force du mot grec, *mettant plusieurs dizaines en une seule file*, pour présenter peu de front.

à la tromperie, et c'est là le don qu'il faut demander aux dieux; c'est à quoi soi-même il faut
se rendre habile pour bien commander, ou ne
s'en pas mêler. Quand on se trouve à portée de la
mer, on peut employer d'autres ruses, comme de
rassembler des bâtimens de transport, feignant
de préparer une expédition par mer, et cependant attaquer par terre; ou au contraire, faisant
mine de vouloir attaquer par terre, s'embarquer
tout-à-coup et tenter quelque entreprise par mer.
Il est encore du devoir d'un chef de faire comprendre au gouvernement que la cavalerie seule
est faible, afin d'obtenir qu'on y attache de l'infanterie légère [1]; et l'ayant obtenue, il doit s'en
servir. Les fantassins se peuvent cacher, non
seulement au milieu des chevaux, mais derrière,

[1] Le grec dit, *des fantassins Hamippes;* ce passage-ci montre bien ce
que c'était que ces Hamippes. Il ne faut pas écouter là-dessus les gram-
mairiens, mais Thucydide et Xénophon qui savent de quoi ils parlent.
Tous les autres ont confondu *Hamippi, Amphippi, Dimachæ* et *Prodromi.*

On nommait *Hamippe* le fantassin attaché au cavalier et combattant
avec lui. Vous voyez dans Thucydide *cinq cents cavaliers avec cinq cents
fantassins Hamippes;* et dans Plutarque, vie de Paul Émile, *dix mille
Hamippes* (ou *parabatæ,* c'est la même chose) *avec dix mille cavaliers.
Et ces fantassins,* dit Tite-Live, *couraient avec les chevaux.* Ils combattaient aussi en corps, comme on voit ci-dessus (chap. VIII, 19). César
décrivant les troupes d'Arioviste, *six mille cavaliers,* dit-il, *soutenus
d'autant de fantassins qui suivaient les chevaux....* C'était la coutume des
Numides, au dire de Salluste, et des Parthes, selon Appien, de joindre
des fantassins à la cavalerie; et César lui-même, dans la guerre de Du-
razzo, employa ce moyen pour faire tête, avec mille chevaux, à la cavalerie de Pompée six fois plus nombreuse. Les *Rothmantels,* ou manteaux

car l'homme à cheval couvre le piéton, étant beaucoup plus grand. Dans tout ce que je viens de dire, et tout ce qu'on pourra imaginer encore pour vaincre par ruse ou par force, je suppose qu'on ne manquera jamais de consulter les Dieux, sans la faveur desquels on ne peut espérer celle de la fortune.

Quelquefois c'est un bon stratagème de se montrer d'abord circonspect et nullement entreprenant. Cette apparente timidité fait le plus souvent que l'ennemi, croyant n'avoir rien à craindre, néglige de se garder : au contraire, quand une fois on s'est fait connaître par beaucoup de hardiesse et d'activité, on peut bien souvent, sans bouger, par de simples feintes, tenir l'ennemi toujours en alarme, et le fatiguer beaucoup.

Mais dans quelque art que ce soit, nul n'exécutera ce qu'il a conçu, s'il n'a d'abord les matériaux préparés pour obéir à la main de l'ouvrier ;

---

rouges, des avant-gardes autrichiennes, au commencement de ces guerres-ci, étaient des espèces d'*Hamippes*.

On appelait *Amphippi*, chez certains peuples de l'Asie, des cavaliers ayant deux chevaux, qu'ils montaient l'un après l'autre, les laissant reposer tour-à-tour comme le marque Élien. Tive-Live écrit aussi *qu'ils changeaient de cheval au plus fort du combat*, et Bernier vit la même chose dans les armées d'Aureng-Zeb. « Le simple cavalier, dit-il, avait « deux chevaux, le proverbe étant parmi eux qu'un homme qui n'a qu'un « cheval est demi à pied. »

Les *Dimachæ* combattaient à pied et à cheval, comme nos dragons. *Prodromi* étaient des coureurs.

et on ne peut non plus faire des hommes ce qu'on veut, s'ils ne sont d'avance amis de leur chef, et persuadés qu'il en sait plus qu'eux dans tout ce qui concerne la guerre. Le moyen d'en être aimé, c'est de se montrer leur ami, soigneux de leurs intérêts, attentif à leurs besoins et à leur sûreté, prenant partout des mesures pour leur procurer des vivres, les faire retirer à temps, et reposer bien gardés. Il faut dans les gardes qu'ils sachent qu'on s'occupe de leur faire avoir et le fourrage, et les barraques, et l'eau, et la farine, et tout ce qui leur est nécessaire; qu'on songe à eux, qu'on veille pour eux. Tous les avantages particuliers que peut avoir un chef, son intérêt bien entendu, c'est de les partager avec ceux qu'il commande. Pour qu'il en soit estimé, il suffit qu'aucun n'ignore que tout ce qu'il leur ordonne, il l'exécute mieux qu'eux. Il faudra donc, à commencer par les premières leçons, pratiquer tous les exercices de l'équitation, afin qu'ils voient leur chef sauter les fossés sans perdre l'assiette, franchir les petits murs qui séparent les champs, descendre au galop les collines, et lancer le dard avec adresse, toutes choses qui contribuent à le faire considérer de ceux qui lui doivent obéir. Le connaissant habile à tout, et capable de prendre les meilleures mesures pour le succès de quelque entreprise que ce soit, ses gens (convaincus d'ailleurs qu'il ne leur fera rien faire au hasard, sans consulter les Dieux, ou malgré les victimes) exécuteront volontiers tout ce qu'il ordonnera.

Partout celui qui commande a besoin de prudence et de capacité; mais pour commander à Athènes la cavalerie, deux choses surtout sont nécessaires, la piété envers les Dieux, et la science de la guerre, attendu que les voisins ont une force en cavalerie à peu près égale, et beaucoup d'infanterie. On aura donc affaire à ces deux armes à la fois, si l'on entreprend avec la cavalerie seule une course dans le pays ennemi, sans que la République mette d'autres forces en campagne; mais si ce sont les ennemis qui tentent une incursion sur le territoire d'Athènes, d'abord ils ne le feront jamais qu'avec le secours de leurs alliés, auxquels ils emprunteront et de la cavalerie et de l'infanterie, assez pour se croire supérieurs à tout ce qu'Athènes peut mettre sur pied. Contre tant d'ennemis, si la République entière veut s'armer et combattre pour la défense du pays, il y aura tout lieu d'espérer un heureux succès : car, quant à la cavalerie, la nôtre sera supérieure, Dieu aidant, si on en a le soin convenable; notre infanterie ne le cédera nullement à celle de l'ennemi, nos hommes étant aussi sains et aussi robustes de corps, plus généreux de cœur, et plus susceptibles d'honneur, si on les sait conduire, avec l'aide des Dieux; sans compter que pour la noblesse de leur origine et la gloire nationale, les Athéniens né s'estiment en rien inférieurs aux Béotiens [1]. Mais si la République met toutes ses forces sur mer (comme lors de l'incursion que firent les Lacédémoniens ligués avec toute la Grèce), et se contente de garder l'enceinte de ses murailles, laissant à la cavalerie la défense de son territoire, et le soin de tenir tête à l'armée ennemie; c'est alors vraiment qu'il faut une faveur toute particulière des Dieux, et pour commandant de la cavalerie un homme accompli : car il aura besoin de beaucoup de prudence, vu la force de l'ennemi, de beaucoup d'audace dans l'occasion, et surtout d'une activité en quelque sorte infatigable : sans quoi, ayant sur les bras toute une armée contre laquelle la nation entière n'ose se mesurer, on voit bien qu'il serait réduit à recevoir la loi du plus fort, et ne pourrait rien entreprendre.

---

[1] On voit par tout ceci qu'au moment où Xénophon écrivait, Athènes était menacée d'une irruption des Thébains, et se croyait peu en état de leur résister, ce qui n'a pu avoir lieu qu'avant la bataille de Mantinée, durant la seconde expédition d'Épaminondas dans le Péloponèse. « Alors, « dit Xénophon, toute la Grèce étant partagée entre Thèbes et Lacédé- « mone, sur le point d'en venir aux mains, personne ne doutait que « cette campagne ne fût décisive, et que le vainqueur ne subjuguât tout. « Les Thébains avaient l'offensive, l'avantage du nombre, la réputation « de leur chef et de leurs dernières victoires; ainsi on devait croire « qu'ils l'emporteraient, et qu'ayant abattu Sparte, ils attaqueraient « Athènes, qui, depuis la bataille de Leuctres, s'était déclarée contre « eux. »

Supposé donc qu'il se décide à faire battre l'estrade, par le nombre d'hommes seulement nécessaire pour découvrir la marche de l'ennemi et se retirer, comme de raison, du plus loin possible, peu d'hommes verront aussi bien que beaucoup, et pour des vedettes qui doivent se replier sur leur corps, il n'y aura nul inconvénient que ce ne soient ni les plus hardis, ni les mieux montés qui fassent ce service (la crainte d'ailleurs rendant vigilans ceux qui ne se fient ni à eux-mêmes, ni à leurs chevaux); si, dis-je, le commandant se décide à composer ainsi ses éclaireurs, ce peut être un fort bon parti. Mais voulant tenir la campagne avec le reste de ses gens, il se trouvera bien faible, et en aucun cas ne pourra livrer de combat. Employés comme partisans ils rendront d'utiles services; il faut, selon moi, sans se montrer, avec une troupe choisie toujours prête à agir, observer l'ennemi pour profiter sur-le-champ des moindres fautes qu'il fera; et c'est une règle constante que plus une armée est nombreuse, plus il s'y commet de fautes contre le bon ordre et la discipline: car, ou les corps se dispersent pour pourvoir à leur subsistance, ou dans la marche les uns se hâtent d'aller en avant, les autres demeurent en arrière; aussi doit-on sévèrement réprimer de pareils désordres, autrement vous n'avez plus de camp, ou, pour mieux dire, tout le pays devient votre camp: profitant donc, comme j'ai dit, de ces négligences de l'ennemi, on fondra sur lui tout-à-coup, ayant eu d'abord soin surtout de se ménager une retraite, pour disparaître avant que les secours arrivent au point attaqué.

Souvent une troupe en marche s'engage dans des chemins où elle perd l'avantage du nombre; et les défilés, si l'on veut y suivre l'ennemi, avec précaution toutefois, offrent telle position où l'on peut soi-même décider à quel nombre on aura affaire.

Quelquefois vous ferez bien de l'attaquer lorsqu'il prend son camp, ou ses repas, ou même au sortir du sommeil : ce sont tous momens où les troupes se trouvent désarmées, et pour s'armer il faut du temps, surtout à la cavalerie.

On ne cessera jamais de chercher à enlever les éclaireurs et les grand'gardes, qui sont toujours faibles, et parfois s'avancent beaucoup; mais lorsqu'enfin l'ennemi aura pris le parti de se bien garder, c'est un coup à faire, Dieu aidant, de passer, sans qu'il s'en aperçoive, sur ses derrières, instruit d'avance des lieux et de la force des postes qu'il y a laissés. Il n'est à la guerre plus belle proie que les gardes enlevés à l'ennemi, et ses détachemens donnent volontiers dans une embuscade; car dès qu'ils voient peu de monde, ils se mettent à la poursuite, pensant faire en cela leur devoir. Cependant vous aurez pourvu à

votre retraite, afin de n'avoir pas à la faire devant l'ennemi, s'il vient au secours de ses gens.

Mais pour le harceler ainsi de tous côtés et sans
trop de hasard attaquer des forces très supérieures,
on sent bien qu'il faut que ce désavantage soit
compensé par de l'adresse et par tant d'habileté que l'ennemi paraisse comme l'écolier qui
lutte contre son maître. C'est ce qui arrivera, si
d'abord les troupes qui doivent aller en parti
sont tellement exercées, tellement en haleine,
hommes et chevaux, que les uns et les autres
supportent sans peine les fatigues de ce genre de
guerre. Ceux qui, sans exercice ni habitude ac-
quise, voudront se mesurer contre eux, paraî-
tront véritablement des enfans contre des hommes : car des gens accoutumés à sauter les fossés,
franchir tous les obstacles, monter et descendre
au galop, sont à ceux qui n'ont nul usage de
toutes ces choses, ce que sont les oiseaux aux
animaux terrestres. L'homme qui connaît tout le
pays où il fait la guerre, diffère de celui qui ne
le connaît pas, comme le clairvoyant de l'aveugle ;
et pour des chevaux, avoir les pieds tendres, ou
bien les avoir endurcis aux aspérités du sol,
c'est la même différence que d'être estropié ou
ingambe ; car il faut savoir que tous ces chevaux
bien nourris, en bon état, mais non faits à la
fatigue, sont réellement en état de crever au
moindre travail.

Comme c'est avec des courroies que se montent les mors et s'attachent les housses, un chef en doit faire telle provision qu'il n'en manque jamais. Ainsi, avec peu de dépense, il mettra en état de combattre des hommes qui sans cela seraient souvent fort embarrassés.

Maintenant si quelqu'un trouve que pratiquer ainsi tous les exercices de la cavalerie, ce soit trop de peine et d'embarras, qu'il examine ce qu'on fait aux combats gymniques, et il verra que ces exercices donnent bien plus de peine aux athlètes, que l'équitation à ceux qui s'y appliquent le plus; sans compter que dans l'apprentissage, où un athlète se forme par la sueur et la fatigue, le cavalier trouve du plaisir. Ces ailes qu'on envie aux oiseaux, le cheval nous les donne en quelque sorte, et combien n'est-il pas plus beau de vaincre à la guerre, que dans des jeux? la gloire qu'on y acquiert est pour soi et pour la patrie; et là le prix que les dieux attachent à la victoire, c'est le bonheur public. Je ne vois rien, quant à moi, qui mérite plus de nous occuper, que les exercices de la guerre. On peut remarquer que, sur mer, les pirates, par cela seul qu'ils sont habitués au travail, vivent aux dépens de plus forts qu'eux; et sur terre, ce n'est pas non plus à ceux que leur pays nourrit de chercher ailleurs du butin, mais à ceux qui n'ont rien chez eux : car il faut ou travailler, ou prendre de quoi vivre à ceux qui

travaillent, sans quoi on n'aura jamais ni subsistance ni repos [1].

Une attention très importante toutes les fois
qu'on marchera contre des forces supérieures,
c'est de ne jamais laisser derrière soi des chemins
difficiles pour les chevaux. Autre chose est de
tomber en fuyant, ou en poursuivant. Mais il y
a encore une faute à éviter, et que je veux noter
ici. On voit des commandans [2] qui, dans les expéditions où ils se croient sûrs d'avoir l'avantage,
marchent avec des détachemens tout-à-fait in-
suffisans (par où souvent il leur arrive ce qu'ils
pensaient faire aux autres), et quand ils savent
qu'ils trouveront l'ennemi supérieur, emmènent
tout ce qu'ils peuvent ramasser. Je dis qu'il faut
faire le contraire; où vous comptez battre l'ennemi, ne pas laisser d'y porter toute la force né-

[1] Ce que nous nommons partisans dans les armées, les Grecs l'appe-
laient *brigands*, et *brigandage* la petite guerre. Xénophon, qui croyait
ce genre de guerre utile dans les circonstances où sa République se trouvait, n'osait cependant, à cause de l'infamie du mot, engager ouvertement
les Athéniens à s'y livrer; voilà pourquoi il ne s'explique ici qu'à demi :
Ceux qui n'ont rien chez eux, ce sont les Athéniens dont le pays était
mauvais; *ni substance ni repos*, à cause des troubles qu'occasione, dans
une démocratie surtout, le prix excessif des denrées : plus haut, *vivent
aux dépens de plus forts qu'eux*; comme les Athéniens devraient vivre
aux dépens des Béotiens. (*Voyez* ci-dessus, ch. 4, à la fin.)
[2] Ceci regarde Iphicrate, qui, ramenant d'Arcadie les troupes d'Athènes, fit la faute dont parle ici Xénophon, et qu'il lui reproche ailleurs
dans les mêmes termes. (*Voy.* Hist. gr., liv, 6, 5, 51.); et c'est une preuve
de plus que ce Traité fut écrit après la première expédition des Thébains
dans le Péloponèse.

cessaire; car trop vaincre n'a jamais nui: mais contre un corps plus fort que le vôtre, là où vous savez qu'après avoir fait quelque coup-de-main, suivant l'occasion, il vous faudra fuir, peu d'hommes vaudront mieux que beaucoup; j'entends des hommes choisis, ainsi que leurs chevaux. Un pareil détachement sera plus propre à l'action et à la retraite; mais lorsque ayant tout votre monde, vous voulez vous retirer, alors, de nécessité, les plus mal montés demeurent à la discrétion de l'ennemi; les maladroits tombent de cheval, d'autres restent engagés dans des lieux impraticables: car on a rarement l'espace et le terrain à souhait; la multitude même est cause qu'ils s'embarrassent, se heurtent, se renversent les uns les autres, non sans qu'il y en ait d'estropiés; au lieu que les hommes et les chevaux d'élite sont prompts à tout, et savent d'eux-mêmes se retirer sans confusion, surtout lorsqu'on a l'art de tirer parti de sa réserve pour en imposer à l'ennemi. C'est à quoi servent bien les fausses embuscades; mais il est bon aussi d'étudier sur le terrain, comment et par où des renforts peuvent, en se montrant tout-à-coup, réprimer l'ardeur de l'ennemi, et l'arrêter dans sa poursuite. Enfin, c'est chose toute claire, que pour l'activité et la promptitude des mouvemens, le petit nombre a un extrême avantage sur le plus grand; non que je prétende par là que les hommes, pour être moins nombreux, en soient plus dispos ; mais je dis que voulant tous hommes vraiment cavaliers, qui sachent et soigner et manier leurs chevaux, on en trouvera plutôt peu que beaucoup.

Si quelquefois il arrive dans ces expéditions qu'on doive se battre à forces à peu près égales, il ne sera pas mal, je crois, de faire du détachement deux pelotons, l'un commandé par le capitaine, l'autre par l'homme qu'on en jugera le plus capable. Ce peloton-ci d'abord suivra, se tenant à la queue du premier ' que conduit le capitaine ; puis, arrivé près de l'ennemi, au commandement qu'on en fera par le passe-parole, il se portera en avant pour charger de front avec l'autre. Par cette manœuvre on pourra étonner l'ennemi, et difficilement avoir le dessous : mais si chaque peloton avait des fantassins avec soi, ceux-ci, cachés d'abord derrière les cavaliers, paraissant tout-à-coup et attaquant vivement, contribueraient fort, ce me semble, à décider la victoire. Car ainsi est-il de tout ce qui nous arrive ; quelle que chose que ce soit, ou agréable, ou terrible, moins on l'a prévue, plus elle cause de

---

' On traduit toujours littéralement. Au reste, le mouvement qu'indique ici Xénophon pouvait se faire devant l'ennemi avec une petite troupe et des chevaux tels que ceux des Grecs. Il n'y a pas encore long-temps que la cavalerie espagnole se formait sur trois rangs, et au moment de la charge le troisième rang s'ouvrait à droite et à gauche pour prendre en flanc l'ennemi.

plaisir ou d'effroi. Cela ne se voit nulle part mieux qu'à la guerre, où toute surprise frappe de terreur ceux mêmes qui sont de beaucoup les plus forts ; et l'on peut remarquer encore que quand deux armées se trouvent en présence, c'est durant les premiers jours que les troupes, de part et d'autre, sont le plus craintives. Au reste, disposer une troupe, ordonner un mouvement, rien n'est plus aisé; mais trouver qui l'exécute ponctuellement, courageusement, avec ardeur et fermeté, c'est où se connaît la capacité du chef: car un chef doit savoir, et dire, et faire en sorte que ses gens comprennent qu'il est bon de lui obéir, de le suivre, de charger avec vigueur, qu'ils ambitionnent tous de se distinguer, et, déterminés à bien faire, persistent dans l'exécution.

Mais quand deux armées se trouvent en présence, ou séparées par des champs, alors se font les escarmouches de cavalerie, les passades, les voltes pour éviter ou poursuivre l'ennemi, après lesquelles il est d'usage que chacun parte lentement et ne se lance à toute bride que vers le milieu de la course : or, si ayant commencé d'abord à l'ordinaire, on fait ensuite le contraire, et qu'on parte de vitesse aussitôt après la volte, soit pour fuir, soit pour atteindre, c'est de cette manière qu'on pourra, avec le moins de risque pour soi, nuire le plus à l'ennemi, chargeant de toute sa vitesse, tandis qu'on est près des siens,

et détalant de même pour s'éloigner de la ligne
ennemie. Si même il y avait moyen, dans ces escarmouches, de laisser en arrière, sans qu'ils
fussent aperçus, quatre ou cinq hommes de
chaque division, des plus braves et des mieux
montés, ceux-ci auraient bien de l'avantage pour
tomber sur l'ennemi au moment où il fait la volte.

Qu'on lise ceci quelquefois, c'est assez; puis
les événemens naissent l'un de l'autre, et il faut
savoir saisir d'un coup-d'œil ce qui convient au
moment. Entreprendre d'écrire tout ce qu'un
chef doit faire, c'est comme qui voudrait compter
tous les hasards, et dire tout ce qui peut arriver.
La principale règle, à mon sens, c'est, lorsqu'on
a pris un parti et donné l'ordre qu'on croit le
meilleur, d'en presser l'exécution; car l'idée la
plus sage, le dessein le mieux conçu, dans l'a-
griculture, dans le commerce, dans les affaires
publiques, demeure infructueux, si quelqu'un ne
veille à ce qu'il s'exécute.

Ce que je dis encore, c'est qu'avec l'aide des
Dieux, on complèterait beaucoup plus promptement le corps de mille hommes de cavalerie, et
bien plus commodément pour les citoyens, si on
levait deux cents cavaliers étrangers: par là on
rendrait tout le corps plus obéissant, et l'on y
introduirait une émulation utile. Je sais, quant à
moi, que la cavalerie des Lacédémoniens [1] com-

---

[1] Agésilas, étant passé en Asie pour faire la guerre au roi de Perse,

mença à se faire remarquer lorsqu'ils y joignirent des corps étrangers; et j'en vois de sembla-
bles dans toutes les autres villes, où ils sont en
grande estime et se conduisent fort bien; car le
besoin aide beaucoup à la bonne volonté. Pour
leur acheter des chevaux, je crois qu'on pourrait
en lever le prix, d'abord sur ceux qui voudraient
se dispenser de servir dans la cavalerie (j'entends
les gens riches, de faible complexion), et aussi,
ce me semble, sur les chefs de maisons opulentes
qui n'ont point d'enfans : je pense même que
parmi les étrangers établis à Athènes on en
trouverait qui, enrôlés dans la cavalerie, cher-
cheraient à se distinguer; car je vois que dans
tout autre emploi honorable où l'on a voulu les
admettre, il y en a qui s'appliquent à servir avec
distinction. Enfin, je pense que l'infanterie attachée à la cavalerie, pour qu'elle eût le plus d'ardeur et d'activité possible devrait être composée
des hommes qui haïssent le plus nos ennemis [1].

---

n'avait point emmené avec lui de cavalerie : mais, comme il sentit bientôt le besoin qu'il en avait, il leva parmi les Grecs Asiatiques un corps
de quinze cents chevaux, avec lequel il revint ensuite dans la Grèce, et
qui rendit de grands services aux Lacédémoniens; car les Grecs avaient
alors si peu de cavalerie, que quinze cents chevaux faisaient un corps considérable.

[1] C'est-à-dire des réfugiés de Thespies et de Platées. Les habitans de
ces deux villes détruites par les Thébains se retirèrent à Athènes, où ils
furent accueillis. On leur accorda de grands priviléges, et même on les
admit au rang des citoyens. (*Voy.* XÉNOPHON, Hist. gr., liv. 6 , 3 ; DIO-
DORE, liv. 15 ; PLUTARQUE, Pélopidas.)

Tout ce que je viens de dire peut s'exécuter, Dieu aidant.

Maintenant si quelqu'un s'étonne ' qu'on répète sans cesse *d'agir avec Dieu* ', qu'il sache qu'après s'être trouvé souvent aux occasions, il ne s'en étonnera plus, quand il aura vu qu'à la guerre les deux partis se tendant continuellement des embûches, rarement peùvent savoir quel en sera le succès. Il n'y a là-dessus à consulter que les Dieux, qui savent tout et donnent des avis à qui il leur plaît, soit en songe, soit dans les sacrifices, soit par les augures ou par les oiseaux. Or, on sent bien qu'ils conseilleront plus volontiers ceux qui ne les invoquent pas seulement dans le danger, mais qui, dans la prospérité, ont accoutumé de leur rendre, autant qu'il est en eux, les hommages et le culte dus à la Divinité.

' Xénophon craint avec raison qu'il ne paraisse quelque chose d'affecté dans sa dévotion. En ce temps-là la religion d'un disciple de Socrate était fort suspecte : aussi le voit-on souvent faire sa profession de foi, et toujours parler en homme qui, à cause de ses liaisons, aurait pu aisément passer pour incrédule ; mais en cela même il y avait une mesure à garder, et, pour échapper aux soupçons, il devait éviter également de prouver trop ou trop peu. C'est à quoi se rapportent cette phrase et la suite.

² Agir *avec Dieu* ou *sans Dieu*, sont des expressions consacrées chez les anciens, pour dire selon la volonté, ou contre la volonté des Dieux, manifestée par les augures.

DE L'ÉQUITATION.

———

Croyant, par une longue pratique, avoir acquis quelque connaissance de l'équitation, nous voulons montrer à nos jeunes amis comment ils pourront se rendre habiles dans cet exercice. Il y a déjà sur le même sujet un écrit de Simon ', celui qui a consacré, au Temple de Cérès Éleusinienne, à Athènes, le cheval de bronze sur la base duquel il a fait représenter ses propres actions. Quant à nous, s'il se trouve qu'il ait dit quelque chose en quoi nous soyons de son avis, nous ne laisserons pas pour cela d'en parler; mais ce seront, au contraire, ces mêmes observations que nous transmettrons à nos amis avec le plus de confiance, les voyant d'accord avec celles d'un homme de l'art; puis nous tâcherons d'y ajouter ce qu'il a omis.

' Ce Simon avait écrit un livre intitulé, selon Suidas, *Hipposcopique*, comme qui dirait, *le parfait Maréchal*. Pollux nous en a conservé quelques fragmens, qu'il a le plus souvent tronqués et altérés, faute d'entendre la matière. Il paraît d'ailleurs que Simon était fort ignorant, et s'exprimait assez mal; comparable en ce point à M. de la Broue, un de nos vieux auteurs d'équitation, qui, de son propre aveu, savait à peine *lire dans ses Heures.*

Et d'abord nous marquerons ce qu'il faut savoir pour éviter, autant qu'il se peut, d'être trompé en achetant un cheval. Du poulain encore à dompter, c'est le corps seul qu'on examine, l'ame ne se peut guère connaître que du cheval qu'on a monté; or, dans le corps ce sont d'abord les jambes qu'il faut considérer; car, de même qu'une maison ne pourrait servir à rien, si, les parties supérieures étant belles et bonnes, elle manquait par les fondemens, un cheval de guerre ne serait non plus bon à rien, si tout en lui était louable, hors les jambes, ce seul défaut rendant inutiles toutes les bonnes qualités qu'il pourrait avoir d'ailleurs. On jugera du pied, premièrement par l'ongle, qui vaut bien mieux épais que mince. Il faut voir ensuite si le sabot est élevé ou bas, devant et derrière, ou tout-à-fait plat; car le sabot élevé tient éloigné du sol ce qu'on appelle la fourchette; mais lorsqu'il est bas, le cheval marche également sur la partie solide et sur la plus molle du pied, comme il arrive aux hommes qui ont le genou cagneux. Simon dit qu'on connaît au bruit la bonté du pied d'un cheval, et il a raison; car le sabot creux résonne sur le sol comme une cymbale [1].

Puisque nous avons commencé par le pied, nous remonterons de là aux autres parties du

[1] Leurs chevaux n'étaient point ferrés.

corps. Les os situés entre la corne et le boulet [1],
ne doivent pas être tout droits, comme aux chèvres (car les jambes ainsi construites fatiguent le
cavalier par une réaction trop dure, et sont su-
jéttes à se gorger) : ces os ne doivent pas non
plus plier trop bas, d'où il arriverait qu'en marchant dans les pierres et les mottes de terre, le
boulet ou perdrait son poil [2], ou même se bles-
serait.

Il faut que les os des jambes soient gros (car ce
sont les colonnes du corps), mais non chargés de
veines ni de chairs : autrement, en courant dans
un terrain raboteux, ces parties s'engorgent par
l'amas du sang, il s'y forme des varices, la jambe
se gonfle, et la peau, se dilatant, se sépare de l'os;
souvent même, par une suite de ce relâchement,
la cheville se déboîte, et le cheval demeure estropié [3].

Si le poulain en marchant fléchit mollement

[1] Il y avait un mot grec pour dire le paturon : sans doute Xénophon
l'ignorait, car on ne saurait supposer que par délicatesse il ait évité de
s'en servir, ayant employé d'autres termes de maréchallerie, tels que le
boulet, la fourchette, les crochets, etc.

[2] Au temps de Xénophon, ce que nous appelons faire le poil n'était
point d'usage; on ménageait, au contraire, le fanon, qui dans les pays
chauds croît peu, et loin de rien ôter à la beauté du pied, sert plutôt à
dessiner agréablement l'ergot.

[3] Absyrthe, dans la collection des auteurs d'hippiatrique : « Pour
« exercer le poulain, il faut un terrain non trop meuble, ni où les pieds
« enfoncent trop, surtout dans la première jeunesse; car aisément il ar-
« rive que les chevilles des jambes (je traduis à la lettre) se déplacent,
« et ainsi les paturons portent à terre, et après cet accident le cheval reste
« estropié. »

les genoux, on en peut conclure qu'au manége il aura les mouvemens souples et moëlleux; car dans tous les poulains cette souplesse des genoux augmente avec l'âge, et la flexibilité dans les articulations est estimée avec raison, le cheval doué de cette qualité étant moins sujet à broncher et moins fatigant qu'un cheval dur.

Le bras, s'il est gros, annonce, comme dans l'homme, plus de vigueur et de grace.

La largeur de la poitrine, nécessaire également pour la force et la beauté, fera d'ailleurs que les jambes, bien séparées l'une de l'autre, ne se croiseront point dans leur mouvement.

A partir de la poitrine, que le col ne tombe pas en avant, comme au sanglier, mais qu'il s'élève, comme dans le coq, droit au toupet, et qu'il soit échancré profondément en dessous, à l'endroit de l'inflexion.

Que la tête, sèche, ait peu de ganache; de la sorte l'encolure couvrira le cavalier, et le cheval verra devant lui où il pose le pied : outre qu'un cheval portant ainsi sa tête, rarement forcera la main, quelque fougueux qu'il paraisse; car ce n'est pas en ramenant, mais au contraire en tendant le cou, qu'il cherche à forcer la main.

Examinez les barres pour savoir si elles sont tendres, dures ou inégales : le poulain dont les barres sont inégalement sensibles, aura d'ordinaire la bouche fausse.

L'œil saillant donne un air plus vif et meilleure vue que l'œil enfoncé.

Les naseaux bien ouverts font qu'un cheval a plus d'haleine et d'ardeur que lorsqu'ils sont serrés; et de fait quand un cheval est en colère contre un autre, ou s'anime sous la main, c'est alors qu'il ouvre davantage les narines.

Les oreilles les plus petites, les plus éloignées l'une de l'autre à leur base[1], donnent à la tête l'air plus distingué.

---

[1] Cette largeur du sommet de la tête, regardée chez les anciens comme une beauté, était le trait caractéristique des chevaux qu'on appelait *Bucéphales*, ou Têtes de bœuf. De ce genre est la belle tête de cheval qu'on voit à Naples, au palais Colombrano. Il ne faut pas croire que ce nom de Bucéphale fût particulier au cheval d'Alexandre, erreur de Pline et de beaucoup d'autres. Bien avant Alexandre on donnait ce nom à une race particulière de chevaux thessaliens, et à ceux qui leur ressemblaient. Cette dénomination fut sans doute imaginée par des maquignons aussi peu sensés que les nôtres, qui louent dans un cheval la tête de mouton, *testa de carnero* chez les Espagnols.

Le cheval tant admiré et tant critiqué de Marc-Aurèle, au Capitole, est Bucéphale. Quant aux proportions de son corps, c'est un cheval napolitain et entier, qu'on n'eût jamais dû comparer aux chevaux hongres du Nord. La castration dénature tous les animaux, et l'effet en est remarquable, surtout dans l'encolure, par la correspondance connue de cette partie avec celles de la génération. L'encolure du cheval de Marc-Aurèle a paru trop forte aux Français et aux Allemands; mais les Espagnols et les Italiens, chez qui les chevaux sont tous entiers, en ont jugé différemment. Il a, en cela et en tout, le caractère des belles races de la Calabre et de la Pouille. Son allure est une espèce d'amble : par cette raison, il devait avoir et il a réellement la croupe basse; mais comme on a cru que c'était un défaut, on a cherché à y remédier en posant la statue sur un plan incliné en devant, ce qui en détruit l'effet, et met hors d'équilibre la figure du cavalier. L'artiste a choisi cette allure, apparem-

Le garrot élevé rend le cavalier plus ferme, en offrant à ses cuisses plus de prise sur les épaules et le corps de l'animal.

L'épine double est la plus belle et la plus commode pour s'asseoir.

La côte ample, ayant du relief à l'égard du ventre, fait que le cheval est plus fort, se nourrit mieux, et offre à l'homme une meilleure assiette.

Plus le rein sera large et court, et plus aisément le cheval exécutera tous les mouvemens où le devant s'élève et le derrière suit : de la sorte aussi le ventre paraîtra plus petit, partie qui, étant trop grande, rend le cheval non-seulement difforme, mais faible et pesant.

Les fesses larges et charnues seront assorties aux côtes et à la poitrine : si elles sont en outre compactes, ce sera signe de légèreté pour la course, et d'agilité dans tous les mouvemens.

Pourvu que les jarrets soient larges et nullement tournés en dehors, les jambes de derrière, en posant à terre, s'éloigneront l'une de l'autre, comme celles de devant, ce qui rendra la démarche plus ferme, plus agile, et tout sera pour le mieux. Cela se peut voir, même dans l'homme ; car, pour lever de terre un fardeau, un homme

ment pour se conformer à l'usage de cet empereur ; usage commun en Italie, où l'on monte encore peu de chevaux qui ne soient dressés à l'amble.

ne se placera jamais les pieds joints, mais écartés.

Il ne faut pas que le cheval ait les testicules gros ; mais c'est ce qu'on ne peut encore voir dans le poulain. Pour ce qui est des parties inférieures du train de derrière, des astragales, des canons, des boulets et de la corne, on peut y appliquer ce que nous avons dit des jambes de devant.

Je veux marquer aussi à quels signes on pourra éviter de se méprendre sur la taille. Le poulain qui, en naissant, aura les jambes les plus longues, deviendra le plus grand : car toutes les bêtes de trait ou de somme, en avançant en âge, croissent moins par les jambes que par le corps, qui prend au contraire, dans la suite, plus d'accroissement, pour être en proportion avec la hauteur des jambes.

A ces marques, donc, nous croyons qu'on pourra juger de la beauté des poulains, et en choisir un qui ait, avec de la vigueur, bon pied, bonne chair, bon air et bonne taille ; que si quelques-uns, en croissant, changent et ne répondent pas à ce qu'on en attendait, ce n'est pas une raison pour renoncer à nos règles ; car on en verra plus de laids devenir beaux et bons, que de faits comme nous l'avons dit devenir difformes.

Quant à la manière de dresser le poulain, nous ne croyons pas devoir en parler ; car dans les ré-

publiques, on désigne pour la cavalerie les jeunes gens les plus riches des familles qui ont le
plus de part au gouvernement ; et un jeune
homme ainsi né, au lieu de passer son temps à
dresser des chevaux, fera bien mieux de se former le corps par la gymnastique, et d'apprendre
l'équitation, ou de s'y exercer, s'il est déjà instruit. Plus âgé, il s'occupera de sa maison, de
ses amis, des affaires publiques, de la guerre,
plutôt que de l'éducation des chevaux. Quiconque sur ce sujet pensera comme moi, donnera
son cheval à dresser ; mais comme lorsqu'on met
un enfant en apprentissage, on passe un marché
par écrit, pour convenir de ce qu'il doit savoir
en sortant de chez le maître, il en faut faire de
même ici, afin que ces conventions fixent à l'é-
cuyer les conditions qu'il doit remplir pour recevoir son salaire.

Le poulain qu'on donne à dresser, on tâchera
qu'il soit doux, ami de l'homme, qualités qu'il
acquiert à la maison surtout, et par les soins du
palefrenier, qui pour cela doit s'appliquer à faire
en sorte qu'il ne souffre de la faim, de la soif,
des piqûres, que quand il est seul ; et qu'au contraire, les alimens, la boisson, la cessation de
toute incommodité, lui viennent des soins de
l'homme. Il ne se peut que de la sorte on ne
l'amène bientôt à aimer et désirer même la présence de l'homme. Il faut aussi toucher le cheval

aux endroits où il aime à être caressé : ce sont les plus garnis de poil, et ceux où il ne peut lui-même se délivrer de ce qui l'inquiète. On recommandera en outre au palefrenier de le conduire par les lieux les plus remplis de monde, l'accoutumer à tous les bruits, l'approcher de tous les objets, et quand quelque chose l'effraie, non se fâcher et le maltraiter, mais doucement lui faire comprendre que ce qu'il craint n'est point à craindre. Ce peu de règles à observer quand on a de jeunes chevaux, doit suffire, ce me semble, à quiconque n'est pas écuyer de profession [1].

---

[1] On s'étonnera que Xénophon, entrant dans tous ces détails sur le choix d'un jeune cheval, n'avertisse nulle part de se garder de la gourme, par où il aurait commencé apparemment s'il eût connu cette maladie. On ne trouve rien non plus qui s'y rapporte d'une façon bien claire dans les Hippiatriques. Le silence de Xénophon vient de ce que ce mal n'existait ni en Grèce ni dans aucun des pays qu'il avait parcourus. Il n'avait vu que des pays chauds où la gourme est inconnue. On n'en a nulle idée dans le royaume de Naples. Tous les poulains s'y vendent aux foires, âgés de quatre ans, et on les achète sans le moindre examen, ce qui n'aurait pas lieu si la gourme était à craindre pour eux. Cent cinquante poulains achetés à la foire d'Altamura, pour le neuvième régiment de chasseurs, n'eurent jamais signe de gourme, non plus qu'un grand nombre d'autres que le traducteur a pu observer de près et pendant long-temps. Les propriétaires de haras, les maréchaux et maquignons, interrogés là-dessus, ne savent ce qu'on leur veut dire.

Sur cela on peut remarquer que différens animaux, de ceux qui se nourrissent d'herbe, originaires des climats chauds, comme le cheval, deviennent, sous des zónes plus froides, sujets à de telles maladies. Dans la Calabre, les chevaux en sont exempts ; mais les buffles, pour qui cette température est froide, y meurent en grand nombre, à trois ou quatre ans, du mal appelé *barbone*, qui se déclare par un gonflement extraordinaire des amygdales et des glandes parotides. Les chameaux, introduits

Maintenant nous allons marquer les instructions qu'il faut avoir pour n'être pas trompé lorsqu'on achète un cheval tout dressé. Son âge doit se savoir d'abord; car celui qui ne marque plus ne flatte d'aucune espérance, et l'acheteur ne peut, dans la suite, s'en défaire aussi aisément. Quand sa jeunesse est hors de doute, il faut voir comment il se laisse mettre le mors dans la bouche, et passer la têtière par dessus les oreilles; c'est ce qu'on éclaircira en le faisant brider et débrider devant soi. Ensuite on examinera comment il reçoit le cavalier sur son dos : car beaucoup de chevaux se défendent de ce qui leur annonce le travail. C'est encore une chose à savoir, si, étant monté, il s'éloigne volontiers des autres chevaux, ou si, passant à peu de distance, il ne s'emporte pas pour les aller joindre. Il y en a même qui, du manége, s'échappent vers l'écurie, et ce vice provient d'une mauvaise éducation.

Ceux qui ont la bouche fausse se reconnaissent d'abord à la leçon qu'on appelle l'entrave, mais mieux en variant la piste dans différens sens : car on en voit beaucoup qui ne forcent point la main, quoique ayant mauvaise bouche, s'ils ne se trouvent portés directement vers la maison. Il faut s'assurer encore si, étant lancés à toute bride, ils forment un arrêt court, et font

depuis peu en Toscane, y ont pris la même maladie, et parmi ceux des Calmouks, au dire de Pallas, ce fléau fait d'affreux ravages.

volontairement la demi-volte. Puis il est à propos
de ne pas ignorer si le cheval obéit également
bien après qu'on lui a fait sentir la gaule ou l'é-
peron. Tout autre animal de service, tout valet
qui n'obéit pas ne sert à rien; mais le cheval dés-
obéissant n'est pas seulement inutile, il vous
trahit souvent et vous livre à l'ennemi. Nous supposons qu'on achète un cheval pour la guerre; et
par conséquent il faut l'éprouver à tous les usages que la guerre peut exiger, comme à sauter
les fossés, franchir les murailles sèches qui séparent les champs, s'élancer sur les tertres, en descendre d'un saut; dans les pentes rapides, courir
à val, ou contre-mont, ou obliquement : c'est à
ces preuves que l'on connaîtra s'il a le corps sain
et l'ame généreuse.

Il ne faut pas néanmoins rejeter d'abord un
cheval parce qu'il ne ferait pas également bien
toutes ces choses : plusieurs manquent, non par
impuissance, mais par ignorance, qui, instruits,
dressés, exercés, exécuteront parfaitement tout
ce qu'on leur demandera, s'ils n'ont d'ailleurs ni
maladie ni mauvaises habitudes.

Qu'on se garde surtout de ceux qui sont om-
brageux par nature; car un cheval peureux, non
seulement empêche de frapper l'ennemi, mais
souvent renverse le cavalier et le jette dans les
plus grands périls. Il importe encore de savoir si
le cheval n'est point hargneux (soit aux hommes,

soit aux chevaux), ou chatouilleux, tous défauts
fâcheux pour le maître.

La répugnance d'un cheval à se laisser brider
ou monter, et ses autres vices se connaîtront
mieux encore, si, le travail fini, on essaie de lui
faire tout ce qui se fait avant de commencer;
tous ceux qui, ayant achevé leur travail, se
montreront prêts à recommencer, donneront par
là une preuve suffisante de leur courage.

En un mot, un cheval bien jambé, doux, assez
léger, ayant force, bonne volonté, obéissance
surtout, devra être le plus maniable et le plus
sûr à la guerre; mais ceux qui, ou par lâcheté,
ont besoin d'être poussés, ou, par trop de feu,
exigent beaucoup de ménagement et d'attention,
embarrassent le cavalier dont ils occupent trop
les mains, et le découragent dans les dangers.

Lorsque, satisfait d'un cheval, on l'aura acheté
et conduit chez soi, il sera bon que l'écurie soit
d'abord tellement située que le maître y puisse
avoir l'œil, et voir son cheval le plus souvent
possible, puis construite de manière qu'il soit
aussi difficile de dérober au cheval sa nourriture
du ratelier, qu'au maître la sienne du buffet. Qui
néglige ces soins, à mon sens, se néglige soi-
même; car il est clair qu'à la guerre, l'homme
confie sa vie à son cheval: et ce n'est pas seulement à raison de la nourriture, qu'il faut une
écurie sûre, mais afin que si l'animal rend son

grain sans le digérer, on s'en aperçoive promptement; ce qu'ayant reconnu, on s'assurera si le mal provient ou de trop de sang qui lui empâte la bouche [1], et l'on y remédiera; ou d'un excès de fatigue, et alors on le laissera reposer; ou enfin si c'est une fourbure, ou quelque autre incommodité qui se déclare: car aux chevaux comme aux hommes, tout mal, à son commencement, est plus facile à guérir que lorsqu'il a fait des progrès et s'est répandu par tout le corps.

Mais en même temps qu'on s'occupe de sa nourriture et de ses exercices pour lui fortifier le corps, il faut former aussi ses pieds [2]: or, les

---

[1] C'est le mal très-commun qu'on appelle *empas*. On y remédie par une incision au palais.

[2] Les anciens ne ferraient point leurs chevaux; cela se voit par tous les écrits et les monumens qui nous restent d'eux, et n'a pu étonner que des gens qui ne savaient pas en combien de pays l'usage de ferrer les chevaux n'est point encore introduit. Les Tunguses, ainsi que la plupart des Tartares, les meilleurs et les plus infatigables cavaliers du monde, ne sachant forger que très-grossièrement, sont par cela seul dans l'impossibilité de ferrer leurs chevaux. « Les Hollandais du Cap ont de petits chevaux « qu'on ne ferre jamais, » dit Sparmann; et M. Thümberg a fait la même remarque dans l'île de Java. Un autre voyageur assure qu'à Mogador, et sur la côte occidentale de l'Afrique, tous les chevaux vont sans fers, et Niebuhr en dit autant de ceux de l'Yemen. M. Pallas a vu les chevaux de Kalmouks, « qui ont, dit-il, le sabot petit et extrêmement dur: on les « monte en un temps sans qu'ils soient ferrés. » Ailleurs, parlant des Cosaques des bords du Jaïk: « Leurs chevaux, dit-il, ne sont point ferrés, mais il leur vient, dans un sol sec, un sabot très-beau et très-dur. » En effet, c'est dans les terrains secs et pierreux que le cheval se fait un sabot qui résiste à tout, mais il faut pour cela qu'il soit libre et sauvage dans ses premières années, comme on laisse errer les poulains autour des montagnes de la Calabre et de l'Andalousie, jusqu'à l'âge de quatre ans. En-

écuries dont le sol est humide ou uni gâteront
la meilleure corne; mais celles où l'on a pratiqué
des écoulemens, pour ôter l'humidité, et qu'on
a pavées (pour que le sol ne fût pas uni) de

fermés à l'écurie, comme nous tenons les nôtres, ou paissant dans des
prairies, leur corne ne durcit point. Ce que désirerait M......, qu'on ac-
coutumât nos chevaux de cavalerie à marcher sans fers, serait exécutable,
et d'un grand avantage, si l'on pouvait n'y employer que des chevaux nés
et élevés dans des pays secs, ce qui exclurait la plupart de nos races de
France et d'Allemagne.

Dans les chemins trop âcres, les anciens, non du temps de Xénophon,
mais plus tard, chaussaient leurs chevaux de trait et de bât, ainsi que
leurs mulets, d'une espèce de sabot de fer, appelé en latin *solea* (*pan-
touffle*) qui s'ôtait et se mettait à volonté : c'était un usage des Romains,
et par la périphrase qu'emploie Artémidore, on peut juger qu'il n'y avait
point de nom grec pour cela. On mettait aussi, dans certaines provinces
de l'empire, aux chameaux surtout, des chaussures tissues de ficelles,
qu'on appelait *spartia*. Les montagnards des Pyrénées en portent de sem-
blables pour gravir les rochers, et les nomment aussi *espardeilles*. Mais
tout cela n'avait rien de commun avec notre ferrure actuelle. Les chevaux
de monture allaient toujours pieds nus.

Le traducteur ayant eu la curiosité et l'occasion d'essayer la méthode de
Xénophon pour durcir la corne des chevaux, voici ce qui en est résulté :
À Bari, ville maritime de la Pouille pierreuse, on garnit le sol d'une écurie construite pour quatre chevaux, d'un lit de cailloux pris sur la plage,
et arrondis par la mer, dont les plus gros pouvaient avoir le volume d'un
boulet de quatre. Ce lit, de dix-huit pouces à peu près de hauteur sous
la mangeoire, qui fut exhaussée d'autant, s'abaissait en pente vers le mur
opposé. Trois chevaux y furent placés pieds nus : l'un, poulain de quatre
ans, race des environs de Cirignola, qui n'avait jamais eu de fers ; l'autre,
de huit ans, d'Acquaviva, ferré ordinairement de devant ; le troisième,
vieux cheval de troupe. De ces trois chevaux, le premier seulement avait
le sabot bien fait et la corne assez bonne. On les pansait à l'écurie, d'où
ils ne sortaient que pour la promenade : on mettait sous eux la nuit, au
lieu de litière, quelques brins de sarment. Leur urine, tombant à travers
les pierres sur le pavé très-uni de l'écurie, s'écoulait à l'ordinaire avec
l'eau qu'on y jetait de temps en temps pour nettoyer la place, de sorte

pierres grosses à peu près comme le sabot [1], ces écuries-là d'abord durciss ent la corne, qui pose continuellement sur ce pavé ; puis , comme le palefrenier devra panser le cheval dehors , et après le déjeuner , l'ôter du ratelier, pour qu'il revienne souper avec plus d'appétit, dans cet endroit où on le panse et l'attache hors de l'écurie , le pied se fortifiera encore , si l'on y fait verser quatre ou cinq tombereaux de pierres rondes, de grosseur à emplir la main, et contenues par un en-

que le cheval était toujours à sec. Chaque jour, soir et matin, le poulain trottait plusieurs reprises à la longe, sur la grève, où l'on avait amassé des cailloux pareils à ceux de l'écurie. Au bout de deux mois et demi, sa corne était plus compacte, et la fourchette surtout avait acquis une solidité remarquable. Il fit le voyage de Bari à Tarente, passant par Monopoli, Ostuni, Brindisi, Lecce, Manduria, tous chemins de traverse remplis de pierres, et revint sans être ferré ni incommodé : à la vérité on ne l'avait monté que deux jours ; mais il aurait résisté à de plus grandes fatigues, et il était aisé de voir que les mêmes soins continués l'auraient mis en état de se passer de fers toute sa vie : il fut vendu. Les deux autres n'eurent pas le même succès : leur corne, gâtée par les cious, se fendait et s'exfolliait pour peu qu'ils marchassent ; mais peut-être qu'avec le temps ils se seraient fait un bon pied.

Cette épreuve eut lieu dans les mois de juillet, août et septembre ; on ne peut douter qu'elle n'eût complètement réussi sur des chevaux calabrois, qui ont meilleur pied que ceux de la Pouille.

Outre ce qu'enseigne ici Xénophon pour consolider le pied des chevaux, on avait d'autres méthodes dont il ne dit rien ; cela se voit par ce passage du discours précédent : « Pour durcir le sabot, si quelqu'un sait une « pratique et plus facile et plus sûre, qu'il s'en serve. »

[1] On traduit littéralement ; mais le texte dit plus en moins de mots, et fait entendre que ces pierres doivent être de forme et de dimension telles qu'elles puissent, le pied posant dessus, entrer dans le creux du sabot, et porter sur la fourchette.

tourage de fer pour les empêcher de se répandre:
le cheval étant à cette place, ce sera comme s'il
marchait tous les jours quelques heures dans un
chemin plein de cailloux; car, soit qu'on l'étrille,
soit que les mouches le piquent, il battra du
pied, de même qu'en marchant, sur ces pierres
mobiles et roulantes, qui affermiront la fourchette. S'il est nécessaire de durcir la corne, il ne
l'est pas moins d'amollir la bouche [1]: les mêmes
choses qui amollissent la chair de l'homme, produisent cet effet sur la bouche du cheval.

Un autre objet d'attention pour le cavalier,
c'est que le palefrenier soit instruit des soins
qu'il doit donner au cheval. Il faut qu'il sache
premièrement que le licol d'écurie ne se doit jamais nouer à l'endroit où se porte la têtière, parce
que souvent le cheval en se grattant la tête contre
la mangeoire, si le licol n'est pas bien mis autour
des oreilles, s'écorche, et cette partie une fois
blessée, il ne se peut que le cheval ne devienne
ensuite difficile et à brider et à panser. Il est bon
de prescrire encore au palefrenier d'enlever chaque
jour le crottin et la litière, qu'on amassera dans
un endroit séparé : au moyen de cette attention,
il aura lui-même moins de peine, et le cheval
s'en portera mieux. Le palefrenier doit savoir

---

[1] Ceci veut dire, suivant Pollux, qu'il faut lui frotter les barres avec
les doigts, lui laver la bouche avec de l'eau tiède, et de temps en temps
avec de l'huile.

aussi lui mettre la muselière lorsqu'il le fait sortir, soit pour le panser, soit pour le mener à l'endroit où il se poudre [1]. En un mot, il faut le museler toutes les fois qu'il sort sans être bridé; car la muselière ne lui gêne point la respiration, l'empêche de mordre, et lui ôte plus que nul autre moyen tout pouvoir de nuire par malice [2].

Il faut l'attacher au dessus de la tête, car tout ce qui l'incommode autour de la face, il cherche à s'en débarrasser, et secoue la tête en la levant en haut, mouvement qui tend à relâcher le lien plutôt qu'à le rompre, lorsqu'il est placé comme nous l'avons dit.

Pour le panser on commencera par la tête et la crinière; car de nettoyer le bas avant que le haut fût propre, ce serait sottise. On peut, sur le reste du corps, employer tous les instrumens du pansement, d'abord à rebrousse poil, puis en

---

[1] Quand le cheval était en sueur, on le menait dans un endroit où l'on avait amassé du sable fin, ou de la poussière. Cette poussière ou ce sable dans lequel il se roulait, en absorbant la sueur, prévenait les inconvéniens d'une transpiration arrêtée; ensuite le cheval étant bien sec, on le lavait dans la mer ou dans l'eau courante. Les athlètes se poudraient de même à la fin de leurs exercices, et les Romains faisaient venir de l'Égypte les sables destinés à cet usage.

Les Parthes, après la course, promenaient leurs chevaux au soleil jusqu'à ce qu'ils fussent parfaitement secs, et c'est la pratique qu'on suit encore dans l'Orient, en Angleterre et ailleurs.

[2] Xénophon parle de chevaux élevés sauvages dans les montagnes jusqu'à l'âge de quatre ans, comme ceux de la Calabre. Il s'en voit de très-farouches, qui même ne s'apprivoisent jamais.

époussetant dans le sens du poil ; mais sur l'épine
du dos , il ne faut se servir que de la main , en
frottant et adoucissant le poil dans son sens naturel : ainsi faisant , on ne risque point de blesser
cette partie.

Il faut simplement laver la tête avec de l'eau ;
car, comme elle est tout osseuse, en la nettoyant
avec le fer ou le bois, on chagrinerait le cheval.
Il faut mouiller le toupet, car ces crins, devenant
d'une bonne longueur, n'empêchent point le cheval de voir, et lui servent à écarter les insectes
qui l'incommodent autour des yeux. Il est même
à croire que la nature les a voulu donner au cheval, au lieu de ces longues oreilles qu'ont les ânes
et les mulets, pour la défense de leurs yeux.

On lavera aussi la crinière et la queue : car il
est bon que tous les crins deviennent longs et
touffus ; ceux de la queue, afin qu'atteignant
plus loin, ils servent au cheval à chasser les mouches ; ceux du col, pour donner plus de prise au
cavalier : d'ailleurs ce sont présens que les Dieux
ont faits au cheval pour sa parure (le toupet, la
queue , la crinière), et desquels dépend sa fierté :
et qu'il soit vrai , les jumens, au haras, ne se
laissent point saillir par des ânes tant qu'elles
ont tous leurs crins ; d'où vient que l'on tond
pour la monte les cavales destinées à produire des
mulets.

Laver les jambes ne sert de rien, et cette irrigation journalière gâte la corne: ainsi c'est un usage que nous interdirons. On peut encore se dispenser de nettoyer trop soigneusement le dessous du ventre, opération qui chagrine beaucoup le cheval; plus cette partie est nette, plus les mouches s'y portent et tourmentent l'animal; d'ailleurs, quelque peine qu'on se donne pour nettoyer le dessous du ventre, le cheval n'est pas plus tôt dehors qu'il n'y paraît plus; il faut donc laisser cela. C'est assez de frotter les jambes avec la main seulement; et pour montrer de quelle manière cette opération se peut faire très bien et sans danger, nous dirons que si on se place la tête tournée du même côté où regarde le cheval on risque d'être frappé de la corne ou du genou au visage; mais si, au contraire, regardant à l'opposite du cheval, hors de la ligne des jambes, on s'accroupit vers l'omoplate, on n'aura rien du tout à craindre, et on pourra nettoyer la fourchette en levant le pied de terre: on aura le même soin des pieds de derrière.

En général, pour cela et pour toute autre chose, le palefrenier doit savoir qu'il faut, le moins qu'on peut, approcher le cheval par derrière et par devant: car dans ces deux sens, s'il veut nuire, il est plus fort que l'homme; mais c'est en l'approchant de côté qu'on aura le plus de sûreté à lui faire ce que l'on voudra.

S'agit-il de conduire le cheval en main? le mener derrière soi est une manière que nous n'approuvons pas, parce qu'ainsi on peut moins aisément s'en garder, et il est plus maître de faire ce qu'il veut. Lui apprendre à marcher devant, tenu par une longe d'une certaine longueur, ne vaut pas mieux, par d'autres raisons; car, de la sorte, d'abord le cheval peut faire du mal à droite et à gauche, et même, en se retournant, faire tête à son conducteur; puis plusieurs chevaux ensemble étant conduits de cette manière, comment pourrait-on les empêcher de se battre? Mais un cheval habitué à être mené de côté, ne pourra blesser ni homme ni chevaux, et se présentera très bien au cavalier, dans le cas même où il faudrait monter de plein saut.

Pour bien brider le cheval, le palefrenier premièrement l'approchera par la gauche; ensuite, passant les rênes par-dessus la tête, il les posera sur le garrot; puis il prendra la têtière avec la main droite, et de la gauche présentera le mors à la bouche du cheval; bien entendu que s'il le reçoit sans difficulté, il faudra le coiffer: mais s'il n'entr'ouvre pas la bouche, il faut, en même temps qu'on applique le mors contre les dents, introduire à l'endroit des barres le grand doigt de la main gauche; la plupart cèdent à cela et ouvrent la bouche: mais s'il résistait encore, on pressera la lèvre contre le crochet [1]; il en est bien peu

---

[1] Ceci ne saurait s'appliquer aux jumens qui n'ont point de crochets;

que ce moyen n'oblige à desserrer les dents.

Le palefrenier saura de plus qu'il ne faut jamais mener le cheval par une des rênes; cela gâte la bouche. On lui apprendra aussi comment le mors doit être placé, à quelle distance des dents molaires : trop haut il blesse la bouche (*c'est-à-dire les lèvres*), qui deviendra calleuse, et par conséquent moins sensible; trop bas, le cheval pourra le saisir avec les dents et forcer la main. Ce sont là des choses qui méritent toute l'attention et les soins du palefrenier; car cette docilité à recevoir le mors est une qualité si essentielle au cheval, qu'avec le vice contraire il ne peut servir à rien. Lui mettant d'ordinaire la bride non-seulement pour travailler, mais encore au moment de prendre sa nourriture, ou de rentrer à l'écurie après sa leçon finie, on le verra bientôt saisir de lui-même le mors dès qu'on le lui présentera.

Il est encore bon que le palefrenier sache tenir le pied à la manière des Perses [1], afin que son maître, devenant ou vieux ou incommodé, ait toujours le moyen de monter à cheval sans peine, et puisse, quand il voudra, prêter ce secours à

---

mais les anciens ne se servaient guère des jumens que pour le trait, auquel elles sont plus propres, étant basses de devant, et c'est ainsi qu'on en use dans les pays comme la Grèce, où tous les chevaux sont entiers.

[1] C'est ce que nous appelons *donner le pied à l'anglaise.* (*Voyez* les notes sur le texte.)

IV.   17

quelqu'un, ayant un homme instruit à cela.

Avec les chevaux, ne rien faire par colère, c'est la première de toutes les règles, et la loi qu'on doit s'imposer; car la colère ne prévoit rien, et ce qu'elle fait faire est presque toujours suivi de repentir.

Quand un cheval a peur de quelque objet et n'en veut point approcher, il faut seulement lui montrer que cet objet n'a rien de dangereux, surtout si c'est un cheval naturellement courageux; sinon il faut toucher soi-même ce qui l'effraie, en l'amenant doucement auprès. L'en faire approcher en le maltraitant, c'est augmenter sa peur et le rendre plus vicieux; car alors un cheval attribue à l'objet qu'il craint le mal qu'il éprouve.

En présentant le cheval, si le palefrenier sait lui faire baisser la croupe pour qu'on monte plus aisément [1], nous ne blâmons point cela, mais nous croyons qu'il est bon de s'habituer à monter sans que le cheval s'y prête; car on ne trouve pas toujours des chevaux dressés de la sorte, et l'on n'a pas toujours le même palefrenier. Sur le point de monter à cheval, le cavalier se trouvant placé et disposé convenablement, voici ce qu'il faut ob-

---

[1] Pollux explique bien ce que cela veut dire. « Le cheval avance, dit-il, « les jambes de devant, et abaisse sa croupe en alongeant les jambes de « derrière, » comme font les chevaux pour uriner ou lorsqu'ils sont fatigués. Le traducteur a vu en Allemagne des chevaux dressés de la sorte. Il ne faut pas citer ici ce que dit Busbeck, vrai ou faux, des chevaux turcs, qu'ils s'agenouillent pour recevoir le cavalier.

server, pour le bien de l'homme et du cheval :
le cavalier doit d'abord avoir prête, dans la main
gauche, la longe qui tient à la gourmette [1] ou à
la muserolle, ayant soin de tenir cette longe assez
lâche pour ne point tirer, soit qu'il s'enlève en
prenant une poignée de crins près des oreilles,
soit qu'il saute au moyen de la pique [2] : de la droite

---

[1] Le mors des anciens n'ayant point de branches, cette gourmette ne
faisait pas le même effet que la nôtre : elle servait seulement à assujétir
l'embouchure, et quelquefois on y attachait cette longe, que l'homme
tenait de la main gauche ou entortillait autour de son bras, soit pour
monter à cheval, soit pour combattre ou agir en quelque manière que ce
fût, laissant les rênes sur le garrot, comme font encore les Tartares pour
tirer de l'arc au galop.

Que leurs mors n'eussent point de branches, cela paraît par quelques
endroits de ce livre même de Xénophon, et se voit d'ailleurs sur plusieurs monumens antiques, parmi lesquels on peut citer les deux figures équestres tirées d'Herculanum, et transportées depuis peu au palais
degli Studj. Les têtes de chevaux sont bien conservées, et quoique l'artiste
n'ait pas mis beaucoup d'exactitude dans le dessin de la bride, dont la
têtière est mal placée, cependant on y voit clairement que les rênes par-
tent des coins de la bouche, qui sont recouverts par des bossettes. Ceux
qui ont donné les gravures de la colonne Trajane, y ont figuré à leur fantaisie des branches de mors, dont il n'y a pas la moindre trace sur le mar-
bre non plus que dans les bas-reliefs de l'arc de Constantin, qui sont du
même temps, comme on sait.

Les rênes tenaient à l'embouchure par des anneaux; Pollux le dit expressément.

[2] Tout ce qu'on a dit là-dessus d'un prétendu échelon placé au bas de
la lance pour appuyer le pied, est une rêverie fort inutile. Quiconque aura
vu les hulans autrichiens ou polonais, mais surtout les Cosaques, entendra ceci. Leur manière de monter à cheval, en s'aidant de la pique, diffère peu de ce qu'indique ici Xénophon. Ils saisissent de la main gauche
les rênes et une poignée de crins, et s'appuyant de la droite sur la pique,
un peu penchée vers la croupe du cheval, ils s'enlèvent tout d'un temps,
en mettant le pied à l'étrier, et le cavalier se trouve en selle la lance à la

il saisira près du garrot les rênes et la crinière
ensemble, de sorte que le mors n'agisse en aucune
façon sur la bouche; après quoi prenant l'élan
pour se mettre en selle[1], il s'enlevera de la main
gauche et s'aidera de l'autre, fortement tendue
(ainsi on évitera toute posture indécente); puis,
la jambe pliée, qu'il ne pose pas le genou sur le
dos du cheval, mais qu'il passe la jambe sur
les côtes droites, et quand son pied sera placé,
qu'il pose alors les fesses sur le cheval.

Mais s'il arrive que le cavalier mène son cheval
de la main gauche, ayant la pique dans la main
droite, alors nous croyons qu'il convient de s'être
habitué à monter du côté droit. Ce qu'il faut savoir pour cela se réduit à faire de la droite ce
qu'on faisait de la gauche, et de la gauche ce que
nous avons dit de la droite. Cette pratique est
utile, et nous la recommandons, parce qu'ainsi
le cavalier se trouve tout d'un coup en selle et
prêt à combattre en cas de surprise. Lorsqu'on
sera assis, soit à poil, soit sur la selle, la bonne
assiette n'est pas de se tenir comme sur un siége,
mais plutôt comme si on était debout, les jambes

---

main : tout cela se fait rapidement, et avec beaucoup de grace, quand
l'homme est adroit. Les anciens n'ayant point l'usage des étriers, pre-
naient leur élan, une main appuyée sur la pique, l'autre sur le garrot; la
même main tenait la pique et cette longe dont parle Xénophon.

[1] Ils n'avaient point proprement de selles, mais des panneaux recouverts d'une peau de mouton pareille aux chabraques de nos hussards. L'u-
sage des arçons date du Bas-Empire.

écartées : ainsi placé, on se tiendra mieux des
cuisses, et cette position droite donnera plus de
force pour lancer le dard, ou frapper de près au
besoin. Il faut lâcher librement la jambe et le pied,
à partir du genou [1] : car, que l'on raidisse la jambe,
si elle rencontre quelque chose, l'assiette en sera
dérangée ; au lieu que la jambe, étant molle, cède
si elle vient à heurter, et ne dérange point la cuisse.
Le cavalier doit travailler à s'assouplir le plus
possible les reins et le corps, de la ceinture en
haut ; de cette manière il aura plus de liberté d'a-
gir, et tombera plus difficilement, s'il reçoit quelque secousse en combattant corps à corps.

Quand on sera en selle, il faut apprendre au
cheval à rester immobile, jusqu'à ce que le cavalier ait arrangé sous soi ce qui sera nécessaire,
ajusté ses rênes et pris sa pique de la manière la
plus commode à la main. Tenant le bras gauche
près des côtes, l'homme en aura meilleure mine
et la main plus ferme. Nous approuvons les rênes
bien égales, non faibles, ni glissantes, ni grosses ;
en sorte que la main puisse les contenir et la lance
avec, au besoin.

Puis, pour faire marcher le cheval, il faut d'a-
bord le mettre au pas, c'est le moyen de ne le
point troubler : s'il porte bas la tête, qu'on lui

---

[1] Ce précepte en soi est bon, mais la raison qu'en donne ici Xénophon
peut paraître faible : peut-être n'est-ce qu'une addition à ce qu'en avait
dit Simon.

tienne la main haute ; basse au contraire, s'il porte
beau. On lui donnera de cette manière le meilleur
air qu'il puisse avoir.

Ensuite prenant le trot naturel, il faut laisser
aller son corps sans gêne, et dans cette allure n'en
jamais venir à toucher le cheval du bois de la pique : puis, le beau galop étant celui où la gauche
entame le chemin [1], on mettra aisément le cheval
dans sa position, si, pendant qu'il trotte, on saisit l'instant où il pose le pied droit à terre, pour
alors le toucher du bois de la pique ; car ayant à
lever le pied gauche, il partira de ce pied, et ainsi,
tournant à gauche, il se trouvera juste et dans sa
vraie position, attendu que naturellement le cheval, quand il tourne à droite, avance les parties
droites, les gauches au contraire, quand il tourne
à gauche. Nous approuvons la leçon qu'on appelle
l'entrave [2] : elle accoutume le cheval à tourner aux
deux mains ; et il est bon, pour exercer également
les deux barres, de varier en tous sens les changemens de main. Nous préférons aussi l'entrave
alongée à l'entrave ronde ; le cheval tourne plus
volontiers, après avoir couru en ligne droite, et
apprend ainsi en même temps à marcher droit et
à se plier.

[1] C'est le contraire aujourd'hui. Le pied gauche alors était *le bon pied.*
[2] Ce terme, expliqué à demi par Pollux, désigne le galop sur un cercle
avec des changemens de main, dans lesquels on décrit la figure de l'entrave ou du chiffre 8. Il est facile après cela de concevoir ce que c'était
que l'entrave alongée.

Il faut soutenir la main dans les voltes [1], car il n'est ni facile au cheval, ni sûr de tourner au galop sur un cercle étroit, surtout quand le terrain est battu ou glissant; et dans le moment qu'on soutient la main, le cheval ni l'homme ne doivent se pencher; autrement peu de chose suffira pour les mettre à bas l'un et l'autre. Quand, la volte étant terminée, le cheval se trouvera droit, c'est là l'instant de le lancer; car les voltes se font pour joindre ou éviter l'ennemi : il est donc utile de s'exercer à partir de vitesse aussitôt qu'on s'est retourné.

Lorsqu'on jugera que le cheval a bientôt assez travaillé, il sera bon, après une pause, de le faire tout à coup partir avec vitesse (tant en s'éloignant des autres chevaux qu'en venant vers eux): ainsi lancé, le retenir le plus près possible du point de départ; et après l'arrêt, faisant la demi-volte, le lancer de même dans le sens opposé (à la guerre, on se trouvera dans le cas de faire souvent usage de cette leçon), la prise finie, ne le jamais descendre au milieu des chevaux, ni près d'un groupe de gens, ni hors du manége; mais

---

[1] Le mot qui est dans le texte répond exactement à l'Italien *volta*; mais Xénophon n'y attache jamais l'idée précise de ce qu'on nomme *les voltes* dans nos écoles. Il parle ici de la demi-volte à faire pour terminer la passade. C'est en cela que consiste encore tout l'art de l'équitation chez les Orientaux. La voltige et les exercices qu'ils pratiquent n'ont rien de commun avec nos manéges.

que dans le même lieu où il travaille il trouve ensuite le repos.

Puisque le cheval devra, selon la nature du
terrain, galoper, tantôt en montant, tantôt en
descendant, tantôt obliquement ; en quelques
endroits, franchir un espace ; en d'autres, s'élancer hors d'un fond ou d'une enceinte, ou même
sauter de haut en bas : ce sont autant de leçons
et d'exercices à pratiquer pour l'homme et le cheval, afin qu'ils agissent d'accord, et s'aident l'un
l'autre dans le péril. S'il paraît à quelqu'un que
nous répétions ici ce que nous avons déjà enseigné, qu'on y prenne garde, ce n'est pas une redite :
il s'agissait d'acheter un cheval, et nous recom-
mandions de l'éprouver ; maintenant il est question d'instruire le cheval que l'on a, et voici comme
on l'instruira. Quand on monte un cheval qui ne
sait point du tout sauter, il faut mettre pied à
terre, et, prenant la longe en main, passer le premier le fossé ; puis tirer à soi le cheval par la longe
pour le faire sauter : s'il refuse, que quelqu'un
par-derrière, avec un fouet, ou une gaule, le
touche vigoureusement ; il sautera, non l'espace
qu'il faut, mais beaucoup plus ; et ensuite il ne
sera plus nécessaire de le frapper ; mais lorsqu'il
verra seulement quelqu'un venir par-derrière, il
s'élancera de lui-même. Après l'avoir ainsi habitué
à sauter, on le montera, et on lui fera franchir
d'abord les petits fossés, puis les plus grands,

par degrés; et sur le point de prendre l'élan, on
le pincera de l'éperon. De même, pour l'exercer
à sauter de bas en haut, et de haut en bas, on lui
fera sentir l'éperon; car, pour sa sûreté comme
pour celle du cavalier, en exécutant ces sauts, il
vaut mieux qu'il se rassemble et fasse agir en
même temps tout son corps, que d'abandonner
le train de derrière. Pour l'accoutumer aux descentes, il faut le conduire, en commençant, par
des pentes douces, et une fois habitué il courra
plus volontiers en descendant qu'en montant.
Quelques-uns, craignant pour leurs chevaux un
écart d'épaule, n'osent les pousser dans les descentes; mais qu'ils soient sur cela sans inquiétude; les Perses et les Odryses qui font des courses
de défi dans des pentes rapides, n'estropient pas
plus leurs chevaux que les Grecs [1].

Disons maintenant comment se doit conduire
le cavalier, pour agir d'accord avec son cheval,
dans l'exécution de tout ce que nous venons d'expliquer. Au partir de la main, il faut se pencher
en avant; par ce moyen, le cheval pourra moins
se dérober et renverser son homme. Dans l'arrêt

---

[1] Chardin parlant des Géorgiens : « Ils ont, dit-il, de jolis chevaux
« fort vifs et infatigables, et ils vont toujours au galop, même dans les
« descentes, sans crainte que le cheval ne s'abatte; car ces animaux sont
« si vigoureux qu'il n'arrive guère d'accidens. » Il dit ailleurs que ces
chevaux ne sont point ferrés. Ceux dont parle ici Xénophon ne l'é-
taient pas non plus, et par là ils devaient avoir le pied plus sûr que les
nôtres.

court, il faudra porter le corps en arrière; on di-
minuera ainsi l'effet de la secousse.

Quand on saute les fossés, ou qu'on monte
avec vitesse, il est bon de saisir la crinière, pour
ne pas ajouter la gêne du mors à la fatigue de
l'action. Dans les descentes, au contraire, on
penchera le corps en arrière, soutenant le cheval de la main, de peur qu'il ne s'abatte. Il n'est
pas mal non plus de changer le lieu du travail,
et de varier la durée des reprises, en les faisant
tantôt courtes, tantôt plus longues; le cheval
s'ennuiera moins que si on le faisait travailler
toujours au même endroit et de la même manière.

Comme il faut savoir, dans quelque terrain
que ce soit, courir à toute bride, et manier ses
armes, en gardant une assiette ferme, on ne peut
qu'approuver l'exercice de la chasse, dans les
lieux qui y sont propres, et où se trouvent des
bêtes fauves. Mais dans un pays où l'on ne peut
chasser, un exercice fort utile, c'est que deux
cavaliers courent l'un après l'autre à travers
champs, et franchissent toute sorte d'obstacles,
l'un fuyant, le fer de sa pique tourné en arrière,
et cherchant à éviter l'autre, qui le poursuit
avec des javelots boutonnés, et une lance également terminée par un bouton : puis, celui-ci
joignant le premier à portée du trait, le darde
avec ses fleurets; à portée de la pique, le frappe :

si l'on en vient corps à corps, on tire à soi son adversaire, et on le repousse tout d'un coup; cela est fort propre à désarçonner; mais celui qui se sent tiré, qu'il se serre sur l'autre, cheval contre cheval, ce sera lui qui l'abattra bien plutôt qu'il ne tombera [1].

---

[1] Les chroniques de Sicile rapportent que le roi Richard Cœur-de-Lion étant à Messine, se promenait un jour à cheval avec quelques seigneurs de sa cour. Vint à passer un paysan qui menait un âne chargé de cannes. Le roi et ses courtisans, « Par manière de jeu, dit le chroni-
« queur, prenant de ces cannes, s'en portaient des bottes, comme si c'eus-
« sent été lances ou espadons, et les cannes rompues, ils en venaient aux
« mains, se colletant, et tirant l'un l'autre à se désarçonner, et quand il
« en tombait quelqu'un, c'étaient de grandes risées. Or il arriva que le
« roi luttant avec Guillaume Desbarres, gentilhomme breton et vaillant
« capitaine, la selle dudit roi tourna, et il tomba sous son cheval, et
« ainsi porté par terre, il semblait vaincu, dont bien lui-fâchait, et non
« moins au brave capitaine, qui trop tard connut la folie que c'est de se
« jouer à son maître; car le roi, plein de dépit, se remit en selle sans mot
« dire, et jamais depuis ne lui voulut de bien. »
C'était là ce qu'on appelait le jeu des cannes, fort en usage au commencement du quinzième siècle, comme on le voit par le conte du *Piovano Arlotto*, où il en est fait mention.
Au reste tous les exercices que recommande ici Xénophon se pratiquent en Orient. On peut voir ce que les voyageurs disent de la cavalerie des Seykes si redoutée dans le nord de l'Asie. Dallowai, parlant des Turcs : « Ils se livrent à une espèce d'exercice militaire appelé *dijirit*. Deux ou
« plusieurs combattans, sur des chevaux très-vifs, sont armés d'une ba-
« guette blanche d'environ quatre pieds de long, qu'ils se lancent l'un à
« l'autre avec une grande violence. L'adresse consiste à éviter le coup et à
« poursuivre l'antagoniste dans sa retraite, à arrêter son cheval au galop,
« ou à se baisser assez sans quitter la selle pour ramasser le *dijirit* à terre. »
Cela se rapporte à ce que dit *Pietro della Valle* qui compare aussi cet exercice à celui des cannes. « Fanno il giuoco delle canne, nel quale e per
« passatempo e per insegñamento d'atteggiare à cavallo, con certi bastoni
« corti, (in vece delle canne che noi usiamo,) che à chi colgono non de-

Lorsqu'on escarmouche devant un camp, poursuivant son adversaire jusqu'à la ligne ennemie, et fuyant jusqu'à la sienne, là il est bon de savoir que tant qu'on est près des siens, le meilleur et le plus sûr est, d'abord en se retournant, de lancer son cheval et de presser l'ennemi; arrivé près de la ligne ennemie, on ralentira son allure. C'est ainsi que l'on profitera de tous ses avantages, et qu'on pourra faire à l'ennemi tout le mal possible, avec le moins de risques pour soi.

En un mot, l'homme instruit l'homme, au moyen de la parole que les dieux lui ont donnée: mais on ne peut, avec la parole, rien apprendre à un cheval; c'est en le récompensant lorsqu'il a fait votre volonté, et le punissant lorsqu'il y manque, que vous lui ferez comprendre ce qu'on exige de lui. C'est là la règle générale et le résumé pour ainsi dire de tout l'art de l'équitation. Par exemple, il recevra le mors volontiers, si après qu'il l'a reçu, on lui fait quelque bien dont il se souvienne, et de même il sautera, ou fera telle autre chose qu'on lui demandera, s'il s'attend à obtenir, en obéissant, la cessation de quelque peine.

« vono fare troppo buon servigio, sogliono tutto il giorno esercitarsi, » Lettre de Constantinople, 25 octobre 1614.

La *chicane*, ou jeu de paume à cheval usité à Constantinople sous les empereurs grecs, n'a rien de commun avec ceci.

Voilà donc ce qu'il faut observer pour n'être point trompé lorsqu'on achète soit un cheval, soit un poulain, et pour ne point non plus le gâter en s'en servant, surtout si on veut le rendre tel que doit être un cheval de guerre. Peut-être ne sera-t-il pas hors de propos maintenant de marquer comment on devra traiter un cheval ou fougueux ou paresseux, si par hasard on se trouve dans le cas d'en monter de pareils. Il faut savoir premièrement que la fougue est au cheval ce que la colère est à l'homme; et comme un homme ne se met point en colère si on ne l'offense en actions ou en paroles, de même un cheval, quelqu'impatient qu'il soit, ne se fâchera jamais si on ne lui fait quelque déplaisir. Le premier point sera dans l'action de monter à cheval, d'éviter avec soin tout ce qui peut le chagriner; puis, lorsqu'on sera en selle, on doit d'abord se tenir tranquille un peu plus qu'il n'est d'usage aux autres chevaux, ensuite le mettre en mouvement par des aides très douces; et ainsi partant de l'allure la plus lente, l'accélérer par degrés, de sorte qu'il se trouve au galop sans pour ainsi dire s'en être aperçu. Toute aide brusque trouble un cheval impatient, comme tout bruit, toute apparition, toute sensation soudaine trouble l'homme : généralement le cheval appréhende et se brouille à tout ce qui est trop subit. Si sa fougue l'emporte, pour s'en rendre

le maître, il ne faut pas tirer la bride tout à
coup, mais la ramener doucement à soi, et, par
gradations, le réduire sans violence. Les courses
droites le calmeront mieux que les voltes et con-
tre-voltes, et si on les fait non rapides, mais longues, elles arrêteront, sans l'irriter, le cheval
impatient. Que si quelqu'un, en le faisant courir
à perte d'haleine, pense l'adoucir, il se trompe;
car alors sa fougue naturelle se changeant en
fureur, plus on le pousse, plus il s'emporte, et
souvent (ainsi qu'il arrive à l'homme dans la colère) il se fait à lui-même et à qui le monte des
maux sans remède. Il faut retenir le cheval fougueux et l'empêcher de trop se lancer, mais surtout éviter les courses de cheval contre cheval à
l'envi l'un de l'autre; car presque toujours ceux
qui montrent le plus d'ardeur et d'émulation
deviennent les plus impatiens.

Le mors vaudra mieux doux que dur; mais
si on emploie un mors dur, il faut le rendre doux
par la légèreté de la main. Il est bon de s'accoutumer à garder en selle l'immobilité, surtout si
on monte un cheval impatient, et à ne le toucher
que par les points qui doivent être en contact
pour que l'homme soit bien assis.

Le cheval apprendra encore, et c'est une leçon nécessaire, à se calmer lorsqu'on le *pipe*, et
à s'animer au temps de langue : mais si dans les
commencemens, on joint les caresses au temps

de langue, et la rigueur au *piper*, il prendra
l'habitude contraire, se calmera au temps de
langue, et s'animera aussitôt qu'il s'entendra
piper.

Il faut éviter soi-même d'éprouver, au son de
trompette, ou au cri de la charge, aucun tres-
saillement dont le cheval s'aperçoive, et encore
plus de rien faire alors qui puisse le troubler;
mais, autant qu'on pourra en pareille rencontre,
on tâchera de le rendre tranquille, et même, s'il
est possible, on le fera manger au bruit. Après
tout, le meilleur conseil qu'on puisse suivre,
c'est de n'avoir point pour la guerre de chevaux
trop ardens. Quant au cheval lâche et paresseux, c'est assez de dire qu'il faut avec lui employer les traitemens contraires à ceux qu'on a
prescrits pour les chevaux fougueux.

Si quelqu'un montant un bon cheval de guerre,
veut le faire paraître avantageusement, et prendre les plus belles allures, qu'il se garde bien de
le tourmenter, soit en lui tirant la bride, soit en
le pinçant de l'éperon ou le frappant avec un
fouet, par où plusieurs pensent briller; mais de
tels moyens produisent justement le contraire de
ce qu'on en attend : car, obligeant le cheval à porter au vent, on l'empêche de voir devant lui, et
on le fait marcher en aveugle; en le piquant et le
battant on le désespère, non sans danger pour
soi-même : d'ailleurs, ainsi maltraité, il se déplaît

au travail, et loin d'avoir de la grace, ne montre
dans ce qu'il fait que douleur et chagrin. Conduit, au contraire, par une main légère, sans que
les rênes soient tendues, relevant son encolure,
et ramenant sa tête avec grace, il prendra l'allure
fière et noble dans laquelle d'ailleurs il se plaît
naturellement; car, quand il revient près des
autres chevaux, surtout si ce sont des femelles,
c'est alors qu'il relève le plus son encolure, ramène sa tête d'un air fier et vif, lève moelleusement les jambes, et porte la queue haute. Toutes
les fois donc qu'on saura l'amener à faire ce qu'il
fait de lui-même lorsqu'il veut paraître beau, on
trouvera un cheval qui, travaillant avec plaisir,
aura l'air vif, noble et brillant. Comment on
pourra parvenir à ce but, c'est ce que nous allons tâcher d'expliquer.

Il faut premièrement avoir au moins deux
mors, l'un desquels soit doux, ayant ses rouelles ¹ d'une bonne grandeur; l'autre avec des

---

¹ Ce passage et quelques autres des Hippiatriques, avec les gloses de
Pollux, font voir clairement ce que c'était que ces *rouelles*, dans lesquelles passaient les canons ou *axes* de l'embouchure, qui était toujours
brisée. Il y en avait une (*rouelle*) de chaque côté de la bouche, entre
les barres et la langue. Pour moins gêner le cheval, elles doivent être
minces : leur fonction était d'empêcher qu'il ne pût fermer entièrement
la bouche ni saisir le mors; et c'est une chose à remarquer que dans
toutes les figures équestres qui nous restent de l'antiquité, le cheval a la
bouche ouverte. Il pouvait bien fermer les lèvres et joindre même les
pinces, mais non serrer les mâchoires.

rouelles petites et plates, des hérissons ¹ aigus,
afin que le cheval qu'on aura bridé avec celui-ci,
le haïssant à cause de son âpreté, le quitte volontiers pour prendre le premier, dont par ce changement la douceur lui fera plus de plaisir, et
qu'il exécute avec ce mors doux tout ce qu'on
lui aura appris avec l'autre : que si, méprisant la
douceur de la première embouchure, il cherche
à s'en faire un appui, et pèse fréquemment à la
main, c'est pour cela que nous avons mis au
mors doux de grandes rouelles, afin que, forcé
par elles à ouvrir la bouche, il se dessaisisse du
canon : l'on peut d'ailleurs faire d'un mors dur
ce qu'on voudra, et par la légèreté de la main,
le modifier à tous les degrés. Au reste quelque
nombre et diversité de mors que l'on ait, ils doivent être tous coulans : car celui qui est rude,
par quelque endroit que le cheval le saisisse, il
le tient comme une broche de fer, (par quelque point qu'on la prenne, on la fixe tout entière); mais l'autre fait l'effet d'une chaîne, dont
la partie seule que l'on tient est fixe, le reste
fléchit et demeure pendant. Ainsi le cheval cherchant toujours à saisir ce qui lui échappe, lâche la partie qu'il tient, et ne se rend jamais
maître du mors. A cela servent aussi les anne-

¹ C'étaient des patenôtres rayées dans le sens de l'axe, qui portaient
sur les barres. Dans le mors uni ces patenôtres n'étaient point rayées, ou
l'étaient légèrement. Cela se voit mieux par la phrase grecque.

lets ¹ pendant du milieu des canons, afin que le
cheval les poursuivant (ces annelets) avec la
langue et les dents, oublie de saisir le mors. Si
l'on demande maintenant ce qui fait qu'un mors
est coulant ou rude, nous expliquerons encore
cela. Il est coulant lorsque les brisures et les pièces du canon, qui s'emboîtent l'une dans l'autre,
jouent librement, et que toutes celles que traversent les canons ne sont ni serrées, ni gênées
dans leur mouvement : quand, au contraire, toutes ces pièces roulent et jouent difficilement,
alors le mors est rude ; mais quel qu'il soit, la

¹ Ces annelets, ces rouelles, et autres pièces mobiles, que le cheval
mâchait sans cesse, lui entretenaient la bouche fraîche, et pour peu
qu'on voulût le tenir dans la main et dans les jambes, sa bouche devait
s'ouvrir en jouant avec le mors, comme on le voit aux statues antiques.
Dans la cavalerie hongroise et dans celle des Polonais, on conserve l'usage
des embouchures brisées à patenôtres et annelets, mais sans rouelles.

On ne sera peut-être pas fâché de trouver ici la description que fait
Arrien du mors des Indiens, apparemment d'après quelqu'un des historiens d'Alexandre. La voici traduite mot à mot : « Leurs chevaux, dit-il,
« ne sont ni équipés ni bridés comme ceux des Grecs ou des Celtes, mais
« ils ont autour du museau une pièce de cuir de bœuf cru, armée en de-
« dans de pointes de cuivre ou de fer, non trop aiguës ; les riches mettent
« des pointes d'ivoire ; outre cela, le cheval a dans la bouche une espèce
« de broche de fer à laquelle sont attachées les rênes ; ainsi, lorsqu'on
« ramène les rênes, le cheval est retenu par cette broche, et le cuir garni
« de pointes, qui tient aussi à la même broche, agissant alors, le force
« d'obéir à la main. »

Cette bride demandait sans doute une main fort légère, et par conséquent ne devait pas être d'un bon usage à la guerre. C'est l'objection qu'on
peut faire à celle du maréchal de Saxe, dont il attribue l'invention à
Charles XII, mais qui n'est autre chose que le *morso finto*, ou mors faux,
employé de tout temps par les Napolitains pour les chevaux indociles.

manière de s'en servir sera toujours la même.
Pour faire prendre au cheval l'allure que nous
avons dit, il faudra lui ramener la tête par différens temps de bride, non trop durement, de
façon qu'il batte à la main, ni si doucement qu'il
n'en sente rien; et dès qu'obéissant au temps de
bride il relèvera son encolure, il faut sur-le-
champ lui rendre la main : de même pour tout
le reste, nous ne saurions trop le répéter, dès
qu'il exécute bien ce qu'on lui demande, qu'on
le récompense aussitôt, en lui accordant quelque chose qui lui soit agréable. Lorsqu'on verra
qu'il porte beau, et sent avec plaisir la légèreté
de la main, qu'on se garde bien alors de le chagriner en rien, comme pour le faire travailler;
mais qu'on le caresse, au contraire, comme pour
cesser le travail : de la sorte, comptant en être
bientôt quitte, il prendra plus volontiers un galop franc et soutenu. Que le cheval de soi aime
à galoper, cela se voit, en ce que tout cheval qui
s'échappe, galope d'abord et ne va point au pas;
c'est que naturellement la course lui plaît, tant
qu'on ne l'y force point au delà de ce qu'il peut
faire : car pour le cheval comme pour l'homme,
rien n'est plaisir, passé la mesure. Lors donc
qu'on sera parvenu à lui donner cette allure fière
(bien entendu qu'on l'ait d'abord exercé à partir
de vitesse après la demi-volte); si, dis-je, l'ayant
instruit à cela, en même temps qu'on ramène la

bride, on emploie quelqu'une des aides propres
à le faire partir, alors contenu par le mors, ex-
cité par les aides qui le chassent en avant, il
avance la poitrine, il lève haut les bras, par colère, non plus moelleusement ; car le cheval gêné
ne peut guère avoir les mouvemens moelleux :
mais si après l'avoir de la sorte enflammé, on lui
rend la bride, par l'aise qu'il éprouve en se trouvant délivré de la sujétion du mors, il élève fiè-
rement sa tête, ploie les jambes avec grace, et
prend absolument le même air que lorsqu'il veut
paraître beau près des autres chevaux ; et quiconque le regarde en ce moment, l'appelle généreux, noble, courageux, plein de feu, superbe,
gracieux et terrible à voir; et ceci soit écrit pour
ceux qui désirent à leurs chevaux de telles
louanges.

Si l'on veut un cheval de parade, relevé, brillant, tous ne sont pas susceptibles de ces airs [1],
mais ceux-là seulement qui joignent à une ame
noble un corps vigoureux. Il n'est pas vrai,
comme quelques uns le croient, que le cheval
qui a le pli des membres le plus moelleux, ait
par cela seul plus de facilité à s'enlever de l'a-
vant-main; mais plutôt celui qui aura les reins

---

[1] Il ne faut pas prendre ici ces mots *airs* et *relevé* dans le sens strict de
nos écoles. Xénophon n'emploie nulle part de terme générique pour dé-
signer ce que nous nommons proprement les *airs*, et il n'a point du tout
connu les *airs relevés*.

souples, courts et forts (et nous n'entendons pas
seulement la partie située vers la queue, mais
tout le rable), celui-là pourra porter plus avant
les jambes de derrière sous celles de devant; et
au moment qu'il le fera, si on lui soutient la
main, il fléchira le train de derrière dans les astragales, et s'enlèvera de l'avant-main, de manière que par devant on lui verra le ventre et les
génitoires. Il faut rendre la main dès qu'il exécute ceci, afin qu'il semble aux spectateurs agir
de lui-même dans ce qu'on lui fait faire. Il y a
des gens qui dressent leurs chevaux à ces airs,
en les frappant d'une baguette au dessous des astragales; d'autres même en faisant courir auprès
d'eux quelqu'un qui, avec un bâton, leur donne
des coups au dessous des cuisses et des bras [1].
Quant à nous, nous croyons, et nous ne cesse-
rons de répéter que la meilleure méthode pour
instruire un cheval, c'est de lui accorder quelque relâche dès qu'il a fait ce qu'on exige; car,
comme dit Simon, ce qu'un cheval fait par force
il ne l'apprend pas, et cela ne peut être beau,
non plus que si on voulait faire danser un homme
à coups de fouet et d'aiguillon : les mauvais traitemens ne produiront jamais que maladresse et
mauvaise grace. Il faut que le cheval, au moyen
des aides, prenne comme de lui-même les airs

---

[1] Cela se fait encore dans le royaume de Naples, où l'on n'a point d'autre méthode pour dresser les chevaux aux courbettes et au passéger.

les plus beaux et les plus brillans; si dans les
allures ordinaires on le fatigue jusqu'à le faire
suer, et que dès qu'il s'enlève bien on le des-
cende et le débride, on peut compter qu'après
cela il en viendra volontiers à s'enlever de même
lorsqu'il sera monté. Tels sont les chevaux qu'on
représente portant les dieux et les héros, et ceux
qui les savent manier se font grand honneur. Le
cheval dans ses airs est une chose en effet si
belle, si gracieuse, si aimable, que lorsqu'il s'enlève ainsi sous la main du cavalier, il attire les
regards de tout le monde; il charme jeunes et
vieux; on n'en peut détacher sa vue, on ne se
lasse point de l'admirer, tant qu'il développe par
ses mouvemens sa grace et gentillesse. Que s'il
arrive à celui qui possède un tel cheval d'être
nommé commandant de la cavalerie, ou d'un
escadron, il ne doit pas chercher à briller tout
seul, mais à faire paraître avantageusement le
corps à la tête duquel il se trouve. Or, s'il monte
un de ces chevaux tels qu'on en voit vanter beaucoup, qui, s'enlevant haut et fréquemment [1],
avancent peu, il est clair que tous ceux qui le
suivront iront au pas; or, que peut avoir de brillant un pareil spectacle? Mais si, animant son
cheval, il conduit sa troupe d'un pas ni trop vite

---

[1] Il y avait, du temps de Xénophon, des termes pour dire ce que nous
appelons *manier aux courbettes*, *piaffer*, *passéger*, mais Xénophon les
ignorait ou n'a pas voulu s'en servir.

ni trop lent, tel qu'il convient pour montrer la vivacité, la bonne volonté et la grace des chevaux, s'il les conduit ainsi, leurs pieds battront la terre ensemble, et de tous ensemble, on entendra le frémissement de la bouche et le souffle des narines, ce qui donnera un air imposant non seulement au chef, mais à tout le corps qui le suit.

En un mot, dès qu'on saura bien choisir les chevaux en les achetant, les entretenir de sorte qu'ils supportent le travail, et s'en servir comme il faut dans les exercices militaires, dans les manœuvres de parade et dans les combats, qui peut empêcher que ces chevaux, en de telles mains, n'acquièrent une nouvelle valeur, et le maître tout l'honneur qui lui en doit revenir si quelque dieu ne s'y oppose?

Nous croyons devoir marquer aussi comment il faut être armé pour faire la guerre à cheval. D'abord nous dirons que la cuirasse doit être faite à la taille : quand elle joint bien, c'est tout le corps qui la porte ; mais lorsqu'elle est trop large, les épaules seules en sont chargées ; trop étroite, c'est une prison, non pas une défense. Et comme les blessures du col sont dangereuses, nous dirons qu'il faut le défendre, au moyen d'une pièce tenante à la cuirasse et de même forme que le col ; car, outre l'ornement qui en résultera, cette pièce, si elle est bien faite, couvrira quand on voudra le visage jusqu'au nez. Le casque de Béotie nous paraît le meilleur; car s'unissant au collet, il couvre tout ce qui est au dessus de la cuirasse, et n'empêche point de voir. Que la cuirasse au reste soit faite de manière à n'empêcher ni de se baisser ni de s'asseoir. Pour couvrir le nombril, les parties naturelles, et ce qui les avoisine, on aura des *pennes* [1] en nombre et en grandeur suffisante; et attendu qu'une blessure au bras gauche met le cavalier hors de combat, nous approuvons fort la défense qu'on a inventée [2] pour cette partie, et qu'on appelle brassard. Ce brassard couvre l'épaule, le bras, l'avant-bras et la main de la bride, s'étend et se plie à volonté, en même temps qu'il pare au défaut de la cuirasse sous l'aisselle. Soit pour lancer le dard, soit pour

---

[1] On appelait ainsi des lames circulaires couchées les unes sur les autres, en queue d'écrevisse, pour couvrir l'épaule et d'autres endroits du corps, sans nuire aux mouvemens.

[2] Cette invention était sans doute d'Iphicrate, qui avait imaginé beaucoup de changemens dans l'armement : plusieurs de ses idées furent reçues. On a déjà vu Xénophon, dans le discours précédent, parler d'Iphicrate sans le nommer.

On peut remarquer que Xénophon ne donne point de bouclier à sa cavalerie. Dans le deuxième livre de l'Histoire, où il parle du bouclier des cavaliers, il faut prendre garde que ce sont des gens qui font le service tantôt à pied, tantôt à cheval. Il y eut de son temps, ou peu après, une grosse cavalerie bardée de toutes pièces; mais tout le monde n'approuvait pas l'usage de cette arme. Polybe même se moque quelque part de la contradiction que présentent ces deux mots, *cavalerie pesante*: «La «cavalerie étant, dit-il, une chose de soi légère et mobile, comment «peut-elle être pesante? »

frapper de près, il faut lever le bras droit : on ôtera donc de la cuirasse ce qui s'oppose à ce mouvement, et on le remplacera par des pennes à charnières, qui puissent s'ôter et se remettre, et qui, dans l'action de lever le bras, se déploieront, dans celle de le baisser, se serreront. Cette pièce, qui se met autour du bras comme une bottine, nous paraît mieux séparée..... que fixée à la cuirasse. La partie qui demeure à nu quand on lève le bras droit, doit être couverte près de la cuirasse avec du cuir de veau, ou du cuivre ; autrement on serait sans défense dans l'endroit le plus dangereux. Comme le cavalier court un péril extrême quand son cheval est tué sous lui, le cheval aussi doit être armé d'un chanfrein, d'un poitrail et de garde-flancs qui en même temps serviront de garde-cuisses au cavalier ; mais surtout que le ventre du cheval soit couvert avec le plus grand soin, car cette partie, où les blessures sont le plus à craindre, est, outre cela, une des plus faibles. On peut le couvrir avec la housse même. Il faudra que le siége soit construit de manière à donner au cavalier une assiette plus ferme, sans blesser le dos du cheval.

Ainsi doivent être armées ces parties du corps de l'homme et du cheval ; mais les garde-cuisses ne couvriront ni le pied, ni la jambe de l'homme, qui seront bien défendus, si l'on a des bottes du même cuir dont se font les semelles. Ces bottes

servent en même temps de défense à la jambe et
de chaussure. Pour se garantir des coups, avec
l'aide des Dieux, voilà les armes qu'il faut; mais
pour frapper l'ennemi, nous préférons le sabre à
l'épée : car dans la position élevée du cavalier,
le coup d'espadon vaudra mieux que le coup
d'épée. La pique longue étant faible et embarras-
sante, nous approuvons davantage les deux javelots de cornouiller : on peut, sachant manier
cette arme, en lancer d'abord un, et se servir de
l'autre en avant, de côté et en arrière; ils sont en
un mot plus forts et plus maniables que la pique.
Darder du plus loin qu'on pourra, ce sera le
mieux à notre avis : car ainsi, on a plus de temps
pour se retourner et saisir le second javelot.
Nous marquerons ici en peu de mots la meilleure
manière de darder. En avançant la gauche, effa-
çant la droite, et s'élevant des cuisses, si on lâche
le fer de manière que la pointe soit un peu tournée en haut, le coup partira avec plus de violence, portera le plus loin possible, et le plus
juste aussi, pourvu qu'en lâchant le fer on ait
soin que la pointe regarde toujours droit au but.
Tout ceci soit dit pour l'instruction et l'exercice
du simple cavalier. Quant au colonel, ce qu'il
devrait et savoir et pratiquer a été expliqué dans
un autre discours.

OEUVRES DIVERSES.

CONVERSATION

CHEZ LA COMTESSE D'ALBANY,

A NAPLES, LE 2 MARS 1812.

—•—

«......... Ce fut moi qui leur dis, je ne sais à
quelle occasion, que notre siècle valait bien celui
de Louis XIV. Fabre se récria là-dessus : Quelle
différence, bon Dieu! tout sous Louis XIV fleurit.
— Si vous parlez des arts, lui dis-je; en quel
temps les a-t-on vus plus florissans qu'aujour-
d'hui? Je voulais le faire un peu causer. La comtesse me devina, et entrant dans ma pensée : Il
est vrai, dit-elle, que les arts sont aujourd'hui
tellement cultivés, encouragés... — On en parle
beaucoup, dit Fabre.—Oh! on fait plus qu'en parler. J'appuyai ce sentiment de madame d'Albany,
et pour preuve je citai le salon du Louvre à
Paris, où tous les ans... — Oui, oui, interrompit
Fabre; et s'approchant de la fenêtre du côté de
Pausilipe : Où donc vont toutes ces troupes le
long de Chiaia, là-bas, vers la grotte? — Je ne

sais, répondis-je. Mais, par exemple, ce tableau
de Gérard que nous vîmes hier chez le roi, n'est-
ce pas là un bel ouvrage, et qui eût paru tel du
temps de Lesueur et du Poussin? Ma foi, dit-il,
les canonniers nos voisins montent à cheval. Il y a
quelque parade sans doute. Le roi sera revenu de
Caserte. Il tâchait ainsi de détourner la conversation; mais moi : Et David, lui dis-je, David n'est-
il pas fondateur d'une nouvelle école? Guérin,
Girodet et vous-même, ne faites-vous tous rien
qui vaille? Il me repartit : — Eh bien! oui; c'est
mon métier; j'en puis parler, et je vous dis qu'il
y a tel tableau du Poussin qui vaut mieux seul que
tout ce qu'on a fait depuis.

« Je fus aise de le voir venir où je voulais. Je
l'entretins sur ce propos, et il se mit à nous dire
ce qu'étaient les arts sous Louis XIV, comparant
les ouvrages d'alors à ceux d'aujourd'hui, et donnant de tout la prééminence au siècle passé,
hors qu'il avouait que depuis un temps on se re-
levait chez nous de ce méchant goût, de cette
misère où tomba si tôt notre école après ses beaux
jours. Nous l'écoutions, et pour moi je n'eusse
jamais songé à l'interrompre, car véritablement
il parle bien de tout; mais sur ces choses-là où il
est expert, il y a plaisir à l'entendre. La comtesse
lui dit : A ce que je puis voir, en ce genre, selon
vous, nous valons mieux que nos pères et moins
que nos aïeux. Je vous crois, certes, plus capa-

ble que personne d'en bien juger; mais dans ce que vous nous dites n'entre-t-il point un peu de passion, quelque grain de partialité pour votre peintre favori? Car enfin ce tableau du Poussin.... c'est comme si vous préfériez une fable de La Fontaine.... — A merveille, dit-il; en effet, pour une belle fable de La Fontaine on donnerait aisément tous les vers du dix-huitième siècle. — Vous moquez-vous? La Henriade, les tragédies de Voltaire? — Pourquoi non? si Voltaire lui-même en est d'avis? — Quoi? — Chose sûre. N'a-t-il pas écrit, et je crois en plus d'un endroit, que personne, depuis l'âge d'or de notre poésie, n'a su faire vingt bons vers de suite? L'âge d'or de notre poésie, c'est le siècle de Louis XIV. — Eh bien, que fait cela? — Vous l'allez voir, pour peu que vous daigniez m'entendre.

« Vingt bons vers de suite dans une fable font une bonne fable, n'est-ce pas? — Comment l'entendez-vous? dit madame d'Albany. — J'entends qu'une fable ordinairement n'ayant guère plus de vingt vers, si vingt vers sont bons dans cette fable, et vingt de suite, la fable est bonne. — Assurément. — Or il y a, continua-t-il, telle fable de La Fontaine où ne se trouvent pas seulement vingt bons vers de suite, mais où tous les vers sont fort bons. Me trompé-je? — Oh! pour cela non. — Cette fable est bonne par conséquent? — Sans contredit. — Et une bonne fable est un bon ou-

vrage? — Qui en doute? — Maintenant, ni dans
la Henriade, ni dans les tragédies de Voltaire, il
n'y a pas vingt bons vers de suite, de l'aveu même
de Voltaire? — Comment cela? — Eh oui. Ne sont-
ce pas tous vers faits depuis le règne de Loüis XIV,
c'est-à-dire depuis qu'est passé le temps où l'on
savait faire vingt bons vers de suite? Et les gens
difficiles n'y en trouvent pas dix. Or, je vous prie,
madame, un ouvrage en vers, et un long ouvrage
où ne se trouvent pas vingt bons vers de suite
dans plusieurs milliers, est-ce un bon ouvrage?
— Mais, dit-elle, ce pourrait bien être un ouvrage médiocre. — Non, reprit-il, car le médiocre n'est pas reconnu des poètes. Tout ce qui
s'appelle poème, au dire des maîtres de cet art,
est bon ou mauvais; point de milieu. Le médiocre et le pire c'est tout un. Vous savez le vers de
Boileau. — Quoi! voudriez-vous dire que les tragédies de Voltaire sont de mauvais ouvrages? —
Selon Boileau, dit-il; en effet vous le voyez; n'é-
tant pas bonnes, puisqu'il n'y a pas vingt bons
vers de suite, ni médiocres, puisqu'il n'y a pas de
médiocre en poésie, elles sont de nécessité mauvaises. Mais je veux, pour l'amour de vous, madame, que Boileau se trompe, Horace et toute la
poétique; qu'il y ait des poèmes médiocres, et
que la Henriade en soit aussi bien que les tragédies, vous m'accorderez qu'un seul bon ouvrage
vaut mieux que cent mauvais ouvrages, mieux

que tous les mauvais ouvrages qu'on saurait faire
en cent ans? — Il me le semble bien, dit-elle ---
Mieux même que tous les ouvrages médiocres?
— Eh! je ne sais trop. — Quoi! la chose ne vous
paraît pas claire? — Eh mais, dit-elle, par exemple, dix écus où il y aurait moitié seulement d'alliage et le reste d'argent fin vaudraient mieux
qu'un bon écu sans aucun alliage. — Fort bien,
parlant de la matière. Mais, à ne considérer que
l'art, une médaille de Pikler vaut mieux que toutes les piastres du Pérou : et puis le mérite de
l'exécution, la difficulté vaincue; si un sauteur
saute dix pas, tous ceux qui viendront après lui
sauter quelques cinq ou six pas, fussent-ils dix
mille, ne feront rien. Et c'est cela même, voyez-
vous. La Fontaine saute les dix pas, il franchit le
fossé, lui. Voltaire et tous les autres qui n'en
peuvent autant faire tombent pêle-mêle au fond.
— Voilà, dit la comtesse, une comparaison........
Il avoua qu'elle était bizarre. — Mais enfin point
de prix si on n'atteint le but. Vous avez beau en
approcher, tout cela ne compte non plus que rien,
et Boileau l'entend ainsi, ou je suis bien trompé.
Que vous en semble? — Pour Dieu ! dit-elle, con-
cluez, et qu'il n'en soit plus parlé. — Non, madame, non, c'est un chagrin que je veux vous
épargner; car vous voyez où cela va. Il se trouverait tout à l'heure que l'Ane et le Chien de La
Fontaine effaceraient Orosmane et tous les héros

de Voltaire. Mais pour mon tableau du Poussin,
que ce soit, si vous voulez, le ravissement de saint
Paul, ou la femme adultère, ou un des sacremens,
têtebleu ! à de tels ouvrages opposer ce qu'on fait
maintenant, c'est outrager le goût, c'est blasphé-
mer les arts.

« Sa colère et cette dialectique nous diverti-
rent, et nous convînmes qu'il fallait qu'il eût été
à quelque autre école que celle de David, pour
argumenter de la sorte. Enfin, savez-vous bien,
dit madame d'Albany, ce que vous avez fait avec
votre logique et vos subtilités ? C'est que vous ne
m'avez point persuadée du tout. Jamais je ne croi-
rai que les tragédies de Voltaire soient mauvaises, ni même médiocres. — Mais, madame, ne
vous le prouvé-je pas *par raison démonstrative ?*
Trouvez-vous rien à dire à mon raisonnement ?
— Que sais-je, si j'y voulais songer ? dit-elle.
Vous êtes préparé, vous, sur ces matières-là.
Vous avez beau jeu contre nous, quand il s'agit
des arts et de la littérature. — En effet, madame,
dis-je, il est là sur son terrain. Pour en avoir
meilleur marché, il faut le dépayser un peu. Puis,
quand il serait vrai, dis-je, m'adressant à lui,
qu'on eût su mieux peindre alors et mieux écrire
qu'aujourd'hui, n'avons-nous pas, nous, sur ce
siècle-là d'autres avantages bien plus grands ? Les
sciences, la politique, la guerre... — Ah ! dit la
comtesse, qu'est-ce que tout cela au prix des ta-

bleaux et des fables? Le saint Paul et vingt vers de suite, voilà la gloire d'un siècle. Tout le reste est bagatelle.

« Il se mit à rire et nous dit : Ma foi, non-seulement vous me dépaysez, mais vous m'embarquez là dans des mers inconnues. Les sciences, la guerre, la politique; ce sont lettres closes pour moi. — Ah, ah, dit la comtesse, le voilà qui fléchit. Allons, vous, me faisant un signe, ferme, achevez-le, c'est l'affaire de deux ou trois coups. — Quoi? dit-il, n'y a-t-il donc point d'accommodement? et qui vous céderait pour ce siècle-ci la guerre et les sciences, ne quitteriez-vous pas à l'autre les arts, la politesse, le goût? — Bon, vous voudriez, je crois, faire les choses égales. Non, point de quartier; ou vous signerez que nous l'emportons en tout sur votre Louis XIV, et que quiconque a pu soutenir le contraire est extravagant, ridicule. — Vous me croyez abattu, dit-il, vous me portez le poignard à la visière. Eh bien! plus d'accord, plus de paix; je reprends tout ce que je voulais bien vous céder, et je vous soutiendrai mordicus, jusqu'à mon dernier syllogisme, que ce siècle-là est en tout supérieur au vôtre autant que le cèdre à l'hysope. — Dans les sciences? dis-je. — Dans les sciences, dans toutes les sciences, depuis l'astronomie jusqu'à la Croix de par Dieu. — Et dans la guerre? — Oui, — Quelle folie! — Me voilà prêt à vous le prouver à pied et à cheval.

« Vous croyez qu'il se moque, me dit madame d'Albany; mais il est homme à se charger d'une pareille cause. — Pourquoi non? — Vous allez, lui dis-je, nous faire voir qu'on sait aujourd'hui moins de physique, de mathématiques. — Point du tout; ce n'est pas là de quoi il s'agit. — Comment? — Non, il n'est pas question d'examiner si nos savans en savent plus que ceux-là, étant venus après eux. Car d'abord, instruits par eux, ils ont su ce que ceux-là savaient; et depuis, il serait étrange qu'ils n'eussent pas appris quelque chose que ceux-là ignoraient. Les progrès qu'ont fait faire aux sciences les uns et les autres, voilà ce qu'il faudrait voir, et balancer les découvertes. — Eh mais, lui dis-je, ce serait pour n'en pas finir. — Non, reprit-il, les grandes découvertes sont en petit nombre. Les nôtres, celles de nos pères, tout cela serait bientôt compté; et mettant à part ce qu'ils nous ont laissé, à part ce que nous-mêmes avons amassé, on verrait à l'œil que tout notre fonds nous vient d'eux, et que depuis long-temps en ce genre nous acquérons peu; puis le mérite, qui n'est pas petit, de nous avoir, eux, ouvert la route et aplani les obstacles. — Oh! ce qu'ils ont fait pour nous, nous le faisons pour d'autres. — Oui, mais c'est le premier pas qui coûte. — Ils moissonnaient, dis-je, nous glanons. Au reste, ajoutai-je, peut-être avez-vous raison en un sens, et je pense qu'il y aurait assez à dire pour et contre. — Vraiment, dit madame d'Albany, la matière est belle, et ce serait affaire à vous deux d'éclaircir ce point, s'il ne vous manquait... — Quoi? dit Fabre. — Oh! rien, une misère; de savoir de quoi vous parlez. — Quant à cela, dit-il, ce n'est pas une affaire. J'ai cru long-temps aussi *qu'on n'était point docteur sans prendre ses degrés*, et que pour parler des choses il les fallait connaître; mais je vois tous les jours tant de gens raisonner des arts sans en avoir la moindre idée, et en faire de gros livres, et en tenir école, que, ma foi, je ne veux plus être ignorant sur rien, et je vais tout à l'heure vous parler de la guerre en amateur éclairé. Car je me doute que c'est là où vous m'attendez. — Vous soutenez donc, lui dis-je, la gageure jusqu'au bout? — Hautement. — Allons, voyons comme vous vous en tirerez. — Oui, dit la comtesse, voyons, parlez-nous de batailles.

« Il fut un moment à rêver debout contre le mur de la fenêtre, regardant vers Capri, et à quelques mots que nous lui dîmes il ne répondait rien; puis revenant à nous : Il faut d'abord, dit-il, établir la question. — Quelle question? lui dis-je, il n'y a point de question. Vous vous mettez en tête de soutenir qu'aujourd'hui nous sommes moins guerriers qu'on ne le fut sous Louis XIV; appelez-vous cela.... — Oui, voilà ce que c'est, nous sommes moins guerriers; voilà ce

que je veux démontrer. Or, qu'est-ce que guerriers? — Guerriers, dis-je, ce sont les gens qui
font la guerre. — Ainsi, dit-il, les plus guerriers
seraient ceux qui font le plus la guerre? — Assurément. — Non, reprit-il, ce n'est pas là la question; ai-je raison de la vouloir déterminer exactement? Rien n'est si rare que de s'entendre et
de savoir de quoi l'on dispute. Rappelez-vous
donc qu'il s'agit de la gloire du siècle, qui consiste non à faire beaucoup la guerre, mais à la
bien faire; hé? — Sans doute. — Car, ajouta-t-il,
si vous me disiez, dans notre première discussion, qu'on peint plus à présent que du temps
du Poussin, j'en demeurerais d'accord; mais non
pas si bien; et que l'on écrit davantage; sans
contredit; mais de quelle façon? voilà le point.
Or, il en va de même de la guerre à mon avis. —
J'entends bien, dis-je; vous prétendez qu'on la
faisait alors mieux, avec plus de science et d'habileté qu'aujourd'hui. — Justement.

« Madame d'Albany riait, et elle lui dit : Après
cela vous nous conterez vos campagnes, vos siè-
ges, vos batailles; car, pour parler de ces choses-
là, il faut bien que vous en ayez quelque expérience. — Je ne crois pas, dit-il, quant à moi,
cette nécessité. — Quoi! vous connaîtrez qui fait
mieux ou plus mal la guerre, sans l'avoir jamais
faite, sans être du métier! — Fort bien. Ne puis-je
juger les acteurs à moins d'être acteur moi-même?

et de la pièce, n'oserai-je en dire mon avis si je n'ai composé? Mais vous, madame, je vous prie, fîtes-vous jamais la cuisine?—Non, dit-elle, qu'il me souvienne.—Eh bien, à table, l'autre jour, chez madame votre sœur, vous déclarâtes son cuisinier le meilleur de Naples et du royaume. N'ayant jamais pratiqué l'art, vous prononçâtes hardiment sur le mérite de l'artiste; et en effet à l'œuvre on connaît l'ouvrier, sans qu'il faille être pour cela immatriculé dans la profession. Enfin on faisait mieux la guerre en ce temps-là; et voici comme je le prouve. — Un moment, dis-je, répondez-moi. Pourquoi fait-on la guerre? — Pourquoi? — Oui, quel est le but qu'on se propose en faisant la guerre? N'est-ce pas de battre l'ennemi? — Sans doute. — Et de le dépouiller? — Fort bien.

« En quinze jours nous battons plus d'ennemis, et faisons plus de conquêtes qu'on n'en eût su faire en cent ans alors. — Un moment, me dit-il, à mon tour. Quel est le but du jeu? de gagner, si je ne me trompe? — Oui. — Eh bien! de deux joueurs jouant séparément contre différens adversaires, l'un gagne dix sous, l'autre dix louis; et le premier qui gagne dix sous a joué trois heures durant, le second trois minutes; en trois coups il a donné le mat, et gagné dix louis. Lequel joue le mieux? — C'est selon, dis-je. — Comment selon? y pensez-vous? Dix louis en trois minutes, et dix sous en trois heures? — Mais, dis-je, si

l'homme aux dix louis a eu affaire à une mazette?
— Ah! voilà ce que c'est! Dans vos guerres vous
avez affaire à des mazettes qui vous laissent con-
quérir des royaumes en quinze jours; et en
quinze ans alors à peine gagnait-on quelque
place. Qu'est-ce à dire, sinon qu'alors on se battait, la partie se défendait? Alors étaient les
grands joueurs, alors se faisaient les beaux coups.
Si on perdait à Malplaquet, on prenait sa revan-
che à Oudenarde. L'échec de Ramillies se répa-
rait à Denain. C'était au plus habile. Aujourd'hui
que voit-on? des marauds qui dépouillent quelque enfant de famille.

« Il dit autre chose encore.... Vos courses de
Paris à Vienne... On abandonne plus tôt la capitale maintenant qu'alors on ne reculait un pas
sur la frontière.... L'honneur en ce temps-là, aujourd'hui le butin.... Et puis il ajouta, dont je me
souviens bien : Voulez-vous que je vous dise? On
pille, on massacre aujourd'hui, on ravage beaucoup plus qu'alors; mais certainement on se bat
moins.... Car la guerre, qui avait autrefois deux
parties, l'attaque et la défense, n'en a plus qu'une
maintenant; et s'il y eut jamais un art de s'égorger, la moitié en est perdue. — Assurément, dit
la comtesse, ce n'est pas faute qu'on l'exerce. Pour
moi j'aurais cru tout le contraire; c'était l'art
que j'imaginais le plus perfectionné de nos jours.

« Mais, madame, dis-je, remarquez-vous qu'il

doute même s'il y a un art de faire la guerre? —
Comment? — Demandez-lui plutôt. Et le voyant
sourire : — Mais, dit-elle, il y en a tant de livres. — Oh! il y a, dit-il, des livres de théo-
logie, et même des livres de magie. Cependant
je ne crois pas plus à l'une qu'à l'autre. — Et
qu'est-ce donc que la tactique, la fortification,
la castramétation? — Que je meure si j'en sais
rien! — Oh bien! je le sais, moi, et je m'en vais
vous le dire, dit madame d'Albany. La tactique,
c'est l'art de ranger des soldats selon certaines
règles, pour donner des batailles. En un mot,
c'est l'art de se battre. — Et sans cet art, dit-il, on
ne se battrait point? Oh! la bonne science! ajouta-t-il, et bien nécessaire! car comment ferions-
nous, je vous prie, pour nous entre-tuer, si de
grands hommes ne nous en montraient la méthode? — Tout ce qu'il vous plaira ; mais elle
existe enfin cette méthode, cette science, vous
ne le sauriez nier. — Écoutez, dit-il : je veux
croire, puisque tout le monde l'assure, qu'il y a
un art de la guerre; mais vous m'avouerez que
c'est le seul qui ne demande point d'apprentissage. C'est le seul art qu'on sache sans l'avoir
appris. Dans les autres, il faut de l'étude et du
temps : on commence par être écolier; mais dans
celui-ci on est d'abord maître, et pour peu qu'on
y apporte des dispositions, on fait son chef-d'œuvre en même temps que son coup d'essai. — Ex-

pliquez-nous ceci, dit madame d'Albany; car
votre idée est étrange, ou je ne vous comprends
pas. — Eh quoi! dit-il, moi, par exemple, quand
j'ai voulu être peintre, je ne me suis pas mis à
peindre tout d'un coup. Il me fallut d'abord apprendre le dessin; je dessinai d'après la bosse, je
dessinai d'après nature. Mais, avant d'en venir
là, combien de temps croyez-vous que je demeurai à faire des yeux et des oreilles, des pieds, des
mains, une demi-figure, puis une figure entière?
Et venu là, nouveau travail, nouvelles études
d'après le modèle vivant. Que d'application! que
de patience! que de difficultés! et je n'avais pas
encore commencé à peindre! Enfin je peignis, fort
mal d'abord, ensuite moins mal, puis un peu
mieux. Au bout de trente ans finalement, je suis
peintre tel que j'ai pu l'être, et quand j'étudie-
rais mon art encore trente années, je ne saurais
jamais autant qu'il m'en resterait à apprendre.
Or, voilà ce que je veux dire : dans ce grand art
de commander les hommes à la guerre, la science
ne vient pas comme cela peu à peu, mais tout à
la fois. Dès qu'on s'y met, on sait d'abord tout
ce qu'il y a à savoir. Un jeune prince à dix-huit
ans arrive de la cour en poste, donne une bataille, la gagne, et le voilà grand capitaine pour
toute sa vie, et le plus grand capitaine du monde.
— Qui donc? demanda la comtesse; qui a fait ce
que vous dites là?—Le grand Condé.—Oh celui-

là, c'était un génie. — Sans doute, dit-il; et Gaston de Foix ? L'histoire est pleine de pareils exemples. Mais ces choses-là ne se voient point dans les autres arts. Un prince, quelque génie qu'il ait reçu du ciel, ne fait point tout botté, en descendant de cheval, le *Stabat* de Pergolèse, ou la Sainte-Famille de Raphaël.

« Voulez-vous, lui dis-je, qu'un prince soit peintre ou maître de chapelle? — Non, dit-il; Dieu me garde d'avoir cette pensée. Molière l'a dit, je m'en souviens : *la coutume chez nous ne veut pas qu'un gentilhomme sache rien faire ;* à plus forte raison un prince. Mais ces gens, qui ne savent rien faire, savent faire la guerre, n'est-ce pas ? — Assurément, et mieux que d'autres. — Oh! pour mieux, c'est une autre affaire. J'ai vu

Des gens de tous métiers, de tout poil, de tout âge,

comme dit La Fontaine, endosser le harnois et se trouver guerriers sans y avoir jamais pensé. J'ai vu des peintres, de mes camarades à moi, jeter là la palette et conduire des troupes à la guerre comme s'ils n'eussent fait autre chose de leur vie. Je doute qu'il y ait un maréchal qui ne se trouvât embarrassé, si l'empereur lui commandait un tableau d'histoire. Je crois, lui dis-je, comme vous, que peu s'en acquitteraient bien, et vous seriez apparemment dans la même peine si on voulait vous obliger à commander un corps d'armée. —

Peut-être. — Quoi! vous en doutez? — Mais c'est qu'en effet il y a une grande différence. — Et quelle? — Le maréchal est sûr de ne pouvoir faire un tableau. Il n'a pas besoin d'essayer; mais moi, je ne puis être sûr, avant d'en avoir fait l'épreuve, si je ne commanderais pas bien. — Pourquoi, dis-je, sauriez-vous moins que lui ce que vous pouvez faire, ou lui mieux que vous de quoi il est incapable? — Ah! c'est qu'on n'a jamais vu un général peindre, au lieu qu'on a vu commander des peintres, et des gens d'autres professions, ou même sans profession, au-dessous desquels je n'ai pas l'humilité de me placer; et je ne crois pas qu'on soit tenu d'être si modeste.

« Tout de bon, dit madame d'Albany, vous vous mettriez demain à la tête d'une armée? — Je n'irais pas, dit-il, m'offrir; mais si on m'en priait..... — Vous vous y prêteriez? — Et comment m'y refuser? j'aurai beau dire que je suis peintre, pauvre diable, sachant dans mon métier peut-être quelque chose, hors de là quoi que ce soit, on me répondra que les princes qui ne savent rien du tout font ce qu'on exige de moi, et que ce que fait bien un prince, tout le monde le peut faire. Dire que je n'ai lu de ma vie une ligne de leur tactique, ni vu seulement la parade, mauvaise excuse que cela. Messieurs tels et tels, vivans ou morts depuis peu, sans en avoir plus de pratique, ni d'étude que vous, ont pris de ces commande-

mens, et s'en sont acquittés avec l'applaudisse-
ment universel : que répondrai-je ?

« Mais enfin, repartit madame d'Albany, il y a
des règles à la guerre, et ces règles-là il les faut
savoir. — Voulez-vous, madame, que je vous dise
là-dessus ma pensée ? J'ai peur qu'il n'en soit de
la guerre comme du langage. Il y a des règles
pour parler, et ces règles font un art qu'on appelle la grammaire. Or, on a remarqué que les
maîtres dans cet art, et tous ceux qui s'étudient
à parler régulièrement, parlent plus mal que les
autres. — Justement, dit-elle, et les princes et
les gens de cour, qui ne savent point ces règles,
sont ceux qui parlent le mieux ; et voilà comme
ils font la guerre. — Sans savoir ce qu'ils font, reprit Fabre. — Comme M. Jourdain de la prose.
— Ce qu'on pourrait vous dire, madame, c'est
que, dans la vérité, le langage de la cour...—Quoi ?
allez-vous encore me disputer cela, et avez-vous
résolu de ne nous rien accorder ? Expliquez-nous
plutôt pourquoi, s'il est si commun de voir des
gens faire la guerre sans l'avoir apprise, et si
c'est une chose si aisée, pourquoi il y a si peu
de grands capitaines. — Mais, madame, de fait, y
en a-t-il si peu ? Comptez dans chaque siècle les
sculpteurs et les peintres ; je dis les bons, ceux
dont les ouvrages se peuvent regarder deux fois ;
comptez les poètes, vous en trouverez de loin en
loin, à certaines époques rares et fortunées,

quelques-uns, en quelque coin de l'Europe. Car,
des quatre parts de la terre, trois sont stériles
pour les arts, et le sol à cet égard le plus favorisé
de la nature est dix siècles sans rien produire.
Dix siècles se passent sans qu'on voie un peintre,
un écrivain passables. Mais de grands généraux,
il y en a toujours en tous temps, en tous lieux.
— Mon Dieu! dis-je, au contraire, il n'y en a jamais qu'un. Vous ne verrez nulle part dans l'histoire deux conquérans contemporains; et sous
Alexandre il y avait plusieurs grands peintres,
plusieurs sculpteurs, poètes, orateurs excellens;
mais il n'y avait qu'un Alexandre. — Que dites-
vous? Il y en avait mille auxquels il ne manquait
qu'une armée; et son secrétaire même qui n'était
point soldat, qui ne portait en campagne que la
plume et l'écritoire, se trouva grand capitaine
sitôt que Dieu le voulut, et battit les Cassander,
les Polysperchon et tous les traîneurs de sabre.
Allez, il y avait dans l'armée d'Alexandre cent
officiers capables de la commander comme lui, et
hors de l'armée mille individus ayant en eux,
sans le savoir, tout ce qui fait les Alexandre. —
Et croyez-vous, dis-je, qu'il n'y ait pas mille
gens ignorés qui possèdent toutes les qualités
propres à faire un grand peintre? — Sans doute il
y en a, dit-il, mais beaucoup moins que de ceux-
là dont on ferait de grands généraux. — Et à quoi
le voyez-vous? — Parbleu, cela est clair. La moitié

des gens qui se battent sont vainqueurs et grands
guerriers. De deux généraux opposés l'un battra
l'autre, et sera grand ; c'est l'affaire d'une heure.
Combien peu , de tant de gens qui s'appliquent
aux arts, parviennent en toute leur vie à la médiocrité! L'étude donne les talens, le hasard les
commandemens ; mais vingt ans d'étude ne font
pas toujours un bon peintre, chaque jour de
bataille fait un grand général! — Sur ce pied-là,
dit la comtesse, nous en devons avoir bon nombre ; que d'exagération! — Vraiment, reprit-il, j'ai
tort ; non-seulement la moitié, mais tous sont
d'étoffe à faire des héros , et la fortune manque
à plusieurs, le mérite à aucun. — J'entends ; selon
vous on s'élève toujours par la fortune, jamais
par le mérite. — Franchement, dit-il, le mérite a
fort peu de part à tout cela. Un homme naît
grand, ou on le fait grand, sans que le mérite
s'en mêle. David n'est pas né peintre, et personne ne l'a fait peintre ; il s'est fait lui-même ce
qu'il est : à cela il y peut avoir du mérite. En un
mot, on est général sitôt qu'on a une armée ; on
a une armée dès qu'on est fils de Philippe, ou
gendre de Pompée, ou ami de Sylla, et on gagne des batailles. Est-on peintre dès qu'on a une
toile et des couleurs, et peut-on faire un tableau? N'y va-t-il que d'être parent de David ou
de Canova, pour tenir un rang dans les arts? —
Mais aussi, dit-elle, est-ce tout d'avoir une ar-

mée? — Si ce n'est pas tout, c'est beaucoup ; car
après cela il n'y a plus qu'une bataille à gagner,
et la fortune se charge encore de cette partie-là ;
mais pour qu'un homme soit peintre, il y faut
plus de façon ; cela ne se donne pas en dot ni ne
se lègue par succession. Jamais le pinceau du
Titien ne fut un héritage ; Raphaël ne dut rien
au bon plaisir de Michel-Ange ; il eût servi de
peu à Lysippe d'épouser la sœur de Scopas ou la
fille de Praxitèle. Pour parvenir au comble de la
gloire de son art, ni alliance, ni parenté, ni
naissance, ni faveur ne le pouvaient dispenser
d'un seul des degrés nécessaires de ce pénible
apprentissage ; et, pâlissant sur le modèle, encore eût-il perdu ses veilles comme tant d'autres,
si le ciel ne l'eût doué d'une ame capable de sentir les beautés naturelles ; car il faut tout cela :
une exquise sensibilité et un travail opiniâtre, un
enthousiasme de génie et une patience à l'é-
preuve des difficultés, une conception vive et
prompte et une lente méditation, tout ce que
peut joindre l'étude à une heureuse nature, as-
semblage plus rare que la fortune et les commandemens ; et voilà pourquoi si peu d'hommes excellent dans les arts, tandis qu'il y a un grand
général partout où l'on se bat. — C'est là que vous
en revenez toujours, dit la comtesse. — Et notez
bien, poursuivit-il, remarquez encore ceci, de
grâce. Ce général n'a qu'un adversaire ; celui-là

vaincu par adresse, par ruse, par force ou par
hasard, lui livre le prix. Tous ses compagnons
sont sés instrumens, agissent par lui et pour
lui, confondent leur gloire dans la sienne. Mais,
pour un artiste, autant de camarades, autant de
rivaux qu'il doit combattre tous ensemble et
séparément, à armes égales, sans fraude, sans
supercherie, et s'il sort vainqueur de cette lutte,
il n'a encore rien fait; on lui oppose les anciens,
toujours présens et vivans dans leurs ouvrages,
pour lui disputer la palme avec tout l'avantage
que donne une gloire établie. Car enfin, une bataille ne se rapproche point d'une bataille. Les
victoires passées ne font nul tort à celles d'aujourd'hui; au contraire, la dernière efface toujours toutes les autres : Pharsale fait oublier Arbelles, et au jour de Cerisoles on ne se souvient
plus de Marignan. Mais, que Canova envoie une
figure à Paris, elle y trouve l'Apollon, le Lao-
coon, le Gladiateur. Sa besogne est mise à côté
de celle d'Agathias, mort il y a deux mille ans;
et chacun peut, d'un coup d'œil, juger qui des
deux a mieux fait. Non seulement ses contemporains, mais tous les siècles passés lui disputent le
triomphe. — En vérité, dit la comtesse, je ne sais
pas s'il *impose; mais il parle sur la chose comme
s'il avait raison.* Qu'en pensez-vous? me dit-elle.
— Moi? madame, je vois que le monde est bien
sot d'honorer tous ces gens qui gagnent des ba-

tailles et soumettent des provinces, et de ne pas
voir que la gloire, l'estime, l'admiration publique
appartiennent de droit aux peintres et aux poètes. Voilà de beaux héros, vraiment, que ces
César et ces Alexandre, pour être ainsi célébrés
et divinisés; parlez-moi d'un homme qui fait des
tableaux de chevalet ou des rimes redoublées.
Quel tort on vous fait là, messieurs? Cela crie
vengeance! — Ne vous fâchez pas, me dit-il; tout
va mieux que vous ne pensez, et les artistes ni
les poètes n'ont pas tant à se plaindre de l'injustice des hommes; car, travaillant pour la gloire,
ils en ont de reste, et sont mieux partagés à cet
égard que les conquérans. — Comment? m'écriai-
je, surpris d'une pareille assertion. — Oui, vous
et bien d'autres, dit-il, vous prenez le bruit pour
de la gloire. — Oh! nous savons faire cette distinction. — Mon Dieu, non, vous ne la faites point.
Vous croyez (quand je dis vous, c'est la plupart
des gens) qu'un homme dont on parle beaucoup
a beaucoup de gloire. — Selon, dis-je, comme on
en parle. — Et ce fut là, continua-t-il, la dispute
de Boileau et du prince de Conti. Vous savez ce
trait? — Non, je pense. — Boileau était dans le
carrosse du prince de Conti, et on parlait de cela
justement, de la gloire des lettres et des arts,
que le prince rabaissait fort, faisant cas seulement de celle qui s'acquiert par les armes. Chacun, comme vous croyez bien, fut de l'avis de

Son Altesse. Boileau seul, peu courtisan, soutint
et par vives raisons prétendit prouver que la
gloire d'Homère égalait celle d'Alexandre. Là-
dessus un homme passant, le prince l'appelle,
et lui demande : Mon ami, dites-moi qui était
Alexandre? — Un grand capitaine, monseigneur.
— Et Homère, qui était-il? — Ma foi, monseigneur, je ne sais. — On se moqua du pauvre Boileau. Vous voyez que le prince prenait pour de
la gloire le bruit des conquêtes d'Alexandre, et
triomphait de ce que cet homme en avait ouï
quelque chose, n'ayant de sa vie entendu le nom
du poète. Mais, monseigneur, demandez-lui qui
est le bourreau de Paris, il vous le nommera
sur-le-champ; et qui est le premier prédicateur
de la cour, il ne saura que vous répondre. Est-ce
que le bourreau a plus de gloire, et préféreriez-
vous sa renommée à celle du révérend père Bour-
daloue? Voilà ce que put dire Boileau. Il avait
trop de sens pour juger autrement de ces choses-
là. Il se connaissait en gloire, non pas seulement
en poésie, et il faisait, lui, peu de cas de celle
d'Alexandre. Il le traitait de fou, d'enragé : vous
rappelez-vous ces vers? *Qui, traînant après soi
les horreurs de la guerre,* — oui, oui, *de sa vaste
folie...* — C'est cela, — *remplit toute la terre;* mais
s'il parle de Racine : *eh qui, voyant un jour.....:*
comment est-ce qu'il dit? *ne bénira d'abord le
siècle fortuné.....* — Ah! il était poète. — D'accord.

— *Vous êtes orfèvre, monsieur Josse ?* — Mais les âges suivans ont trop bien confirmé ce jugement de Boileau pour que l'on en puisse appeler; et sa prédiction s'accomplit chaque jour sur nos théâtres, où tout Paris applaudit les pièces de Racine. Chaque jour on bénit le siècle qui vit naître ces pompeuses merveilles. Le siècle qui vit les carnages d'Arbelles et d'Issus, s'avisa-t-on jamais d'en bénir la mémoire? Et regrette-t-on qu'Alexandre n'ait pas vécu plus long-temps pour donner d'autres batailles, comme on pleure que Racine ait refusé à la scène de nouveaux chefs-d'œuvre après Athalie? En un mot, qu'est-ce que la gloire? — La gloire? dis-je : pour en trouver la juste définition il y faudrait penser un peu. — Oh! dit la comtesse, la voici toute trouvée, la définition; et elle prit un livre près d'elle, et tournant quelques feuillets : c'est du Montaigne, nous dit-elle; et elle lut : *La gloire est l'approbation que le monde fait des actions que nous mettons en évidence.* Et Fabre là-dessus : — Eh bien ! est-ce cela? Vous paraît-elle exacte cette définition? Et comme je fis signe que je m'en contentais : — Voyons donc à présent, dit-il, qu'approuve davantage le monde, la guerre ou la poésie? — On approuve l'une et l'autre en son temps. — Mais, répliqua-t-il, en tout temps on approuve les vers, pourvu qu'ils soient bien faits, comme ceux de Racine ou de Boileau; qu'en dites-vous? — Sans doute. — Et les peintures comme celles de Raphaël, les statues telles que l'Apollon; ne sont-ce pas là des choses qu'on approuve toujours?'— Belle demande. — Et partout? — J'en demeurai d'accord. — La guerre, poursuivit-il, bien faite, comme la faisaient Alexandre et César, l'approuve-t-on toujours? — Je ne répondis pas d'abord. — Que vous en semble?— Eh mais, lui dis-je, c'est selon. — Selon quoi?— Selon qu'elle est ou juste ou injuste, et encore selon l'intérêt que chacun y peut avoir. — Vous dites bien, me répondit-il; car, par exemple, ceux qu'elle ruine, et le nombre en est infini, ne l'approuvent nullement. Les orphelins, les veuves, les parens à qui elle arrache un fils en âge de payer les soins paternels; enfin les pères, les mères, les femmes, les enfans, voilà comme vous voyez une bonne partie du monde, sans parler des marchands, laboureurs, artisans, qui n'approuvent point la guerre, quelque bien qu'on la fasse. Aussi, à dire vrai, les connaisseurs sont rares. Tandis qu'il y aura peut-être quelques tacticiens qui s'écrieront, à la lecture d'une relation : oh la belle bataille! le beau siége! tout le reste du genre humain, noyé dans les pleurs, chargera d'exécration l'auteur de la bataille ou du siége. Voilà l'approbation qu'on donne à la plus belle guerre.

« Avec tout cela, dis-je, il y a des guerres justes,

vous ne le nierez pas. — Quoi! dit-il, elles le sont toutes. Il n'y en a point qui ne soit juste d'un côté et injuste de l'autre. — Eh bien, la guerre juste on l'approuve. — Vous ne m'entendez pas dit-il. Nous parlons de la gloire des guerriers. La gloire en ce genre, c'est de tuer beaucoup. C'est cela qui fait le héros à tort ou à droit, il n'importe; et celui qui perd la bataille n'est jamais qu'un misérable, eût-il toute la raison du monde. Le vainqueur seul est le grand homme, et le plus grand homme est celui qui tue davantage : car ce ne serait rien d'avoir tué quinze ou vingt mille hommes, par exemple. Avec cela on est à peine nommé dans l'histoire. Pour y faire quelque figure, il faut massacrer par millions. Or, ces boucheries-là, quelque belles, quelque admirables qu'elles soient, au dire de ceux qui s'y connaissent, le monde, pour user des termes de Montaigne, les approuve peu, généralement.

« Nous lui témoignâmes quelque doute que cela fût vrai. Car on admire, disions-nous, beaucoup plus les conquérans que les rois bienfaisans; et la comtesse ajouta qu'il n'y avait point d'homme qui n'aimât mieux être Alexandre que Titus. — Il se peut, et je le crois comme vous, répondit Fabre; peut-être aussi admire-t-on plus un fameux brigand, qu'un sage magistrat. Cependant on approuve le juge qui fait pendre le brigand. Enfin vous et moi, me dit-il, nous approuvons plus Ra-

phaël d'avoir bien peint la Madone et l'enfant Jésus,
que César d'avoir égorgé trois millions d'hommes
en sa vie; et le monde est, ce me semble, assez
de notre avis. Il se fait tous les jours des massa-
cres qui valent bien ceux de César, mais le monde
y prend peu de plaisir, et divinise des ouvrages
bien au-dessous de ceux de Raphaël. Si les vœux
de la terre y faisaient quelque chose, on verrait
moins de Césars et plus de Raphaëls. En doutez-
vous? c'est qu'on approuve la besogne de ceux-ci,
non de ceux-là; et pour en venir aux exemples,
continua-t-il, Alexandre, dont nous parlions,
c'est le coryphée des destructeurs de l'espèce humaine, nul ne l'a surpassé dans cet art. Les guer-
rés d'Alexandre en son temps, pensez-vous qu'on
les approuvât? —Tout le monde, non.— Comment,
tout le monde? Et de qui croyez-vous qu'elles
fussent approuvées? Des Perses qu'il exterminait?
il n'y a pas d'apparence. Des Grecs qu'il massa-
crait à Thèbes? Des Macédoniens à qui sa gloire
coûtait leur sang, leurs enfans et le produit le
plus net de leurs héritages? Mais non; de ses compagnons peut-être, des chefs de son armée qui
périssaient victimes de ses extravagances ou punis
de les avoir blâmées? A celui qui lui conseillait
de faire enfin la paix, vous savez ce qu'il répondit:
Oui, si j'étais Parménion, c'est-à-dire si j'étais
un homme; mais je suis un héros, il me faut du
carnage; tout autre passe-temps est indigne de

moi, et je veux m'y divertir tant que je trouverai
des villes à saccager, des champs à ravager, des
gens à égorger. Pensez, je vous prie, comme cette
rage plut au général Parménion, qui eût bien
voulu jouir un peu de sa nouvelle fortune à Pella,
et comme il goûta le projet de s'en aller subju-
guer l'Inde et la Libye. Ce que Boileau appelle
folie dans Alexandre, alors on le nommait autrement, et personne, croyez-moi, n'approuvait ses fureurs, non pas même ceux qui en pro-
fitaient.

« Voyant qu'il s'arrêtait et nous regardait pour
connaître ce que nous pensions : Il y peut avoir,
dis-je, à cela, quelque chose de vrai. — Or, dites-
moi, reprit-il, les poèmes de Racine, les tableaux
du Poussin ou du temps d'Alexandre, les peintures d'Apelle, les sculptures de Lysippe, furent
approuvées des Grecs, des Macédoniens, des Perses également. Étrangers, citoyens, alliés ou ennemis, tous d'un commun accord louèrent ces ouvrages et leurs auteurs. Si cela n'est écrit, il est
probable au moins. Eh? — Je n'en fais nul doute.
— L'approbation du monde, ou la gloire, selon
Montaigne, était donc pour ceux-ci et non pour
Alexandre. Que vous en semble? — Mais vraiment.... — Et eux, des millions de bras ne s'ar-
mèrent point pour les aider à se faire un nom. Point
de gens à cheval, point de phalanges à leur commandement : seuls, sans bouleverser l'Europe et

l'Asie, sans piques ni épées, ils ont forcé le monde
à les admirer. Encore, ajouta-t-il, ceux-là dont la
renommée coûte si cher au genre humain, que
laissent-ils après eux? un bruit, un souvenir mêlé
avec celui de désastres fameux; mais rien qui soit
proprement d'eux; nul monument, nulle œuvre
de leur intelligence qui les représente aux hommes. Par les arts seuls qu'ils ignorent ils vivent
dans la mémoire, et leur gloire, toujours dé-
pendante du labeur d'autrui, périt, si quelqu'un
ne prend soin de la conserver.

« — Ah! lui dis-je, celle de César se passe très
bien d'un pareil service, et personne, je crois, n'a
mieux su se recommander soi-même à la postérité. — Il est vrai, certes, et c'est là ce qui le distingue du vulgaire des conquérans. Aussi, était-
il autre chose qu'un donneur de batailles. Mais
vous m'avouerez que sa tactique ne brillerait
guère maintenant sans sa rhétorique, et que
celle-ci fait bien valoir l'autre. Car enfin qu'est-
ce qu'une gloire dont aucun titre ne subsiste?
Qu'est-ce qu'un nom tout seul dans la postérité?
Ceux-là vraiment ne meurent point dont la pensée vit après eux. Alexandre fut grand guerrier;
on le dit; je le veux croire; mais Homère est
grand poète; je le vois, j'en juge moi-même, et si
je l'admire, c'est avec pleine connaissance, non
sur la foi des traditions. Raphaël respire encore
et parle dans ses tableaux. La Fontaine m'est

mieux connu que si, lui vivant, je le voyais sans lire ce qu'il a écrit. On peut dire même que ces hommes-là gagnent à mourir, et que leur ame qu'ils ont mise tout entière dans leurs ouvrages y paraît plus noble et plus pure, dégagée de ce qu'ils tenaient de l'humanité. Mais vos guerriers, leurs équipages, leur suite, leurs tambours, leurs trompettes font tout leur être, et perdant cela qu'ils vivent ou meurent, les voilà néant.

« Sur ce pied-là, dit la comtesse, Trissotin avait raison, qui *n'aurait pas voulu changer sa renommée contre tous les honneurs d'un général d'armée.* — Trissotin, je ne sais, dit Fabre; mais à votre avis, madame, tous les honneurs que l'on rendait par ordre du roi à messieurs les maréchaux valaient-ils un peu seulement de cette gloire que Corneille *ne devait qu'à lui-même?* Et Molière, qui parle ainsi, aurait-il changé la sienne contre celle d'aucun général, quand c'eût été même Turenne ou Condé? aurait-il donné le *Misanthrope* pour toutes leurs batailles? Son ami Boileau, je crois, ne le lui eût pas conseillé. Il savait trop bien, lui, *qu'on ne fait pas de vers comme l'on prend des villes*, et que tout ce que font les héros s'est fait de même avant eux, se fera encore après, et se ferait sans eux. Quelqu'un aurait gagné la bataille de Rocroi, quand même monseigneur ne s'y fût pas trouvé; mais le *Misanthrope*, qui l'eût fait sans Molière? Quand a-t-on fait rien de pareil avant ni depuis? Et je vous prie, duquel se passe-t-on mieux, de batailles ou de bonnes comédies?

« Comme la comtesse allait lui répondre, un domestique entra, et dit qu'on avait servi.—Ceci vient à propos pour vous, dit-elle à Fabre, car vous voilà, je pense, au bout de vos raisons.— Rien moins, sur mon honneur. Je ne vous en ai pas dit le quart, ni les meilleures. Tenez, madame, de grace, que répondriez-vous....?—Non, non, je vous donne gagné, dit-elle, et je tombe d'accord de tout ce que vous voudrez, pourvu que nous nous mettions à table. Nous nous y mîmes, et la comtesse, pendant le dîner, fit la guerre à Fabre sur sa façon d'argumenter, et son panégyrique des arts. A propos des arts, nous parlâmes de madame Hamilton, qui a long-temps habité cette maison-ci, et puis de Nelson, à propos de madame Hamilton. La comtesse l'a connu et dit qu'il ressemblait à Canova. Après le dîner, elle et Fabre montèrent en voiture, et je rentrai chez moi où j'écrivis ceci. »

Note. Ceci était considéré par Courier comme *achevé.* L'ayant depuis long-temps en porte-feuille, il le destina en 1821 à être inséré dans un journal périodique intitulé *le Lycée,* dont M. Viollet-Leduc, son ami, était rédacteur. Les bornes de ce recueil ne permirent pas de publier un morceau d'une telle étendue, et la conversation demeura inédite. Elle est intitulée *Cinquième conversation*, parce que, d'autres ayant préparé celle-là, Courier, engagé par la comtesse d'Albany, comptait les écrire toutes ; mais à l'exception d'une conversation sur Alfieri, dont on n'a point retrouvé trace, quoiqu'elle soit connue de quelques amis de Courier, le projet s'arrêta là.

CONSEILS
A UN COLONEL.

(1803.)

Quoiqu'il me paraisse plaisant que vous me demandiez un conseil, à moi qui vous ai toujours cru non seulement plus sage que moi, mais plus que bien d'autres qui passent pour des docteurs infaillibles, cela ne m'étonne pourtant pas; car je conçois que, sans avoir beaucoup de confiance à mes lumières, vous pouvez n'être pas fâché de savoir ce que je pense sur une question très importante pour toute la suite de votre vie, et qui par conséquent doit m'intéresser plus que qui que ce soit après vous. Sans compter qu'il n'y a personne qui ne puisse donner un bon avis, et que d'ailleurs, vous connaissant comme vous faites en amitié, vous avez fort bien pu me croire plus éclairé que vous sur ce qui vous touche, comme plus habitué à m'en occuper. Peut-être aussi n'avez-vous eu intention que de vous divertir, en me donnant pour un moment le rôle de Socrate, et prenant celui de Chœrephon. Pour moi, je crois que je ferais mal de ne pas me prêter à la plaisanterie; ainsi je prends de bonne grace le masque et les habits du personnage que vous voulez me faire représenter. C'est vous qui venez de bien loin pour consulter ma sagesse; moi je réponds à votre demande avec la même gravité que si j'étais en effet un des sept que la Grèce a rendus si fameux, et puisque de ce moment vous m'érigez en oracle, me voilà sur mon trépied.

Je commence par trancher tout net la difficulté, et je prononce que vous devez quitter votre régiment. Qu'est-ce qui peut vous y retenir? l'espérance de faire fortune? Vous avez donc changé d'idée? Vous voulez donc décidément vous enrichir à votre tour? Et sans doute on vous promet pour la campagne prochaine quelque province échappée aux Brune et aux Masséna, après lesquels vous ne vouliez pas glaner dans les grades inférieurs, vous sentant fait pour moissonner à pleines mains aussi bien qu'eux. O que je vous connaissais mal! vous me paraissiez différent, je ne dirai pas simplement de vos camarades, mais de tous les autres hommes. En effet, depuis dix années que je vous observe de si près, n'ayant aperçu dans votre conduite aucune trace de cette passion pour l'argent qui fait que tout le monde en veut avoir et qu'on n'en a ja-

mais assez, je croyais de bonne foi que dans la
carrière militaire où vous restiez par habitude
après y être entré par hasard, vous cherchiez non
seulement la gloire à laquelle ce chemin conduit
quelquefois, mais une gloire exempte des taches
qui la souillent presque toujours : et comme j'étais
témoin que vous aviez fait toute cette dernière
guerre sans songer à tirer parti, pour votre propre fortune, des désordres qui ont produit la
plupart de celles qu'on voit aujourd'hui, je m'é-
tais persuadé que vous aviez sur cet article des
idées toutes particulières; et que, loin de regarder la richesse comme le premier des biens, vous
ne la comptiez pas même parmi les choses qui
pouvaient contribuer à votre bonheur.

Je vois à présent que je me suis trompé : ce
n'était pas l'argent que vous méprisiez en lui-
même, mais les sommes que vous auriez pu
prendre vous paraissaient au-dessous de vous.
Vous n'auriez pas laissé à d'autres les dépouilles
des Perses, s'il n'eût fallu les partager. Le butin
que pouvait faire un simple capitaine ne valait
pas la peine, à vos yeux, d'être ramassé; vous
vouliez piller comme un général. Ainsi votre
cupidité ne diffère de celle des autres qu'en ce
qu'elle est plus dédaigneuse et ne s'émeut pas
pour si peu. Vous ne vous contentez pas, selon
la pensée d'Horace, de vous désaltérer aux ruis-
seaux; il vous faut des fleuves, des lacs, où vous

puissiez vous plonger et en avoir par dessus la
tête. Vous voulez faire fortune, mais à votre manière, non comme les autres en une campagne,
mais en un seul jour. L'Italie, la Suisse, la Hol-
lande, n'étaient pas des mines assez riches pour
vous; il viendra de meilleures occasions pour
lesquelles vous vous réservez, et quand vous
trouverez entassé dans le même endroit tout l'or
de l'univers, c'est là que vous jetterez votre filet.
Que ne le dites-vous tout de suite? c'est le pillage de Londres que vous attendez.

Mais sans prétendre à ces richesses dont
vous dégoûterait seule la source d'où elles sor-
tent, si elles vous tentaient d'ailleurs, il y a des
grades, un avancement que vous pouvez obtenir par des moyens plus glorieux. Nous ne sommes plus au temps où d'anciens préjugés mettaient à l'ambition de tous ceux qui n'étaient pas
nés dans un certain rang des bornes qu'aucun
mérite ne pouvait franchir; où un homme, quelque connu, quelque estimé qu'il pût être, s'il
ne l'était par ses ancêtres, n'osait prétendre à
des emplois, peut-être au-dessous de ses talens, mais au-dessus de son nom. Les choses
sont changées aujourd'hui; ces vieilles barrières
sont brisées; la lice est ouverte à tous venans,
et pour y disputer le prix peu importe comme
on s'appelle, quand on sait combattre. Une
grande révolution a mis en commun les emplois,

les honneurs, les richesses, la puissance, qui furent long-temps le patrimoine d'un petit nombre
de familles. Tout appartient à tous : les parts ne sont
point faites, chacun en a ce qu'il peut prendre,
et le conserve tant qu'il empêche qu'un autre ne
le lui arrache. Dans un état qui se gouverne par
de tels principes, où la naissance ne donne aucun droit, où nul n'a de distinction que ce qu'il
en acquiert par lui-même, l'ambitieux ne peut
trouver d'obstacles que dans les efforts de ses
concurrens. Ainsi les talens mènent à tout,
c'est Bonaparte qui l'a dit ; mais il devait ajouter : pourvu qu'on trouve une vieille maîtresse
d'un homme en place à épouser et une occasion de tirer le canon dans les rues de Paris.
Car sans cela où les menaient le siens ? Pour
preuve de ce qu'il disait, il pouvait citer les
gens qui ont eu part à son élévation, et que le 18
brumaire a placés avec lui au rang des dieux
mortels. Voilà vraiment des exemples à étudier
pour tous ceux qui se sentent appelés aux grandes
choses ; ces hommes-là nous montrent ce que
sont les talens dans une révolution et sous un
chef qui sait les apprécier.

L'un, dans la guerre d'Italie, écrivait sous sa
dictée avec une rare intelligence, et enregistrait,
avec une patience non moins admirable, le
sublime galimathias dont son maître amplifiait
tous les jours le mot d'ordre. Il mettait assez

l'orthographe, si ce n'est dans certains noms
que les secrétaires de l'état-major connaissaient
peu avant Bonaparte. Salamine et les Thermo-
pyles, qui revenaient à chaque ligne, lui firent
d'abord un peu de peine, et donnèrent lieu à
des erreurs qui réjouirent toute l'armée, mais
il se mit bientôt au fait, et devint à la fin si
habile qu'il écrivait toute la Grèce dans l'ordre
du jour, comme il le disait lui-même, aussi les-
tement que la distribution de l'eau-de-vie et du
vinaigre, sujet ordinaire de ses pièces d'éloquence. Quoi qu'il en soit, c'est là le mérite qui
le porta au généralat, puis au commandement
d'une armée, et enfin au ministère, et, soutenu
d'un tel mérite, il n'y a pas d'apparence qu'il
s'arrête en si beau chemin.

Un autre a si bien dans la tête tous les uni-
formes que les diverses troupes de France et
d'Allemagne ont portés depuis vingt années, qu'il
n'y a tailleur de régiment auquel il ne puisse
faire la leçon sur ce chapitre, ni costume si
exact où il ne trouve à reprendre. Aussi ne parle-
t-il d'autre chose, et, quoique conseiller, ce
n'est guère que sur cette matière qu'il est éloquent.

Un troisième est regardé comme le premier
homme de ce siècle pour courir la poste : on
croyait bien que ce talent pouvait mener partout, mais non pas à tout. Bonaparte l'a prouvé

dans la personne de D.... Il ne l'a pas fait seulement général (c'est par où l'on commence près de lui), mais négociateur, ministre, plénipotentiaire, plus que tout cela, favori.

Je laisse là, pour en finir, ceux qui excellent à boire, à jurer, à battre leurs gens, et qui doivent leur élévation à ces nobles qualités, auxquelles il faut avouer qu'on n'eût pas rendu la même justice en tout autre temps.

Si je vous disais simplement que parmi ceux qui ont obtenu depuis une certaine époque les premiers emplois dans le gouvernement, dans les ambassades, dans l'armée, il s'en trouve dont les noms font murmurer le public et rougir leurs collègues, vous pourriez me répondre à cela qu'il n'y eut jamais de corps si bien composé où il n'entrât quelque membre indigne d'en faire partie, ni de choix si éclairé qui ne donnât quelquefois prise à la critique; qu'en un mot il n'est pas possible que ceux à qui tombent en partage les grades élevés et les grandes charges d'un état soient tous également dignes. Nommez-m'en seulement quelques-uns parmi les hommes dont nous parlons, dans lesquels on aperçoive, non des vertus éclatantes, mais des qualités communes. Vous chercherez long-temps et lorsqu'à la fin vous en trouverez un dont il paraisse que la place pourrait être plus mal remplie, examinez comment il y est parvenu, et dites-moi si ce n'est pas un pur hasard, ou toute autre raison que son mérite personnel, qui l'y a conduit. Nous en savons un, vous et moi, que le peu d'esprit, qu'il a ou qu'on lui suppose, a failli perdre deux fois, et plus d'un qui ne doit son emploi qu'à l'impéritie dont il a fait preuve.

Ce n'est donc pas le cas de dire qu'on voit la médiocrité réussir quelquefois aussi bien que les talens, et des hommes ineptes se glisser par surprise avec ceux auxquels un mérite reconnu ouvre la porte des honneurs; mais que la sottise et l'ignorance entrent les premières, et le plus souvent seules, excluant les talens, qui demeurent à la porte, et que c'est un grand hasard quand un homme parvient aux emplois avec la capacité nécessaire pour s'en acquitter.

Ce que Bonaparte connaît le mieux dans son nouvel empire, c'est sans doute le militaire, et dans le militaire, l'artillerie. Or, si parmi nos officiers, avec lesquels il a vécu, il choisit pour les premières places des personnages tels que ceux qui brillent à la parade, quelles nominations doit-il faire dans toutes les autres parties d'administration qu'il ne connaît pas? S'il emploie chez nous son galon et sa broderie à couvrir une si grossière incapacité, je vous laisse à penser comme il les applique ailleurs; mais ne parlons que de nos corps, et ne sortons pas de la sphère où nous sommes lancés.

Je crois que vous convenez avec moi du peu de
valeur ou même de la nullité de ceux en qui ce
grand homme reconnaît les talens qui mènent à
tout, et il serait un peu tard pour vous en dédire,
après les risées que nous en avons faites tant de
fois. Mais quand vous êtes choqué de l'ineptie des
favoris que l'on avance ainsi, ne remarquez-vous
point le mérite réel de ceux qui restent en arrière?
Cela fait plus à mon dessein, et frappe plus directement au but que je me propose; car, c'est
peu de vous montrer que les sots parviennent,
il faut vous faire voir que les gens d'esprit demeurent, et vous forcer de convenir que si la médiocrité et souvent quelque chose au-dessous sont
en grande recommandation auprès des gens
de qui dépendent les grades où vous aspirez,
la supériorité est un titre encore plus sûr de ré-
probation.

Quel homme posséda jamais plus de connaissances approfondies en divers genres que notre
ami Fl...? et dans quel militaire, pour ne parler
que du métier, vîtes-vous jamais unie à une pratique si judicieuse une théorie si savante, tant
de lecture, tant d'exercice, une application si
constante; une activité si infatigable; une habitude de réfléchir; un esprit d'observation si
prompt à saisir tout ce qui pouvait, quelque
part que l'occasion s'en présentât, consommer
son instruction et mûrir son expérience? Pour

moi, je le regardais avec admiration, et plus je l'observais, plus il me semblait que l'étude et la nature avaient mis en lui tout ce qui peut rendre un homme propre à conduire les autres hommes, soit dans la paix soit dans la guerre. Vous lui rendiez la même justice. Tout le monde en tombait d'accord, et cependant qui songeait à lui, quand il fut tué devant Mantoue?

Que manquait-il à Cyprien, tant du côté de la bravoure et de la science militaire qu'à l'égard de la morale et des ornemens de l'esprit, par où il tenait tout ce que promettaient les graces de son maintien et l'expression si prévenante de sa physionomie? Combien de fois et par qui l'avonsnous vu rebuté? Parmi les chefs auxquels il voulut s'attacher, l'un redoutait la supériorité connue de son esprit et de ses talens; l'autre, sentant le contraste de sa propre grossièreté avec la politesse aimable de Cyprien, n'avait garde de s'exposer aux désagrémens de la comparaison. Sa figure lui nuisait auprès du grand nombre de ceux qui avaient sur cet article plus de prétention que lui, sans avoir les mêmes droits. De sorte qu'il n'y avait pas une de ces belles qualités, si vantées en lui depuis sa mort, qui ne fût un obstacle à son avancement. Faut-il s'étonner de cela, quand on en voit d'autres, comme F.... et P...., éprouver aussi tristement l'influence funeste d'une réputation bien moins méritée? Vous savez ce que dit

Berthier quand on lui proposa Dal... pour aide-
de-camp. Les auteurs que Dal... cite à tous propos firent croire à Berthier qu'il lisait. Il le refusa
en disant : c'est un savant. Jugez du tort que
doit faire un savoir réel si l'ombre seule en est
nuisible.

Pourquoi Debelle est-il ignoré, enseveli au fond
de la Bretagne, n'osant aujourd'hui se montrer à
Paris, où brillent des gens qui n'osaient jadis le
regarder en face? C'est parce qu'il a eu cinq chevaux tués sous lui, parce qu'il est couvert de
blessures, parce qu'il a décidé la bataille de Neû-
wied et contribué au gain de tant d'autres, sans
parler de Fleurus. En un mot, c'est parce qu'il
était connu de toute l'armée, aimé de ses camarades, admiré des ennemis, adoré des soldats,
lorsqu'un autre était obscur qui alors enviait et
craint aujourd'hui son courage. Le corps où il
s'est distingué par des actions si éclatantes est
maintenant en faveur : les grades, les récompenses, les honneurs vont au-devant de ses camarades : il en aurait comme eux sa part, s'il les
avait moins mérités.

Je n'aurais jamais fini, si je voulais vous nommer tous les officiers (je dis ceux de notre connaissance) auxquels un mérite, non seulement rare,
mais reconnu, n'a servi qu'à faire espérer un
avancement qui les fuit; mais ces exemples, et
ceux que votre mémoire peut y joindre, suffisent

pour vous montrer à quel point vous vous abu-
sez, si, pour faire votre chemin, vous fondez
quelque espérance sur les talens qu'on vous accorde, et croyez avoir de l'avantage sur des gens
connus pour valoir moins que vous. Pour moi,
quand j'y pense, je crois la fortune plus maligne
qu'aveugle. Car, enfin, si elle n'y voit goutte,
comment fait-elle pour ne jamais se rencontrer
avec le mérite?

Ce n'est pas d'aujourd'hui qu'ils sont brouillés
ensemble, et pour faire voir que ce qui est à cet
égard fut et sera dans tous les temps, je ne veux
que vous répéter vos propres expressions dans
une occasion que vous vous rappellerez aisément. Moreau, me disiez-vous, vante Ch... dans
ses rapports, l'emploie, lui donne des commandemens, et paraît n'avoir de confiance qu'en lui.
Tout le monde s'en étonne, ou demande comment Moreau peut s'aveugler au point de choisir, pour le seconder dans les opérations les plus
importantes de la guerre, un homme dont l'incapacité choque les moins clairvoyans. Mais Moreau ne se trompe point : il distingue très bien
dans Ch... un homme encore plus borné que lui,
et le seul, peut-être, de tous ceux qui l'appro-
chent, dans lequel il ne voie rien qui lui fasse
ombrage : c'est par là qu'il le préfère. Dans la
nécessité de confier à quelqu'un les fils de l'autorité, qu'il ne peut tenir lui-même, il choisit non

celui qu'il estime le plus, mais qu'il craint le moins, et agit en cela comme tout le monde; car on ne veut pas être éclipsé par le compagnon qu'on se donne; et quelque mérite qu'on se suppose, on ne laisse pas de se défier toujours du mérite des autres, et d'éloigner de soi ce qui peut donner lieu à de fâcheuses comparaisons: en quoi l'intérêt de l'ambition est d'accord avec celui de la vanité. Moreau se sert de Ch... parce qu'il n'est bon à rien, et ne peut être rien sans lui.

C'étaient aussi des gens de rien que Louis XI employait, quoi qu'on en pût dire. Si Pompée eût su de bonne heure apprécier César, il ne l'eût pas fait son gendre; César jugea mieux Antoine, et vit en lui l'homme qu'il cherchait pour jouer sous lui les seconds rôles; il n'eût pas confié l'Italie à Cœlius ni à Curion, sachant trop bien de quelle façon Marius, après avoir supplanté son général, s'était repenti lui-même d'avoir élevé Sylla. Le grand Scipion voulut servir sous les ordres de son frère, qui, peut-être, si le choix eût dépendu de lui, n'eût eu garde de se donner un pareil lieutenant.

En général, toutes les fois que, selon l'usage des armées romaines, *vir virum legit*, personne ne s'associe un plus vaillant que soi, et c'est le cas dont il s'agit; car un homme ne saurait s'élever sur les tréteaux de l'ambition qu'à l'aide

de quelqu'autre ; mais personne n'y veut faire
monter d'acteur qui joue mieux que lui, d'où il
arrive nécessairement que les meilleurs restent en
bas faute de quelqu'un qui leur tende la main.

CONSOLATIONS

A UNE MÈRE.

Que je suis malheureuse! — Oui, lui dis-je, vous êtes extrêmement malheureuse; le coup qui vous abat, abat les ames les plus fortes. Ce que la vôtre souffre, il n'y a qu'une mère qui puisse le savoir, et une mère aussi heureuse que vous l'avez été; mais pour ne pas croire votre cœur cruellement déchiré, il faudrait n'avoir soi-même ni connaissance ni sentiment des peines de la vie. Non seulement vos amis, mais les personnes même les plus étrangères à votre famille et aux affections maternelles, ont gémi sur votre malheur, et je ne crois pas qu'il y ait dans toute cette province quelqu'un à qui le nom de Sophie n'arrache encore de temps en temps ou une larme ou un soupir. Ceux qui l'ont connue la pleureront toujours, et tant de gens qui sans la connaître entendaient de tous côtés les louanges qu'on lui donnait, ne peuvent en parler sans être attendris. Si jeune, finir si tristement! rencontrer son dernier jour dans ses plus belles années, et s'éteindre tout-à-coup lorsqu'à peine elle commençait à briller de tout son éclat! N'était-elle donc née que pour quitter la vie au moment d'en jouir? et ne vous fut-elle donnée que pour vous montrer le bonheur qui vous échappe avec elle? Et puis un cœur si excellent, un esprit si enjoué, un caractère si doux! Aimée de tous ceux qui la voyaient, combien ne devait-elle pas être chère à sa mère? Dans la vieillesse même la plus avancée, elle n'eût jamais quitté le monde sans faire répandre bien des larmes, et quelque âge qu'elle eût vécu, Sophie ne pouvait mourir qu'on ne se plaignît de la nature.

Avec une fille si accomplie, et un fils que vous-même n'auriez pu souhaiter plus parfait, vous deviez vous regarder comme la plus heureuse des mères, et il n'y avait point de famille si nombreuse ou si florissante qui pût montrer rien de semblable à ce qu'offrait la vôtre dans ces deux enfans. Que dis-je? à présent même, il n'y en a point dont l'orgueil ne s'accrût d'avoir produit un homme semblable à votre fils, ou une fille digne de lui. Oh! que vous étiez vraiment heureuse, puisque après avoir perdu la moitié de votre bonheur, il vous reste encore de quoi faire celui d'une autre famille! Quelquefois, je vous l'avoue, je croirais apercevoir dans cette seule considération de quoi adoucir vos maux,

s'ils étaient de nature à recevoir quelque soula-
gement, ou si votre ame pouvait écouter d'autres
conseils que ceux de la douleur; car enfin, où
sont les parens qui ne se contentassent d'avoir
pour fils Édouard? vous-même, tous vos désirs seraient satisfaits, et vos vœux comblés, si
vous n'eussiez pas goûté la douceur d'être encore
la mère de Sophie.

Tout ce qu'il fallait pour votre bonheur, vous
l'avez dans Édouard; ce qui vous fut donné de
plus était un surcroît de félicité que vous ne
pouviez vous flatter de conserver toujours. Ce
fut une méprise plutôt qu'une faveur de la
Providence, de vous avoir fait double part
d'un bien dont elle est si avare, et prodigué
ce qu'elle ménage au petit nombre de ses favoris. Vous avez profité d'une erreur si douce tant
qu'elle a duré, et même, après le compte cruel
que vous en avez rendu, vous êtes encore la
seule femme qui ait mis au monde deux enfans
d'un mérite si rare; vous avez pu perdre Sophie,
mais vous ne perdrez jamais le titre de sa mère;
on se souviendra toujours que ce fut vous qui
lui donnâtes le jour et l'éducation. C'est tout
pour une mère d'avoir Édouard; c'est beaucoup
encore d'avoir eu Sophie.

Vous ne désireriez rien si vous n'eussiez jamais eu d'autre enfant qu'Édouard, et vous trou-
veriez en lui tout ce qu'une mère peut demander

au ciel. Sa réputation naissante qui efface déjà
d'anciennes renommées, l'éclat de ses premiers
succès qui, pour tout autre, seraient le terme
de l'ambition, les éloges qu'il reçoit, et bien plus
ceux qu'il mérite, dont une tendresse aussi éclai-
rée que la vôtre sait lui tenir compte; enfin l'estime des honnêtes gens, l'admiration du public
et la fureur même de ses envieux seraient pour
vous le sujet d'un triomphe perpétuel. Vous bé-
niriez votre sort et vous n'imagineriez pas que,
comme mère, il vous manquât aucune des jouissances que peut donner la maternité.

Faut-il donc que vous vous priviez de tant de
biens qui vous appartiennent, et qu'un bonheur
si rare, si réel, dont il ne tient qu'à vous de jouir,
soit empoisonné par le rêve d'un bonheur encore plus grand; que, pour un trésor perdu,
vous négligiez ceux qui vous restent; qu'un enfant qui n'est plus vous fasse oublier celui qui
vous tend les bras; que la mémoire seule de Sophie ait plus de pouvoir sur vous que la présence
d'Édouard, et que les larmes dont vous arrosez
une cendre inanimée vous rendent insensible à
celles que votre fils répand sur vous.

Qu'est-ce que Sophie, après tout, aujourd'hui?
une ombre, un souvenir, un nom, tandis qu'É-
douard est votre fils, un fils dont vous connaissez mieux que qui que ce soit le mérite et le
prix. Tout ce que Sophie fut pour vous, Édouard

l'est à présent. Sophie vous aima, Édouard vous adore. Sophie faisait votre joie, Édouard est votre orgueil et votre espérance; mais Sophie vous consolait dans tous vos chagrins;..... pour Édouard, ni sa tendresse ni ses soins n'ont le pouvoir de suspendre un seul moment vos douleurs.

Cependant je me rappelle qu'avant que sa sœur vous fût enlevée, quand je les voyais l'un et l'autre, unis sous vos ailes, votre affection ne faisait jamais de partage entre eux, vos bras les serraient en même temps, vos yeux leur marquaient le même amour; et vos deux enfans confondus dans le cœur de leur mère, on eût dit que chacun d'eux l'occupait tout entier, comme chacun paraissait y avoir un droit égal. Cette fatale différence que la mort a mise entre eux devrait-elle être à l'avantage de celui qui n'existe plus, et si vous deviez dès-lors en oublier un, fallait-il que ce fût celui qui vous reste! Malheureux jeune homme, quelle découverte pour lui s'il s'aperçoit qu'en l'écoutant ce n'est pas à lui que vous pensez; qu'il n'est pas en son pouvoir de vous distraire seulement de votre douleur; que de sa part tout cède auprès de vous à l'idée seule de Sophie! Commencera-t-il à lui porter envie du jour qu'elle est morte? Voulez-vous qu'il voie qu'elle emporte tout votre amour, et qu'ayant perdu sa sœur, il doute encore s'il a une mère?

Il a pu quelque temps se persuader que le premier sentiment d'une perte si cruelle vous empêchait de regarder ce qui vous reste, et quels que fussent ses droits pour succéder à ceux de Sophie, il dut attendre du moins que sa cendre fût éteinte, et laisser couler vos larmes, pour retrouver dans vos yeux leur tendresse accoutumée. Mais si après trois mois vous n'êtes pas plus accessible aux consolations que le premier jour; si votre douleur, loin de diminuer, semble devenir de jour en jour plus sombre, et ne reçoit d'adoucissement ni de la vue, ni des caresses d'un fils, que voulez-vous qu'il s'imagine, et du pouvoir qu'il a sur vous, et même du rang qu'il a tenu jusqu'ici dans votre cœur? Ah! ne lui laissez pas croire que l'affection dont vous lui donnâtes des marques si chères dans un autre temps, n'était que le superflu de votre tendresse pour Sophie, et que vous aimez mieux aujourd'hui mourir avec elle que de vivre pour lui!

La douleur raisonne peu. Comme elle ébranle au contraire la raison la plus ferme et trompe le sens le plus droit! Vous, dont la prudence et l'esprit sont si vantés qu'on se pique partout de prendre de vous exemple et conseil, vous ne voyez pas que vous quittez la réalité pour l'ombre, et que votre ame égarée par une image trompeuse laisse là le véritable, l'unique objet de son affection, celui qui doit désormais la pos-

séder seule et l'occuper tout entière pour suivre
un songe, une illusion; non que je prétende
vous interdire de penser à votre fille. Sophie a
sur votre souvenir des droits trop puissans pour
en être jamais bannie, et loin d'exiger de vous
ce sacrifice, je ne le crois pas même possible; je
serais fâché qu'il le fût pour vous, et je ne vous
croirais pas digne d'être la mère de Sophie, si
vous pouviez l'oublier. C'est un nom que rien
désormais ne saurait effacer de votre mémoire;
avant d'en perdre le souvenir, vous perdrez tout
sentiment de votre propre existence, et, dans
votre cœur, son image adorée vivra jusqu'à votre dernier soupir. Tenter de l'en arracher, ce
serait connaître bien peu et vous, et ce que vous
perdez, et ce que l'amour maternel inspire dans
la situation où vous vous trouvez. Pour moi,
quelque peine que j'éprouve à voir votre afflic-
tion sans fin et la douleur qui vous consume, si
je pouvais faire aujourd'hui que toute idée de
Sophie sortît pour jamais de votre esprit, je ne le
voudrais pas, et s'il n'y avait d'autre voie pour
adoucir vos chagrins que de vous rendre insensible, ce ne serait jamais moi qui entreprendrais
de vous consoler à ce prix.

En cela comme en toute autre chose, obéissez
à la nature, qui n'égare jamais; et si jamais on
ne la quittait, on serait toujours irréprochable.
En vous rendant mère, elle voulut que vous ai-

massiez vos enfans, et que vous ne pussiez les
perdre sans regret; et comme elle voulut en
même temps que votre amour surpassât celui de
toute autre mère, elle vous imposa la nécessité
de les regretter davantage. C'est un guide sûr;
suivez-le, mais ne le passez pas. Allez jusqu'où
il vous mènera, mais non pas au-delà; que votre
ame s'abandonne aux impulsions qu'elle en reçoit
sans y résister, mais sans y ajouter de ses propres
efforts. Moi-même j'ai eu aussi mes malheurs et
mes chagrins, et je ne suis pas parvenu à l'âge
où vous me voyez sans prendre ma part des peines de la vie. Mon cœur a reçu des blessures qui
saignent encore tous les jours. J'ai fait comme
vous des pertes après lesquelles il m'eût semblé
que je ne pouvais plus vivre, pertes, non de celles
qui peuvent jeter la jeunesse dans une fureur
d'un moment, mais de celles dont le vide ne se
remplit jamais. Il n'appartient qu'à certaines ames
de sentir ce qu'il y a d'affreux dans ces priva-
tions, et tous cœurs ne sont pas faits pour toutes
douleurs. Dans les intervalles de calme que mon
désespoir me laissait (car les peines les plus cruelles ont leurs instans de relâche, et des sentimens
si vifs ne sauraient se soutenir au même degré),
alors, lassé pour ainsi dire de lutter contre la
douleur, je me laissais aller insensiblement à penser que, puisqu'il n'y avait ni pleurs ni sanglots
qui sussent ramener les morts à la vie, le deuil

était donc superflu et les larmes en pure perte, et qu'il serait beaucoup plus sage de se soumettre à la destinée que de murmurer contre un arrêt qu'on savait ne pouvoir être ni révoqué ni suspendu. Mais bientôt me surprenant dans ces réflexions qui s'offrent d'elles-mêmes à tous les affligés, comme un baume que la Providence a mis exprès à leur portée, je me querellais en quelque sorte; et, comme si j'avais eu horreur de ma guérison, déchirant de ma propre main ce premier appareil dont la nature se servait pour assoupir mes douleurs, je retournais avec plus d'obstination que jamais à mes plaintes accoutumées.

Voilà comme une ame blessée nourrit elle-même ses ennuis, et se fait de s'affliger un chimérique devoir. Sa tristesse devient un vœu qu'elle renouvelle tous les jours, et ses larmes un tribut dont elle ne se croit jamais quitte. Il n'en serait pas ainsi, si nous suivions la nature, qui a voulu que tout mal eût sa guérison, et que toute peine aboutît à consolation. C'est un des décrets de cette intelligence qui préside à tout, et, pour preuve, observez seulement ce qu'elle fait faire aux animaux; car où peut-on mieux étudier ses lois que dans les êtres qui lui sont le plus parfaitement soumis? Les oiseaux, lorsqu'on leur enlève ou leurs œufs ou leurs petits, gémissent quelque temps auprès du nid dévasté,

qu'ils abandonnent bientôt pour en aller con-
struire un autre. La biche qui perd son faon
reste errante et solitaire dans les lieux où elle
avait coutume de le voir jouer autour d'elle;
muette en tout autre temps, elle fait entendre
alors un accent plaintif, et les larmes qu'elle répand (au dire de tous les chasseurs) donnent à
ses regrets quelque chose qui semble tenir de
l'humanité. A la fin pourtant elle s'éloigne, et
dissipe son chagrin en cherchant d'autres herbages et d'autres forêts. Serait-ce que dans ces
espèces les affections de ce genre sont moins
vives que chez nous? et croyez-vous les animaux
moins attachés que les hommes à ce qu'ils ont
mis au monde? Les plus faibles, les plus timi-
des, qui ne savent faire aucune résistance quand
on attaque leur propre vie, deviennent hardis
dès qu'ils voient leur famille menacée : ils bra-
vent tout pour la défendre, et, dans l'espoir de
la sauver, sacrifient leur vie ou leur liberté. Mais
la nature à laquelle ils se laissent gouverner ne
veut point de deuil éternel.

Voulez-vous que nous prenions des exemples
plus près de nous? Parmi les paysans, il arrive
quelquefois que celui qui faisait seul subsister
toute sa famille périt par quelque accident, laissant des enfans trop jeunes, et des parens trop
infirmes pour vivre de leur travail. Ceux-là sans
doute sont à plaindre. Le besoin présent et l'in-

certitude de leur existence à venir, joints aux
sentimens naturels, rendent leur situation une
des plus affreuses qui se puissent même imaginer; aussi tout offre chez eux l'image de la désolation; le rocher qu'ils habitent, et les environs
sont assourdis de leurs cris; ils se roulent dans
la poussière, s'arrachent les cheveux, se déchi-
rent le visage, et font (n'étant retenus par aucune idée de bienséance) tout ce qu'inspire
aux malheureux cette espèce de frénésie que produit l'excès de la douleur. Cette douleur cependant, peu de jours suffisent pour l'apaiser, et
quelques semaines l'effacent entièrement. Car ils
ne savent ce que c'est que de se forger sans cesse
de nouveaux tourmens, et de retenir à soi les
maux que le temps emporte.

Ces gens, que je propose pour exemple à une
personne comme vous, sont grossiers à la vérité,
et n'ont ni politesse ni éducation; mais, ne vous
y trompez pas, il en est des sentimens comme
de la beauté, dont les vrais modèles ne se trouvent que dans la simplicité de la nature agreste.
Et que serait-ce si, tous les hommes ayant à
mourir à leur tour, il fallait que chacun d'eux
laissât un regret éternel à ceux auxquels il fut
cher? Comme il n'y a point d'attachement que
la mort ne doive rompre, il n'y aurait personne
qui ne devînt tôt ou tard inconsolable par la
perte de quelqu'un de ses amis ou de ses pro-

ches: le monde présenterait une scène continuelle de désolation, et le sort des morts que l'on
pleurerait serait bien préférable à celui des vivans.

Dans le fait, plus j'y réfléchis, vous regrettez
votre fille, est-ce pour elle-même ou pour vous ?
Je veux dire: est-ce elle que vous trouvez malheureuse de n'être plus, ou vous d'être privée
d'elle? Quant à vous-même, on ne peut nier que
vous n'ayez sujet de vous affliger; mais de fuir
toute consolation, de renoncer à la lumière, de
vous ensevelir dans votre tristesse, comme une
personne que rien n'attache plus à la vie (je ne
feins pas de vous le dire, j'aime mieux vous paraître dur que de flatter votre douleur, et d'avoir
un jour à me reprocher que ma complaisance
ait entretenu ce funeste caprice), cela est dérai-
sonnable, injuste, indigne de vous. Car, après
tout, le malheur ne vous a frappée que d'un
côté, vous ne faites compassion que sous un seul
aspect, tandis qu'à tout autre égard vous avez
tant à vous louer de la fortune et de la nature,
que quelqu'un qui ne saurait pas ce qu'elles vous
ont ôté, en voyant ce qu'elles vous laissent, aurait de la peine à comprendre de quoi vous les
accusez. Quant à votre fille, si c'est elle dont
vous déplorez le sort, à cet égard votre douleur
trouvera plus d'approbateurs, et tout le monde
sera d'accord avec vous pour plaindre Sophie.

Cependant, qui peut dire si elle est véritablement à plaindre? Tout ce que nous en savons, c'est qu'elle n'est plus avec nous, qu'elle n'est plus comme nous; mais pour décider que de cela seul elle soit misérable, il faut que nous sentions bien notre félicité, que nous soyons bien convaincus d'être parfaitement heureux, et qu'on ne peut l'être séparé de nous, ni autrement que nous. Je ne veux point vous faire ici une énumération sans fin des peines de la vie; mais est-ce à vous d'en regarder la privation comme un malheur, quand vous ne pouvez la supporter, quand vous reconnaissez tous les jours que vous y avez trouvé si peu de douceur mêlée à tant d'amertume? Et fût-il même démontré qu'elle ait été fort heureuse tant qu'elle est restée avec nous, encore faudrait-il être sûr qu'elle l'eût été toujours, pour pouvoir la plaindre de nous avoir quittés. Vous, à qui vos maux paraissent si pesans, vous éprouvez ce dont elle était menacée, et qu'elle pouvait éprouver plus cruellement encore. Elle eût pu perdre une Sophie, sans avoir un Édouard pour la consoler.

Mais pourquoi recourir à des suppositions? Partagez en deux le cours de votre vie; mettez d'un côté tout ce qui a précédé l'âge de vingt ans, de l'autre tout ce qui l'a suivi, vous verrez non seulement que la meilleure de ces deux parts est échue à votre fille, mais que l'autre, à l'apprécier tout ce qu'elle peut valoir, ne mérite pas d'être regrettée; et si après cela vous considérez que votre sort a été de ceux qui faisaient envie, et que peu de filles peuvent se promettre d'être femmes et mères aussi heureuses que vous, en quoi trouvez-vous à plaindre celles qui sont dispensées de courir un hasard où vous savez combien de maux accompagnent les chances les plus favorables? Pensez quelle est, à cet âge où il faut prendre un parti pour le reste de sa vie, la perspective que l'avenir offre à votre sexe! Nul bonheur dans le célibat; dans le mariage tout à craindre, peu à espérer. Quel si grand malheur est-ce donc de n'avoir point à faire un tel choix? Votre fille n'a vu du monde que ce qu'il a de supportable; elle y a fait peu de chemin, mais ce qu'elle en a parcouru était la seule partie où elle pût trouver quelques fleurs.

Tous ceux qui meurent le même jour, enfans ou vieillards, leur sort est égal; et ils ne sont pas plus à plaindre ni plus heureux les uns que les autres, dès qu'ils ne sont plus. Cependant on plaint ceux-ci et non pas ceux-là. Le malheur de cesser d'être est-il proportionné au temps que l'on a existé? et la mort fait-elle moins crier l'octogénaire que l'homme de vingt ans? Vous savez que c'est tout le contraire: le vieillard la redoute, et son nom seul lui fait horreur; le jeune homme la voit venir, et la fixe sans se troubler.

Pourquoi donc celui qu'on plaint le plus est-il précisément celui qui se plaint le moins, comme si on ne savait pas que le coup est plus sensible à mesure qu'on le craint davantage? De quelque manière qu'on l'envisage, une vie de peu d'années, où se trouvent toutes les douceurs dont la vie est susceptible, vaut mieux que celle dont la fin se passe à regretter le commencement, et où les derniers dégoûts sont une cruelle compensation des premières jouissances.

Ceux qui sont morts il y a cent ans, qu'importe qu'ils aient péri à la fleur de leur âge ou dans la décrépitude, puisqu'en toute manière ils n'en seraient pas moins morts à l'heure présente? Ainsi de votre fille! Une fois passé le temps qu'elle aurait pu vivre selon les lois de la nature, il sera indifférent qu'elle ait vécu plus ou moins. Quand la génération entière sera disparue, quel avantage sera-ce d'avoir fini un peu plus tôt ou plus tard? La prairie une fois fauchée, que fait à telle ou telle fleur d'être tombée le soir ou le matin? Et ne vous figurez pas que nous ayons tant à attendre; jetez un coup d'œil en arrière, et voyez avec quelle vitesse s'est écoulé le temps, depuis que vous vous connaissez. Comme le passé s'enfuit, l'avenir s'avance, et, plus tôt que nous n'y aurons songé, nous trouverons le terme fatal, passé lequel, sans égard au chemin que chacun aura fait, tous se trouveront au même point. Alors il n'y aura aucune différence entre votre fille et vous ; vous serez réunies toutes deux, pour ne vous plus séparer, ou dans un repos éternel, ou dans l'existence, quelle qu'elle soit, qui est réservée aux ames pures comme les vôtres. Sans pouvoir dire quel sera votre sort à toutes deux, du moins vous êtes sûre qu'il sera commun....

L'HÉRITAGE

EN ESPAGNE.

Nous allâmes l'autre jour, mon oncle et moi, chez madame B. à l'Avellanette; nous trouvâmes là les personnes qu'on a coutume d'y voir, et que vous y avez vues la plupart pendant votre séjour ici. Cette visite donna lieu à une conversation dont vous serez peut-être bien aise que je vous rende compte le mieux que je pourrai.

Vous vous rappelez le petit Espagnol, cette figure maigre, noire, cet air raide et taciturne; il vous a trop diverti avec sa mine étique, et son feutre à grand poil, et sa frisure antique, pour que vous l'ayez oublié; et de tant de noms par lesquels il se fit connaître à nous, sûrement vous en avez retenu quelqu'un. Enfin vous savez qui je veux dire, et vous le voyez d'où vous êtes, ou plutôt vous croyez le voir, car ce n'est plus le même homme. Il était, il y a huit jours, laid, malpropre, déguenillé, méprisé, bafoué, rebuté. Il est aujourd'hui beau, bien mis, accueilli,

chéri, adoré. Tous ses ridicules sont devenus des
graces. A cette légende de titres que vous trou-
vâtes si comiques, il vient d'en ajouter un qui
donne du lustre à tous les autres; c'est celui de
seigneur de cinq cent mille écus de rente, comme
disait ce banquier d'Henri IV. Venez maintenant
vous moquer d'un homme qui possède de grandes
terres dans toutes les provinces de l'Espagne, et
auquel ses propres vaisseaux apportent tous les
ans ses revenus du Mexique. Pour nous, qui n'a-
vions nulle nouvelle de cette métamorphose,
en arrivant nous faillîmes faire quelque sottise ;
car ayant été introduits dans cette salle basse
que vous connaissez, quand nous eûmes pris
place au cercle dont était ce grave personnage,
nous aperçûmes bien d'abord quelques changemens et dans ses manières et dans celles dont
on usait à son égard; mais ne sachant pas ce qui
lui attirait cette nouvelle considération, nous
ne faisions pas à sa personne plus d'attention
qu'à l'ordinaire, si ce n'est que, la conversation
paraissant dirigée vers lui, mon oncle, pour y
prendre part, allait, selon sa coutume, lui adresser quelqu'une de ces mauvaises plaisanteries
qu'on ne lui épargnait pas autrefois, comme
vous savez. Mais heureusement on le prévint;
car chacun se doutant de notre ignorance, s'em-
pressait de nous mettre au fait. Ce gros homme
court, s'il vous en souvient, qui a voyagé en Es-

pagne (peut-être saurez-vous son nom , que je
ne me rappelle pas à présent): Votre hôtel à
Madrid, dit-il, est le plus beau qu'il y ait dans
toute la ville. Un tel, ministre, s'est ruiné à le
faire bâtir; et pour l'ameublement, ma foi, le
roi n'a rien qui en approche. Moi, dit madame B.,
ce que j'aime, c'est cette terre qui vous rapporte,
combien, s'il vous plaît, dom Joseph ? Le même
homme répondit pour lui : Cent mille piastres,
madame, celle d'Andalousie; pour le moins autant celle des frontières du Portugal... Là-dessus
il nous fit un ample détail des revenus et des
domaines de ces deux terres, qu'il connaissait,
disait-il, comme son propre bien. A chaque article l'orateur faisait une pause, l'auditoire s'é-
criait, dom Joseph baissait les yeux, s'inclinait,
paraissait confus, comme si on l'eût forcé d'entendre l'énumération de ses vertus ou de ses
belles actions. Pour nous, nous ne savions que
penser, et, doutant si ce que nous voyions était
sérieux ou bouffon, nous faisions une mine qui
tenait tour à tour de l'un et l'autre, attendant,
pour prendre un parti, des éclaircissemens que
nous eûmes bientôt. Dom Joseph se leva, et sortit
pour aller souper, nous dit-il, chez madame de
F., dont la porte, il y a quelques jours, lui était
encore défendue. Alors nous fîmes des questions,
et le gros homme, qui ne manquait guère les occasions de discourir, nous dit: Vous avez sûre-

ment entendu parler de la contagion qui fit l'an
passé tant de ravages en Espagne. Les provinces
du Midi furent celles qui souffrirent le plus. Ca-
dix surtout, assiégée alors par une flotte anglaise,
perdit les trois quarts de ses habitans. Des familles entières disparurent. Celle de Villa-Franca,
une des plus riches du royaume, fut regardée
comme éteinte. Tous les héritiers connus de cette
maison ayant péri successivement, on fit publier dans toute l'Espagne, que s'il existait quelqu'un qui crût avoir des droits à la succession
vacante, il eût à se faire connaître ; mais personne ne se présenta. Selon les lois, ces biens
revenaient à la couronne, et allaient y être
réunis, lorsqu'un gentilhomme espagnol passant à
Toulouse vint voir quelqu'un dans ces cantons.
Par hasard il entend nommer dom Joseph de
Villa-Franca ; c'était cet homme-ci, dont le père,
il y a environ quarante ans, venu de je ne sais
où, n'ayant rien, trouva ici une femme avec
quelque bien, et s'y établit. L'Espagnol, frappé
de ce nom, s'informe qui est dom Joseph, fait
connaissance avec lui, et après s'être assuré qu'il
appartenait réellement à la maison de Villa-
Franca, sans autre explication il se rend à Madrid, et trois semaines après il revient apportant
à dom Joseph le chapeau de grand d'Espagne
avec des lettres de la cour par lesquelles on lui
apprend qu'il a six cent mille écus de rente, tant
en Europe qu'en Amérique.

Après ce récit les exclamations recommencèrent, un peu différentes pourtant de celles que nous avions entendues quand dom Joseph était présent. Quelle fortune! disait-on. Pour moi, je m'en réjouis de tout mon cœur; c'est un si brave homme que ce dom Joseph; que d'argent il va entasser! que de lésines, que d'usures il va inventer! Quelle carrière pour l'avarice que six cent mille écus de rente! Il portera l'habit que vous lui voyez, à moins que ses parens crevés de la peste n'en aient laissé dont personne ne veuille; ma foi, je plains les gens qui se trouveront dans sa dépendance; il les traitera sans pitié; ses voisins n'auront guère de repos; il est chicaneur, envieux, brouillon, malfaisant. Quant à ses manières, je ne sais qui pourra s'en accommoder, car si dans son grenier il était insolent, que sera-ce désormais? Après tout, il faut convenir que c'est un brave homme. Je suis bien aise en vérité de ce qui lui arrive; cela m'a fait plaisir quand je l'ai appris.

La conversation continua toute l'après-dînée sur ce ton, et, autant que je le puis croire, elle ne changea pas de sujet lorsque nous fûmes partis, tant on avait à dire sur dom Joseph et sa fortune. Le soleil commençait à baisser quand nous nous levâmes pour prendre congé de madame B.; alors seulement nous nous aperçûmes que l'abbé nous manquait. Il est sorti sans que personne y eût fait attention. Vraiment, dit madame B., j'aurais été bien surprise qu'il fût resté chez moi le temps d'une visite honnête, madame DD. n'y étant pas. Croyez-moi, faites-le demander en passant chez la belle veuve; autrement n'espérez pas que l'abbé songe à la quitter ou elle à le renvoyer avant la nuit close. — Oh bien, dit une autre femme, s'il reste jusqu'à cette heure-là, ce n'est pas celle des séparations, et l'étoile du berger ne chasse que les amans maltraités. — Ah! ah! l'étoile du berger, dit madame B.; il est bien question de cela; c'est l'étoile de l'abbé qui domine maintenant sur les jeunes veuves, et, en vérité, je crois que ma belle voisine brave trop les influences d'un astre si dangereux. A ce propos il n'y eut personne qui ne fît au moins un sourire. Les femmes se regardèrent d'un air d'intelligence, et madame B., un peu piquée, à ce qu'il paraissait, des assiduités de l'abbé ailleurs que chez elle, trouva quelque consolation dans le succès de ses épigrammes. Nous partîmes. Mademoiselle P., qu'accompagnait ce médecin dont le frère a épousé sa sœur, s'en vint avec nous. Vous savez qu'ils demeurent dans notre voisinage. A la porte de madame DD., nous fîmes demander l'abbé; on nous dit qu'on ne l'avait point vu. Je le crois, dit le docteur, on ne l'a point vu non plus chez madame B., où il était tout à l'heure; les abbés ne sont visibles que quand il leur plaît. Nous nous informâmes de la santé de madame DD.; mais nous n'entrâmes point chez elle, l'heure ne nous permettant pas de nous arrêter. En chemin nous ne parlions d'autre chose que de l'abbé. On ne pouvait deviner la cause de son départ. Des affaires, il n'en a point; une indisposition, il ne sait ce que c'est; il n'est pas chez madame DD., qu'est-il donc devenu? où peut-il être allé? Dans le fait il était aisé de voir en ce moment-là même combien peu nous savions nous passer de lui, et le tort que son absence faisait à la conversation, qui expirait à chaque instant; mais nous fûmes bientôt hors de peine.

Avant d'arriver au petit pont, à quelque cent pas de la rivière, à main gauche, en venant de l'Avellanette, il y a trois grands et vieux chênes, et au pied de celui du milieu un tronc couché en travers qui sert de siége aux paysans; derrière est un bois taillis que traversent le grand chemin de Saint-Antoine et des sentiers peu fréquentés, si ce n'est par les paysannes qui mènent de ce côté paître leurs bestiaux, ou quelque pauvre enamourée qui elle-même va s'y repaître de doux souvenirs. Cet endroit-là vous est connu, et si je m'attache à le décrire, ce n'est pas que je vous soupçonne de l'avoir si tôt oublié. Bref, nous l'avions déjà passé, ce joli endroit, et nous approchions du pont, quand, je ne sais par quel hasard, je tournai les yeux vers le petit bois, et je vis l'abbé assis sous les chênes. Je le montrai à mon oncle ; nous revînmes de son côté, mais doucement comme pour le surprendre, et nous le trouvâmes plongé dans une telle rêverie, que, quoique nous fussions, en vérité, tout auprès de lui, il ne nous voyait seulement pas. Il était appuyé la tête contre l'arbre, son chapeau par terre à ses pieds, les jambes croisées, les mains sous sa veste, le regard immobile, qui ne semblait fixé sur rien ; c'eût été un homme endormi, s'il n'avait eu les yeux ouverts. Nous le regardions sans parler, mais pas sans rire, et ce fut là ce qui le fit nous apercevoir. Il eut vraiment l'air de se réveiller, et alors mademoiselle P. lui dit avec son air sérieux : Voilà donc comme vous plantez là des femmes qui comptent sur vous pour passer une soirée. En vérité, vous êtes poli ! ou plutôt c'est nous qui sommes bien bonnes de courir après vous, comme s'il n'y avait qu'un abbé dans le monde, et que l'on n'en eût pas à choisir entre mille un peu moins aimables peut-être, mais beaucoup plus complaisans que vous. L'abbé sans répondre à mademoiselle P., s'écrie : Mes amis, que faites-vous, vous me ruinez, vous me dépouillez, vous m'enlevez toute ma fortune. Ah ! mes vaisseaux, mes colonies, mes ateliers, mes capitaux, mon commerce ; ah ! mes palais, mes châteaux ; tout s'écroule, tout disparaît ; il ne me reste pas un sou, et me voilà plus gueux que jamais.

Tudieu! dit mon oncle, s'il a perdu tout cela
depuis qu'il nous a quittés, il est assez puni,
mesdames, et vous devez lui pardonner.

Que vous êtes bon! dit mademoiselle P....; ne
voyez-vous pas que c'est un fripon qui veut faire
banqueroute? Des vaisseaux perdus, des malheurs,
des désastres imprévus, langage ordinaire de tous
ceux qui volent leurs créanciers. Pour moi, il me
doit vingt fiches des reversis de lundi dernier,
et autant à vous, madame G***, me dit-elle; si
vous m'en croyez, nous ferons bien de nous assurer de lui dès à présent, car je le vois qui se
prépare à fuir en pays étranger. — Doucement,
mesdames, dit mon oncle, ceci demande de
la prudence, l'abbé est un honnête garçon
qui ne veut point vous faire de tort. Ayez
un peu de patience, et vous ne perdrez rien
avec lui. Vous avez beau dire, on voit bien qu'il
a fait de grosses pertes; mais tout n'est pas dés-
espéré; ses affaires peuvent se rétablir, et moi
qui vous parle je m'intéresse à lui, je veux venir
à son secours. — Oh! c'est autre chose, dit mademoiselle P..... Sûrement vous êtes en fonds pour
cela, et, avec les ressources que vous pouvez lui
offrir, s'il ne se tire pas d'embarras, ce sera sa
faute cette fois. Allons, l'abbé, dit mon oncle,
du courage; il ne faut pas *assurément* au premier
revers perdre cœur, et renoncer à tout. Fais
seulement ce que je vais te dire, et je veux en

moins de rien te rendre quatre fois plus riche qu'avant ton naufrage.

Remets-toi d'abord contre ton arbre, comme tu étais tout à l'heure; après cela regarde bien attentivement le bout de ton nez, et tu vas voir tes vaisseaux revenir sur l'eau, tes plantations refleurir, et tes palais se relever plus beaux que jamais.

— Ah! dit l'abbé, tout cela n'y servirait de rien à présent; on ne fait pas deux fois une pareille fortune. Il vaut mieux prendre son parti, et s'armer de philosophie. Oui, donnons un grand exemple de constance dans ce malheur; allons-nous-en souper, si tant est que vous vouliez souper avec un homme ruiné : car c'est l'ordinaire que les amis nous tournent le dos avec la fortune.

Mais toi-même, dit mon oncle, tu ne te souvenais guère de nous dans ton opulence. Franchement, tu faisais un peu comme ces faquins devenus grands seigneurs, qui ne connaissent plus leurs camarades. Nous avions beau nous tenir humblement devant toi, et attendre qu'il te plût de nous regarder, tu ne daignais pas seulement jeter les yeux sur nous. Tu nous reconnais à présent que tu n'as plus rien, et tu viens nous demander à souper.

ÉLOGE

DE BUFFON.

. . . . . . ὦ στέμα πάντων
Δεξιὸν φυσικῶν
Εὖ νὺ καὶ ἡμεῖς ἴδμεν ὅτοι σθένος.

Citoyens,

Je crains qu'à la tête d'un écrit tel que celui-ci
le nom d'un soldat ne vous surprenne et ne vous
paraisse déplacé : car vous pourriez ne pas approuver qu'au moment où une guerre nouvelle
rend à l'armée dont je fais partie toute son activité, je m'applique encore à des études qui sup-
posent ordinairement beaucoup de loisir, qui
exigent toujours quelque méditation ; et blâmer
en moi, appelé par mon devoir à d'autres travaux, d'ailleurs inconnu, peu fait pour donner
ou pour concevoir quelques espérances de succès, des essais que vous encouragez dans ces
jeunes littérateurs que le public distingue parmi
vos disciples, et dont il attend la conservation du
flambeau des arts que vous leur transmettez. Peut-

être même penserez-vous qu'un homme destiné
par état à servir son pays, non de la plume, mais
de l'épée, non dans les conseils, mais sur le champ
de bataille, non par la persuasion, mais par la
force, n'a de talens à cultiver que ceux qui as-
surent à nos armes une supériorité redoutable
aux autres nations, et que, pour toute science,
en un mot, l'homme de guerre doit savoir obéir,
combattre et mourir.

Vous m'interdiriez donc vous-même l'art où
je me flattais que mes premiers pas obtiendraient
de vous un regard favorable. Loin de m'accueillir
et de me rassurer en souriant à mon embarras,
dans cette carrière où vous donnez et des leçons
comme maîtres, et des palmes comme juges,
à peine me pardonneriez-vous d'avoir osé m'y
présenter, et ce que je croyais un titre de plus
à votre indulgence m'attirerait votre censure.
Quelque rigoureuse qu'elle puisse être, je m'y
soumets sans murmurer; mais de grace écoutez:
ne me condamnez pas sans m'entendre, et souffrez que j'essaie au moins de détourner un arrêt
dont je redoute la sévérité.

Dès l'âge où j'ai commencé à faire quelque
usage de mon intelligence, j'ai eu le désir de
m'instruire, et la passion de l'étude. Je puis at-
tester tous les chefs aux ordres desquels j'ai servi,
tous les soldats que j'ai commandés, tous ceux
que j'ai dû ou suivre, ou accompagner, ou gui-

der dans les fatigues de la guerre, que jamais ces douces occupations n'ont retardé d'un instant mon obéissance, ni distrait mon attention des moindres ordres que j'ai eu à recevoir ou à donner.

Mais sans insister davantage sur ma conduite particulière, vous ne pensez sûrement pas que les arts, la littérature, que la philosophie, en un mot, contrarient les obligations que la société nous impose, et rende ceux qui la cultivent moins propres ou moins prompts à servir la patrie, puisque la science qu'elle enseigne avant toutes les autres est celle des devoirs. Seulement vous pourriez croire que des goûts de ce genre ne conviennent qu'à ceux auxquels leur état, leurs fonctions, publiques ou particulières, laissent le temps de s'y livrer. Et quelle profession est accompagnée de plus de loisir que celle des armes? Toutes occupent sans relâche ceux qui les exercent. Le public dispute à l'homme de loi chaque heure de sa vie. Les spéculations du commerce ne laissent au marchand ni plaisirs sans soins, ni sommeil paisible, et le laboureur n'interrompt jamais le cercle de ses travaux. Le soldat ne combat pas toujours; son action étant plus violente, est plus souvent suspendue. Son repos d'ailleurs le livre à lui-même exempt de mille soins que les autres hommes ne déposent jamais, et le plus laborieux de tous les états de-

vient alors le plus oisif. Croit-on que dans ces
intervalles d'une liberté si précieuse, où le militaire ordonne à son gré ses occupations, l'étude
soit plus dangereuse et nuise plus à ses devoirs
que les plaisirs qu'on lui permet partout où il peut
s'y livrer? Oh! combien j'en pourrais nommer
qui, méconnus de tous ceux dont les mœurs sont
trop différentes, doivent à un pareil emploi de
leur temps et de leur retraite une exactitude dans
le service, une constance dans les travaux, une
stabilité d'ame que la nature seule ne donne
point, la confiance de leurs chefs, l'amour de
leurs camarades, et l'estime des uns et des autres!
Le silence accompagne leurs études, et la source
de leur sagesse échappe aisément à des yeux
moins attentifs; car ils aiment de la science non
le faste mais l'utile; et plus contens d'être instruits que de le paraître, les uns apprennent
dans l'histoire à juger les hommes et les évènemens; les autres s'élèvent, dans le calcul et les
abstractions de la haute géométrie, aux plus sublimes efforts de l'esprit humain. D'autres encore
(car tant de routes mènent à la sagesse) pren-
nent pour objet de leurs méditations les ouvrages
de la nature, et conçoivent pour cette étude un
goût ou plutôt une passion qui ne s'éteint plus
dans l'ame où elle est une fois allumée par l'éloquence de Buffon. Ce nom me remet devant les
yeux toute l'inconséquence de mon entreprise.

J'appréhende maintenant que si vous consentez à jeter un coup d'œil sur ces ébauches d'une main qui ne peut être exercée, vous ne me trouviez inexcusable d'avoir pris, parmi les sujets que vous proposiez au concours, le moins proportionné à mes forces. Mais quoi! j'ai songé à louer ce qui m'a paru le plus louable. Je m'impose silence sur le reste. Car vous parler de ma faiblesse, ce serait supposer que vous pouvez ou ne pas l'apercevoir, ou ne pas m'en tenir compte.

Les ouvrages de Newton, lorsqu'ils parurent, ne furent accueillis dans l'Europe qu'avec une espèce de défiance; car, soit qu'il ait dédaigné de se rendre intelligible aux esprits moins élevés que le sien, ou soit que, oubliant trop sa propre supériorité, il crût s'être assez expliqué quand il s'entendait lui-même, personne d'abord ne le comprit, et quelques-uns à peine le devinèrent parmi ses compatriotes. Mais ses découvertes livrées aux disputes des savans, et chaque jour éclaircies par les objections mêmes de ceux qui les combattaient, opérèrent bientôt dans les sciences une grande révolution, que l'Angleterre et l'Allemagne avaient déjà reconnue, quand la France balançait encore à s'y soumettre, et rougissait de recevoir des leçons de sa rivale. Les sciences exactes ou mixtes souffrent peu ces discussions. La rigueur de leur méthode et la clarté des principes, sur lesquels elles sont fondées, semblent rendre né-

cessaire que toute proposition soit admise sans
difficulté, ou rejetée sans réclamation, mais cette
espèce d'obscurité que Newton avait répandue
ou laissée dans ses écrits (indiquant rapidement
ses preuves, ou dédaignant même d'en donner)
révoltait ceux qui tenaient le plus aux anciennes
lois, et, autorisant les doutes, servait du moins
de prétexte aux contradictions qu'éprouvèrent
d'abord ses nouvelles idées. Peu de gens voulu-
rent entendre un auteur qui paraissait ne vouloir
pas être entendu. Cette obstination ne pouvait
être longue. On passa bientôt d'un extrême à
l'autre. La plupart de ces théories, que Newton
avait données sans démonstration, ayant acquis
dans d'autres mains l'évidence qui leur manquait,
ce qui ne fut pas prouvé devint probable, et dès
lors l'admiration subjuguant tous les esprits, son
nom seul tint lieu d'une démonstration; tout
sembla prouvé par ce mot : il l'a dit.

Ce fut, si je ne me trompe, dans ces circonstances, quand cette sorte d'éloignement que
Newton nous avait d'abord inspiré se conver-
tissait en enthousiasme, que Buffon traduisit le
Traité des Fluxions. A ce sujet, je ne puis m'empêcher de hasarder ici une réflexion que j'ai souvent faite en lisant ses autres ouvrages, et qui,
selon l'idée que j'en ai conservée, ne me paraît
pas aujourd'hui dépourvue de toute vraisemblance. Dans ces études un peu sévères, par les-

quelles, sans doute, la première fougue d'un
génie ardent devait être domptée, ne se peut-il
pas que la forme sous laquelle on présentait alors
les nouveaux calculs, offrant à son esprit ces
idées d'infinis et d'infinis de tous les ordres, ait
séduit facilement cette imagination à laquelle,
depuis, un monde à décrire suffisait à peine, et
qui, déjà calmée par l'âge, corrigée par l'observation, franchissait encore trop souvent les bornes du vrai et même du possible ? Si d'autres
raisons plus solides contribuèrent, comme on
doit le croire, à fixer son attention sur cette
partie des mathématiques, il est permis de soupçonner que ces images trompeuses, mais grandes
et nouvelles, flattant sa pensée, décidèrent son
choix, surtout quand on voit un autre homme
qui, dans ce même siècle, fit admirer l'éclat et
les graces de son esprit, séduit, abusé par ces illusions, consacrer à cette matière un travail perdu,
et errer péniblement dans la métaphysique infi-
nitésimale, sans pouvoir s'astreindre lui-même à
l'exactitude de ces sciences, ni leur prêter les
agrémens de son imagination. Mais Fontenelle
voulut faire un livre, Buffon faire connaître celui
de Newton. Le genre de gloire auquel il semblait
destiné n'étant pas d'enrichir les sciences par des
découvertes, mais de les rendre aimables par son
éloquence, je regrette de ne pouvoir ici parler
avec quelque détail des ouvrages de sa jeunesse,

et faire voir par quels travaux il amassa tànt de
trésors dont aujourd'hui la profusion nous éblouit
dans ses écrits. Non que je croie son éloge incom-
plet sans ces détails qui peut-être suffiraient
pour illustrer tout autre nom, et qu'on remarque
à peine dans la vie de Buffon ; mais inutiles à sa
gloire, ils ne le sont pas à l'instruction générale :
et si ce n'est qu'en suivant l'exemple des hommes
célèbres qu'on peut espérer de les atteindre, ou
même de les surpasser (ambition nécessaire pour
arriver au grand), il n'est pas douteux non plus
que le seul flambeau qui puisse éclairer et soutenir une émulation si noble, ne soit l'observation attentive de la marche et des progrès par lesquels ils se sont élevés à cette hauteur qui les
sépare du genre humain. Heureux ceux qui pourront ainsi suivre et méditer tous les pas de Buffon,
et qui, trouvant dans ses essais de grandes leçons
pour eux-mêmes, nous montreront comment sa
plume apprit à peindre la nature d'un style égal
à son sujet. Pour moi, ces utiles recherches me
sont interdites. Séparé de tous les monumens de
la littérature et du petit nombre d'hommes qui,
ayant vécu avec ces héros de l'âge passé, en gar-
dent encore quelque souvenir, dans ce que j'ai à
dire de Buffon, je ne puis consulter que ma mémoire, pleine de ses chefs-d'œuvre, mais muette
sur sa vie. L'aurore de sa gloire m'est à peine
connue ; et tel est enfin le désavantage de ma po-

sition, qu'ayant à célébrer un homme dont le nom
n'est déjà que trop grand pour une voix telle que
là mienne, je me trouve encore réduit à ne pouvoir louer en lui que ce qui est précisément au-
dessus de tout éloge. Il faut cependant vous parler de son immortel ouvrage. Plus j'avance dans
mon sujet, plus je sens que mon cœur se trouble. On ne puise pas sans pâlir à des sources si
profondes. Je fais de vains efforts pour me rassurer; et malgré la loi que je m'étais imposée, près
de commencer un travail dont la pensée m'épouvante, je ne puis m'empêcher de vous faire encore souvenir de ma faiblesse et d'implorer votre
indulgence.

Si je m'attachais à dépeindre ce magnifique
monument sous les divers aspects qu'il peut présenter, et à faire admirer la supériorité du génie
qui l'éleva dans chaque genre où il a dû exceller,
pour y réussir, ce discours non seulement excé-
derait les justes bornes que vous lui prescrivez,
mais aurait lui-même l'étendue d'un ouvrage
considérable; car il n'est point de connaissance
dont l'esprit humain soit capable, point de
science, d'art, de métier même, ni de profession consacrée aux besoins ou aux agrémens de
la vie, qui n'ait, avec cette vaste science que l'on
nomme Histoire Naturelle, ou une liaison intime,
ou quelque rapport sensible, et dont par conséquent l'étude, plus ou moins approfondie, ne

soit indispensable à quiconque prétend en donner un système complet. Or, sur chacune de ces
parties, un examen détaillé du livre de Buffon
ferait voir partout dans son auteur l'homme de
génie ou l'homme de goût, ou plutôt on décou-
vrirait, par cette sorte d'analyse, dans Buffon
seul plusieurs grands hommes. Mais quand
même il me serait permis de m'aider, dans un
essai simple et borné comme celui-ci, de sembla-
bles divisions, ou d'autres moins multipliées,
j'ose dire que je les éviterais. Car outre que tant
de connaissances si étendues et si variées, dont
la réunion presque inconcevable était cependant nécessaire pour expliquer et décrire la nature entière ; se trouvent partout dans cet ouvrage tellement liées les unes aux autres qu'à
peine la pensée peut les séparer, en les distin-
guant de la sorte on ferait mal sentir toute l'admiration que Buffon doit inspirer, leur assem-
blage même étant la marque et l'effet le plus
admirable de la sublimité de son intelligence;
mais d'ailleurs son propre exemple nous instruit
à le contempler. C'est de lui qu'il faut apprendre
à mesurer les objets aussi grands que son génie.
Fuyons donc, en le louant, les méthodes qu'il a
méprisées. Essayons de le voir lui-même comme
il a vu la nature, non dans l'espoir de le peindre
avec ses propres couleurs, mais comme impossible à saisir de toute autre manière; et, sans

vouloir décomposer tous les rayons de sa gloire, sans chercher à séparer l'écrivain du naturaliste, l'orateur, ou si l'on veut, le poète du philosophe observateur, tâchons de jeter sur son ouvrage un coup d'œil qui donne l'idée, non de chaque partie, mais du tout. Examinons en général quel dut être le but de l'auteur, et jusqu'où il l'a rempli ; ce qu'il voulut faire, et ce qu'il a fait.

Si son dessein n'eût été que de nous donner un livre où toutes les productions connues de la nature se trouvassent dépeintes, la grandeur de cette entreprise étonnerait seule l'imagination, et ferait admirer l'audace d'un esprit capable de pareilles pensées ; car dans chaque classe des objets que l'histoire naturelle considère, un petit nombre d'espèces a suffi quelquefois pour occuper toute leur vie des observateurs laborieux. Plusieurs savans même ont acquis une juste célébrité en bornant leurs méditations à une seule branche d'une de ces sciences que celle-ci comprend toutes ; et rarement s'est-il trouvé un homme dont les regards aient pu embrasser toutes les parties de l'étude à laquelle il s'était livré. C'était donc une hardiesse vraiment digne d'admiration que d'envisager à la fois la multitude des êtres dont l'univers se compose, et d'oser, en observant leurs variétés infinies, former le projet de les connaître et de les décrire tous. Buffon voulut faire bien plus. La force du corps

dans l'homme se mesure par ce qu'il exécute ;
celle de l'ame par ce qu'elle entreprend. Pour se
former une idée de l'immensité du travail dans
lequel Buffon s'engageait, il suffit d'abord de considérer que les premiers objets sur lesquels tomba
l'attention des hommes (sitôt que l'établissement
des sociétés et des lois, leur assurant les moyens
d'une existence facile, leur permit d'autres pensées que celles qui ont rapport aux besoins de la
vie) durent être nécessairement les ouvrages de
la nature dont la pompe les environnait, et s'offrait à leurs regards de quelque côté qu'ils tour-
nassent la vue. Ceux que la pente de leur esprit
portait à la contemplation ayant remarqué aisément les principaux phénomènes de l'harmonie
universelle et les propriétés les plus apparentes
de la matière organisée, ce premier coup d'œil
jeté, sans réflexion, sur les tableaux de la nature,
par la surprise qu'il excita, inspira promptement
la curiosité d'en voir le fond et les détails, et
dès lors on observa, on voyagea, on écrivit ;
mais les voyageurs et les écrivains ne purent
être tous des hommes éclairés. Si quelquefois
un sage parcourut le monde afin de le connaître, combien de gens peu instruits, crédules,
superstitieux, menteurs, que le hasard, le besoin, la cupidité conduisit loin de leur patrie,
rapportèrent des plages inconnues mille fables
pour un fait, et dont les narrations sans foi ni

exactitudes furent recueillies sans discernement!
Ainsi, à mesure que les remarques utiles se mul-
tipliaient, confondues, ensevelies dans la masse
des compilations et des relations qui se multi-
pliaient bien plus, la difficulté de les rassembler
augmentait sans cesse avec le dégoût qu'accompagne toujours ce genre de travail; car, comme
on s'était aperçu que dans ces écrits, quel qu'en
fût le style, la curiosité naturelle aux hommes
pour tout ce qui traite d'objets éloignés tenait
souvent lieu de cet intérêt que l'art seul peut répandre dans d'autres ouvrages, on ne tarda
pas à se persuader que pour être observateur,
naturaliste, auteur, et se faire lire, il ne s'agissait désormais que de courir et d'écrire. Nul ne
s'écarta tant soit peu du lieu de sa naissance,
qui ne se crût en droit de publier au moins des
lettres à un ami; et ceux mêmes qui entreprirent
des courses plus importantes abusèrent de la sou-
mission du public, avide de s'instruire, pour
faire essuyer aux lecteurs le détail des moindres
évènemens de leur marche, de leur vie, de leurs
discours, et quelquefois de leurs amours; surcroît de labeur pour le savant, qui, lisant bien
moins pour lui que pour les autres, et craignant
de perdre quelque circonstance digne d'être no-
tée, se vit condamné à suivre, sans distraction,
le récit accablant de tant d'inutilités.

Les connaissances acquises sur l'histoire natu-

relle se trouvaient donc répandues, lorsque
Buffon prit la plume, dans une foule de livres,
ou pour mieux dire dans tous les livres, puisqu'il n'en est presque aucun qui ne doive quelque tribut à cette science, et celui de la nature
devenait inintelligible à force de commentaires.
Tant d'écrits informes que les savans eux-mêmes
feuilletaient à peine durent être non-seulement
lus mais étudiés par Buffon, et il lui fallut savoir tout ce que les hommes avaient pensé jusqu'à lui, pour marquer, sur un même plan, toutes
les vérités et toutes les erreurs. Mais il n'était
pas de ces auteurs dont le mérite, borné à rendre
un compte fidèle des idées ou des découvertes
de leurs prédécesseurs, obtient plutôt la recon-
naissance que l'admiration du public. Un génie
tel que le sien se serait-il asservi à rassembler
péniblement tout ce que les autres avaient su,
si ce n'eût été pour y joindre tout ce qu'ils avaient
ignoré? c'est à cet égard qu'on peut dire que
son ambition fut sans bornes. Il voulut connaître tout ce que la terre enveloppe dans son
sein, scruter les abîmes de la mer, et porter sa
vue où jamais ne va la lumière. Il voulut décrire
tout ce que la surface du globe offre dans l'année
aux regards du soleil, et, son œil perçant les espaces du ciel, participer aux conseils de l'intelligence suprême. Mais que dis-je? il ne se fût pas
contenté de dévoiler aux hommes les secrets de

la terre, les beautés de la nature, l'ordre de l'u-
nivers; il aspirait même à nous enseigner comment ces merveilles ont été produites, comment
elles doivent périr un jour, depuis quand elles
sont créées, ce qu'elles ont à durer encore, en
un mot tout ce que l'immensité de l'espace et
des temps dérobe même à nos conjectures. Son
ouvrage achevé eût été l'histoire du monde et le
plan de la création, et il ne tint pas à lui que la
curiosité humaine, si vague dans ses désirs, ne fût
une fois satisfaite.

Mais si cette entreprise était, comme on ne
saurait en douter, la plus grande dont Buffon
même pût concevoir l'idée, d'un autre côté les
moyens qu'il eut pour l'exécuter furent tels, que
toute la suite des temps dont l'histoire conserve
quelque souvenir, n'offre aucune époque aussi
favorable au succès d'un pareil projet, et que
jamais homme travaillant à étendre l'empire des
connaissances humaines, ne put y employer des
ressources aussi vastes et aussi multipliées. Le
monde alors était paisible, et cette tranquillité
permettait aux observateurs, quelque séparés
qu'ils fussent, de s'unir dans leurs travaux; ou
les guerres qui survenaient, peu importantes en
elles-mêmes et n'intéressant que les rois, n'em-
pêchaient pas les nations de favoriser, d'un commun accord, les recherches utiles et savantes
qui intéressaient le genre humain. Le commerce

des lumières était toujours libre, et protégé
même quelquefois par les ennemis de tout commerce et de toute relation entre les états. Ne
vit-on pas sur un vaisseau dépouillé par les cor-
saires des caisses adressées à Buffon demeurer
intactes, et, dans le désordre du pillage, le sceau
de la philosophie sacré pour ceux mêmes qui
faisaient profession de ne rien respecter? L'op-
pression universelle ne laissait nulle part aux
hommes d'autre usage de leur intelligence que
l'étude des arts et des sciences, d'autre objet de
curiosité que leurs productions et leurs découvertes, d'autre espoir de distinction que celle
qu'on ne peut ravir aux talens acquis par de
longs travaux. Que dis-je? la tyrannie elle-même,
aussi aveugle qu'inquiète, pensait dérober aux
peuples sa faiblesse et son injustice, en détour-
nant leurs regards vers un autre but, vers cette
philosophie qui devait la renverser; et les sciences
tiraient ce profit de la servitude commune, qu'aucune division entre les nations unies sous la même
chaîne ne s'opposait à leurs progrès.

A ces avantages, que Buffon dut au temps où
il écrivait, s'en joignirent d'autres bien plus
grands, qui lui furent particuliers; car cette heureuse facilité qu'avaient les savans de mettre
en commun leurs observations et leurs découvertes, pouvait devenir inutile à la perfection de
son ouvrage, si les prétentions, la jalousie, les

haines trop fréquentes entre eux se fussent opposées à la réunion de leurs lumières. Mais Buffon sut détourner l'influence de ces passions, funeste en tout genre au succès des grandes entreprises. L'ascendant de son génie lui soumit tous les esprits et amena, pour ainsi dire, sous sa direction tous ceux qui avaient cultivé quelque partie des connaissances relatives à son objet. Son nom seul en imposait aux factieux de la littérature; ceux qui, comme philosophes, refusaient quelquefois de l'avouer pour leur maître, séduits, attirés par son éloquence, bientôt apportaient d'eux-mêmes tout ce qu'ils pouvaient lui fournir; et les matériaux lui venant de tous côtés, il semblait ainsi n'employer que sa voix à la construction de ce vaste édifice.

En effet, dans toute l'Europe, on peut même dire dans le monde entier, tout ce qu'il y avait de savans et d'hommes instruits, de voyageurs allant au loin interroger la nature, et d'observateurs bornés à leur horizon; de leur côté, tous les gens en place, les ministres, les rois même, tous ceux, en un mot, que le savoir ou le pouvoir mettaient en état de seconder un pareil travail, dévouèrent à Buffon, les uns leurs talens, les autres leur autorité. Par là, sans sortir de son cabinet, il eut le moyen de rassembler plus d'observations et de lumières que les plus longs voyages n'auraient pu lui en four-

nir. Toutes les parties du globe accessibles à
l'industrie ou à la curiosité des Européens de-
vinrent comme présentes à ses yeux. Tout ce
qu'il voulut connaître fut décrit ou peint pour lui,
par les mains les plus habiles ; tout ce qu'il voulut
voir fut transporté à travers les monts et les
mers. Un fait qui paraissait nouveau, une remarque intéressante, une découverte, en quelque lieu de la terre que le hasard ou les recherches
l'amenassent au jour, était recueillie sur-le-champ,
et communiquée à Buffon par une foule
d'hommes jaloux de mériter qu'il les distin-
guât, et qu'un trait de sa plume recommandât
leurs noms à l'éternité. Car on ne douta jamais
que l'immortalité ne fût réservée à tout ce qu'il
écrivait. Et se pouvait-il, en effet, qu'en voyant
naître sous sa main des tableaux si accom-
plis on ne reconnût dès lors qu'ils devaient
durer et être admirés tant que les hommes seraient sensibles aux charmes de l'éloquence et
aux beautés de la nature? Les chefs-d'œuvre
d'un autre genre ont leur cours et leur destinée.
A quelque degré de perfection que la poésie
puisse atteindre, ses chants ont besoin d'être
renouvelés; ce qui dans un siècle émeut les rochers, dans l'autre est à peine entendu des
hommes. L'histoire vieillit encore plus vite :
chaque jour, des faits nouveaux effacent ceux
de la veille. En un mot, on doit s'attendre à

voir peu à peu s'obscurcir et tomber enfin dans
l'oubli toute composition dont le mérite ou
l'intelligence tiennent à des choses que le temps
altère ou détruit. Mais pour que les écrits de
Buffon subissent un pareil sort, pour que le
prix de ses peintures fût quelque jour méconnu,
il faudrait que la nature changeât, que le lion
perdît sa fierté ou son caractère; le chien, son
entendement et sa fidélité; l'aigle, l'empire de
l'air, et l'Arabe son indépendance, ou que
l'homme oubliât la nature; car tant que les yeux
y seront attentifs, la grandeur et la variété du
spectacle qu'elle présente rappelleront sans cesse
le seul génie dont la vue ait su en saisir l'ensemble, et l'art en rendre les détails.

Je n'ignore pas néanmoins ce qu'ont pensé sur
cela, et ce que disent encore des hommes éclairés; qu'il ne peut y avoir de vraiment estimable
dans un livre de sciences que ce qui est utile aux
savans; que cette utilité consiste à découvrir des
vérités nouvelles, ou du moins à offrir, dans un
ordre nouveau et qui en facilite l'étude, les vérités déjà connues; que le style didactique, c'est-à-
dire le style propre et particulier aux sciences,
est par sa nature le plus simple et le plus humble
de tous, n'ayant jamais d'autre but que d'offrir
à l'esprit un sens clair, ni de mérite plus grand
que de n'être point remarqué; que, sur de pareilles matières, toute emphase dans les expres-

sions fatigue, sans l'éblouir, un lecteur qui cherche le vrai, et donnant aux gens moins instruits
des idées fausses et confuses, nuit par là aux
progrès des sciences; que, loin qu'elles puissent
tirer de la parure oratoire et de ce luxe de langage
aucune utilité réelle, la plupart d'entre elles doivent leur existence à l'invention de quelques
signes que suppléent des phrases entières, et ne
se sont perfectionnées qu'à mesure qu'elles ont
appris à se passer des mots; que l'éloquence, ennemie de l'exactitude, née pour émouvoir ou séduire, accoutumée à la marche impétueuse des
passions, et dans ses momens les plus calmes,
moins occupée de la vérité que de la vraisemblance, est étrangère à tout ouvrage où il ne s'a-
git pas de persuader mais de convaincre; que la
philosophie enseigne et ne harangue pas.

Mais quoi? s'est-elle interdit tout ce qui peut
donner quelque agrément à ses leçons, et les
rendre, par l'attrait d'un langage poli, non plus
utiles mais plus aimables? Puisque en s'adressant aux hommes il faut qu'elle emploie les mots
et les expressions en usage parmi les hommes,
pourquoi ne choisirait-elle pas les plus propres à
captiver et leur bienveillance et leur attention?
La vérité, dites-vous, ne veut aucun ornement;
tout ce qui la pare, la cache. Peignez-la donc
nue, mais belle; qu'elle frappe et plaise en même
temps. Est-ce tout de la faire connaître, si on ne

la fait aimer? Ces sciences même qui font profession d'une exactitude si sévère, qui ne présentent partout que l'évidence irrésistible, et qui
rougiraient de sacrifier aux graces, ont pourtant
leur élégance. En subjuguant l'esprit par la force
des preuves, elles ne dédaignent pas de le flatter
par une certaine adresse. Au reste, s'il est des
études qu'aucun charme n'embellisse, des connaissances que rien ne puisse réconcilier avec le
goût, ceux qui les cultivent sont bien à plaindre.
On trouve plus de douceur à s'occuper de la nature. Comme elle est mère de tous les arts, aucun
art n'est étranger aux sciences dont elle est l'objet. L'éloquence lui doit sa vie et ses agrémens;
et tel est le rapport immuable qui subsiste entre
elles, qu'on ne peut ni rien dire d'éloquent où ne
se retrouve la nature, ni faire de la nature une
image vraie qui ne soit éloquente. Les beautés
de l'une sont celles de l'autre; tous leurs trésors
sont communs; ainsi, vouloir les séparer, c'est
contrarier l'essence des choses; et prétendre exclure l'éloquence des descriptions de la nature,
c'est défendre à la peinture l'usage des couleurs.

Mais chacun juge par ce qu'il sent, et les
mêmes objets ne font pas sur tous les mêmes
impressions. C'est pourquoi, parmi les hommes
dont les études ont pour but la connaissance de
la nature, tous n'ont pas la même manière de
l'envisager, ni de la peindre. Ceux qui la voient

sans enthousiasme la décrivent avec méthode, mesurant tout scrupuleusement, s'arrêtant sur chaque point, et mettant toute leur attention à saisir jusqu'aux moindres traits; quelque beauté qui s'offre à eux, leur ame demeure immobile. La plus grande magnificence des décorations de l'univers ne leur présente nulle part que des noms à classer, des tables à dresser, de froides énumérations à déduire et comparer. Leur vue, sans cesse attachée à ces pénibles travaux, ne se repose jamais sur des images riantes, et trouve partout dans la nature les mêmes détails à épuiser, la même tâche à remplir. Mais sitôt qu'un esprit doué de quelque élévation s'applique à la contempler, la foule des idées sublimes dont elle est la source le ravit hors de lui-même; et, sans songer à être poète, il le devient en exprimant ce qu'il voit et ce qu'il sent. Qui des deux la représente le mieux? L'un emploie le coup d'œil et le pinceau; l'autre la règle et le compas. L'un en donne une vue grande et pittoresque; l'autre un plan sec et minutieux. La peinture la plus fidèle, est-ce donc celle qui offre à l'œil les dimensions des objets, mesurés exactement, mais sans perspective, sans vie, sans couleur; ou celle qui réveille dans le spectateur les mêmes idées, les mêmes sensations, les mêmes émotions que son modèle? Et quel est celui qui n'éprouve, à la lecture de Buffon, que l'ame, séduite par les illusions

d'un style enchanteur, croit voir dans ses descriptions la nature elle-même, et ressent en effet
toutes les impressions que sa présence peut produire? Ceux qui en font leur étude et qui l'étudient avec goût n'ouvrent point sans une sorte
de vénération le livre où elle est représentée
dans toute sa magnificence, et plus l'esprit est
habitué à méditer sur ses chefs-d'œuvre, plus il
se plaît à la retrouver dans les tableaux de Buffon
si pompeuse et si sublime. Mais quelque étranger qu'on puisse être aux connaissances de ce
genre, il suffit d'avoir en partage ce degré d'intelligence et de sensibilité dont peu d'êtres sont
privés, joint aux notions les plus communes de
tout ce que l'œil le moins attentif remarque dans
la nature; il suffit de voir et de sentir pour reconnaître dans Buffon tout ce qu'elle offre de
plus grand et de plus majestueux. Où est l'homme
si indifférent à toute sorte de beauté, qui n'ait
éprouvé quelquefois, soit en traversant les forêts,
soit en s'arrêtant sur le penchant des montagnes,
soit en regardant d'un rivage élevé l'étendue
de la mer, ce sentiment inexprimable d'admiration et de recueillement que fait naître alors l'idée
de la variété des êtres et de l'immensité de l'univers? Est-il quelqu'un que le spectacle des belles
nuits de l'été ne ravisse et n'absorbe dans une
douce méditation, ou qui puisse se défendre d'une
rêverie silencieuse, quand l'obscurité du ciel et

le frémissement des vagues annoncent l'approche d'une tempête? Et se peut-il que tant de merveilles dont la vue met en extase une ame contemplative, qui, répandues dans la nature, font sur les sens les plus grossiers des impressions si profondes, ne frappent et n'éblouissent, rassemblées dans un ouvrage où se joint à l'enthousiasme inséparable du sujet le charme de l'illusion?

Buffon rappelle à ses lecteurs les objets qui leur sont connus, comme s'ils s'offraient à la vue, et les familiarise même avec ceux dont toute notion leur est étrangère. Tout ce dont il parle est présent. On se transporte avec lui dans tous les lieux qu'il décrit. S'il nous représente les mœurs et la vie des animaux sauvages de notre continent, on le suit dans les forêts, on admire la nature inculte, le silence qui règne dans ces solitudes, et tant de choses muettes qui parlent à l'ame. On plaint le cerf victime d'un plaisir cruel trahi par la terre qu'il effleure à peine, et l'on s'intéresse aux amours fidèles, mais trop peu paisibles, d'un couple de chevreuils que la naissance unit, et que la mort seule sépare. S'il peint en d'autres climats une autre nature, sous les zônes brûlées de l'Afrique et de l'Asie, on se croit transporté au milieu des déserts de l'Arabie, et l'on distingue à travers les sifflemens des reptiles la voix de l'onocrotale et le cri du jabiru, ou bien on frémit en voyant sur les bords du Sé-

négal la timide gazelle descendre au rivage où le
tigre est embusqué. Le spectacle de l'univers,
lorsqu'on l'observe avec moins d'indifférence
que la plupart des hommes, n'offre point d'image
riante que Buffon ne retrace à l'esprit, point de
perspective sombre qui ne se retrouve dans son
livre, où l'on voit partout comme dans la nature
l'ordre, l'harmonie, la fécondité, le remède à
côté du mal, et la terre prodigue de tous biens,
mais partout aussi la guerre établie, la force
triomphante et l'innocence immolée.

C'est par l'harmonie de son éloquence, c'est
par cette douceur infuse dans ses expressions,
que Buffon charme les sens, et suspend le souffle
de ceux qui l'écoutent, lors même qu'il ne parle
que des animaux et des productions de la nature
les moins nobles à nos yeux. Mais s'il s'offre un
champ plus vaste à l'essor de son génie, s'il interrompt le dénombrement des espèces qui peu-
plent la terre, pour rendre hommage au principe
de l'être et de la vie; ou s'il commence à décrire
la structure de l'univers et l'équilibre des mondes
pesant les uns sur les autres, alors une force divine nous enlève hors de la sphère des regards
de l'homme : ce n'est plus un mortel qu'on entend, c'est la nature elle-même qui ouvre son
sanctuaire, et dont la voix nous oblige à nous
prosterner. O sagesse éternelle! seul objet digne
des efforts de la curiosité humaine, que ton

attrait est puissant sur l'esprit qui cherche à te connaître, et qu'heureux est l'homme qui peut consacrer à te contempler ses jours et ses veilles!

———————

MÉNÉLAS,

APRÈS LA FUITE D'HÉLÈNE.

Il était allé en Crète demander à ses oncles l'héritage de sa mère. A son retour, quand on lui apprit que sa femme s'était enfuie avec Pâris, il courut chez Tyndare, outré de dépit. Rends-moi, lui dit-il, tout ce que je t'ai donné pour avoir ta fille, et tout ce qu'elle m'emporte avec elle, et reprends-la si tu veux; car ta fille est belle, mais elle est trompeuse. Tyndare lui répondit: Écoute; ton frère Agamemnon est un puissant seigneur; allons le trouver, et voyons ce qu'il nous dira. Ils allèrent donc ensemble trouver Agamemnon qui régnait à Mycène, auquel ils racontèrent le fait, et Tyndare le voyant vivement irrité: Croyez-moi tous deux, leur dit-il, envoyez des hérauts à ces princes et chefs qui ont demandé avec toi ma fille en mariage. Vous savez qu'ils ont tous juré sur les entrailles des victimes de s'armer et de marcher contre quiconque tenterait de la ravir à son époux. Que nos hérauts les aillent sommer de tenir aujourd'hui leur serment, et de se trouver à Argos avant le lever d'Orion. Lorsqu'ils seront assemblés nous verrons ce qu'il faudra faire.

D'après ce conseil, les hérauts partirent, et marquèrent à tous ces princes Argos, pour le lieu de leur rendez-vous, auquel pas un d'eux ne manqua, de sorte que, l'assemblée se trouvant complète au temps prescrit, Ménélas conta de point en point ce qui s'était passé, comment il avait reçu Pâris dans sa maison, comment il l'avait laissé près de sa femme en son absence, et sa confiance trahie, et l'hospitalité violée. Tyndare rappela les sermens faits entre ses mains, et en demanda l'exécution. Agamemnon déclara qu'il emploierait tout ce qu'il avait de pouvoir et de richesse à venger son frère et à poursuivre le Troyen.

Ces princes, amans d'Hélène, étaient tous jeunes gens de l'âge à peu près de Ménélas, qui entrèrent avec chaleur dans son ressentiment, disant que sa plainte était juste, qu'il fallait sans différer assembler ce qu'on avait de vaisseaux, et aller à Troie. Il y en eut pourtant d'un avis contraire, et qui s'opposèrent tant qu'ils purent à ce que voulaient les Atrides. De ceux-là étaient Philoctète, Protésilas marié depuis peu, Ulysse, auquel il déplaisait de quitter sa Pénélope, dont il

venait d'avoir un fils. Pensez-y bien, disait Ulysse ;
l'expédition dont vous parlez n'est pas un voyage
à Delphes ou une course dans l'Eubée ; vous allez traverser des mers où les débris de naufrages
se rencontrent plus souvent que les nids des al-
cyons. Et pourquoi? pour ravoir Hélène. Celui
qui te l'a prise, Ménélas, n'a qu'un seul vaisseau ; combien t'en faut-il pour la reprendre?
Était-il plus aisé d'enlever Hélène reine à sa
famille, au sein de sa ville natale, que de reprendre Hélène fugitive à des étrangers? On nous
allègue le serment que nous avons fait chez Tyndare : nous y étions depuis un an, demandant
sa fille en mariage, et nous le pressions de se
choisir entre nous un gendre. Chacun se flattait
de la préférence, et croyait y avoir des droits ;
mais soit qu'il ne se lassât pas de recevoir les présens que nous nous lassions de lui faire, soit
que, comme il le disait, il craignît que celui de
nous auquel il donnerait sa fille n'eût ensuite à
la disputer contre tous les autres, il différait de
jour en jour l'explication que nous lui deman-
dions. Alors par mon conseil, s'il vous en souvient, pour ôter tout prétexte à de nouveaux
délais, nous prîmes devant lui tous les Dieux à
témoin, que si jamais un de nous enlevait Hélène
à celui qui l'aurait obtenue de son père, tous les
autres viendraient en armes au secours de l'époux
outragé. Voilà ce que nous promîmes alors. Main-

tenant, si l'un de nous est le ravisseur d'Hélène, je serai le premier à le poursuivre avec Ménélas; mais si quelque pirate lui a pris sa femme, est-ce à nous de la lui rendre? Qui pensait alors qu'Hélène pût être à un autre qu'à un Grec? et qu'un barbare viendrait d'une terre éloignée enlever une femme à Sparte? Quels engagemens avons-nous donc pu prendre pour un évènement que personne ne prévoyait?

Mais attelons nos chars, partons : que chacun dise adieu à sa douce patrie, et coure au loin chercher la mort; car le fils d'Atrée a perdu sa femme! Pour une femme qui s'enfuit, croyez-vous donc qu'Agamemnon passât les monts et les mers? Non. Mais c'est peu pour lui de se voir honoré à Mycènes comme le premier de nos princes, d'avoir une maison pleine d'or et d'airain, des chars, des troupeaux innombrables, des milliers d'esclaves et cinquante villes qui lui font des présens; il faut que la Grèce marche sous ses ordres, que princes et peuples quittant leurs foyers servent de cortége aux Atrides. Il va faire voir à l'Asie combien de rois lui obéissent, et nous, nous allons mourir inconnus pour la gloire d'Agamemnon. Nous demanderons Hélène à Troie; mais y sera-t-elle encore quand nous arriverons? Thésée l'eut avant Ménélas, auquel Pâris l'a dérobée : croyez-vous qu'elle lui demeure, et qu'un adultère fixera celle que n'ont

pu retenir ni le toit paternel ni le lit conjugal?
De long-temps nous ne reviendrons, s'il nous la
faut suivre partout où l'emporteront ses folles
amours. Et que n'attendons-nous que la même
inconstance qui cause sa fuite produise son retour? Un amant l'emmène, un autre la ramènera.
Qui sait même si, de main en main, quelque jour
elle ne reviendra pas dans celles de son époux,
sans armer pour cela l'Europe et l'Asie?

Mais tous ces discours touchaient peu ceux
qui désiraient la guerre, et qui l'emportaient
par le nombre; ils ne manquaient pas non plus
de raisons ni de paroles pour soutenir ce parti.
C'est de nous, disaient-ils, que triomphe Pâris
en emportant nos dépouilles; c'était pour ce
Phrygien que nous donnions à Hélène des voiles,
des bijoux, des esclaves, sans parler de ce nombre infini de bœufs et d'agneaux que nous avons
menés chez son père. Si les plus puissans de nos
rois reçoivent de tels affronts, à quoi ne doivent
pas s'attendre les autres? Ces barbares croiront
aisément que la Grèce a plus d'une Hélène; et
qui se flattera de conserver sa femme ou sa fille,
lorsqu'on aura vu la fille de Tyndare enlevée im-
punément au frère d'Agamemnon? Mais, tant de
nations, tant de rois, faire la guerre pour une
femme! Voilà ce que l'on nous dit. Quoi! un arbre
coupé sur des terres contestées, un sanglier pour-
suivi, une cavale égarée, mettent deux peuples

en armes; et nous n'oserions avouer que nous
combattons pour Hélène! Encore, de ces guerres
acharnées qu'on se fait ainsi de ville à ville que
rapporte-t-on chez soi? de misérables dépouilles,
un bétail expirant, quelques chétives esclaves. A
Troie, dieux immortels! quel butin nous attend!
Là se trouvent entassés l'or, l'airain, les étoffes
précieuses, et tant d'autres choses que nous ne
pouvons même imaginer; car ils ont l'usage de
mille biens inconnus chez nous; mais, pour en
juger, que n'avons-nous pas vu sur ce vaisseau
plus riche à lui tout seul que la Grèce entière!

Ils parlaient de cette sorte dans les assemblées.
Hors de là ce n'était que projets de départ et de
débarquement; on calculait combien de vaisseaux
la Grèce pouvait assembler, d'où et quand il faudrait partir, combien de temps on serait en mer,
combien à prendre la ville, et déjà plus d'un
pensait en revenir qui ne devait pas même y
arriver. Véritablement, disaient quelques-uns,
il y a loin d'ici à Troie; mais puisqu'un vaisseau
y va, mille peuvent y aller. Ajax disait: Nos
pères l'ont prise sous Hercule. Et Diomède
ajoutait: Nous sommes meilleurs guerriers que
nos pères.

La plupart se trouvant dans ces dispositions,
la guerre eût été bien déclarée; mais Ulysse fit
remarquer qu'il était inouï qu'on eût décidé une
affaire de cette importance sans consulter les

vieillards. Car, après tout, pourquoi tant de pré-
cipitation? Nous ne pouvons rien entreprendre
avant la saison favorable. S'il s'agissait de quelque
chasse, de jeux qu'on voulût célébrer, nous écou-
terions nos anciens, nous suivrions les avis de
ceux qui ont acquis avec le temps la connaissance de ces choses; et pour aller si loin, à travers
tant de mers, chercher une guerre dont l'issue
peut être fatale à toute la Grèce, nous ne pre-
nons aucun conseil!

Malgré la fougue de cette jeunesse qui n'avait
de pensée que pour la guerre, Ulysse pourtant
fut écouté. On convint que ce qu'il disait était
conforme à la raison, et à l'usage de tous les
temps; il fut résolu d'une commune voix qu'on
assemblerait les vieillards le plus tôt possible.
Philoctète, Ulysse, Eumèle, Antiloque, et plusieurs autres, allèrent quérir leurs pères, et partout où l'on connaissait des hommes que l'expérience et le don de la parole rendaient propres
au conseil, on envoya des hérauts leur dire de
venir à Argos. Ceux des lieux voisins tardèrent
peu, il fallut attendre les autres. Mais dès que
Nestor et Pélée furent arrivés, on se mit à délibérer; alors on vit dans l'assemblée une grande
contrariété de sentimens et de volontés; car les
vieux étaient tous d'avis de laisser Ménélas et son
frère démêler eux seuls leur querelle avec le
Troyen. Les sermens faits par des amans dans

l'ivresse de la passion leur semblaient de faibles-
motifs pour envoyer de-là la mer toutes les forces
de la Grèce ; étant d'ailleurs chose assurée que de
tels sermens ne vont jamais jusqu'aux oreilles des
Dieux. Mais les jeunes gens ne pouvaient souffrir
ce langage, et demandaient la guerre à grands
cris. S'ils n'étaient pas soutenus ouvertement par
les Atrides, ils étaient sûrs de leur plaire ; et l'influence secrète d'une maison si puissante était
faiblement balancée par l'autorité des vieillards,
qui de leur côté se faisaient un point capital de
ne rien accorder à l'orgueil de cette famille. Ainsi
l'obstination des uns et la témérité des autres
allaient donner lieu à de grands désordres, quand
Nestor se leva et dit :

O mes amis, nous ne savons pas quelle sera la
fin de tout ceci, mais toujours les dieux jaloux
de la prospérité des mortels ont fait par la femme
le malheur du monde. Il fut un temps où la terre
fournissait tout d'elle-même aux besoins de l'humanité ; les hommes vivaient sans soins, et au
terme de la vieillesse quittaient la vie sans douleur. Ils égalaient les dieux dans cet état de
paix et de félicité ; mais une femme vint du ciel
apportant au fils de Japet le vase qui contenait
tous les maux ; il le reçut, l'insensé ! Son père
l'avait averti ; mais en la regardant il ne se souvint plus de son père, et la perte du genre humain fut l'ouvrage d'un sourire. Depuis, combien

de héros les femmes n'ont-elles pas fait périr!
que de guerres désastreuses n'ont-elles pas allu-
mées! J'ai vu la jeune Iole, en qui tout respirait
l'innocence et les graces, causer la ruine de son
pays et la mort du grand Hercule. Hélène est
peut-être plus belle, certainement plus vantée;
veuillent les dieux qu'elle ne fasse pas plus de
mal encore. Ah! si vous pouviez, Atrides, entendre un conseil salutaire... Mais non, vous êtes
jeunes, vous voulez vous venger, combattre, et
perdre tout plutôt qu'une femme. Déjà, parce
que vous avez à vous plaindre d'un Troyen, vous
allez attaquer Troie, et vous en prendre à tout
un peuple de la folie d'un particulier; comme si
Pâris était venu séduire une femme à Lacédémone de l'avis du sénat et des princes troyens.
Ah! jeunesse imprudente, que les dieux font ré-
gner pour la perte des peuples, se peut-il que
les passions vous aveuglent à ce point, et que
nulle modération ne préside à vos conseils! Celui qui vous offense n'est pas un vagabond, un
homme obscur et inconnu; il a sa famille, son
prince et les grands de sa nation, auxquels la
raison veut que vous demandiez justice avant
d'en venir aux armes. Envoyez à Troie des hommes prudens, sous la protection des dieux immortels, offrir aux Troyens la paix ou la guerre;
qu'ils vous fassent rendre Hélène et toutes les richesses qu'elle a emportées, et d'autres encore

que Pâris ou Priam y ajouteront de leurs propres biens en réparation de l'injure faite à Ménélas. A ces conditions, que tout soit oublié; car il n'y a pas d'offense que les présens ne réparent. Le meurtrier apaise par des dons le père et la famille dont il a versé le sang, et demeure dans sa ville au sein de ses dieux domestiques. Pardonnerait-on moins l'enlèvement d'une femme que la mort d'un fils ou d'un frère? Mais si les Troyens vous refusent toute satisfaction, alors vous marcherez contre eux; vous aurez pour vous la justice et peut-être les Dieux.

Ce conseil plut à tout le monde, et fut approuvé par Agamemnon : le lendemain il en fit part aux princes assemblés, qui furent du même avis; mais quand ce vint à nommer ceux qu'on enverrait, personne ne voulut en être, car chacun pensait en soi-même que le voyage serait long, accompagné de beaucoup de peines et de peu de profit; qu'on ne connaissait pas les Troyens, et qu'on ne savait pas comment l'ambassade serait reçue.

Quelques-uns proposaient Ajax, parce que sa mère étant de Troie il devait avoir dans le pays des alliés et des amis; d'autres Idoménée, comme ayant à ses ordres des matelots et des vaisseaux qui fréquentaient les ports de toutes les nations, depuis que son aïeul avait instruit ses peuples à parcourir les mers; d'ailleurs il était le plus âgé.

de tous. On parla même de Philoctète, soit pour faire dépit aux Atrides, soit qu'on imaginât que, s'étant opposé à la guerre, il se chargerait plutôt qu'un autre de négocier la paix. Ajax dit qu'il accepterait si l'on ne trouvait pas quelqu'un qui fût plus propre que lui à cette commission; mais qu'il n'avait pas appris à parler dans les assemblées, et qu'en général il était de peu d'utilité dans toutes les affaires qui se décidaient par des discours.

Idoménée ne pouvait s'éloigner de Cnosse, parce qu'il craignait, disait-il, une irruption des Pélasges, avec lesquels il avait eu quelques différends; mais il offrit un vaisseau pour conduire les ambassadeurs. Philoctète répondit que c'était à Ménélas d'aller chercher sa femme.

Ménélas alors se leva et dit: Aux Dieux ne plaise qu'on aille sans moi redemander Hélène à Troie! mais je ne dois pas y aller seul. Je ne pourrais parler qu'en mon propre nom; et dans une affaire qui me regarde on ne me croirait pas député par toute la Grèce. Il me faut donc un compagnon, et, si vous me le laissez choisir, il ne m'en faut point d'autre qu'Ulysse : il a un cœur intrépide, l'esprit prompt, la langue persuasive, et on sait que Minerve l'aime. Nous en avons vu des preuves en mille occasions : quand nous étions tous dans le palais de Tyndare prétendant à la main de sa fille, si nous ne mîmes pas vingt fois l'épée à la main, si tant de guerriers rivaux se séparèrent sans qu'il y eût du sang répandu, la prudence d'Ulysse en fut cause. Avec lui je ne connais pas d'entreprise qui ne puisse réussir, point d'obstacles insurmontables, ni de malheurs sans remède.

Cette demande parut juste, et tout d'une voix on nomma Ulysse pour accompagner Ménélas, quoiqu'il ne fût pas présent; car étant allé à Ithaque chercher son père, il y était resté, laissant partir ensemble Laërte et Mentor. Eux à leur retour lui apprirent ce que l'assemblée avait décidé; nouvelle qui le mit fort en peine, car il ne pouvait se résoudre à quitter Ithaque, où trop de choses lui tenaient au cœur. Alors il se repentit d'avoir empêché les Grecs de déclarer tout d'un coup la guerre. Car il eût fallu, se disait-il, bien du temps pour se préparer à une si grande expédition; et qui sait, dans cet intervalle, ce qui aurait pu arriver? au lieu que maintenant il faut partir! J'ai hâté moi-même ce que je voulais éloigner.

L'esprit plein de ces pensées, il alla hors de la ville, à un endroit où il y avait un autel de Minerve avec un petit bois de peupliers qu'il avait plantés autour de cet autel. Là levant les yeux au ciel avec un soupir : Trompeuse déesse, dit-il, tu me promis, quand j'épousai la fille d'Icarius, que je serais riche et heureux entre tous les Grecs, et tu m'envoies par-delà les mers à présent que ma

maison est à peine finie, et ma femme si jeune encore avec un fils au berceau. Adieu mes champs,
ma femme, mon fils! adieu mes vignes nouvelles
et mes troupeaux de Zacynthe! Cruelle! arrache
mes plants, fait mourir tout mon bétail, et que
ma maison s'écroule, si tu ne veux que je jouisse
de mes travaux! Minerve lui répondit : Insensé!
tu n'es pas digne des desseins que j'ai sur toi :
cette gloire que je t'ai promise, tu l'attendrais auprès de ta femme : tu passerais ici ta vie à compter tes agneaux et à serrer tes moissons! Crains,
malheureux, que je ne t'abandonne comme j'ai
abandonné Tydée, qui me fut aussi cher que toi!
Je veux que tu ailles à Troie, et je te prépare bien
d'autres travaux. Tu parcourras la terre et les mers.
Les peuples t'admireront. Les rois te feront des présens. Tu seras semblable aux Dieux, et tu auras plus
de biens que jamais n'en amassèrent, par la faveur
de Mercure, ni ton aïeul Autolycus, ni l'industrieux
Sisyphe. Ulysse repartit : Déesse, je t'obéirai, mais
que deviendra ma femme? Je vois ce qu'il en coûte à
Ménélas pour avoir voulu voyager. Hélène et Pénélope sont de même pays, de même âge, de même famille; quand l'une s'est mariée, l'autre en a fait autant; lorsque Hélène a été mère, Pénélope n'a pas
tardé à le devenir. On sait ce qu'Hélène a fait en l'absence de son mari, et voilà celui de Pénélope qui
part pour un long voyage. Seraient-elles destinées à
se ressembler en tout? Peuvent-elles, dit Minerve,

se ressembler moins en effet? L'une a été enlevée
avant son mariage, l'autre a quitté sa mère pour
la première fois quand elle a suivi son époux;
l'une est fille de Léda, l'autre est née dans une
maison où depuis qu'elle ouvrit les yeux elle n'a
vu autour d'elle que sagesse et modestie. L'une
est protégée par Vénus, l'autre par Minerve.
Que te faut-il de plus? Suis ta destinée; tu éprou-
veras partout les effets de ma bienveillance.

Il répliqua quelques mots; mais la déesse était
déjà dans les demeures de l'Olympe.

Le lendemain, ayant pris congé de sa femme
et de son père, il partit avec Eurybate, et vint à
Argos, où Ménélas l'attendait. Agamemnon et Nestor l'attendaient aussi, les autres princes étaient re-
tournés chez eux. Là on fit des sacrifices dans la
maison de Diomède. On immola des bœufs, des
porcs, des chèvres et des agneaux à Jupiter, à Ju-
non, déesse tutélaire de la ville, à Neptune, et à
Mercure, sans oublier les autres dieux. On tint table
dix jours entiers, pendant lesquels toutes choses
furent concertées et prévues, autant que possible,
pour le succès de l'ambassade, chacun tâchant de
deviner ce qui arriverait et ce qu'il faudrait faire ou
dire. Nestor donna aux députés force conseils et
instructions sur la conduite qu'ils devaient tenir,
leur racontant de quelle manière il s'était conduit lui-même en une infinité de rencontres, où
il avait été comme eux chargé de porter la pa-

role soit dans la paix soit dans la guerre. On
consulta les devins, on observa les oiseaux,
et tout annonçant les dieux favorables, Ménélas
et Ulysse partirent sur le vaisseau d'Idoménée qui
retournait à Cnosse, accompagnés l'un d'Eurybate, l'autre d'Étéonée. Ayant doublé le cap de
Malée, ils voguaient à pleines voiles, et voyaient
déjà dans le lointain les montagnes de Crète,
quand le vent changea tout à coup, et les re-
poussa vers les côtes de la Laconie, en grand danger d'y périr. Mais l'île de Cranaé leur offrit un
port où ils abordèrent non sans l'aide de quelque
dieu, car autrement ils ne pouvaient éviter de faire
naufrage. L'embouchure d'une rivière y formait
un abri commode, où, se trouvant en sûreté, ils
descendirent à terre, saluant les dieux du pays,
et firent des libations à Jupiter Sauveur et au
fleuve qui leur avait donné un asile. Après quoi,
comme ils voyaient bien qu'il leur faudrait attendre là le temps et le vent favorables, ils se mirent
à chasser pour épargner leurs provisions, et se
dispersèrent dans l'île. Ulysse et Ménélas ne se
séparèrent point, et chassèrent tout le jour ensemble. Sur le soir, comme ils revenaient fatigués
du chemin, de la chaleur et du gibier qu'ils portaient, se trouvant au bord du fleuve, non loin du
vaisseau, il leur prit envie de se baigner : l'endroit
paraissait fait exprès, défendu du vent par les montagnes environnantes, et du soleil par des arbres

dont les lierres et la vigne sauvage rendaient le couvert plus sombre. La même verdure tapissait le
rocher au pied duquel l'eau du fleuve entretenait
une fraîcheur continuelle. Là on n'entendait
guère que quelque léger souffle qui agitait les
feuilles, on ne voyait que le ciel, et il semblait
qu'on fût loin de tout le reste du monde. Ce fut
là qu'Ulysse et son compagnon, voulant ôter la
poussière et la sueur qui les couvraient, se jetè-
rent dans le fleuve. Ménélas, en s'approchant de
la rive opposée, vit quelque chose qui avait l'air
d'une bande d'étoffe, que le courant de l'eau
aurait emportée si elle n'eût été retenue par des
roseaux. Comme il y portait une main, une voix
se fit entendre du milieu du fleuve, et lui dit:
Étranger, qui que tu sois, ne m'ôte pas ce souvenir de la beauté la plus parfaite qui ait paru
sur ces bords. J'ai vu les nymphes Orcades et
celles de la suite de Diane : entre les Néréides
j'ai admiré Galatée, et je ne croyais jamais voir
rien de plus beau que Doris; mais ni Doris, ni
Galatée, ni Thétis elle-même, ne peuvent se
comparer à Hélène. Nous l'avons vue ici avec ce
beau Troyen que Vénus lui donne pour époux,
et, un soir comme à présent, sous cet antre que
tu vois, ces gazons leur ont servi de lit nuptial.
Ce qu'ils dirent, Écho, si tu veux, te le redira,
car elle a tout répété : ce qu'ils firent, demande-
le aux satyres de ce bois, qui les épiaient entre

les. broussailles. Zéphyre enleva en se jouant la ceinture d'Hélène déposée sur un buisson, et la fit tomber dans mon onde : ils ne s'en aperçurent pas, trop occupés d'autres choses. Moi je la cachai dans mes roseaux, ne voulant pas faire à la mer un don si précieux. Avant de partir, elle, bientôt se levant, chercha sa ceinture et ne la trouva plus, et lui, l'aidant à la chercher, disait : Belle ! ta ceinture est perdue. Amour l'aura prise pour celle de sa mère. Ainsi folâtrant, ils s'en retournèrent le long de mes bords, non sans s'arrêter en plus d'un endroit ; et crois-moi qu'il n'est en amour ni passereaux ni tourterelles qui ne soient paresseux au prix d'eux. Vénus elle-même, du haut de ce rocher, prenait plaisir à voir leurs jeux, et souriait en les regardant... Mais de grace, si je t'ai fait quelque bien, si j'ai reçu ton vaisseau battu par la tempête, si tout à l'heure j'ai rafraîchi ton corps fatigué, pour tout salaire, je t'en conjure, laisse-moi une dépouille si chère, que je la serre dans ma grotte, et personne plus ne la verra. Toi, si jamais tu vois Hélène, parle-lui de Cranaé, et dis-lui que le fleuve Amisus garde sa ceinture.

A ce discours, Ménélas demeura quelque temps sans pouvoir parler. Le dépit et la colère étouffaient sa voix. A la fin, il éclata en reproches contre Vénus. Ingrate déesse, dit-il, je t'ai préférée à toutes les divinités ; j'ai prodigué sur tes autels et l'encens et les victimes : aucun mor-

tel sur la terre ne t'a honorée comme moi ; et voilà
ma récompense. Me traiterais-tu plus cruellement si
j'eusse profané ton temple et méprisé tes mystères?
Ah! puissé-je périr si jamais je te sacrifie, et si je
n'abhorre ton culte autant que je l'ai chéri !

Ulysse à ces mots lui mit la main sur la bouche : Malheureux ! que fais-tu? lui dit-il; veux-
tu donc te perdre, et nous avec toi ? Ah ! que
je crains que la déesse ne t'ait entendu, et ne
dise à Neptune de nous faire tous périr ! Tu ne
sais pas ce que c'est que la colère de Vénus, toi
qu'elle a toujours aimé, et tu crois qu'elle par-
donne tout à ses favoris. Mais, voyons, de quoi
te plains-tu? Tu parles de tes sacrifices! Mais qui
t'a donné Hélène? Quelle autre que Vénus t'a
fait préférer à tant de rois qui la demandaient
comme toi? Une seule nuit d'Hélène eût payé tes
hétacombes, et tu l'as gardée deux ans. Peut-être
te reviendra-t-elle ; peut-être si Vénus le veut,
sera-t-elle encore à quelque autre ; mais, quoi
qu'il arrive, enfin, peu comme toi pourront se
vanter d'avoir eu part à la couche de la fille de
Jupiter. La posséder sans partage eût été trop
pour un mortel; tant de beauté n'était pas faite
pour un seul homme. Le dernier de ses amans
sera encore égal aux dieux; et tu oses te plaindre,
toi qui crois être le premier ! Tu appelles Vénus
ingrate après tant de bienfaits ! Hâte-toi de l'a-
paiser, et, pour lui faire oublier ces téméraires

paroles, promets-lui à ton retour un sacrifice des cent premiers nés de tes agneaux.

Cela dit, il prit la ceinture, et faisant signe à Ménélas de détourner la vue, il la jeta loin derrière lui. Elle tomba au milieu du fleuve, et disparut aussitôt. Ayant achevé de se baigner, ils reprirent leurs habits, et regagnèrent le vaisseau où, trouvant de retour tous leurs compagnons, ils se mirent à préparer le repas. On brûla en l'honneur des dieux les prémices du gibier, sur lesquelles Ménélas répandit du vin pur avec une coupe d'or destinée à cet usage, et, se souvenant des conseils d'Ulysse, promit à Vénus de lui sacrifier, aussitôt son retour à Sparte, les cent premiers nés des agneaux.

Le repas fait, ils s'endormirent, quelques-uns sur le vaisseau, les autres sur le rivage même, et dès le matin, comme le vent se trouva favorable, on mit à la voile. Ce jour et la nuit leur suffirent pour aller en Crète, où ils laissèrent Idoménée; et de là le même vent les conduisit à Lemnos. Le roi Eumée, fils de Jason, les traita magnifiquement; et ayant appris le sujet de leur voyage, il voulut que son fils Onétor les accompagnât. Sa présence, leur dit-il, vous épargnera les questions dont la curiosité du peuple fatigue les étrangers. Il vous conduira chez un ancien hôte et ami de notre maison, Anténor, homme riche et considéré, qui vous accueillera et vous protégera à tout évènement. Ainsi vous ne serez pas obligés d'aller en supplians demander l'hospitalité à des inconnus. Car, que Priam veuille vous recevoir chez lui, il y a peu d'apparence. Étant donc partis avec Onétor, ils vinrent en peu de temps à Sigée, qui était le port le plus proche de Troie. Ménélas et Ulysse se rendirent à la ville accompagnés d'Onétor et des deux hérauts. Le premier édifice qui s'offrit à eux en entrant, était un temple achevé depuis peu, à ce qu'il paraissait. Pendant qu'ils s'arrêtaient à le considérer, quelqu'un qui se trouvait là leur dit : Ce temple vient d'être bâti par Pâris à la manière grecque, pour une divinité qui préfère cette ville à son ancien séjour. Nous adorions Vénus sous un nom différent, et dans la citadelle comme tous les Dieux du pays ; mais Hélène..... qui que vous soyez, vous avez entendu parler d'Hélène..... Lorsqu'elle partit de Lacédémone, Vénus lui dit en songe d'emporter à Troie son image, révérée de tous les temps dans la Grèce. Elle le fit, et vint ici avec la déesse qu'elle porta dans ses bras depuis le port jusqu'à la place où ce temple est aujourd'hui. Là, l'image lui étant échappée des mains, il n'y eut force au monde qui pût seulement la remuer de l'endroit où elle était tombée. Les devins, consultés, déclarèrent que ce lieu plaisait à Vénus, et qu'il fallait qu'elle demeurât où elle-même s'était fixée venant de si loin. On lui

éleva ce temple, dont Hélène est la prêtresse, et
où elle enseigne aux femmes du pays le culte de
la déesse. Elle y est en ce moment même.

Ces mots furent à peine prononcés, que Ménélas courut à la porte du temple; Ulysse le suivit,
d'abord pour le retenir, ensuite pour ne pas le
laisser seul. Après Ulysse vinrent Onétor et les
deux hérauts. Parvenus au seuil de l'enceinte,
ils s'arrêtèrent; Ménélas se tint à l'entrée ayant
les autres derrière lui, la tête avancée, le corps
en - dehors, caché par la porte; de sorte qu'il
voyait, sans être aperçu, ce qui se passait dans
l'intérieur. Hélène était auprès de l'autel entou-
rée de ses femmes, qui tenaient un grand voile
déployé devant la déesse. Elle levait les mains au
ciel : Vénus, je t'offre ce voile que j'ai tissu et
orné de tout ce que la pourpre et l'or ont de
plus précieux. Depuis que j'ai commencé cet ouvrage, mes mains n'en ont plus touché d'autre.
Hélas! quand je commençai, ce fut le jour même
que Pâris partit en me disant adieu. Je ne croyais
pas le finir avant son retour, et passer toute seule
ces longues nuits ayant deux maris dans le monde.
Déesse, que veux-tu que je devienne? Pour t'o-
béir, j'avais quitté mon premier époux; le second
me quitte à son tour, faudra-t-il bientôt que j'en
suive un troisième? On ne sait où Pâris est allé,
personne depuis son départ n'en a eu de nouvelles.
Cependant les chefs de la ville et les princes

troyens me font la cour. Chaque jour Éraste et
Sarpédon m'apportent de nouveaux présens.
Déesse, fais de moi ce que tu voudras; traîne-moi
comme une esclave par les villes de l'Asie; livre-
moi tour à tour à tous tes favoris; je ne trouverai
pas un autre Pâris! Ah! plutôt ramène-le-moi,
nous te sacrifierons des hécatombes parfaites. Ne
sépare plus deux cœurs qui ne te servent jamais
mieux que lorsqu'ils sont unis. Si tu ne veux pas
me laisser fidèle, du moins rends-le-moi quelquefois, et que je ne sois plus à d'autres qu'à
lui.....

A la Véronique, le 26 septembre 1802.

SUR LE MÉRITE

DES ORATEURS,

COMPARÉ A CELUI

DES ATHLÈTES.

Je me suis souvent étonné que dans ces jeux solennels dont la magnificence attire le concours de toute la Grèce, on prodigue aux hommes qui excellent dans les exercices du corps les prix et la gloire, et qu'on ne songe point à honorer ceux qui, en cultivant leur esprit, ont acquis des talens plus rares et sans doute bien plus dignes de l'attention du public. Car ce qu'on admire dans les athlètes, leur taille, leur vigueur, leur souplesse, n'a rien qui puisse être utile à d'autres qu'à eux-mêmes; et leur force fût-elle double de ce que nous la voyons, il n'en résulterait pour personne aucun avantage; au lieu que la sagesse d'un seul homme dont l'esprit s'est élevé par de longues études à des connaissances sublimes, est un trésor ouvert aux particuliers et aux peuples qui veulent en profiter. Au reste, ces réflexions-là ne m'ont point encore découragé, et, faute de pouvoir prétendre à des honneurs si éclatans, je n'ai pas cru devoir pour cela renoncer à des travaux dont je ne désire pas d'autre prix que le mérite d'avoir su exprimer convenablement quelques pensées qui parussent dignes d'être conservées dans la mémoire des hommes.

Aujourd'hui je me propose d'exhorter les Grecs à s'unir contre les barbares ; sachant au reste que ce sujet a été traité plusieurs fois par des hommes qui font profession d'esprit et d'éloquence, mais sûr en même temps de faire oublier tout ce qu'ils ont pu dire, et convaincu d'ailleurs que le succès d'un discours dépend avant tout du choix du sujet, qui, pour seconder le génie de l'orateur, doit être grand, noble, élevé, en un mot, propre par lui-même à exciter et à soutenir l'attention des auditeurs. Tel est celui-ci dont j'avouerai que les sophistes se sont emparés les premiers ; mais cette raison n'empêche pas qu'on ne puisse encore se faire écouter avec intérêt sur la même matière ; car de tels discours paraissent tardifs, lorsque les affaires sont si avancées qu'il n'est plus permis de délibérer, ou superflus, lorsque d'autres en ont parlé de ma-

nière à laisser peu de chose à dire après eux.
Mais tant qu'on ne voit rien dans le cours des
affaires qui annonce une fin, et rien de remarquable dans ce qui s'en est dit, de quoi me blâ-
mera-t-on si j'essaie encore de faire entendre aux
Grecs des discours capables, s'ils sont écoutés,
d'arrêter la guerre qu'ils se font entre eux, de rétablir l'ordre dans les états bouleversés, et de
prévenir pour la suite les malheurs qui nous me-
nacent tous? convenons d'ailleurs que si les objets
sur lesquels s'exerce l'art de l'orateur, ne se pouvaient peindre que d'une seule manière et sous
un seul point de vue, il serait ridicule de venir,
après tant d'autres, présenter encore sur une
trame usée et les mêmes dessins et les mêmes
couleurs. Mais puisque l'on sait au contraire que
la puissance de cet art est de changer à son gré
la forme et l'espèce des choses, de montrer petit
ce qui était grand, et d'ajouter de la grandeur à
ce qui était humble et faible, de faire prendre
un air antique aux choses les plus nouvelles, et
de cacher la vétusté sous une apparence de fraîcheur, n'évitons donc pas les sujets que d'autres
ont déjà touchés, mais employons-les de façon
qu'ils nous paraissent propres; ou plutôt mon-
trons par l'usage que nous en savons faire, qu'ils
nous appartiennent véritablement. En effet toutes
les querelles qui peuvent intéresser les hommes
sont du domaine de l'éloquence, et chaque por-

tion de cet héritage, commun à tous les orateurs, appartient de droit non au premier occupant, mais à celui de tous qui la cultive le mieux. Pour moi, je ne doute pas que la science de la parole, ainsi que les autres arts, ne fît plus de progrès vers la perfection, si les hommes admiraient non le premier qui parle sur un sujet nouveau, mais celui qui en parle avec plus d'art et d'habileté ; non ceux qui cherchent à surprendre par des discours dont personne n'eut jamais d'idée, mais ceux qui savent en composer que personne ne peut imiter.....

DIOGÈNE.

Un jour Diogène préparant son repas, nettoyait quelques herbes dans le bassin des Neuf Fontaines, et Aristippe sortant de chez lui, tout paré, tout parfumé, allait dîner chez Sosicrates, président de l'Aréopage. En voyant le cynique il se prit à rire, et l'autre fronçant le sourcil : Si tu savais, dit-il, vivre de ces herbages, tu ne ferais pas la cour aux grands. Et toi, répondit Aristippe, si tu savais plaire aux grands, tu ne vivrais pas d'herbages.

Un homme qui passait par-là s'arrêta près d'eux et dit : Parle sincèrement, Diogène : lorsque le vent et la pluie t'assiègent la nuit dans ton tonneau, ne t'arrive-t-il point de penser que tu serais mieux logé dans une chambre bien close, et mieux couché dans un bon lit? Par le froid qu'il fit cet hiver, ne fus-tu jamais tenté de croire que si une tunique n'est pas nécessaire à l'homme,

elle lui est quelquefois bien utile? et à cette heure
même si tu étais sûr que personne ne te vît, ne
laisserais-tu pas de bon cœur tes tristes lupins
pour un jambon de Corinthe ou quelque pâté
de Sycione? En bonne foi, tu ne nous diras pas
que de pareilles idées ne te viennent jamais à
l'esprit, et alors (que sert de le nier?) tu te ferais
bien volontiers parasite comme celui-ci, n'était
la honte qui te retient et le nom de Diogène. Et
toi, dans le palais de Denys, quand l'huissier te
laisse à la porte et fait entrer Philoxène, quand
un esclave favori te regarde de travers, ou ne te
regarde pas; quand Galatée te prend par la barbe
et te fait danser la cordace devant les convives,
ne trouves-tu pas alors ton dîner bien cher, et
ton métier dur? Mais si le tyran vient à découvrir ou seulement à soupçonner quelque com-
plot contre sa vie, quand tu vois les uns mis à
mort, les autres à la torture, et qu'un de tes bons
amis de cour te dit tout bas : Songez à vous; est-
il alors de mendiant dont tu n'envies la condition? Qu'avez-vous donc à vous reprocher? n'êtes-
vous pas tous deux également misérables, l'un
sur le fumier, et l'autre sur la pourpre, comme
vous êtes tous deux bouffons; l'un à la foire,
l'autre à la cour? Écoutez, ajouta-t-il; je veux
vous rendre service; et s'il vous reste un peu de
cervelle, prenez chacun le parti que je vais vous
proposer : dites adieu, l'un au grand monde et

l'autre à la canaille : toi, Aristippe, quitte tes odeurs, ta frisure, tes beaux souliers; et toi, Diogène, habille-toi. Je te mènerai chez Télonide, le fermier des douanes du Pyrée, il est de mes amis : il t'emploiera; et pour peu que tu veuilles travailler, on fera de toi quelque chose. Cela vaudra toujours mieux que de tendre ici la main, ou de faire de la fausse monnaie comme on m'a dit que tu t'y amusais quelquefois dans ton pays. Pour toi, Aristippe, je veux te faire avoir une bonne hôtellerie sur le marché au poisson. C'est là le vrai lot d'un gourmand comme toi. Au lieu d'escroquer des dîners, tu feras dîner les autres. Vous riez, marauds que vous êtes, vous ne méritez pas la bonté que j'ai pour vous; voilà ce que c'est que de s'intéresser à de pareils coquins. Je vois bien, mes amis, vous êtes trop philosophes pour vouloir rien faire de bon, et trop habitués aux grimaces pour avoir jamais un air d'honnêtes gens. Continue, Diogène, à coucher dans la rue : crève plutôt que de t'en dédire; et toi, va prêcher la sagesse parmi les filles de joie, la liberté chez les tyrans. Jette ton argent par les chemins, possède sans être possédé..... Vous enragerez les trois quarts du temps, mais on vous admirera. Qu'importe d'être heureux, pourvu qu'on soit célèbre.

Et qui es-tu, dit Aristippe, toi qui harangues si bien? Je suis, répondit-il, Straton de Phalère, fils de Nausiclès, patron de navire, gendre de Cléon le corroyeur. J'ai trente talens en biens-fonds aux environs de Chalcis et quinze talens d'intérêts dans les mines du mont Parnète. Avec cela je ne fais point ma cour aux tyrans, car je n'ai nulle envie de les connaître, et je crains fort d'en être connu. Je ne jette point mon argent, ni ne laisse voir mon derrière afin qu'on parle de moi; mais je vis content dans ma famille, joyeux avec mes amis, paisible avec tout le monde, et je me moque des philosophes.

A la Véronique, le 10 octobre 1802.

L'ESPAGNOL

AMANT DE SA SOEUR.

En 1583, un Espagnol connu sous le nom de
Louis d'Aiguevives (don Louis d'Acquaviva) demeurait rue Saint-André-des-Arts, lui, sa femme
et deux enfans, tous établis à Paris depuis environ dix ans. Ils passaient dans leur voisinage pour
de fort honnêtes gens, et elle surtout, Espagnole
comme lui, pour une personne singulièrement
charitable aux pauvres, qui même, disait-on, dé-
pensait en pieuses libéralités plus que son mari
n'eût voulu. Le lendemain de la Saint-Martin,
toute la famille fut arrêtée et menée en prison
au Palais, où, par le procès qui fut fait, on reconnut que ce don Louis était le propre frère de
sa femme, tous les deux quoique bien mariés,
étant nés à Saragosse du même père et de la
même mère; ils furent en conséquence condamnés par la cour à être brûlés vifs, et leurs enfans,
l'un garçon, âgé de 18 ans, l'autre fille, ayant un

an ou deux de moins, à une prison perpétuelle,
ce qui fut exécuté.

Cet évènement fit horreur à tout le monde.
Plusieurs même le regardaient comme un signe
de la colère du ciel et un avant-coureur de quelque plaie dont Dieu voulait frapper la race présente. Ce fut aussi ce que dit à la cour l'avocat
du roi, maître Pierre Lambin, qui fit merveille de
parler en cette occasion, comme certes il pouvait,
étant un des plus savans et des plus graves personnages qu'il y ait en France aujourd'hui. Je
sais tout cela par mon cousin, le sieur Jean Le-
clerc de la Thibaudière, conseiller, homme de
bien et craignant Dieu, lequel était juge dans
cette affaire. Maître Pierre, selon ce qu'il me dit,
leur fit voir d'abord doctement, par une infinité
de passages des auteurs tant sacrés que profanes,
que l'inceste a été de tout temps un crime abominable devant Dieu et devant les hommes. Il
remarqua que, même parmi les saints, que tout
bon catholique révère avec l'église, il y en a plusieurs qui pendant leur vie ont été coupables les
uns d'adultère, les autres de meurtre, quelques-
uns même de parricide, d'inceste aucun que je
sache, disait maître Pierre. Ne croirait-on pas,
poursuivit-il, que le ciel a séparé ce crime de tous
les autres et que sa miséricorde ne s'étend pas
jusque-là, si on ne savait d'ailleurs qu'elle est in-
finie? Mais comme vous n'ignorez pas qu'il y a des

degrés dans le mal ainsi que dans le bien, quelque détestable que l'inceste soit en effet par lui-même, cependant les circonstances peuvent encore l'aggraver, et il ne faut pas douter qu'il n'y ait une grande différence entre celui qui simplement fait sa maîtresse de sa sœur et celui qui en fait sa femme; car ce dernier joint à l'inceste la profanation. Le mariage en ce cas seulement est pire que l'adultère, et ce sacrement, par lequel toute autre union est sanctifiée, rend celle-ci plus exécrable. Pourquoi? c'est une explication que sûrement vous n'attendez pas de moi.

Ces matières sont délicates, d'ailleurs au-dessus de ma portée, et il y a des crimes qu'on ne peut, sans se rendre soi-même coupable, examiner de si près. Renfermons au-dedans de nous l'horreur que celui-ci nous inspire. Retenons notre langue et même notre pensée, de peur que, quand la majesté divine reçoit ces sanglantes blessures, les rappeler ne soit lui faire un outrage de plus. A ces mots qui firent, disait mon cousin, une grande impression sur tout l'auditoire, maître Pierre s'arrêta. Mais son silence même ayant je ne sais quoi de mystérieux, ajoutait encore à l'effet de son éloquence, qu'il semblait ne retenir ainsi que pour en grossir le torrent. Bientôt en effet il reprit : Sans doute le monde est menacé de quelque grande catastrophe; et s'il est vrai que la méchanceté doive augmenter jusqu'à la fin, sûrement nous touchons au terme. Où prendrions-nous de nouveaux vices ? quel degré se peut ajouter à la perversité du siècle, et que feraient nos neveux pour enchérir sur nos crimes? L'audace et la perfidie se sont partagé la terre. L'innocence en est bannie. On ne se souvient de l'équité que pour couvrir de son saint nom le brigandage et le parjure. Les tigres dans les déserts ne se jettent pas l'un sur l'autre, ne font pas leur proie de leur semblable; mais l'homme déchire l'homme, le fort dévore le faible, le frère dépouille son frère, le fils hâte les jours de son père et plaint la nourriture au sein qui l'a nourri. Un sexe né timide est hardi pour le crime. Une fille à peine nubile provoque la séduction; devenue femme, à peine mère, elle médite son divorce, ou fuit avec un adultère, laissant sa maison déserte et ses enfans au berceau. O mœurs de nos ancêtres, qu'êtes-vous devenues? Pudeur, amour, foi conjugale, êtes-vous disparus pour toujours? c'est par là que toute vertu s'éteint, que toute société se dissout. Et quelle société peut-il y avoir où il n'y a pas même de famille? Quelles lois seront respectées où celles de la nature sont sans force? Ces douces lois qu'elle a gravées dans le cœur de chaque individu, n'en peuvent être effacées que par des excès qui ne laissent aucun espoir d'amendement, lorsqu'une race dégénérée périt de sa propre corruption, et ne peut plus subsister plus long-temps. Voilà le point où nous en sommes. Nos vices suffisent pour notre ruine, et la génération présente s'anéantirait elle-même, s'il ne fallait pas que la justice divine fût une fois satisfaite. O Dieu, dont l'extrême indulgence laisse monter à ce comble nos iniquités, tu ne peux attendre désormais de ton ingrate créature ni progrès dans le mal, ni le retour vers le bien, ta vengeance va éclater; nulle innocence sur la terre ne retient plus ton bras, ta foudre ne peut frapper que des têtes coupables, et dans un nouveau déluge tu ne trouveras pas cette fois un juste à sauver.

Ce discours de maître Pierre, quoique admiré de tout le monde, ne fut pas également approuvé. Quelques-uns prétendaient y sentir une forte odeur d'hérésie, d'autres disaient d'athéisme, et proposaient, pour apaiser le courroux du ciel dont il nous menaçait, de brûler avec les Espagnols maître Pierre et sa harangue. Pour moi, disait mon cousin, j'aurais bien voulu qu'on ne brûlât personne, et je dis qu'il n'était pas nouveau de voir les ignorans accuser d'impiété ceux qui en savent plus qu'eux; que de grands hommes avant maître Pierre avaient éprouvé la même injustice, qui bien loin d'avoir méconnu la Divinité nous apprennent encore aujourd'hui à la connaître par ses œuvres; que l'étude de la philosophie et l'imitation des anciens donnaient aux discours

IV.   27

des savans cet air qui semblait s'éloigner du langage vulgaire, mais que, dans le dogme et la croyance, ils différaient d'autant moins du commun des hommes, que pour l'ordinaire ils se mêlent peu de ce qui regarde ces matières, dont ils se rapportent aux juges établis de Dieu pour cela ; que les damnés auteurs de ces schismes, qui font tant de bien et de mal depuis quelque temps, n'étaient pas des philosophes, mais des théologiens ; que du philosophe au dévot la différence était la même que d'un courtisan qui loue le prince pour avoir part à ses faveurs, aux magistrats qui expliquent ses sages réglemens sans prétendre à aucune grace ; que la science et la sagesse, depuis Salomon à qui Dieu donna l'une et l'autre, étaient rarement séparées. Voilà par quelles raisons je défendis maître Pierre. Mais je m'aperçus bientôt qu'en voulant le justifier, je me faisais tort à moi-même, et que je gâtais mes affaires, sans rendre la sienne meilleure. Cette réflexion fut cause que je n'en dis pas davantage. L'accusé demanda qu'il lui fût permis, attendu qu'il s'expliquait mal en français, de prendre un avocat, et la cour y consentit ; il choisit maître Fijac, homme habile et des mieux parlans que j'aie jamais entendus. Voici ce qu'il dit à peu près :

« Je vois tout le monde persuadé que la cause dont je me charge est désespérée, et que les accusés ne peuvent rien alléguer pour leur défense. Quoiqu'en cela on se trompe fort, comme j'espère le faire bientôt voir, cependant cette persuasion leur nuit plus que toute autre chose, et leur justification n'est réellement difficile que parce qu'on la croit impossible; car quelle que puisse être leur cause, ils seraient au moins écoutés si l'on n'était pas prévenu qu'ils n'ont rien à dire. Dans le fait, je ne m'étonnerais pas que l'on crût mes cliens coupables, car les apparences sont contre eux; mais ceci est bien pis, on croit qu'ils ne peuvent être innocens; comme si jamais l'apparence n'était démentie par le fait.

« Pour détruire une prévention contre laquelle je ne puis lutter qu'avec beaucoup de désavantage, les moyens que j'ai sont bien faibles. Tout ce que je puis faire, c'est de prier chacun de vous en particulier qu'il se souvienne combien de fois il s'est vu forcé dans sa vie de reconnaître pour faux ce qu'il tenait pour certain, et qu'il songe que la même chose peut lui arriver encore.

« Mais avant d'entrer en matière, comme mon dessein n'est pas de vous séduire par des paroles ni de chercher à vous égarer dans un dédale de sophismes, méthode qui ne conviendrait ni à vous ni à moi, je vous veux donner d'abord le fil de mon discours et mettre dans ce que j'ai à

dire toute la clarté possible par une seule observation qui sera la base de ma défense. Cette
observation, c'est qu'encore que tout accusateur
doive prouver avec évidence que celui qu'il accuse est coupable, le réciproque n'a pas lieu à
l'égard de l'accusé, qui, pour être absous, n'est
point tenu de fournir la preuve complète de son
innocence. Il suffit que son crime ne soit pas démontré; il est censé innocent dès qu'on doute
s'il est coupable. Ici, par exemple, on vous dit que
don Louis a épousé sa sœur. Si on le prouve, il
est condamné; mais si on ne le prouve pas, ou si
on ne le prouve qu'à demi, si l'inceste en un mot
n'est pas clair comme le jour, don Louis est absous par cela seul, quand même il ne pourrait
prouver que son épouse n'est pas sa sœur. Le
doute est tout en sa faveur, et c'est une règle
dont les juges ne doivent jamais s'écarter. Car le
plus honnête homme du monde, accusé du crime
le plus absurde, serait souvent fort embarrassé à
prouver qu'il n'est pas coupable. Ainsi pour justifier don Louis, il n'est pas nécessaire de montrer que celle qu'il a épousée n'était point sa sœur,
c'en est assez de faire voir que les preuves qu'on
apporte de cette consanguinité ne sont pas suffi-
santes.

(*Le reste manque.*)

PARAPHRASE

DU PSAUME

SUPER FLUMINA BABYLONIS [1].

Au sein de cette ville insolente et perfide
    Qu'habitent nos vainqueurs,
Où règne un roi cruel, et qu'un fleuve rapide
    Traverse entre les fleurs,
Nous nous sommes assis le cœur rempli d'alarmes
    Sur des bords trop heureux.
Les fugitives eaux ont emporté les larmes
    Qui tombaient de nos yeux ;
Par nos tremblantes mains nos lyres détendues
    N'ont plus produit d'accords ;
Nos harpes en silence ont été suspendues
    Aux saules de ces bords.
Cependant ces cruels qu'un combat fit nos maîtres

---

[1] Cette pièce est du père de Courier, homme fort instruit , au rapport de son fils. Paul-Louis faisait grand cas de ce morceau et il en regrettait fort la fin, n'ayant jamais pu retrouver que ce fragment dans sa mémoire.

Nous disaient : Devant nous,
Chantez ces hymnes saints chantés par vos ancêtres
Devant le dieu jaloux ;
Aux chants de Babylone unissez vos cantiques,
Et vos voix à nos voix,
Et faites retentir, dans nos sacrés portiques,
La harpe sous vos doigts.
. . . . . O discours. . . . . qu'au ciel le Dieu suprême
N'entend point sans courroux,
Apprenez que son nom deviendrait un blasphème
Prononcé devant vous.
Nous ne pouvons chanter que les seules louanges
Du Dieu de l'Univers :
Éloignez-vous, fuyez, la foule de ses anges
Assiste à nos concerts.

FACTUM
DU SIGNOR FURIA,

AVEC UN FAC-SIMILE DE LA TACHE D'ENCRE

FAITE SUR LE MANUSCRIT

DE DAPHNIS ET CHLOÉ.

(Traduit de l'italien.)

AVERTISSEMENT DES ÉDITEURS.

Nous avons pensé que le morceau suivant qui explique les motifs d'un des plus admirables écrits de Courier, était digne, à ce titre, de quelque intérêt. La brutalité et la maladresse de cette attaque justifient la dureté de la réponse; et tout le monde jugera que celui qu'on a voulu rendre odieux n'a pas exagéré le droit de la défense, en rendant son agresseur ridicule. Rapproché de la *Lettre à M. Renouard*, le *Factum* du signor Furia offre aussi un sujet d'étude littéraire; à côté des modèles qu'il convient de suivre, il est quelquefois bon de placer ceux qu'il faut éviter.

DÉCOUVERTE

ET PERTE SUBITE

D'UNE PARTIE INÉDITE DU LIVRE PREMIER DES PASTORALES DE
LONGUS, FAITES DANS UN EXEMPLAIRE DE L'ABBAYE FLO-
RENTINE, QUI SE TROUVE A LA BIBLIOTHÈQUE MÉDICO-LAU-
RENTIENNE [1].

A M. DOMINIQUE VALERIANI,

DIRECTEUR DES ÉTUDES DE VIMERCATE, PROFESSEUR D'ÉLOQUENCE
ET DE PHILOSOPHIE.

Quæsivit... lucem, ingemuitque repertá.

VIRG.

Quoique éloigné de moi, vous avez donc appris, mon
cher ami, la nouvelle du douloureux événement arrivé à
notre fameux exemplaire des érotiques grecs ?

Dans la paisible retraite que vous avez consacrée à Minerve et aux Muses, qui eût pensé que les éclats bruyans
de la trompette de la Renommée eussent pu sitôt vous annoncer une nouvelle si extraordinaire ? Non content des ré-
cits confus et incertains qui vous sont parvenus, vous dési-
rez que je vous rende compte moi-même de l'événement,
vous le demandez au nom de la vérité et pour que l'avenir

---

[1] Voir la lettre à M. Renouard, page 119 de ce volume.

ne soit pas trompé par tant d'explications mal fondées qui se sont répandues; permettez-moi de vous dire que le soin que votre amitié réclame m'est d'autant plus pénible qu'il me rappelle la gravité d'un événement que le temps ne pourra faire oublier, et dont le simple souvenir me saisit d'horreur.

Je dirai donc avec le divin poète :

> Tu vuoi ch'io rinnovelli
> Disperato dolor, che il cor mi preme,
> Già pur pensando pria ch'io ne favelli.

DANTE.

Je veux cependant vous satisfaire, car votre zèle et votre amour pour les bonnes études ne permettent pas qu'on vous refuse pareille satisfaction; je vous la donnerai publiquement, en livrant cet écrit à la presse parce que, ce malheur intéressant tout le monde littéraire, il est nécessaire qu'il soit en même temps connu de vous et de tous ceux qui font leurs délices de nos études favorites, de tous ceux qui professent le respect pour la savante et vénérable antiquité. Écoutez-moi donc, et que votre cœur se prépare à une patience à toute épreuve, à un calme que rien ne puisse troubler, tandis que moi,

> Farò come colui che piange e dice.

Il y avait à peine deux mois, qu'entre plusieurs manuscrits, on avait déposé dans notre bibliothèque Laurentienne le célèbre *Codex* de l'abbaye des moines de Mont-Cassin de cette ville, écrit vers la fin du XIIIme siècle, et contenant différents érotiques grecs, tels que les Pastorales de Longus le sophiste. Le gouvernement, par une disposition vraiment sage, avait ordonné que non-seulement les manuscrits, mais encore les livres et tous les objets d'art ou de science existant dans les bibliothèques des moines supprimés de la Toscane, fussent recueillis par une commission créée à cet effet. Par l'effet de cette précaution, on empêchait qu'une foule de choses rares et d'importance ne fussent ou endommagées, ou égarées, ou perdues. Déjà notre bibliothèque, comme toutes les autres bibliothèques publiques, a commencé à recueillir les fruits d'une mesure aussi louable, et le manuscrit dont je vous parle est parmi les acquisitions qui l'ont enrichie. Je ne vous rappellerai pas la valeur d'un tel trésor, ni combien il est estimé et connu des savans; je vous dirai seulement que c'est l'unique copie qui nous reste des écrits de Xénophon l'Éphésien et de Chariton. Le premier, comme vous savez, fut publié par notre illustre Cocchi, le second par d'Orville à qui, sans nul souci de sa propre gloire, Cocchi fit présent d'une copie qu'il avait préparée pour la publier lui-même. Tant il est vrai que nos savans convaincus que la science est le patrimoine de tous, se sont toujours montrés généreux et empressés dans tout ce qui a la littérature pour objet, et ont dédaigné le monopole des trésors littéraires qu'ils possédaient.

Le père Montfaucon vit cette copie, et dans l'ouvrage

qu'il publia sous le titre de *Bibliotheca bibliothecarum*,
il fit dès 1729 mention spéciale des Pastorales de Longus
qui se trouvent dans ce manuscrit. D'Orville aussi en parla,
lorsqu'en 1750 il publia le roman de Chariton aphrodisien,
et notre incomparable Salvini, dans la préface qui est en
tête de son élégante traduction des Amours d'Abrocome et
d'Antie de Xénophon Éphésien, publiée en 1757, ne manque pas non plus de le citer.

On ne saurait donc trop s'étonner, qu'il me soit permis
de le dire, que M. Villoison, qui a donné en 1778 une belle
édition de Longus, ait négligé de confronter le texte de la
copie de Florence et se soit contenté de quelques manuscrits
incorrects et en petit nombre qui se trouvent à la Bibliothèque royale de Paris, se bornant à reproduire l'édition de
Colombani, premier éditeur de Longus d'après la copie,
ainsi que lui-même nous l'apprend, qui se trouve dans la
bibliothèque Alamanni.

Villoison aura pensé que le manuscrit de l'abbaye Florentine était le même que celui dont s'était servi Colombani, et
en conséquence il l'aura jugé inutile à son objet. Sans doute
cette idée se sera élevée en lui au degré de certitude abso-
lue en voyant que le manuscrit rappelé par Colombani ne
s'était point retrouvé dans la famille Alamanni ; mais cette
réflexion ne devait pas l'empêcher de consulter de nouveau,
et sans parler d'autres motifs, il aurait dû penser que les
premiers éditeurs, avec toute l'attention imaginable, com-
mettent souvent des erreurs, soit à raison de la nouveauté

des recherches, soit à cause de la négligence des imprimeurs,
soit enfin par toutes autres causes qui ne peuvent manquer
de se présenter à l'esprit d'un critique érudit et clairvoyant.
S'il se fût livré à ces recherches, il aurait découvert que le
manuscrit de l'abbaye Florentine est tout autre chose que
celui d'où on a tiré la première édition de 1594; il y aurait
trouvé la fameuse lacune du livre premier entièrement remplie, et le monde savant jouirait depuis longues années du
roman de Longus, plus correct et plus complet; un pareil
trésor ne serait pas resté enseveli jusqu'à nos jours, pour
être découvert, je ne sais s'il faut s'en affliger ou s'en glori-
fier, de la manière que je vais vous le raconter.

M. Courier, savant officier français, qui cultive avec
passion les lettres grecques, vint me trouver vers le commencement de novembre dernier avec M. Renouard, imprimeur fort instruit, de Paris, qu'il avait rencontré à Bologne
se dirigeant comme lui vers cette capitale de la Toscane. Je
connaissais déjà beaucoup M. Courier pour l'avoir vu autrefois fréquenter la bibliothèque Laurentienne, et parce qu'il
m'avait été adressé, il y a deux ans environ, et recommandé par M. l'abbé Andrès, et par monseigneur Marini,
deux noms qui suffisent pour tout éloge. J'avais été prié
par ces savans de prêter mon aide à M. Courier et de lui
laisser consulter nos copies de Xénophon, dans le but d'illustrer le Traité de la cavalerie et celui de l'Hipparchique
qu'il voulait dès-lors publier. Je répondis de tout mon zèle
à son empressement et aux désirs de mes respectables

maîtres et amis, et je le fis avec un véritable plaisir, imagi-
nant voir se renouveler en lui l'exemple de Xénophon, de
Polybe et de Palmer, qui surent au milieu du bruit des
armes et des cris des combattans se livrer à l'étude pleine
de charmes de la littérature, montrant ainsi que ce n'est
pas sans raison que les anciens imaginèrent la fille de Jupiter en même temps guerrière et souveraine des arts et des
sciences. Je le revis avec d'autant plus de joie que le génie
tutélaire qui veille sur les hommes studieux me le ramenait
sain et sauf des bords du Danube où l'avaient appelé la voix
de l'honneur et le bruit de la guerre. Après les complimens
réciproques, il me pria de la plus gracieuse manière de
conduire son ami à la bibliothèque Laurentienne, pour admirer tout ce qu'elle renferme de rare et de précieux ; car,
ajoutait-il, quel regret n'emporterait-il pas si, ayant traversé
l'Athènes de l'Italie, il en était parti sans avoir rendu sa
visite et son hommage à un sanctuaire si fameux de la savante antiquité! J'accueillis cette prière avec plaisir, et
nous allâmes ensemble à la bibliothèque où tout ce qui mérite d'être vu fut mis sous les yeux des deux savans voyageurs. Entre mille objets de conversation, M. Courier me
demanda s'il existait quelque copie manuscrite de Longus,
parce que, disait-il, son intention était de publier le roman
de *Daphnis et Chloë*. Il désirait voir s'il y avait moyen de
remplir la lacune qui se remarque dans le Ier livre de cet
auteur. A peine m'eut-il fait part de son intention, que,
tout transporté, je lui indiquai le manuscrit de l'abbaye

Florentine où se trouvent, parmi les autres érotiques, les Pastorales de Longus; je présume, lui dis-je, que la lacune n'existe pas dans cette copie qui est de la plus haute ancienneté, et qui n'a encore, que je sache, été consultée par personne.

Nous jetâmes avec empressement les regards sur l'endroit défectueux, et nous trouvâmes avec joie que rien, dans cette copie, ne manquait au texte de l'auteur. Enchanté de cette découverte que nous venions de faire en commun, M. Courier me pressa de lui accorder la permission de copier le précieux complément et de collationner ensuite tout le texte de Longus. Je cédai très-volontiers à cette demande, rien ne m'étant plus agréable que de favoriser par mon zèle et mes conseils les efforts des savans, et de faire honneur à la bibliothèque dontj'ai le bonheur d'être le chef.

Moi-même alors, conjointement avec l'abbé Bencini mon sous-bibliothécaire, très-versé dans les études grecques, je dictai le complément, et nous lui évitâmes ainsi une peine très-grande, une longue et ennuyeuse fatigue en déchiffrant ces caractères très-fins, presqu'effacés à force d'ancienneté et, en beaucoup d'endroits, à peine visibles, capables enfin d'arracher les yeux. Je me servais pour cela de loupes excellentes, comme on peut le voir par ce que j'en dis dans les Prolégomènes de mon Ésope grec-latin, publié l'année dernière et tiré du même manuscrit où l'on trouve un plus grand nombre de fables qu'on n'en connaissait, et écrites d'un style un peu différent de celui des fables publiées par le moine Planude.

Quelque étendues que fussent les connaissances de M. Courier dans la langue grecque, il lui manquait l'habitude de lire des caractères difficiles et obscurs, et il avoua lui-même qu'il lui aurait fallu quarante jours pour venir à bout de lire cette copie. Vous voyez donc bien , mon cher ami , quelle part nous avons eue dans la découverte de ce passage de Longus , et combien M. Courier répond mal à nos soins et aux secours que nous lui avons donnés , lorsque , dans notre *Gazette Universelle* n° 90, en parlant de ce fait , non-seulement il ne nous accorde pas l'éloge que nous méritons , mais encore il l'expose de manière à faire entendre qu'on connaît à peine dans notre ville le nom des lettres grecques, ainsi que le prix et l'utilité des anciens manuscrits ! Cette injustice doit être attribuée à quelque distraction d'esprit; car il n'ignore pas qu'il y a peu de villes, je ne dis pas en Italie , mais dans quelque pays et à quelque époque que ce soit, où ces études soient plus florissantes qu'elles ne le sont ici. Savoir ensuite si nous apprécions les monumens de l'antiquité savante et les manuscrits que possèdent nos bibliothèques , nous en attestons les auteurs classiques qui sont fréquemment reproduits, à la demande des savans étrangers ou nationaux, plus corrects ou plus complets , ou plus enrichis de ces ornemens solides qui contribuent si fort à améliorer et à accroître les connaissances humaines.

Monsieur Courier ayant donc obtenu, grâce à nos soins,
la copie qu'il désirait, et l'ayant plusieurs fois encore colla-
tionnée avec le texte, après quelques jours d'un exercice laborieux pour se mettre au fait du manuscrit, se mit en devoir
de collationner le texte entier de Longus. Comme il avait
pris des arrangemens avec M. Renouard pour en donner à
Paris une édition, et celui-ci devant sous peu de jours retourner à Paris, je permis, afin que M. Courier pût terminer sa confrontation, et profitât de l'occasion pour envoyer
les variantes du manuscrit ainsi que les autres recherches
qu'il avait faites sur Longus, je permis qu'il demeurât depuis
neuf heures du matin jusqu'au soir dans la bibliothèque, et
cela au grand dérangement des employés. Nous nous asso-
ciâmes, le sous-bibliothécaire et moi, à ses laborieuses
recherches, et, avec notre aide, l'ouvrage avançait rapidement.

Le 10 novembre, nous touchions au but tant désiré, lorsque prenant moi-même le manuscrit des mains de M. Courier, pour le replacer dans mon bureau, ce qui se faisait tous
les jours, j'y remarquai une feuille d'une autre couleur que
les autres et plus large, qui m'y parut étrangère; j'ouvris
aussitôt le manuscrit à cet endroit pour en ôter cette feuille
inutile, et dont le contact pouvait nuire aux pages, déjà si
usées par le temps, de notre précieuse copie.....: Oh ciel!
quel fut mon effroi, quelle fut ma douleur en voyant que
cette feuille était attachée à la page du manuscrit, en re-
marquant une énorme tache d'encre, laquelle, en séchant,

avait fortement collé une feuille à l'autre! cette page (apprenez le malheur) était justement celle où se trouvait le complément si précieux!

A cet horrible spectacle, mon sang se glaça dans mes veines; et, durant plusieurs instans, voulant crier, voulant parler, ma voix s'arrêta dans mon gosier; un frisson glacé s'empara de mes membres stupides. Enfin, l'indignation succédant à la douleur : qu'avez-vous fait! m'écriai-je ; quelle est la cause de ce malheur? Il me répondit qu'il ne pouvait pas l'expliquer; que, comme moi, il en était surpris, et qu'il n'en pouvait donner d'autre raison, si ce n'est qu'ayant ce jour-là remué l'encre avec les barbes de sa plume pour la rendre plus fluide, et qu'ayant, par mégarde, jeté cette plume ainsi imprégnée sur la table, où se trouvaient des papiers, un de ceux-ci s'était taché par le contact de la plume et avait été ensuite placé comme marque dans le manuscrit auquel il avait communiqué cette tache. Dans ce moment de trouble, quoique je ne fusse pas entièrement persuadé, un tel accident me parut possible, et considérant que là où il n'y a plus de remède, toute question est vaine, tout reproche inutile, je demandai aussitôt à M. Courier une copie authentique de ce supplément, ainsi qu'une attestation écrite sur la feuille même que je ne voulus pas déranger, prouvant qu'il était l'auteur de ce malheureux évènement; il ne put et ne sut pas même refuser, tant ma demande était juste; il promit de me donner une copie du supplément, et écrivit au dos de la page tachée le certificat ci-dessous :

*Ce morceau de papier posé par mégarde dans le ma-
nuscrit pour servir de marque, s'est trouvé taché d'encre :
la faute en est toute à moi qui ai fait cette étourderie. En
foi de quoi, j'ai signé.*

Florence, le 10 novembre 1809.

COURIER.

Le lundi suivant (c'était le 12 novembre), Courier revint
à la bibliothèque avec son ami Renouard, désirant revoir
cette horrible scène. A la première vue il se montra réellement surpris et affligé. Curieux de voir comment la page
était tachée, ce qu'on ne pouvait faire sans enlever la
feuille qui était restée collée ainsi que je vous l'ai dit, il se
disposait à la détacher en la mouillant avec sa langue; je
m'opposai à cette entreprise; mais inutilement; car, d'un
mouvement brusque et précipité, il l'enleva, la déchirant
en quatre parties, de sorte que la tache alors s'offrit tout entière à nos yeux. Je ramassai les plus petits morceaux de la
feuille déchirée parmi lesquels son attestation se trouva intacte pour ma satisfaction et pour ma justification, encore
qu'un tel évènement s'étant passé dans un lieu public et en
présence d'une foule de personnes, ne pût jamais être l'objet d'un doute.

Voyant que le mal était irréparable, je rappelai aussitôt à
M. Courier la promesse qu'il m'avait faite de me donner une
copie du passage effacé. Il me dit alors que distrait par diverses pensées, il avait oublié de me l'apporter, ajoutant

qu'il donnerait volontiers non pas une, mais cent copies pour réparer le dommage causé au manuscrit, dommage qu'aucun prix ne pouvait réparer.

M. Renouard entendait tout cela et donnait son assentiment; moi, habitué à agir de bonne foi et persuadé que tout honnête homme agit ainsi, je ne soupçonnai point que M. Courier voulût manquer à sa parole; et loin de là je m'y confiai entièrement, ne pouvant supposer qu'il pût agir d'une manière opposée à son caractère et que, pour un si mince sacrifice, il se refusât à réparer le mal qu'il avait fait et pour lequel tous les trésors du monde, disait-il, n'avaient point de compensation. Mais que direz-vous, mon cher ami, quand vous apprendrez que le lendemain même du jour où il me renouvela sa promesse, il y manqua sans aucun égard et se rendit coupable (je suis fâché de le dire) d'un manque de foi, non-seulement envers moi, mais envers toute la république des lettres dont il foule aux pieds les droits, et enfin envers toutes les nations civilisées, intéressées à la conservation des monumens qu'il dégrade, et que les souverains de la Toscane ont rassemblés de tout temps, pour le bien commun. Et quelle raison pensez-vous qu'il ait donnée pour excuser un pareil procédé? C'est que M. Renouard, qui était parti ce jour même pour la France, le lui avait expressément défendu. Mais de quel droit M. Renouard pouvait-il l'obliger à manquer à sa parole? Quels ordres si sévères pouvaient l'empêcher de rendre à une bibliothèque publique respectable, au monde entier, ce qui à bon droit lui appartient, et qui demande, par mon organe, que l'auteur du dommage rende au moins l'intégrité à un manuscrit estimé? Et s'il est vrai que Renouard le défende, pourquoi Courier le permet-il? et pourquoi se montre-t-il si fidèle à tenir sa promesse à l'égard de son ami, pendant qu'il y manque envers moi?

Écoutez à présent les raisons que, selon Courier, Renouard a données pour l'empêcher de rendre à la Bibliothèque la copie qu'il avait promise! Qu'on veut profiter de la circonstance, qu'on veut pour une spéculation (mercantile, oui, mais non littéraire) être les possesseurs uniques du supplément, et ainsi éviter le danger que d'autres, profitant de la découverte, ne préviennent leur nouvelle publication de Longus; et l'on va jusqu'à dire que mon obstination à exiger cette copie donne du poids à ce soupçon. A tout cela je réplique que sur ma parole d'honneur je n'accorderai à qui que ce soit la communication du supplément (et qui aurait pu envier à M. Courier cette petite gloire?). Je tâche de lui persuader que mon empressement n'a d'autre objet que de rendre l'intégrité au manuscrit et d'empêcher que ce supplément puisse être de nouveau perdu; je lui montre en cela les intérêts du monde littéraire et de l'éditeur lui-même, qui pouvait de cette manière citer le document authentique de cette découverte et ne courait pas le risque de voir suspecter comme apocryphe ou comme altéré en quelques parties le texte retrouvé de Longus. Mais ce n'est pas tout, on me refuse, et non content de ce refus on va jusqu'à soup-

çonner ma bonne foi, et on manque ainsi au gouvernement
qui, en me plaçant à la tête d'un établissement public, m'a
donné une marque de sa confiance et a prouvé ainsi que j'é-
tais digne d'estime. Mais, moi, tranquille, et ennemi,
comme je suis, de tout ressentiment, mettant de côté les
justes reproches que je pouvais faire à la suite d'un pareil
refus, je proposai à M. Courier, puisqu'il manquait de confiance en moi, de déposer au moins la copie reconnue authentique signée de nous deux et munie de nos cachets, soit
chez le maire de la ville, soit chez le conservateur des monumens publics, soit enfin entre les mains de toute autre
personne jouissant de l'estime publique, de manière qu'elle
y reste pour l'utilité générale jusqu'à ce que l'édition pari-
sienne soit exécutée. Je lui dis encore une fois qu'il réflé-
chisse à quel nouveau danger ce supplément de Longus
peut être exposé s'il est confié seulement à une feuille fragile
et périssable, pouvant s'égarer en passant d'un lieu à un
autre, sujette enfin, en tant de circonstances faciles à prévoir, à être perdue, malgré les soins les plus minutieux.

Vous croyez à présent, mon cher ami, que M. Courier a
cédé à tant de bonnes raisons ; vous vous trompez. Opposant
à mes paroles, comme il faisait dans les batailles, un courage intrépide, une ame forte et une résolution hardie, il a
refusé de rendre à la Bibliothèque la copie solennellement
promise, et sur laquelle elle a toutes sortes de droits ; il a
fermé l'oreille aux conseils de ses amis, aux plaintes d'une
ville entière, en un mot, aux reproches de toute la répu-

blique des lettres qui n'approuvera jamais son étrange et
opiniâtre résolution, mais qui ne cessera de gémir sur
le dommage immense fait, par sa faute, au manuscrit
de Longus. Plus j'aime et estime le mérite de M. Courier,
plus je déplore que cette affaire l'ait exposé au blâme universel des gens de lettres, et lui ait fait oublier ce précepte
d'Euripide :

Ἄνδρα δ' οὐ χρεὼν
Τὸν ἀγαθὸν, πράσσοντα μεγάλα, τοὺς τρόπους
μεθισάναι.

IPHIG. IN AUL.

Dès que cette perte fut consommée, je me hâtai d'en
prévenir M. Thomas Puccini, chambellan de S. A. I. et R.
la grande duchesse de Toscane, conservateur des éta-
blissemens publics et des monumens des arts et des
sciences, et directeur de la galerie de Florence. Il demeura, comme moi, saisi d'horreur, et frémit en apprenant cet horrible évènement, et surtout lorsqu'il vit
l'état du manuscrit. Mais pénétré de tout le zèle qui le distingue si éminemment et qui l'enflamme pour l'honneur
de la patrie et pour la conservation des objets confiés à
ses soins, il eut recours à tous les moyens pour apporter
quelque remède à ce malheur inoui. En effet il serait
trop long de dire tout ce qu'il fit pour engager M. Courier à rendre une copie de la page détruite et préserver,
de cette manière, Longus d'un nouveau désastre. Qu'il

vous suffise de savoir qu'il mit tout en œuvre pour l'obtenir, et que si le succès ne répondit pas à ses soins
infatigables, il faut vraiment dire que le manuscrit de
Longus de l'abbaye Florentine était, dans les arrêts
de la destinée, réservé à rester inutile pour les lettres,
ou à se voir détruit au moment même qu'il passait de
son obscurité à un éclat qui devait le préserver de ce malheur.

Après l'entretien qu'il eut avec M. Courier, monsieur
le conservateur songea à recourir à des moyens plus puissans et plus efficaces, aux ressources que fournit la chi-
mie des encres, si étonnante et si utile depuis les
récentes découvertes. Il invita M. Gazzevi, un des chimistes les plus distingués dont s'honore non-seulement
Florence, mais toute l'Italie, célèbre professeur du musée
Impérial, à coopérer à une entreprise qui avait pour objet
de rendre la page tachée à son ancien état. Il s'agissait
de voir si parmi tant d'acides divers qui agissent sur les
couleurs et en détruisent les principes, il ne s'en trouverait pas un qui eût la propriété d'enlever l'encre
nouvelle sans attaquer l'ancienne écriture dont on n'a-
percevait plus de vestige; l'entreprise était difficile, le
succès douteux; le savant chimiste n'en fut point arrêté,
et, le 5 décembre, après avoir fait des essais et des
analyses sur l'encre dont la tache était faite, il appliqua
un acide préparé exprès à la partie endommagée du manuscrit. Cette affreuse tache est précisément au dos de

la feuille 23 du manuscrit, précisément à l'endroit où se trouve le supplément. Elle est de forme irrégulière en partant du haut de la page, et s'étend en ligne courbe jusqu'à son extrémité dont elle ne laisse intactes que trois lignes vers la partie inférieure. Outre cette première et très grande tache presque centrale, on en voit de plus petites qui sont comme une continuation de la tache principale, lesquelles, éparses çà et là sur la surface de la page, ont entièrement détruit l'ancienne écriture. On peut calculer que ces taches couvrent en divers endroits au moins le quart de la page entière, en sorte que le manuscrit étant en lignes très serrées et d'une écriture très fine, il y a un grand nombre de vers effacés et des lacunes qui interrompent entièrement le sens de l'auteur. Il faut remarquer que, parmi ces petites taches, on en rencontre une en tête de la page et du côté de la marge extérieure, qui est la plus considérable de toutes et qui a une forme particulière et bien différente des autres. Cette tache annonce tant par sa forme ronde que par d'autres signes particuliers, qu'elle n'a pas été faite de la même manière que les autres. Elle semble avoir entièrement le caractère d'une tache primitive, formée, non par le contact accidentel d'un papier taché, mais bien plutôt par une plume ou tout autre instrument fortement trempé d'encre, agité et secoué sur la page pour en faire tomber une énorme goutte de cette liqueur pernicieuse. On remarque, en outre, que, dans cette même place, où commence le supplément de la lacune, on a entièrement, soit avec l'ongle, soit avec un grattoir, effacé la troisième partie d'un vers, et l'on voit la même chose pratiquée au vers dix-neuvième et ailleurs, en sorte que par ce moyen on a fait disparaître plusieurs mots qui auparavant étaient intacts.

Tel était l'état de la tache et de la page avant qu'on la soumît au procédé chimique; j'ai voulu vous en donner une idée, afin que vous puissiez savoir le mieux possible comment a été endommagé un manuscrit si fameux et respecté par tant de siècles.

Je continue maintenant le récit des opérations chimiques. D'abord, les premières tentatives du célèbre professeur firent concevoir les plus belles espérances de succès, lorsqu'on vit que l'acide préparé par lui attaquait l'encre nouvelle, lui ôtait sa couleur noire et laissait encore paraître l'ancienne écriture qui était restée intacte dans le reste de la page. On espérait en conséquence venir à bout d'enlever entièrement ce voile épais, et de découvrir les traces de la première écriture; mais après vingt essais répétés durant un pareil nombre de jours, dans le cabinet de M. le conservateur, en sa présence, et devant un grand nombre de savans qui faisaient des vœux pour le salut de l'infortuné Longus, on n'obtint rien autre chose que d'anéantir la couleur noire de l'encre moderne; tandis que la partie jaunâtre résultant de l'oxide de fer dont elle était naturellement et même excessivement char-

gée, ne put point être enlevée. L'ancienne écriture ne s'é-
tant pareillement conservée que par la propriété de l'oxide
de fer, il s'ensuit qu'elle demeure, malgré tous les efforts,
confondue et comme absorbée par la plus nouvelle, sans
aucun espoir de réparation. Voilà le récit exact et sincère de
ce qui est arrivé à ce malheureux manuscrit. Vous en serez
affligé comme moi en pensant qu'un seul instant a pu détruire ce que cinq siècles avaient conservé intact. Cet
exemple prouve que nous sommes injustes quand nous ac-
cusons de la perte des monumens de l'antiquité, plutôt l'injure du temps que la négligence des hommes.

Mais vous demanderez à présent quelle impression un
tel évènement a produit sur l'esprit des gens de lettres! Je
vous dirai qu'ici tout le monde en a été indigné au dernier
point, et j'imagine que ceux qui sont plus éloignés et qui
auront appris ce malheur auront éprouvé le même sentiment. Toutes les personnes auxquelles j'ai fait simplement
le récit de cet évènement ont eu grande peine à croire qu'il
soit arrivé de la manière que je vous l'ai raconté, de la manière que vous l'avez appris, et ainsi que M. Courier lui-
même l'a exposé. Il y a dans ce récit des circonstances
qu'elles ne savent pas expliquer pour la justification de
l'auteur du dommage. Par exemple : pourquoi a-t-il remué
l'encre plutôt avec les barbes qu'avec le bec de la plume,
comme c'est l'usage? et en admettant qu'il en soit ainsi,
pourquoi a-t-il laissé sur la table cette plume devenue inutile et dangereuse, au lieu de la jeter par terre? Elles réflé-

chissent ensuite qu'on n'aperçoit pas le besoin de remuer l'encre dans un encrier tout nouvellement préparé, dans un temps où, par la disposition naturelle de l'atmosphère, l'encre se conserve pendant plusieurs jours coulante et fluide. Bien plus, elles songent que puisqu'il s'agissait simplement de collationner, l'occasion d'écrire était rare. Mais qu'on admette toutes ces explications, on dit alors : Il faut convenir où que la plume ainsi souillée d'encre tomba sur la feuille qui, se trouvant par hasard sur la table, fut ensuite placée dans le manuscrit pour servir de marque, ou bien qu'étant d'abord tombée sur la table, elle fut ensuite jetée par mégarde sur la feuille. Supposons le cas où la feuille serait venue à tomber sur la plume, tout le monde comprendra que le contact a dû être si léger que la feuille n'a pu s'imbiber d'une assez grande quantité d'encre pour produire une tache si épaisse, si étendue et si pénétrante ; on le conçoit d'autant moins que la plume étant d'abord tombée sur la table, a dû se décharger d'une partie de l'encre. Admettons maintenant que la plume ait été posée, ainsi remplie d'encre, sur la feuille ; mais alors M. Courier l'aurait certainement vue cette feuille, et il n'aurait pas été assez cruel pour la placer comme marque dans un manuscrit si précieux ; d'autant plus que cette marque était fort inutile, puisque le supplément avait été plusieurs fois collationné par nous sur le manuscrit, et qu'il était depuis longtemps copié ! et quand il n'y eût pas fait attention, ce qui paraît impossible, cette feuille n'eût pu manquer d'être

aperçue, soit par mon sous-bibliothécaire, soit par moi-
même; quoique l'un de nous deux fût toujours présent tout
le temps que dura le travail de M. Courier, il faut déclarer
que nous ne le vîmes jamais faire de marques dans le manuscrit. Il faut que M. Courier ait profité, ce jour-là, pour
placer cette feuille, de la courte absence que le sous-bibliothécaire fut forcé de faire pour la satisfaction de quelques besoins urgens et inévitables.

En outre, on ne sait pas expliquer d'une manière plausi-
ble, qui, dans diverses parties de la page, a distrait l'ancienne écriture, qui certes était intacte auparavant, à l'exception de quelques parties que le temps avait presque
effacées, et dont la lecture lui eût été impossible si nous ne
lui eussions prêté les secours nécessaires.

Mais ce qui révolte non-seulement les savans, mais
toutes les personnes de sens, c'est d'avoir refusé avec in-
gratitude, après l'avoir solennellement promis, une copie
de ce passage à une Bibliothèque où il avait été si bien reçu.

Tous ceux qui ont entendu parler de cet évènement
se livrent à ces réflexions et à d'autres encore. Quant à
moi, je ne vous ai raconté ces faits que dans l'intérêt de
l'histoire, et nullement dans une autre vue; je ne dois
pas scruter les pensées et les sentimens des autres, averti
que je suis à cet égard par ce conseil d'Euripide :

> . . . . . . Ἀνθρώπων γνῶμαι πολλαὶ
> Καὶ δυσάρεστοι.
>
> Iphig. in Aul.

C'est à M. Courier, qui seul connaît très-bien les véritables circonstances qui ont malheureusement concouru à faire périr une partie précieuse de l'un des plus fameux manuscrits de l'Europe, c'est à lui qui a fait disparaître un passage si intéressant d'un auteur classique dans le lieu même où cet auteur avait été conservé, et où il avait été admis à le consulter ; c'est à lui, dis-je, à se justifier en face du monde savant de son inadvertance et du dommage irréparable qu'il a causé.

Mais je pense que je vous ai causé assez d'ennui et de chagrin ; je finis en vous souhaitant de la santé et du bonheur. Adieu.

De la Bibliothèque Médico-Laurentine.—Florence, le 5 février 1810.

FRANCESCO DEL FURIA.

FIN DU QUATRIÈME VOLUME.

TABLE DES MATIÈRES.

www.ingramcontent.com/pod-product-compliance
Lightning Source LLC
Chambersburg PA
CBHW070755030726
47504CB00003B/567